Taschenbücher von A. E. van VOGT
im BASTEI LÜBBE-Programm:

22093 Das unheimliche Raumschiff
24045 Das Atom-Imperium
24077 Meister der Zukunft

A. E. van Vogt
AUSSERIRDISCHE UND ANDERE WESEN

BASTEI-LÜBBE-TASCHENBUCH

Science Fiction Bestseller
Band 22112

Erste Auflage: Oktober 1988

© Copyright 1969, 1950 by A. E. van Vogt
All rights reserved
Deutsche Lizenzausgabe 1988
Bastei-Verlag Gustav H. Lübbe GmbH & Co., Bergisch Gladbach
Originaltitel: The Silkie, The House that stood still
Ins Deutsche übertragen von Michael Nagula und Nikolai Stockhammer
Lektorat: Reinhard Rohn
Titelillustration: Don Maitz
Umschlaggestaltung: Quadro Grafik, Bensberg
Satz: Fotosatz Schell, Bad Iburg
Druck und Verarbeitung:
Brodard & Taupin, La Flèche, Frankreich
Printed in France
ISBN 3-404-22112-5

Der Preis dieses Bandes versteht sich einschließlich
der gesetzlichen Mehrwertsteuer.

DER SILKIE

Prolog

1

Die Straße der haitianischen Stadt war mörderisch heiß unter Maries Füßen; es fühlte sich an, als würde sie über glühende Metallplatten laufen. Im Garten war es kühler, aber sie mußte aus dem Schatten der Bäume in die Sonne hinaustreten, um zu dem alten Mann zu gelangen. Bei ihrem Anblick lachte er unangenehm, wobei er die ebenmäßigen weißen Zähne seines Gebisses zeigte.

»Ich soll Geld rausrücken, um ein gesunkenes Schatzschiff zu heben?« meinte er. »Ihr haltet mich wohl für einen Narren?«

Er lachte von neuem, dann zwinkerte er ihr mit träger Lüsternheit zu. »Andererseits«, fügte er hinzu, »wenn ein hübsches junges Ding wie du ein bißchen nett zu einem alten Mann sein könnte ...«

Er wartete, sonnte sich wie eine verrunzelte Kröte, sog die Hitze in einen Körper ein, der nicht mehr fähig zu sein schien, sich selbst zu wärmen. Trotz der Sonne fröstelte er, als wäre ihm kalt.

Marie Lederer musterte ihn neugierig. Sie war von einem Schiffskapitän mit lebhaftem Sinn für Humor aufgezogen worden, und so fand sie es kaum verwunderlich, daß dieser alte Lüstling beim Anblick einer jungen Frau noch feuchtglänzende Augen bekommen konnte.

Ruhig sagte sie: »Das Schiff sank während des Krieges in der Nähe einer Insel vor Santa Yuile. Es war das letzte Kommando meines Vaters, und als die Reederei sich weigerte, eine Expedition auszurüsten, beschloß er, privates Kapital zu finden. Ein Freund schlug Sie vor.«

Das war gelogen; sie hatte Erkundigungen eingeholt. Er war nur der letzte auf einer langen Liste möglicher Geldgeber. »Und regen Sie sich um Himmels willen nicht auf«, fuhr sie eilig fort. »Es gibt immer noch Leute, die sich einen

Sinn fürs Abenteuer bewahrt haben. Wieso sollte ein alter Spieler wie Sie, Mr. Reicher, seine letzten Tage nicht mit etwas Aufregendem verbringen?«

Die ebenmäßigen Zähne im fast lippenlosen Mund entblößten sich zu einem neuerlichen Grinsen. »Das will ich dir gern beantworten, meine Liebe«, erklärte er freundlicher. »Mein erspartes Geld geht in die medizinische Forschung. Ich hoffe immer noch auf eine Entdeckung ...« Er zuckte die dünnen Schultern, und nackte Angst zeigte sich auf seinem Gesicht. »Ich habe keine Sehnsucht nach dem Grab, weißt du?«

Einen Augenblick lang empfand Marie Mitleid mit ihm. Sie dachte an die Zeit, wenn auch sie alt und gebrechlich sein würde. Der Gedanke zog vorüber wie eine Wolke am Sommerhimmel. Sie hatte ein dringlicheres Problem.

»Dann sind Sie nicht interessiert?«

»Nicht im geringsten.«

»Auch nicht ein wenig?«

»Nicht mal den zehnten Teil eines einzigen Prozents«, erwiderte Reicher ungnädig.

»Sollten Sie es sich noch anders überlegen, können Sie uns an Bord der *Goldenen Marie* unten am Hafen finden. Pier vier.« Damit verließ sie ihn.

Sie ging zum Hafen zurück, wo der kleine Kabinenkreuzer neben einer Reihe ähnlicher Boote in der glühenden Sonne lag. Es handelte sich größtenteils um seetüchtige Schiffe, viele davon Vergnügungsdampfer der Vereinigten Staaten. An Bord befanden sich Leute, die Bridge spielten und zu der Musik aus teuren Phonographen tanzten und sich in der Sonne aalten. Marie mochte diese Leute nicht, weil sie reichlich Geld hatten und nicht wie sie und ihr Vater waren: ziemlich pleite und der Verzweiflung nahe.

Sie kletterte an Bord, wobei sie sich die Finger an dem heißen Holz verbrannte. Zornig schlug sie die Hand gegen ihren Schenkel, um den stechenden Schmerz loszuwerden.

»Bist du das, Marie?« Die Stimme ihres Vaters kam von irgendwo aus dem Bauch des Bootes.

»Ja, George.«

»Ich habe eine Verabredung mit einem Typen namens Sawyer. Es werden 'ne ganze Menge pensionierte Geldsäcke da sein. Eine letzte Chance, weißt du.«

Marie sagte nichts, sondern musterte ihn nur schweigend, als er an Deck kam. Er hatte seine beste Kapitänsuniform angezogen, aber die Zeit hatte ihn verändert; er war nicht mehr der starke, gutaussehende Mann ihrer Kindheit. Seine Schläfen waren ergraut, und Nase und Wangen trugen die unauslöschlichen Zeichen des Alters.

Er kam zu ihr hinüber und küßte sie. »Besonders viel erhoffe ich mir von einem Gespräch mit einem wohlhabenden alten Kauz, der da sein wird – Reicher.«

Marie öffnete ihren Mund, um ihm zu sagen, daß es keinen Zweck haben würde, doch dann überlegte sie es sich anders. Sie hatte festgestellt, daß seine Uniform immer noch Leute beeindruckte. Vielleicht fiele es Reicher schwerer, einen reifen, kultivierten Mann abzuweisen.

Erst als er gegangen war, kam ihr die Frage in den Sinn, welche Art von Zusammenkunft Mr. Reicher wohl aus seinem Versteck zu locken vermochte.

Zu Mittag aß sie ein paar Früchte aus dem Kühlschrank, dann verfaßte sie ein Gedicht, das die kühlen Freuden der tropischen Meere besang, wo die Sonne wie der glühende Zorn eines Mörders brannte. Nachdem sie das Blatt in eine Schublade gesteckt hatte, wo schon andere Verse und Prosatexte lagen, setzte sie sich unter eine aufgespannte Plane aufs Deck und betrachtete das Meer und die Szenerie des Hafens rings um sie her. Die Wellen glitzerten im Schein der Nachmittagssonne, und ihre Reflexe funkelten und glänzten auf dem weißen Bug des kleinen Schiffes und auf den weißen Mauern der Stadtbauten. Es war ein Anblick, der sie noch immer faszinierte. Aber sie war sich nicht mehr sicher, ob sie ihn liebte oder haßte.

Es ist schön hier, dachte sie, *aber gefährlich für einen mittellosen Vater und seine Tochter.*

Sie schauderte angesichts des Ausmaßes der Gefahr,

dann zuckte sie trotzig die Achseln und dachte: *Schlimmstenfalls könnte ich immer noch arbeiten.*

Sie wußte nicht genau, was.

Schließlich ging sie unter Deck, zog ihren Badeanzug an, und bald darauf paddelte sie im warmen, sanft pulsierenden Meer. Das Schwimmen war natürlich Betäubung – ein weiterer Tag, der vergangen war wie tausend andere vor ihm, jeder ein kleiner Kieselstein, in den Ozean der Zeit geworfen und ohne jede Spur versunken.

Sie blickte auf die Straße sonnenerhellter Tage zurück, die einzeln angenehm, insgesamt jedoch beunruhigend waren, weil sie ihr Leben daran verschwendete.

Und sie war, zum soundsovielten Male, im Begriff, eine wichtige Entscheidung über ihre Zukunft zu treffen, als sie sah, daß drüben auf der vornehmen Segeljacht, die etwa dreißig Meter entfernt ankerte, Silvia Haskins an Deck gekommen war und sie zu sich heranwinkte.

Pflichtschuldig schwamm Marie hinüber und kletterte tropfnaß und widerwillig an Bord. Sie verabscheute Henry Haskins, Sylvias Ehemann, und so war sie erleichtert, als Sylvia sagte: »Henry ist zu einem Treffen gegangen, das mit einer großen medizinischen Entdeckung zusammenhängt, und wir fahren zu einer nahegelegenen Insel, um einen Blick auf etwas oder jemanden zu werfen, an dem die Sache bereits erfolgreich ausprobiert wurde.«

»Oh!« sagte Marie.

Ihr Bild von Henry Haskins unterschied sich wahrscheinlich von dem, das seine Frau von ihm hatte. Ein kaltblütiger Schlafzimmerathlet – wie er sich einmal selbst beschrieben hatte –, hatte Henry mehrmals versucht, Marie in die Enge zu treiben. Er hatte erst von ihr abgelassen, als sie ihm mit einem Küchenmesser gegenübertrat, das sie ihm mit einer solchen Bestimmtheit entgegenhielt, die ihn davon überzeugte, daß er es hier mit einer »Krähe« zu tun hatte, bei der er nicht landen konnte.

Henry nannte alle Frauen »Krähen«, und die meisten pflegten so zu tun, als wäre dies ein reizender Zug, der ihn von allen anderen Männern unterscheide. Verglichen mit ihrem Mann war Sylvia sanft, freundlich, schwach, gutmütig — Eigenschaften, die Henry gern hervorhob. »Silvy ist ja so eine gutmütige Krähe«, sagte er immer wieder in liebevollem Ton.

Für Marie war die Möglichkeit, daß jemand eine Methode gefunden haben könnte, Henrys Leben zu verlängern, eine schauderhafte Vorstellung. Aber am meisten interessierte sie die Information, daß er auf einem Treffen war. In einer Stadt von der Größe Santa Yuiles konnte es sich nur um dieselbe Zusammenkunft handeln, zu der auch ihr Vater gegangen war. Sie sprach es aus.

»Das ist gut möglich«, stimmte Sylvia eifrig zu. »Und ich glaube, Mr. Peddy, der alte Grayson und die Heintzes und Jimmy Butt und mindestens noch zwei oder drei andere sind auch dabei.«

Und der alte Reicher, dachte Marie. *Oh, mein Gott!*

»Da kommt dein Vater ja!« rief Sylvia.

Kapitän Lederer sah, wo seine Tochter war, und blieb stehen. Er blickte zu den Frauen hinüber, rieb sich die Hände und strahlte Enthusiasmus aus. »Räum so bald wie möglich meine Kajüte auf, Marie! Mr. Reicher kommt heute abend an Bord, und morgen früh bei Tagesanbruch laufen wir in Richtung Echo-Insel aus!«

Marie stellte keine Frage, solange die neugierige Sylvia Haskins in der Nähe war. »Okay, George!« erwiderte sie mit lauter Stimme.

Dann tauchte sie ins Wasser und schritt schon bald auf dem Deck zur Kajüte ihres Vaters.

Ihr Vater folgte ihr, und als sie sich zu ihm umdrehte, sah sie, daß seine fröhliche Stimmung verflogen war. »Wir sind für die Fahrt bloß gemietet«, sagte er. »Ich hab diese Show wegen Sylvia abgezogen.«

Marie sagte nichts, und er faßte ihr Schweigen offenbar als Vorwurf auf, denn er verteidigte sich. »Ich konnte es nicht ändern, Kind. Ich durfte selbst diese vage Chance nicht ungenutzt lassen.«

»Erzähl mir die ganze Geschichte, Vater«, sagte Marie beschwichtigend.

Ihr Vater wirkte entmutigt. »Ach, irgendein alter Betrüger behauptet, er habe eine Verjüngungsmethode gefunden, und diese reichen alten Spinner glauben, es könnte was dran sein. Die klammern sich an jeden Strohhalm, weißt du. Ich täuschte Interesse vor, weil ich etwas dabei herauszuholen hoffte. Und das ist mir gelungen.«

Tatsächlich war es eine Art Erfolg. Aus dem Zusammenbruch seiner eigenen Pläne hatte George jene »magischen Beziehungen« gerettet, die in diesem Fall nichts anderes waren als die Aussicht auf weitere Kontakte. Was es genau bedeuten würde, Reicher an Bord zu haben, blieb ungewiß. Jedenfalls würde Reicher an Bord kommen.

»Nehmen wir die Taucherausrüstung mit?« fragte sie, ganz auf das Wesentliche bedacht.

»Natürlich«, sagte ihr Vater.

Der Gedanke schien ihn aufzumuntern.

2

Für das Meer war es ein Tag unter vielen. Das Wasser rauschte in sanft auslaufenden Wellen über den weißen Sandstrand der kleinen abgeschiedenen Insel. Hier, in der Rückströmung, flüsterte es mit leiser Stimme. Weiter draußen, auf dem Riff, donnerte es gegen die harten Korallenfelsen. Aber Brandungslärm und Gewoge waren nur an der Oberfläche. In den Tiefen vor der Küste lag der Ozean still und nahezu unbewegt.

Marie saß auf dem Deck des etwas heruntergekommenen Kutters und fühlte sich eins mit dem Himmel, der See und der Insel, wo die Männer an Land gegangen waren. Sie war froh, daß niemand eine Partie Bridge für die Damen vorgeschlagen hatte, während sie auf die Rückkehr ihrer Männer warteten. Es war Nachmittag, und die Frauen hielten wahrscheinlich alle ein Nickerchen, so daß Marie das Universum des Ozeans ganz für sich allein hatte.

Ihr müßiger Blick fing eine Bewegung im Wasser auf, und sie schaute hinunter. Und dann beugte sie sich vor und blickte beunruhigt in die Tiefe.

Eine menschliche Gestalt schwamm weit unter ihr im Wasser — wenigstens fünfzehn Meter tief.

Die See war von einzigartiger Klarheit, und man konnte den sandigen Grund erkennen. Ein Schwarm farbenprächtiger Papageienfische kreiste in diesen kristallklaren Tiefen und huschte außer Sicht in die Schatten der Riffseite, die der Küste zugewandt war.

Der Mann schwamm mit größter Leichtigkeit. Das Erstaunliche aber war, daß er in so großer Tiefe schwamm und daß sein Körper, wohl verzerrt durch die Bewegungen des Wassers, seltsam und nicht ganz menschlich aussah.

Noch als ihr dieser Gedanke durch den Kopf ging, warf er einen Blick herauf, entdeckte sie und schwamm rasch und mit enormer Kraft zu ihr herauf.

Und erst, als er die Oberfläche durchbrach, erkannte Marie die ganze Wahrheit.

Er war nicht menschlich!

Die Kreatur, die aus der Tiefe heraufgekommen war, hatte einen menschen*ähnlichen* Körper. Aber die Haut ihres Gesichts und ihres Körpers war unnatürlich dick, als ob sie Fettschichten und andere schützende Barrieren gegen Kälte und Wasser hätte.

Und Marie, die viele Variationen der Meeresfauna kannte, wußte auf den ersten Blick, was sich unter seinen Armen befand — *Kiemen* ... Seine Füße hatten Schwimmhäute, und er war mindestens zwei Meter groß.

Seit Jahren war sie es gewöhnt, in ungewöhnlichen Situationen keine Angst zu zeigen; also wich sie nur ein wenig zurück, wobei sie innerlich — ebenfalls nur ein wenig — zusammenschrak, und hielt ihren Atem ein paar Augenblicke länger als gewöhnlich an.

Weil ihre Reaktionen so gering ausfielen, sah sie ihn noch an, als er sich ... verwandelte.

Er war noch im Wasser, als es geschah. Und er war im

Begriff, nach der kleinen Strickleiter zu greifen, die an der Bordwand des Kutters herabhing.

Der lange, starke Körper würde kürzer; die dicke Haut wurde dünn; der Kopf wurde kleiner. Innerhalb von Sekunden nahm Marie wahr, daß seine Muskeln unter einer eigenartig beweglichen Haut zuckten, pulsten und sich wanden. Lichtreflexe und Wellengang machten es schwierig, einige dieser Veränderungen deutlich zu beobachten, aber was sie sah, blieb nichtsdestoweniger ein zwei Meter langer »Fisch«, der sich binnen kürzester Zeit in einen völlig nackten jungen Mann verwandelte.

Dieses Wesen, in jeder Hinsicht menschlich, erklomm die Strickleiter und schwang sich mühelos über die Reling. Sie sah, daß es etwa einen Meter achtzig groß war. Mit einer angenehmen Baritonstimme sagte es: »Ich bin die Person, um die der ganze Wirbel gemacht wird. Der alte Sawyer hat sich wirklich selbst übertroffen, als er mich herstellte. Aber ich verstehe, daß Sie schockiert sein müssen. Also geben Sie mir am besten eine Badehose, ja?«

Marie rührte sich nicht. Sein Gesicht kam ihr irgendwie vertraut vor. Vor langer Zeit hatte es einmal einen jungen Mann in ihrem Leben gegeben ... bis sie entdeckte, daß sie nur eines unter vielen Mädchen gewesen war, mit denen er größtenteils noch erheblich exotischere Verhältnisse unterhalten hatte, als sie es ihm je gestattete.

Dieser junge Mann sah genauso aus wie er.

»Sie sind nicht ...«, sagte sie.

Er schien zu wissen, was sie meinte, denn er schüttelte lächelnd den Kopf. »Ich verspreche, vollkommen treu zu sein«, sagte er.

Nach einer Pause fuhr er fort: »Wir — Sawyer und ich — brauchen eine junge Frau, die mein Kind zur Welt bringt. Wir glauben, wir können meine Fähigkeiten vererben, aber wir müssen es beweisen.«

»A-aber, was Sie können, ist so perfekt, daß kein Beweis ...«, protestierte Marie, sich nur vage bewußt, daß sie seinem Vorschlag nicht im geringsten widersprach. Irgendwie hatte sie bereits ein seltsames Gefühl von Erfüllung, als könnte sie nun endlich etwas tun, das die verschwendeten Jahre ausgleichen würde.

»Sie haben nur einen Teil dessen gesehen, was ich kann«, sagte der junge Mann. »Ich habe drei Formen. Sawyer hat nicht nur in die meergebundene Urvergangenheit des Menschen zurückgegriffen, sondern auch vorwärts in sein künftiges Potential. Nur eine meiner Formen ist menschlich.«

»Wie ist die dritte?« hauchte Marie.

»Das erzähle ich Ihnen später«, lautete die Antwort.

»Aber das Ganze ist einfach phantastisch«, sagte Marie. »Wer oder was *sind* Sie?«

»Ich bin ein Silkie«, erwiderte er. »Der *erste* Silkie.«

1

Nat Cemp, ein Silkie der Klasse C, erwachte im vorherbestimmten Augenblick, und seine Sinnesorgane, die ebenfalls geschlafen hatten, meldeten ihm nun, daß er dem Raumschiff, dessen Annäherung er erstmals vor einer Stunde wahrgenommen hatte, schon ziemlich nahe war.

Für kurze Zeit erweichte er die ansonsten stahlharte Chitinstruktur seiner äußeren Haut, so daß die Fläche für Lichtwellen innerhalb des sichtbaren Spektrums empfänglich wurde. Diese zeichnete er dann durch ein Linsenarrangement auf, das einen Teil des Chitins für die Zwecke der Fernbeobachtung nutzbar machte.

Als sein Körper sich der Schwächung der Barriere zwischen ihm und dem Vakuum des Raums anpaßte, trat in seinem Inneren ein plötzlicher Druck auf. Er hatte diese eigenartige Empfindung immer, wenn der im Chitin gespeicherte Sauerstoff über Gebühr beansprucht wurde. Und dann, nachdem er eine Anzahl visueller Messungen vorgenommen hatte, erhärtete er das Chitin wieder. Sofort ging der Sauerstoffverbrauch auf das übliche Maß zurück.

Was er mit seiner teleskopischen Sicht ausgemacht hatte, brachte ihn aus der Fassung.

Es war ein V-Schiff.

Cemp wußte, daß die Vs normalerweise keinen ausgewachsenen Silkie angriffen. Aber es waren kürzlich Berichte über ungewöhnliche Aktivitäten der Vs eingegangen. Mehrere Silkies waren psychologisch gefoltert worden. Diese Gruppe könnte womöglich herausfinden, welches Ziel er hatte, und alles daransetzen, um sein Eintreffen zu verhindern.

Noch als er darüber nachdachte, ob er ihnen ausweichen oder bei ihnen an Bord gehen sollte — was Silkies häufig taten —, bemerkte er, daß das Schiff seinen Kurs langsam in seine Richtung änderte. Die Entscheidung wurde ihm abgenommen. Die Vs wollten Kontakt mit ihm aufnehmen.

In Begriffen der Raumorientierung befand sich das Schiff

im Verhältnis zu ihm natürlich weder oben noch unten. Doch er spürte die künstliche Schwerkraft des Schiffes und gliederte sie in sein Bezugssystem ein. In diesem Sinne erfolgte die Annäherung von unten her.

Während Cemp es mit weitreichenden Wahrnehmungsorganen beobachtete, die in seinem Gehirn scharfe Radarsignale aufblitzen ließen, verlangsamte das Schiff und beschrieb einen weiten Bogen, und nach kurzer Zeit bewegte es sich mit etwas geringerem Tempo in dieselbe Richtung wie er. Wenn es seine Geschwindigkeit beibehielt, würde er es schon in wenigen Minuten einholen.

Cemp wich nicht zur Seite aus. In der Schwärze des Raums vor ihm und etwas unterhalb seiner Gesichtsebene wuchs das V-Schiff langsam an. Nach seiner Messung war es ungefähr eineinhalb Kilometer breit, einen knappen Kilometer hoch und beinahe fünf Kilometer lang.

Da er keine Atmungsorgane hatte und seinen Sauerstoff ausschließlich durch elektrolytischen Austausch gewann, konnte Cemp nicht seufzen. Aber er verspürte eine entsprechende Resignation, eine Traurigkeit über das Pech, das ihn zu so ungünstiger Zeit mit einer so großen Gruppe von Vs in Kontakt gebracht hatte.

Als er es eingeholt hatte, stieg das Schiff langsam zu ihm auf, bis es nur noch Meter entfernt war. Cemp sah, daß in der Schwärze auf dem Deck unter ihm mehrere Dutzend Vs auf ihn warteten. Wie er selbst trugen auch sie keine Raumanzüge; vorerst waren sie völlig an das Vakuum des Raumes angepaßt. Im nahen Hintergrund konnte Cemp eine Schleuse sehen, die in das Schiffsinnere führte. Die äußere Kammer war offen. Durch ihre transparente Wand sah er das Wasser, mit dem das Schiff gefüllt war.

Das urtümliche Verlangen in Cemp drückte sich in erwartungsvoller Vorfreude aus. Er reagierte mit einem erschrockenen Schaudern und dachte bestürzt: *Bin ich der Veränderung schon so nahe?*

Cemp, der im Silkiezustand C ganz ein Wesen des Weltraums war, setzte unbeholfen auf dem Deck auf. Die speziellen Knochenstrukturen, die einmal Beine gewesen waren, reagierten empfindlich auf molekulare Aktivität in festen Körpern; daher konnte er durch Energieaustausch innerhalb der Knochen die Berührung des Metalls fühlen.

Dann stand er gewissermaßen da. Aber er hielt sein Gleichgewicht durch Energieströme und nicht durch Zusammenziehen und Strecken von Muskeln. Er besaß gar keine Muskeln. Mit Hilfe von Magnetkräften heftete er sich an das Deck und mittels intern gesteuerter Energien bewegte er, buchstäblich einen nach dem anderen, die massiven Blöcke hochdifferenzierten Knochenmaterials.

Er bewegte sich vorwärts wie ein Zweibeiner und fühlte das Dehnen und Strecken in den elastisch gemachten Knochen seiner Beine. Das Gehen war für ihn eine komplizierte Prozedur. Es bedeutete, daß er bei jedem Schritt die harten Knochen erweichen und anschließend wieder erhärten mußte. Obwohl er vor langer Zeit das Gehen gelernt hatte, blieb er langsam. Er, der im Raum mit fünfzigfacher Erdschwerkraft beschleunigen konnte, ging auf dem Deck des V-Schiffes nicht schneller als einen Kilometer pro Stunde und war glücklich, daß er überhaupt vorankam.

Wenige Schritte vor der stämmigen Gestalt des nächststehenden Vs hielt er inne.

Auf den ersten Blick wirkte ein V wie ein etwas klein geratener Silkie, doch Cemp wußte, daß diese Geschöpfe Varianten waren — V für Variant. Es war immer schwierig, abzuschätzen, welchen Typ eines Vs man gerade vor sich hatte. Die Unterschiede waren intern und nicht ohne weiteres festzustellen. Also kannte er sein erstes Ziel — die Identität der Vs auf diesem Schiff zu bestimmen.

Um seine Botschaft auszusenden, setzte er jene Gehirnfunktion ein, die man, bevor sie verstanden worden war, Telepathie genannt hatte.

Es folgte eine Pause, dann antwortete ein V, der weiter hinten in der Gruppe stand, mit der gleichen Kommunikationsmethode: »Wir haben einen Grund, uns nicht zu identifizieren, Sir. Darum bitten wir Sie, unsere Gesellschaft zu ertragen, bis Sie unsere Probleme verstehen.«

»Geheimhaltung ist illegal«, erwiderte Cemp schroff.

Die Antwort war überraschenderweise frei von der üblichen Feindseligkeit der Vs. »Wir versuchen nicht, Ihnen Schwierigkeiten zu machen. Mein Name ist Ralden, und wir möchten, daß Sie sich etwas ansehen.«

»Was?«

»Einen Jungen, jetzt neun Jahre alt. Er ist das V-Kind eines Silkies und eines Atmers, und er hat in letzter Zeit extreme Varianteneigenschaften zu erkennen gegeben. Wir ersuchen um die Erlaubnis, ihn zu vernichten.«

»Oh!« sagte Cemp. Er war augenblicklich beunruhigt. Flüchtig kam ihm zu Bewußtsein, daß sein Sohn aus seiner ersten Paarungsperiode jetzt neun sein mußte.

Verwandtschaft spielte natürlich keine Rolle. Silkies sahen ihre Kinder nie, und seine Ausbildung verlangte von ihm, daß er alle Sprößlinge von Silkies auf eine Stufe stellte. Aber in dem unsicheren Frieden, der zwischen den gewöhnlichen Menschen, dem Besonderen Volk und den zwei überlebenden Klassen der Silkies herrschte, war einer der Alpträume, daß eines Tages ein äußerst fähiger V in der instabilen Welt der Varianten auftauchen könnte.

Die Angst hatte sich als unbegründet erwiesen. Von Zeit zu Zeit erfuhren Silkies, die an Bord der V-Schiffe gingen, von einem vielversprechenden Jungen, der von den Vs selbst hingerichtet worden war. Weit davon entfernt, ein Kind mit überlegener Begabung willkommen zu heißen, schienen die Vs zu fürchten, daß, wenn man ihm heranzuwachsen erlaubte, ein natürlicher Anführer aus ihm würde, der aus unerfindlichen Gründen ihre Freiheit bedrohen könnte.

Die Exekution eines vielversprechenden Jungen erforderte jedoch die Erlaubnis eines Silkies, was die Geheimhaltung erklärte. Konnten sie die Erlaubnis nicht bekommen, töteten sie den Jungen womöglich trotzdem und vertrauten darauf, daß man das Mörderschiff nie identifizierte.

»Ist das der Grund?« wollte Cemp wissen.

Er war es.

Cemp zögerte. Er verspürte in sich den ganzen Komplex von Empfindungen und Eindrücken, der gewöhnlich einer

Veränderung voranging. Dies war nicht der rechte Zeitpunkt, einen Tag an Bord eines V-Schiffes zu verbringen.

Blieb er jedoch nicht, wäre das gleichbedeutend mit der Tötungserlaubnis, einer stillschweigenden Zustimmung sozusagen. Und das, erkannte er, durfte nicht sein.

»Sie haben richtig gehandelt«, erklärte er feierlich. »Ich werde an Bord kommen.«

Die ganze Gruppe der Vs begleitete ihn zur Schleuse, wo sie sich zusammendrängte, während sich die große Stahltür hinter ihnen schloß und sie vom Vakuum des Raums abriegelte. Lautlos strömte das Wasser ein. Cemp sah, wie es zu Gas explodierte, als es sich in die Schwärze der Schleuse ergoß. Aber schon nach kurzer Zeit, während der enge Raum sich auffüllte, begann er seine flüssige Form beizubehalten und flutete um die Gliedmaßen der Wartenden.

Das damit verbundene Gefühl war außerordentlich angenehm. Cemps Knochen versuchten unwillkürlich, ihren Zustand zu ändern, und er hatte Mühe, sie hart zu erhalten. Doch als das Wasser den oberen Teil seines Körpers umspülte, ließ Cemp die lebende Chitinhülle, die seine Oberhaut war, langsam erweichen. Die freudige Erregung über die unmittelbar bevorstehende Veränderung war so groß, daß er sie mit einer bewußten Anstrengung unterdrücken mußte. Er wollte sich ganz dem Genuß der Umgebung überlassen und die warme, erquickende Flüssigkeit in tiefen Zügen durch seine Kiemen, die sich jetzt gebildet hatten, einsaugen, doch eine solche Zurschaustellung von Wohlbehagen hätte den Erfahreneren unter den Vs seinen Zustand verraten.

Rings um ihn her machten die Vs die Transformation ihrer Raumform zu ihrem normalen Kiemenstadium durch. Das innere Schleusentor öffnete sich, und die ganze Gruppe schwamm mit selbstverständlicher Gelassenheit hindurch. Hinter ihnen schloß sich das Tor wieder, und sie befanden sich im Schiff selbst, oder vielmehr im ersten der vielen großen Tanks, aus denen es bestand.

Cemp, jetzt seine Augen gebrauchend, blickte umher

und versuchte, Orientierungspunkte zu finden. Aber es war die übliche düstere Unterwasserwelt mit der angepflanzten Meeresfauna. Seetang wogte in den kräftigen Strömungen, die, wie Cemp wußte, von mächtigen Pumpensystemen aufrechterhalten wurden. Wie immer begann er sich auf die Bewegungen des Wassers einzustellen, sie zu akzeptieren, sie zu seinem eigenen Lebensrhythmus zu machen.

2

Cemp hatte keine Schwierigkeiten in dieser Umgebung. Wasser war ein natürliches Element für ihn, und bei der Umwandlung von einem Silkie zu einem menschlichen Fisch hatte er nur wenige seiner Silkie-Fähigkeiten eingebüßt. Seine gesamte innere Welt aus zahllosen Silkie-Empfindungen blieb intakt. Da waren Nervenzentren, die sich sowohl separat als auch gemeinsam auf verschiedene Energieströme einstimmen konnten. Früher einmal hätte man sie Sinne genannt. Doch statt der fünf, auf die das Wahrnehmungsvermögen der Menschen viele Jahrhunderte lang beschränkt gewesen war, konnte ein Silkie 184 verschiedene Arten von Sinneseindrücken über einen weiten Intensitätsbereich registrieren.

Das Ergebnis war ein enormes Maß an inneren »Geräuschen«, derweil die Reize unentwegt auf ihn einbrandeten. Von frühester Jugend an war die Kontrolle und Verarbeitung dessen, was seine Wahrnehmungsorgane auffingen, das wesentliche Ziel seiner Ausbildung gewesen.

Das Wasser strömte rhythmisch durch seine Kiemen, während Cemp mit den anderen durch die Märchenwelt einer warmen, tropischen See schwamm. Als er vorausblickte, sah er, daß das Wasseruniversum sich bei ihrer Annäherung zu verändern begann. Die Korallen nahmen eine neue, cremigere Farbe an. Zehntausende von Meereswürmern hatten ihre hellen Köpfe in die winzigen Löcher ihrer Kalkbehausungen zurückgezogen. Kurz darauf, nachdem die Gruppe vorüber war, kamen sie wieder heraus, und die Korallen wechselten erneut die Farbe. Sie wurden orange, dann purpur und wieder orange, um im nächsten Augenblick andere Schattierungen und Farbkombinationen anzunehmen.

Und all dies war nur ein winziger Ausschnitt der submarinen Landschaft.

Ein Dutzend Fische in Blau-, Grün- und Rottönen zuckte einen Felsspalt entlang. Ihre wilde Schönheit war atemberaubend. Sie waren eine alte Lebensform, hervorgegangen aus einem natürlichen Evolutionsprozeß, unberührt vom Zauber des wissenschaftlichen Wissens, das schließlich so viele Rätsel des Lebens gelöst hatte. Cemp streckte seine mit Schwimmhäuten versehene Hand nach einem der Fische aus, der dicht vor ihm schwamm. Das kleine Lebewesen sauste wie der Blitz davon und ließ kleine Wasserwirbel zurück. Cemp lächelte glücklich, und das warme Wasser spülte durch seinen offenen Mund — so sehr hatte er sich schon verwandelt.

Er war bereits kleiner geworden. Der harte, knöcherne Silkiekörper hatte einen natürlichen Schrumpfungsprozeß durchgemacht. Die neugebildeten Muskeln waren angespannt, und die jetzt nach innen verlegte Knochenstruktur war von maximal drei Metern Länge im freien Raum auf wenig mehr als zwei Meter im Wasser reduziert.

Von den neununddreißig Vs, die herausgekommen waren, um Cemp zum Betreten des Schiffes zu überreden, gehörten einunddreißig, wie er durch Erkundigungen feststellte, zu den gewöhnlichen Varianttypen. Die angenehmste Daseinsform für sie war der Fischzustand, in dem sie lebten. Sie konnten für kurze Zeit menschliche Gestalt annehmen, und für Perioden, die bei den einzelnen Personen von einigen Stunden bis zu einer Woche variierte, sogar die Form eines Silkies. Alle neununddreißig verfügten in begrenztem Umfang über kontrollierbare Energien.

Von den verbleibenden acht waren drei der Kontrolle über beträchtliche Energien fähig, einer konnte Barrieren gegen energetische Angriffe bilden, und vier konnten für längere Zeiträume als Luftatmer leben.

Sie waren, an objektiven Maßstäben gemessen, alle intelligente Wesen. Aber Cemp, der mit seinen zahlreichen Rezeptorsystemen inner- wie außerhalb des Wassers Feinheiten wie fremde Körpertemperaturen, Gerüche, Hautabsonderungen und all die anderen Kennzeichen wahrnehmen konnte, spürte bei seinen Begleitern eine starke gefühlsmäßige Mischung aus Unzufriedenheit, Zorn, Verdruß und sogar etwas noch Stärkerem – Haß. Wie er es fast immer mit Vs tat, schwamm er vorsichtshalber dicht neben einen von ihnen. Dann schickte er eine magnetische Kraftlinie als Trägerelement hinüber – sie hatte eine zuverlässige Reichweite von weniger als einer Körperlänge – und schoß seine Frage auf das Bewußtsein des anderen ab: »Was ist dein Geheimnis?«

Der V war augenblicklich überrumpelt. Der auf die Aufnahme der Botschaft eingestellte Reflex lief nahezu selbsttätig ab, modulierte die Antwort über eine ähnliche Kraftlinie, und Cemp kannte das Geheimnis.

Cemp grinste über die Wirksamkeit seiner List, erfreut, daß er nun einen Gedankenaustausch erzwingen konnte. Er trat in Kontakt. »Niemand bedroht die Vs als einzelne oder kollektiv. Warum haßt du also?«

»Ich *fühle* mich bedroht!« war die mürrische Antwort.

»Da ich nun dein Geheimnis erfahren habe und weiß, daß du eine Frau hast, kann ich die nächste Frage anschließen. Hast du auch Kinder?«

»Ja.«

»Arbeit.«

»Ja.«

»Bei den Nachrichten, beim Theater, beim Fernsehen?«

»Ja.«

»Treibst du Sport?«

»Ich seh' ihn mir an, nehme nicht aktiv teil.«

Sie glitten durch einen Unterwasserschungel. Riesige wogende Tangwälder, aufgetürmte Korallenfelsen, ein Krake, der aus dem Schatten einer Höhle spähte, ein vorüberhuschender Aal und Fische zu Dutzenden. Sie befanden sich immer noch im wilden Teil des Schiffes, wo die Bedingungen eines tropischen Ozeans der Erde dupliziert wurden. Für Cemp, der fast einen Monat ohne Unterbrechung im Weltraum gewesen war, schien das bloße Schwimmen hier ein großartiger und genußreicher Sport zu sein.

Aber er sagte nur: »Nun, Freund, mehr hat unsereiner auch nicht. Eine ruhige, friedliche Existenz ist das Höchste, was das Leben einem zu bieten hat. Wenn du mich um meine Polizeipflichten beneidest, tu's nicht! Ich habe mich daran gewöhnt, aber ich habe nur alle neuneinhalb Jahre Paarungszeit. Würde dir das gefallen?«

Die Annahme, daß Silkies nur in Abständen von etwa neun Jahren sexuell aktiv waren, stimmte jedoch nicht. Aber es war ein Mythos, den die Silkies und ihre engsten menschlichen Verbündeten, das Besondere Volk, immer gern genährt hatten. Normale Menschen bezogen aus diesem vermeintlichen Tatbestand, in dem sie einen schwerwiegenden Mangel der sonst so beneidenswerten Silkies sahen, große Befriedigung.

Nachdem Cemp seine der Beruhigung dienende Kommunikation beendet hatte, wurde die von dem V ausgehende düstere Emotion durch zusätzliche Feindseligkeit verstärkt. »Du behandelst mich wie ein Kind«, sagte er grimmig. »Ich weiß so manches über die Logik der Ebenen, also verschone mich mit deinen Wahrheitsverfälschungen.«

»Sie ist immer noch größtenteils Spekulation«, erwiderte Cemp freundlich. Er fügte hinzu: »Keine Sorge, ich werde deiner Frau nicht sagen, daß du ihr untreu bist.«

»Zum Teufel mit dir!« fluchte der V und schwamm davon.

Cemp wandte sich einem anderen seiner Begleiter zu und führte ein ähnliches Gespräch mit ihm. Das Geheimnis von diesem V war ziemlich simpel; es bestand darin, daß er im vergangenen Jahr zweimal eingeschlafen war, während er Wachdienst an einer der Schleusen getan hatte, die das Schiff mit dem All verband.

Die dritte Person, an die er sich wandte, war eine Frau. Ihr Geheimnis war erstaunlicherweise, daß sie sich für geisteskrank hielt. Sobald sie bemerkte, daß ihr Gedanke zu ihm durchgekommen war, wurde sie hysterisch.

Sie war ein anmutiges Wesen, eine der Atmer – aber jetzt völlig außer sich. »Sag es ihnen nicht!« sendete sie entsetzt. »Sie würden mich umbringen!«

Noch bevor Cemp sich recht klar darüber geworden war, daß er hier eine unerwartete Verbündete gefunden hatte, geschweige denn, zu entscheiden vermochte, was sie glauben ließ, daß sie verrückt sei, sendete die Frau in hilfloser Verzweiflung: »Man will dich in einen der Haifischtanks locken!« Ihr beinahe menschliches Gesicht verzerrte sich, als sie erkannte, was sie enthüllt hatte.

Cemp fragte rasch: »Und wozu das Ganze?«

»Ich weiß nicht. Aber es ist nicht das, was sie sagten ... O bitte!« Sie peitschte qualvoll das Wasser, jetzt auch physisch desorganisiert. In wenigen Augenblicken würde man es bemerken.

Hastig sagte Cemp: »Keine Sorge – ich helfe dir. Du hast mein Wort.«

Ihr Name, erfuhr er, war Mensa. Sie sagte, sie sei in ihrer Atmergestalt sehr hübsch.

Cemp hatte bereits entschieden, daß er sich in den Haifischtank locken lassen würde, weil sie ihm nützlich sein könnte und er sie nicht verraten wollte.

Als es geschah, war kaum etwas davon zu bemerken. Einer der Vs, der zu Energieentladungen fähig war, kam an seine Seite geschwommen. Gleichzeitig fielen die anderen langsam immer mehr zurück.

»Hier entlang«, sagte sein Führer.

Cemp folgte ihm. Aber es dauerte eine Weile, bis ihm auffiel, daß er und sein Führer sich auf einer Seite einer transparenten Trennwand befanden und der Rest der Gruppe auf der anderen.

Er sah sich nach seinem Begleiter um. Der V war hinabgetaucht und verschwand in einem höhlenartigen Durchlaß zwischen zwei Korallenriffen.

Von einem Augenblick zum anderen wurde das Wasser rings um Cemp stockfinster.

Ihm wurde bewußt, daß die Vs hinter der transparenten Wand schwebten und warteten. Cemp sah, wie sich etwas in den wogenden Algen bewegte — Schatten, Formen, das Glitzern eines Auges, Licht, das auf einem gräulichen Körper spielt ... Er schaltete auf eine andere Wahrnehmungsebene um und machte sich kampfbereit.

In seiner Fischform konnte Cemp unter normalen Umständen wie ein großer Zitteraal kämpfen — nur daß seine Energieentladung ein Strahl war, der keinen unmittelbaren Körperkontakt erforderte. Der Strahl war hell wie ein Blitz und stark genug, um mehrere Seeungeheuer zu töten. Er wurde außerhalb seines Körpers gebildet, ein Zusammenfließen von zwei Strömen gegensätzlich geladener Partikel.

Aber er befand sich nicht in einem Normalzustand. Die Veränderung in ihm absorbierte zuviel von seinen Kräften. Jeden Kampf mit einem Bewohner dieser Sphäre würde er mit der Logik der Ebenen ausfechten müssen, nicht mit Energie. Er wagte es nicht, auch nur den winzigsten Teil seines kostbaren Energievorrats zu verschwenden.

Gerade als er zu einem Entschluß gekommen war, kam ein Hai träge durch die wogenden Algen herangeglitten und drehte sich scheinbar ebenso träge auf die Seite, wobei er den zähnestarrenden Rachen aufklappte und mit seinen enormen Kiefern nach Cemp schnappte.

Cemp übertrug ein Empfindungsschema auf eine Energiewelle, die sein Gehirn verließ und das Tier erreichte. Es war ein Muster, das einen extrem primitiven Mechanismus in dem Hai auslöste — den Mechanismus, durch den in der Vorstellung Bilder erzeugt wurden.

Der Hai hatte keine Abwehrmöglichkeit gegen gesteuerte Stimulierung seiner Einbildungskraft. Plötzlich stellte er sich vor, wie seine Zähne sich um sein Opfer schlossen, wie ein blutiger Kampf einsetzte, dem ein Festschmaus folgte. Und dann sah er sich gesättigt und mit vollem Bauch in die Schatten zurückschwimmen, in den Unterwasserwald, den man in diesem winzigen Teil eines riesigen Raumschiffs, das um Jupiter kreiste, eingerichtet hatte.

Als die Stimulierung anhielt, hörten die Bilder im Gehirn des Haies auf, mit Körperbewegungen verbunden zu sein. Er trieb weiter und stieß schließlich gegen ein Korallenriff, ohne es zu bemerken. Da hing er nun und träumte, er würde sich bewegen. Er war durch eine seiner Struktur verwandte Logik angegriffen worden, auf einer Ebene, die sein gigantisches Angriffspotential umging.

Ebenen der Logik. Schon vor langer Zeit hatte die wissenschaftliche Neugier den Menschen dazu gebracht, die älteren Teile des menschlichen Gehirns zu erschließen, wo vorgestellte Bilder und Klänge so real waren wie wirkliche. Es war die beste Ebene der Logik, überhaupt nicht menschlich. Für ein Tier wie einen Hai war Realität ein an- und ausschaltbares Phänomen, eine Serie mechanischer Konditionierungen. Im einen Moment ein Stimulus; im anderen keiner. Ständige Bewegung, ständige rastlose Bewegung – die unaufhörliche Notwendigkeit für mehr Sauerstoff, als an einer einzelnen Stelle zu haben war.

Gefangen in einer hypnotisch erzeugten Phantasiewelt, wurde der regungslose Hai durch unzureichende Sauerstoffversorgung benommen und begann das Bewußtsein zu verlieren. Bevor es dazu kam, verständigte Cemp die Beobachter: »Wollt ihr, daß ich ihn töte?«

Schweigend zeigten die Wesen hinter der transparenten Wand, wo er aus dem Haifischtank entkommen konnte.

Cemp gab dem Tier die Kontrolle über sich selbst zurück. Doch er wußte, daß es zwanzig Minuten oder länger dauern würde, bis der Schock abgeklungen war.

Als er kurze Zeit später aus dem Haifischtank geschwommen kam und sich wieder zu den Vs gesellte, erkannte Cemp sofort, daß ihre Stimmung umgeschwungen war. Ihre Haltung ihm gegenüber war höhnisch. Es war sonderbar, daß sie diese Einstellung angenommen hatten, denn soweit er wußte, waren sie völlig von seiner Gnade abhängig.

Jemand in dieser Gruppe mußte Cemps wahren Zustand erkannt haben. Das bedeutete ...

Er sah, daß sie sich jetzt in einem so tiefen Wassertank befanden, daß der Boden nicht sichtbar war. Kleine Schwärme knallbunter Fische glitten in die grünen Tiefen hinab, und das Wasser schien etwas kälter zu sein, erfrischender und immer noch angenehm, aber längst nicht mehr tropisch. Cemp schwamm zu einem der Vs hinüber, die fähig waren, Energieentladungen vorzunehmen. Wie zuvor fragte er: »Was ist euer Geheimnis?«

Der Name des männlichen V war Gell, und sein Geheimnis war, daß er seine Energie mehrmals dazu benutzt hatte, um Rivalen in der Gunst bestimmter Frauen auszuschalten. Er war augenblicklich voller Angst, daß seine Mordtaten ans Licht kommen könnten, aber er besaß keine Informationen außer der, daß Riber, der Verwaltungsoffizier des Schiffes, sie beauftragt hatte, Cemp abzuholen. Der Name war eine nicht zu unterschätzende Information.

Noch wichtiger war jedoch Cemps beunruhigende Intuition, daß die Aufgabe, auf die er sich hier eingelassen hatte, wesentlich bedeutsamer war, als die bisherigen Anzeichen hatten erkennen lassen. Er folgerte, daß der Angriff des Haies ein Test gewesen war. Aber ein Test wofür?

3

Vor sich konnte Cemp plötzlich die Stadt sehen.

Das Wasser in dieser Gegend war kristallklar. Hier gab es keine von den Millionen winziger Verunreinigungen, die die Ozeane der Welt so häufig trübten. Die Stadt breitete sich in glasklarer Flüssigkeit aus.

Kuppelbauten, Duplikate der unterseeischen Städte der

Erde, wo der Wasserdruck die Form bestimmte. Hier, bei nur künstlicher Schwerkraft, wurde das Wasser von den Metallwänden gehalten und hatte stets das Gewicht, das die Schiffsleitung ihm geben wollte. Die Gebäude konnten daher von jeder Form und Größe sein, zart in die Höhe strebend, sich aber auch kunstvoll zur Seite neigend. Sie konnten um ihrer selbst willen schön sein und waren nicht auf die manchmal so öde Zweckschönheit eingeengt.

Das Gebäude, zu dem Cemp gebracht wurde, war ein hoher Kuppelbau mit Minaretten. Man führte ihn zu einer Schleuse, wo nur zwei von den Luftatmern, Mensa und ein Mann namens Grig, bei ihm blieben.

Der Wasserspiegel begann zu sinken, und zischend strömte Luft ein. Cemp beeilte sich, seine menschliche Form wieder anzunehmen, und trat aus der Schleusenkammer in den Korridor eines modernen, mit Klimaanlage versehenen Gebäudes hinaus. Alle drei waren nackt.

Grig sagte zu der Frau: »Führ ihn am besten in deine Räume und gib ihm Kleidung. Sobald ich anrufe, bringst du ihn nach oben in Apartment Eins.«

Grig wollte gehen, doch Cemp hielt ihn zurück. »Woher haben Sie diese Information?« verlangte er zu wissen.

Der V zögerte, sichtbar eingeschüchtert durch diese Herausforderung durch einen Silkie. Sein Gesichtsausdruck wechselte, und er schien zu lauschen.

Augenblicklich aktivierte Cemp die Wachzentren eines Teils seines Wahrnehmungssystems, das sich bisher im Ruhezustand befunden hatte, und wartete auf eine Antwort auf einem oder mehr »Kanälen«. Ähnlich wie ein Mensch, der wegen eines starken Schwefelgeruchs die Nase rümpft oder der einem rotglühenden Gegenstand freiwillig aus dem Weg springt, erwartete er eine Empfindung von einem der zahlreichen Sinne, die nun bereit waren. Er empfing nichts.

Es stimmte, daß er in seiner menschlichen Gestalt nicht so empfindlich war wie als Silkie. Aber ein derart negatives Ergebnis lag außerhalb seiner Erfahrung.

»Er sagt ...«, ließ Grig sich vernehmen, »Sie sollen kommen ..., sobald Sie angezogen sind ...«
»Wer sagt das?«
Grig war überrascht. »Der Junge«, erwiderte er, und seine Miene schien auszudrücken: Wer sonst?
Während er sich abtrocknete und die Kleidung anlegte, die Mensa ihm reichte, stellte er sich unwillkürlich die Frage, weshalb sie sich wohl für geisteskrank hielt. Vorsichtig erkundigte er sich: »Warum haben die Vs eigentlich eine so schlechte Meinung von sich?«
»Weil es etwas Besseres gibt − Silkies.« Ihr Tonfall war zornig, aber ihr standen keine Tränen der Enttäuschung in den Augen. Müde fuhr sie fort: »Ich kann's nicht erklären, aber ich habe mich seit meiner Kindheit zerrüttet gefühlt. Jetzt, in diesem Augenblick, hege ich die irrationale Hoffnung, daß Sie den Wunsch haben könnten, mich zu besitzen. Ich will Ihr Sklave sein.«
Obwohl ihr pechschwarzes Haar immer noch strähnig und naß war, fand Cemp, daß sie zuvor nicht übertrieben hatte: Ihre Haut war von einem cremigen Weiß, ihr Körper schlank und mit anmutigen Kurven. Als Luftatmer war sie wunderschön.
Cemp hatte keine andere Wahl. Im Laufe der nächsten Stunde würde er wahrscheinlich alle Hilfe benötigen, die sie ihm geben konnte. Ruhig sagte er: »Ich akzeptiere dich als meine Sklavin!«
Ihre Reaktion war heftig. Mit einer raschen Bewegung des Oberkörpers streifte sie ihr Kleid ab, das an ihren Hüften hängenblieb, dann rannte sie auf ihn zu. »Nimm mich!« flüsterte sie. »Nimm mich als Frau!«
Cemp, der mit einer jungen Frau aus dem Besonderen Volk verheiratet war, machte sich von ihr los. »Sklaven stellen keine Forderungen«, sagte er mit fester Stimme. »Sklaven fügen sich dem Willen ihres Herrn. Und das erste, was ich als dein Herr von dir verlange, ist, daß du mir deinen Geist öffnest.«
Die junge Frau wich zitternd vor ihm zurück. »Ich kann nicht«, sagte sie. »Der Junge verbietet es.«

Cemp fragte: »Was gibt dir das Gefühl, geisteskrank zu sein?«

Sie schüttelte den Kopf. »Etwas ... das mit dem Jungen zu tun hat«, sagte sie. »Ich weiß nicht, was.«

»Dann bist du seine Sklavin, nicht meine«, erwiderte Cemp kalt.

Ihre Augen schauten ihn bittend an. »Befreien Sie mich!« flüsterte sie. »Ich kann es nicht selber tun.«

»Wo ist Apartment Eins?« fragte Cemp.

Sie erklärte ihm den Weg. »Sie können die Treppe oder den Aufzug nehmen.«

Cemp wählte die Treppe. Er brauchte ein paar Minuten, nur ein paar, um sich über seine Vorgehensweise klarzuwerden. Er beschloß ...

Den Jungen zu sprechen! Über sein Schicksal zu befinden. Dann mit Riber zu reden, dem Verwaltungsoffizier des Schiffes. Und Riber zu bestrafen! Zu befehlen, daß das Schiff eine Kontrollstation ansteuerte!

Diese Entscheidungen hatten sich herauskristallisiert, als er das Obergeschoß erreichte und neben der Tür von Apartment Eins auf den Knopf drückte.

Die Tür schwenkte geräuschlos auf. Cemp ging hinein – und da war der Junge.

Er war knapp einen Meter fünfzig groß, ein so anmutig aussehendes Menschenkind, wie man sich nur eines vorstellen konnte. Der Junge beobachtete einen in die Wand des großen Raumes eingebauten Fernsehschirm. Als Cemp eintrat, drehte der Kleine sich lässig um und sagte: »Es interessierte mich, zu sehen, was Sie in Anbetracht Ihres Zustandes mit diesem Hai anfangen würden.«

Er wußte Bescheid!

Die Erkenntnis traf Cemp hart. Dann faßte er sich wieder und beschloß, wenn nötig zu sterben, sich auf keinen Handel einzulassen, um die Bloßstellung zu vermeiden, und seine endgültige Entscheidung mit noch größerem Nachdruck zu verfolgen.

Der Junge sagte: »Etwas anderes konnten Sie auch gar nicht tun.«

Cemp hatte sich vom ersten Schrecken erholt, und nun wurde er neugierig. Er hatte in sich einen absolut signallosen Zustand hergestellt, doch der Junge las detaillierte Signale. Wie machte er das?

Lächelnd schüttelte der Junge den Kopf.

Cemp sagte: »Wenn du es nicht zu verraten wagst, kann es mit der Methode nicht weit her sein. Ich schließe daraus, daß ich sie abwehren kann, wenn ich es weiß.«

Der Junge lachte, machte eine abschließende Geste und wechselte das Thema. »Glauben Sie, daß man mich töten sollte?«

Cemp blickte in die hellen grauen Augen, die ihn mit jungenhaftem Mutwillen anstarrten, und fühlte Bedenken. Hier spielte jemand mit ihm, der sich als unangreifbar betrachtete. Die Frage war, täuschte sich der Junge oder entsprach es der Wahrheit?

»Es entspricht der Wahrheit«, sagte der Junge.

Und wenn es wirklich der Wahrheit entsprach, fuhr Cemp in seiner Analyse fort, gab es eingebaute Faktoren der Zurückhaltung und Selbstbeherrschung, wie sie zum Beispiel jeden Silkie unter Kontrolle hielten?

Der Junge sagte kurz: »Darauf werde ich nicht antworten.«

»Na schön«, erwiderte Cemp und wandte sich ab. »Wenn du bei diesem Entschluß bleibst, lautet mein Urteil, daß du dich außerhalb des Gesetzes befindest. Eine Person, die nicht kontrolliert werden kann, wird nie die Erlaubnis bekommen, im Sonnensystem zu leben. Aber ich werde dir eine kurze Frist einräumen, in der du es dir anders überlegen kannst. Mein Rat ist, daß du dich entschließen mögest, ein gesetzestreuer Bürger zu werden.«

Er drehte sich um und verließ den Raum. Und das Erstaunliche war, daß es ihm erlaubt wurde.

4

Grig wartete draußen auf dem Gang. Er schien einen zuvorkommenden und gefälligen Eindruck zu machen. Cemp, der mit Riber sprechen wollte, erkundigte sich bei ihm, ob Riber ein Lungenatmer sei. Das war Riber nicht; also begaben Cemp und Grig sich ins Wasser.

Cemp wurde von Grig in eine enorme Tiefe geleitet, wo mehrere Kuppeln an der Innenseite der Schiffswand befestigt waren. Dort, in einem wassergefüllten Labyrinth aus Metall und Plastik, fand er Riber. Der Leiter der Schiffsverwaltung erwies sich als langes, starkes Fischwesen mit den typischen hervorquellenden Augen, wie man sie in diesem Stadium häufig sah. Er schwebte neben einem Nachrichtenempfänger. In einer Hand hielt er das Mikrofon des Geräts. Er blickte Cemp an und schaltete es ein.

Dann sagte er laut in der Unterwassersprache: »Ich denke, unser Gespräch sollte aufgezeichnet werden. Ich glaube nämlich nicht, darauf vertrauen zu können, daß ein Silkie über diese spezielle Situation eine vorurteilsfreie und objektive Meldung abgibt.«

Cemp brachte keine Gegenargumente vor. Das Gespräch begann mit einer, wie es Cemp schien, vollkommen aufrichtigen Erklärung Ribers. Er sagte: »Dieses Schiff und alle an Bord werden von diesem bemerkenswerten Jungen kontrolliert. Er ist nicht immer hier, also tun wir die meiste Zeit, was wir immer getan haben. Aber jene Leute, die aufgebrochen sind, um Sie zu empfangen, hatten keine Möglichkeit, sich seinen Befehlen zu widersetzen. Wenn Sie es mit ihm aufnehmen können, werden wir wahrscheinlich wieder frei sein. Wenn Sie es aber nicht können, werden wir seine Diener bleiben, ob wir es nun wollen oder nicht.«

Cemp sagte: »Es muß irgendeinen wunden Punkt geben. Warum tun Sie zum Beispiel, was er von Ihnen verlangt?«

Riber sagte: »Ich lachte ihn aus, als er mir zum erstenmal sagte, was er wollte. Aber als ich Stunden später wieder zu mir kam, erkannte ich, daß ich ihm jeden seiner Wünsche erfüllt hatte, während ich bewußtlos gewesen war. Die Folge war, daß ich von da an bewußt gehorchte. Das geht nun schon seit etwa einem Jahr nach irdischer Zeitrechnung so.«

Cemp fragte Riber sorgfältig aus. Daß er physisch funktionsfähig geblieben war, als er unter der Kontrolle des Jungen gestanden hatte, deutete darauf hin, daß die grundsätzliche Vorgehensweise des Jungen, Bewußtlosigkeit herbeizuführen, in der Unterbrechung der normalen Wahrnehmungsfähigkeit bestand.

Wie er so darüber nachdachte, erinnerte sich Cemp an den V, der eingeschlafen war, als er Wachdienst an einer der Schleusen getan hatte. Auf Cemps Ersuchen wurden die Schleusenwächter zusammengerufen. Er konfrontierte jeden einzelnen mit der Frage: »Was ist dein Geheimnis?«

Sieben von den zwanzig Wärtern bekannten, daß sie während der Dienstzeit wiederholt geschlafen hatten. So einfach war es also. Der Junge war am Schleuseneingang eingetroffen, hatte das Bewußtsein des entsprechenden Wärters gelöscht und das Schiff betreten.

Es schien Cemp, daß er auf weitere Befragungen verzichten könne. Es ergab einen gewissen Sinn. Das Problem, das anfangs auf eine neue und komplizierte Art telekinetischer Kontrolle hinauszulaufen schien, begann jetzt erheblich simpler auszusehen.

Er kehrte ins Apartment der Frau zurück und streifte sich neue Kleidung über. Mensa begleitete ihn zur Tür. »Wage nicht, dieses Schiff zu verlassen, ohne mich geliebt zu haben«, flüsterte sie. »Du mußt mir das Gefühl geben, daß ich zu dir gehöre.«

Das war im Grunde gar nicht der Fall, wie Cemp wußte. Sie lebte ein verkehrtes Leben. Sie würde immer wollen, was sie nicht besaß, und verabscheuen oder zurückweisen, was sie besaß. Aber er versicherte ihr, daß sie untrennbar miteinander verbunden wären, dann machte er sich wieder auf den Weg nach Apartment Eins.

Als er den Raum betrat, schien es Cemp, daß das Gesicht des Jungen gerötet und sein Blick stumpfer sei. Leise sagte

Cemp: »Wenn ich's herausbekomme, kann es jeder andere Silkie auch. Du hast dir eine Menge Ärger eingehandelt. Was mir zeigt, daß auch du deine Grenzen hast.«

Silkies konnten sich einem Schiff unentdeckt nähern, wenn sie die Fähigkeit hatten, Energiewellen zu manipulieren. Aber die dazu nötige Methode erforderte sorgfältige Ausbildung und lange Übung.

»Nun, du kennst meine Gedanken«, sagte Cemp. »Welcher davon trifft zu?«

Stille.

»Dein Problem«, fuhr Cemp eindringlich fort, »ist, daß das Besondere Volk keine Risiken mit gefährlichen Abweichlern eingeht.«

Er hoffte, daß der Junge verstand, wie entschlossen das Besondere Volk vorging.

Plötzlich seufzte der Junge. »Es hat keinen Sinn, es noch länger zu verbergen. Ich bin Tem, dein Sohn. Als ich erkannte, daß du es warst, der sich dem Schiff näherte, dachte ich, ich sollte mir meinen Vater einmal ansehen. Die Wahrheit ist, ich bekam es mit der Angst zu tun, daß diese Fähigkeiten, die du so ungewöhnlich fandest, entdeckt würden. Darum bin ich hier draußen im All und habe mir eine Operationsbasis eingerichtet, auf die ich mich zu meinem eigenen Schutz notfalls zurückziehen kann. Aber mir ist klar geworden, daß ich Hilfe brauche. Ich finde, unsere Beziehungen zu menschlichen Wesen sollten in einigen Punkten geändert werden. Mehr noch, ich bin sogar bereit, mich neu einordnen und neuerlich ausbilden zu lassen.«

Für Cemp war das die entscheidende Klarstellung. Hier und jetzt traf er seine Entscheidung − es würde keine Hinrichtung geben.

Hastig − denn Cemp hatte es eilig − besprachen sie die Lage. Cemp würde von diesem Zusammentreffen berichten müssen, wenn er zur Erde zurückkehrte. Es gab keine Möglichkeit, wie ein Silkie die Fakten vor den Wahrnehmungsfähigkeiten des Besonderen Volks hätte verbergen können. Und viele Monate lang, wenn er in seinem Paarungsstadium war, würde er keine Kontrolle über seine

Energien haben. Während dieser Periode wäre der Junge der Gnade eines höchst voreingenommenen Gesetzes ausgeliefert.

Tem gab sich unbesorgt. »Mach dir keine Gedanken um mich. Ich bin bereit für sie.«

Das war Rebellengeschwätz, gefährlich und verhängnisvoll. Aber dies war nicht der Augenblick für Ermahnungen. Solche Dinge konnten nach der Heimkehr besprochen werden.

»Es ist sicher besser, wenn du jetzt startest«, sagte der Junge. »Du wirst sehen, daß ich trotzdem vor dir auf der Erde ankomme.«

Cemp versuchte nicht herauszufinden, wie der Junge dieses Wunder an Geschwindigkeit zu vollbringen gedachte. Auch das mußte warten.

Als Cemp in Mensas Apartment seine Kleidung ablegte, sagte er mit nicht unbeträchtlichem Stolz zu ihr: »Der Junge ist mein Sohn.«

Ihre Augen weiteten sich. »Ihr Sohn!« rief sie. »Aber ...« Sie brach ab.

»Was ist?« fragte Cemp.

»Nichts«, erwiderte sie mechanisch. »Ich war nur überrascht, das ist alles.«

Unbekleidet ging Cemp zu ihr hinüber und küßte sie leicht auf die Stirn. Er sagte: »Ich fühle, daß du in eine Liebesbeziehung verstrickt bist.«

Sie schüttelte den Kopf. »Nicht jetzt. Nicht, wo ...« Sie hielt inne, offensichtlich verwirrt.

Er hatte jetzt nicht die Zeit, sich in das Liebesleben einer Frau zu vertiefen. Wenn es je ein Mann eilig gehabt hatte, dann er.

Als Cemp das Apartment der Frau verlassen hatte, kam der Junge herein. »Du hättest mich beinahe verraten«, sagte er mit einer Stimme, die ganz und gar unkindlich klang.

Sie wand sich vor Verlegenheit. »Ich bin nur ein V«, sagte sie jämmerlich.

Er begann sich zu verändern, zu wachsen. Schließlich

stand ein voll ausgewachsener Mann vor ihr. Er sandte eine Energiewelle zu ihr aus, die eine enorm anziehende Wirkung auf sie ausüben mußte, denn trotz ihrer Miene immer größer werdenden Abscheus wankte sie mit ausgebreiteten Armen auf ihn zu. Als sie nur noch wenige Zentimeter von ihm entfernt war, unterbrach er die Energieverbindung wieder. Sie wich augenblicklich zurück.

Der Mann lachte. Aber er wandte sich von ihr ab und eröffnete dann eine Kommunikationslinie zu jemandem auf dem Planeten eines fernen Sterns.

In einem lautlosen Gespräch sagte er: »Ich habe endlich die Konfrontation mit einem Silkie gewagt, einem der mächtigsten Bewohner dieses Systems. Er wird von einer Idee angetrieben, die sich Ebene der Logik nennt. Ich habe entdeckt, daß seine Ebene mit seinem einzigen Sprößling zu tun hat, einem Jungen, den er nie gesehen hat. Ich gab seinem Interesse an diesem Kind vorsichtig eine Richtung. Ich glaube, ich kann jetzt sicher auf dem Hauptplaneten landen, der Erde genannt wird.«

»Um sein Interesse zu verändern, mußt du ihn als Kanal benutzt haben.«

»Ja. Das war das eine Risiko, das ich bei dieser Konfrontation auf mich nahm.«

»Was ist mit den anderen Kanälen, die du benutzt hast, Di-isarinn?«

Der Mann warf einen Blick zu Mensa. »Mit einer möglichen Ausnahme würden sie jedem Versuch eines Silkies, ihren Verstand zu erforschen, Widerstand entgegensetzen. Sie sind eine Rebellengruppe mit Namen V und stehen den anderen Bewohnern des Systems mißtrauisch und feindlich gegenüber. Die einzige Ausnahme stellt eine V-Frau dar, die völlig unter meiner Kontrolle steht.«

»Warum vernichtest du sie nicht?«

»Diese Leute halten eine Art telepathischer Verbindung miteinander, deren Natur ich noch nicht ganz geklärt habe. Jedenfalls scheinen sie sie manipulieren zu können. Falls sie gelogen hat, würden die anderen das wohl augenblicklich wissen. Deshalb kann ich nicht tun, was ich normalerweise tun würde.«

»Was ist mit dem Silkie?«

»Er befindet sich in einem Zustand der Selbsttäuschung auf dem Rückweg zur Erde. Was ebenso wichtig ist, er ist im Begriff, einen physiologischen Wandel durchzumachen, der ihn all seiner gegenwärtigen Offensiv- und Defensivkräfte berauben wird. Ich habe vor, diesen physiologischen Prozeß ablaufen zu lassen – bevor ich ihn beseitige.«

5

Cemp hatte die Geschichte über Satellit Fünf-R an seinen Kontaktmann, Charley Baxter, in der Silkiebehörde weitergeleitet. Als er den Satelliten erreichte und wieder menschliche Gestalt annahm, fand er bereits ein Radiogramm von Charley vor. Es lautete:

HABEN JUNGEN ABGEHOLT. REGIERUNG UNTERSAGT IHNEN LANDUNG BIS ZUR ENDGÜLTIGEN KLÄRUNG DER SACHLAGE.

Bis ihr ihn umgebracht habt, meint ihr wohl! dachte Cemp wütend. Die offizielle Reaktion überraschte ihn. Sie war ein unerwartetes Hindernis.

Der Kommandant des Satelliten, ein normal intelligentes menschliches Wesen, das ihm die Botschaft überreicht hatte, sagte: »Mr. Cemp, ich habe Anweisung erhalten, Sie bis zum Empfang eines anderslautenden Befehls nicht an Bord einer Fähre zur Erde zu lassen. Das ist zwar ungewöhnlich, aber ich kann nichts daran ändern.«

»Ungewöhnlich« war eine Untertreibung. Silkies bewegten sich gewöhnlich frei zur und von der Erde.

Cemp überlegte eine Weile. »Ich werde wieder in den Raum gehen«, sagte er dann entschlossen.

»Sind Sie nicht für eine Veränderung fällig?« Der Offizier schien im Zweifel, ob er ihn gehen lassen sollte.

Cemp lächelte trocken und erzählte den alten Witz, daß Silkies wie werdende Mütter seien, die ständig falsche Geburtswehen haben. Sie rennen ins Krankenhaus, legen sich dort ins Bett und kehren zuletzt nach Hause zurück. Und so wird das Baby, nach mehreren Fehlalarmen, schließlich in einem Taxi geboren.

»Nun ja, Sir«, sagte der Mann unglücklich, »wie Sie meinen. Aber im Weltraum gibt es keine Taxis.«

»So plötzlich geschieht es nicht, man kann es stundenlang hinauszögern«, sagte Cemp, der es bereits stundenlang hinausgezögert hatte.

Bevor er den Satelliten verließ, schickte Cemp ein Radiogramm an seine Frau.

LIEBE JOANNE: WERDE AUFGEHALTEN. NACHRICHT ÜBER ANKUNFT UND TREFFPUNKT FOLGT. RUF CHARLEY AN. ER WEISS BESCHEID. ALLES LIEBE, NAT.

Er wußte, daß die verschlüsselte Botschaft sie aufregen würde. Aber er bezweifelte nicht, daß sie ihn, wie er es wollte, am vereinbarten Treffpunkt abholen würde. Sie würde kommen, und wenn sie nur im Namen des Besonderen Volks herausbringen wollte, was er vorhatte.

Einmal draußen im Raum, steuerte Cemp einen Punkt über dem Südpol an, und dann begann er sein Landemanöver.

Er kam schnell herunter. Nach der Theorie war das die einzige Möglichkeit, wie man unbemerkt auf die Erde gelangen konnte. Die Pole waren relativ strahlungsfrei. Dort, wo das Magnetfeld des Planeten bis zur Oberfläche einwärts gewölbt war, stellte der mächtige Van-Allen-Strahlungsgürtel nur eine minimale Bedrohung dar.

Nichtsdestotrotz gab es zwei Phasen heftigen Bombardements, eine mit hochenergetischen Ionenkernen, die andere mit Röntgenstrahlen. Die Röntgenstrahlen taten ihm nichts zuleide, und die meisten hochionisierten Atomkerne durchdrangen einfach nur seinen Körper, als wäre an seiner Stelle ein Vakuum. Jene Atomkerne, die ihn trafen, hinterließen jedoch einen kleinen Strudel aus Radioaktivität. Hastig stieß Cemp mit dieser besonderen Fähigkeit der Silkies, beschädigte Teile ihres Körpers zu eliminieren, die ernsthaft beeinträchtigten Zellen ab.

Als er in die Atmosphäre eintrat, aktivierte Cemp allmählich die magnetischen Kraftlinien des Planeten hinter sich. Im selben Moment, da sie hell aufzuglühen begannen, fühlte er Radarstrahlen von seinem Körper abprallen, die von unten heraufgeschickt wurden. Aber sie waren jetzt kein Problem mehr. Das Radar würde die Bewegung seines Körpers und das pyrotechnische Spektakel hinter ihm als bloßes Phänomen registrieren. Der äußere Anschein war der eines zur Erde stürzenden Meteoriten.

Sein Eintritt erfolgte schräg in Richtung der Erdumdrehung, seine Eintrittsgeschwindigkeit war dermaßen gehalten, daß sie leicht die beim Passieren der Luft entstehende Hitze absorbieren und wieder abstrahlen konnte. In fünfzehn Kilometer Höhe verlangsamte er seinen Flug weiter und ging etwa eineinhalbtausend Kilometer vom unteren Zipfel Südamerikas entfernt im Meer nördlich der Antarktis nieder. Das kalte Wasser wusch rasch den radioaktiven Niederschlag, der immer noch an seiner äußeren Chitinhülle hing, von seinem Silkiekörper ab. Er schoß in etwa dreißig Meter Höhe dahin und benutzte das Wasser als Kühlungsmittel, indem er verlangsamte und sich herabsinken ließ, wann immer ihm durch die Reibung zu heiß wurde. Es war ein feinausgewogenes Wechselspiel von extremer Beschleunigung und Verlangsamung, aber er schaffte es in weniger als vierzig Minuten bis in die Nähe seines Wohnorts an der Südspitze Floridas, die letzten fünf davon vollkommen unter Wasser.

Als er in Sichtweite des Strandes wieder auftauchte, nahm er seine Fischgestalt an und fünfzig Meter von der Küste entfernt die eines Menschen. Er hatte bereits gesehen, daß Joannes Wagen auf einer Straße hinter einer Sanddüne geparkt war. Er kraulte, bis er in seichteres Wasser gelangte, und watete dann durch auslaufende Wellen und weißen Sand an der gemauerten Uferstraße entlang dorthin, wo sie ihn auf einer Decke liegend erwartete.

Sie erhob sich, eine schlanke, überaus schöne Frau, blond und blauäugig. Ihre klassischen ebenmäßigen Züge waren jetzt weiß und starr, als sie ihm ein Handtuch reichte. Cemp trocknete sich ab und stieg in die Kleidung, die sie ihm mitgebracht hatte. Ein paar Minuten später saßen sie im Wagen, und nun erst gestattete sie ihm einen Kuß. Aber sie verbarg immer noch ihre Gedanken vor ihm, und ihr Körper war steif vor Mißbilligung.

Als sie sich endlich an ihn wandte, geschah es verbal und nicht durch direkte Energiekommunikation. »Ist dir klar«, sagte sie, »daß sie dich bestrafen oder hinrichten werden, wenn du so weitermachst? Du wärst der erste Silkie in mehr als hundert Jahren, dem das passiert.«

Daß sie laut sprach, festigte Cemps Verdacht. Er war sich jetzt sicher, daß sie seine illegale Landung der Silkiebehörde gemeldet hatte und daß dieses Gespräch von anderen mitgehört wurde. Er machte es Joanne nicht zum Vorwurf. Er vermutete sogar, daß das gesamte Besondere Volk darauf vorbereitet war, ihm bei seinen Problemen zu helfen. Es versuchte wahrscheinlich auch die Untersuchung Tems so schnell wie möglich zu Ende zu bringen, damit die Hinrichtung rasch vorüber wäre.

»Was hast du vor, Nat?« Sie klang jetzt eher besorgt als ängstlich. In ihr Gesicht kam etwas Farbe.

Irgendwo tief in seinem Innern fühlte Cemp ein unbestimmtes Erstaunen über seine Unentschlossenheit. Doch es löste keine Fragen in ihm aus. Kühl sagte er: »Wenn sie diesen Jungen töten, werde ich die Gründe dafür schon in Erfahrung bringen.«

»Ich hätte nie gedacht«, erwiderte sie leise, »daß ein Silkie soviel Gefühle für sein Kind aufbringen könnte. Du hast es doch seit der Geburt nicht mehr gesehen. Schließlich mußte ich den Jungen auch aufgeben. Das gehörte zu unseren Vereinbarungen.«

Cemp war gereizt. »Es ist nichts Persönliches«, sagte er schroff.

»Dann kennst du den Grund recht gut«, erwiderte sie in einem plötzlichen Gefühlsausbruch. »Dieser Junge hat offensichtlich die Fähigkeit, seine Gedanken zu verbergen und – deinem eigenen Bericht zufolge – fremde Gedanken zu lesen, in die nicht einmal du eindringen kannst. Wenn es eine solche Person gibt, wird das Besondere Volk seinen historischen Schutz einbüßen. Damit wird der Fall zu einer politischen Angelegenheit.«

»Als ich meinen Bericht abfaßte«, sagte Cemp, »schlug ich ein fünfjähriges Studien- und Umerziehungsprogramm für den Jungen vor. Das wäre der vernünftigste Weg, den man einschlagen könnte.«

Sie schien ihn nicht zu hören. Als ob sie laut nachdächte, sagte sie: »Silkies entstanden durch Mutation aus Menschen, auf der Basis der großen biologischen Entdeckungen in der letzten Hälfte des zwanzigsten Jahrhunderts. Als die grundlegende chemische Einheit des Lebens, das DNS, einmal isoliert war, wurden größere Veränderungen der Lebensformen möglich, andere, als die Natur sie bereithält. Der erste Schritt führte zur Fischgestalt.

Natürlich mußte es mit Vorsicht geschehen. Man konnte den Silkies nicht erlauben, sich nach Belieben fortzupflanzen. Darum enthalten ihre Gene, die ihnen so viele wunderbare Fähigkeiten und Wahrnehmungsorgane bescheren, auch gewisse Beschränkungen. Sie können Menschen, Fische oder Silkies werden, ganz wie es ihnen gefällt. Solange sie sich bei ihrer Verwandlung der Körperkontrolle bedienen, besitzen sie in allen diesen Zustandsformen sämtliche Silkiefähigkeiten. Aber alle neuneinhalb Jahre einmal müssen sie wieder zum Menschen werden, um sich zu paaren. Das ist in sie eingebaut, sie können nichts dagegen tun.

Silkies, die vor langer Zeit versuchten, diese Phase ihres Zyklus zu eliminieren, wurden hingerichtet. In der Zeit dieser erzwungenen Verwandlung in die menschliche Form verlieren Silkies all ihre besonderen Fähigkeiten und werden gewöhnliche, mit Fehlern behaftete Menschen. Das ist unser einziges und größtes Machtmittel über sie. Dann können wir sie für alle illegalen Handlungen bestrafen, die sie sich als Silkies haben zuschulden kommen lassen. Ein weiteres Machtmittel ist, daß es keine weiblichen Silkies gibt. Wenn das Kind eines Silkies mit einer Frau aus dem Besonderen Volk ein Mädchen ist, wird es kein Silkie. Auch das ist in ihre Gene eingebaut ...«

Sie brach ab, dann fuhr sie fort: »Das Besondere Volk ist ein winzig kleiner Teil des Hauptstroms der Menschheit, der, wie sich herausstellte, die spontane Fähigkeit besitzt, die Gedanken von Silkies zu lesen. Sie benutzten diese Fähigkeit zur Errichtung einer verwaltungsmäßigen Herrschaft, solange es noch nicht allzu viele Silkies gab, und schützten so sich und die menschliche Rasse vor Wesen, die sie ansonsten überwältigt hätten.«

Sie schloß verwundert: »Du hast immer zugestimmt, daß ein solcher Schutz notwendig ist, damit die Menschheit überleben kann. Hast du deine Ansicht geändert?« Als Cemp nicht antwortete, fragte sie drängend: »Warum gehst du nicht zur Silkie-Behörde und sprichst mit Charley Baxter? Ein einziges Gespräch mit ihm wird dir mehr nützen als jede Rebellion.« Hastig setzte sie hinzu: »Tem ist auch dort. Du mußt also sowieso hingehen. Bitte, Nat.«

Es fiel Cemp nicht weiter schwer, sich auf ihren Vorschlag einzulassen – er bot ihm, wie er augenblicklich fand, eine günstige Gelegenheit, erst einmal in das Gebäude hineinzukommen. Aber er war doch etwas überrascht, als der Jetkopter auf dem Dach der Silkie-Behörde niederging und Charley Baxter dort bereits auf ihn wartete, schlank, gutaussehend, jedoch ungewöhnlich blaß.

Als sie mit dem Aufzug in die Tiefe fuhren, spürte Cemp, wie sie einen Energieschirm passierten, der schlagartig alle Impulse von der Außenwelt zum Erlöschen brachte. Das war nichts Ungewöhnliches, bis auf die Stärke der Abschirmung. Er spürte, daß der Energieaufwand groß genug war, um eine ganze Stadt oder sogar einen erheblichen Teil des Planeten zu schützen.

Cemp warf Baxter einen fragenden Blick zu und sah in ein Paar ernste, besorgte Augen. Seufzend sagte der Mann: »Jetzt können Sie in mir lesen.«

Was Cemp in Baxters Gedanken las, war, daß sein eigenes Radiogramm über Tem zu einer hastigen Überprüfung von dessen Akten geführt hatte. Danach hatte man entschieden, daß der Junge normal sei und mit Cemp selber etwas sehr Beunruhigendes geschehen sein müsse.

»Ihr Sohn«, erklärte Baxter, »hat sich zu keiner Zeit in irgendeiner Gefahr befunden. Kommen Sie, werfen Sie einmal einen Blick auf ein Fernsehbild. Welcher davon ist Tem? Einer von ihnen muß es sein.«

Sie hatten den Aufzug verlassen und einen großen Raum betreten. Ein an einer Wand hängender Fernsehschirm zeigte eine Straßenszene. Mehrere Jungen näherten sich der offenbar versteckten Kamera, denn nichts an ihnen ließ darauf schließen, daß sie von ihr wußten.

Cemps Blick wanderte über die fremden Gesichter. »Habe keinen von denen je zuvor gesehen«, meinte er.

»Der dritte von rechts ist Ihr Sohn«, sagte Baxter.

Cemp schaute hin, dann drehte er sich um und starrte Baxter an. Und weil sein Gehirn Energieverbindungen besaß, die bloße Neuronenverbindungen umgingen, erkannte er sämtliche Zusammenhänge in einem einzigen blitzartigen Begreifen. Dieses augenblickliche Verstehen umfaßte die analytische Erkenntnis, mit der sein Pseudo-Sohn seine Pflicht, alle Kinder von Silkies zu schützen, geschickt für seine eigenen Zwecke ausgenutzt hatte. Es sprang weiter zu einer erhellenden Prüfung der Energieebene, auf der ihm signalisiert worden war. Fast sofort wurde ihm bewußt, daß das Signal der einzige direkte Kontakt gewesen war, den der Junge an Bord des V-Schiffes gemacht hatte. In jeder anderen Hinsicht war der betrügerische Tem nur als Empfänger von Signalen in Erscheinung getreten.

Ihm fiel auf, daß Baxters helle Augen ihn erwartungsvoll musterten. Der Mann fragte atemlos: »Glauben Sie, daß wir etwas tun können?«

Es war zu früh, das zu beantworten. Voll Dankbarkeit erkannte Cemp, wie das Besondere Volk ihn beschützt hatte. Es schien ihm, daß, wenn er die Wahrheit auch nur geahnt hätte, bevor sie ihn hinter den Energieschirm gebracht hatten, der ihn jetzt schützte – der betrügerische Tem ihn wahrscheinlich getötet hätte.

Baxter ergriff wieder das Wort. »Setzen Sie sich«, sagte er, »und sehen wir uns einmal an, was der Computer aus dem einen Signal herausfiltern kann, das Sie empfangen haben.«

Der Computer lieferte drei Strukturmodelle, die auf den falschen Tem zutreffen konnten. Cemp und Baxter studierten sie mit wachsender Verblüffung, denn sie hatten dabei nicht ernsthaft an etwas anderes als ein ungewöhnliches V-Modell gedacht.

Alle drei formulierten Strukturen waren fremd. Eine rasche Analyse ergab, daß zwei davon keine Heimlichkeit auf seiten eines so machtvollen Wesens rechtfertigten, wie es der Eindringling zweifellos war. Darum schien das dritte Modell, das eine grausige Form esoterischer Sexualität beinhaltete, deren Höhepunkt das von Spinnen bekannte Auffressen eines Partners durch den anderen war, die größte Wahrscheinlichkeit zu haben.

Baxters Gesicht spiegelte den Wunsch, nicht daran glauben zu müssen. »Diese Vorstellung, daß sie eine Menge Liebesobjekte brauchen – könnte das wahr sein?« In dumpfem Tonfall fügte er hinzu: »Ich werde alle Silkies alarmieren und unsere anderen Kräfte mobilisieren – aber können Sie nicht sofort etwas tun?«

Cemp, der seine Sinnesorgane bereits auf dem Empfang der fremden Signale eingestellt hatte, war angespannt und ängstlich. Er sagte: »Ich frage mich, wohin er gehen würde, und die Antwort ist, daß es nur mein Haus sein kann. Glauben Sie, daß Joanne schon dort ist? Hatte sie noch andere Erledigungen zu machen?«

Er sah, daß Baxter den Kopf schüttelte ...

Cemp eilte durch eine Tür auf einen breiten Balkon, verwandelte sich in einen Silkie und löste sich mit Hilfe der Magnetkraftlinien teilweise von der Schwerkraft ... ein Mann in weit größerer Eile als je zuvor.

6

Er betrat das große Haus am Meer in seiner menschlichen Gestalt, um die letzten paar Meter besser laufen und sich in den Korridoren bewegen zu können. Und weil er sich auf die Wahrnehmungsstruktur des Fremden eingestellt hatte, hoffte er, daß seine Ankunft und seine Gedanken dem fremden Wesen verborgen blieben.

Er entdeckte Joanne in ihrem gemeinsamen Schlafzimmer, halb ausgekleidet.

Sie schien niemals anziehender gewesen zu sein. Ihr Lächeln, warm und freundlich und einladend, zog ihn an. Sie befand sich in einem Zustand erwartungsvoller Erregung, die sich ihm mitteilte und einen so mächtigen natürlichen Impuls auslöste, daß seine Sinne umnebelt wurden und sein Gefühl für die Realität und die drohende Gefahr in diesem Haus vage und nebensächlich zu werden drohte. Joanne lag auf dem Bett, und die ganze Macht seiner Gefühle konzentrierte sich auf sie. Einen langen Augenblick existierte nichts anderes für ihn. Sie waren zwei Menschen, die mit jedem Nerv ihrer Körper einander verlangten.

Atemlos, bestürzt über diese furchtbare und unvermittelte Gewalt, zwang Cemp seine Gedanken in eine andere Richtung — auf das mögliche Schicksal der wirklichen Joanne — und zerstörte den Zauber.

Wut, Haß und alle Gewalt, die sich in ihm aufgestaut hatten, brachen aus ihm heraus.

Aber die magnetisch gesteuerte Strahlung, die Cemp auf das Wesen abfeuerte, verknisterte harmlos an einem ebenso magnetisch gesteuerten Energieschirm. Wutschnaubend stürzte er sich auf das Wesen und griff es jetzt mit seinen bloßen Händen an.

Sekundenlang wälzten sie sich im Handgemenge, die halbnackte Frau und der völlig nackte Cemp. Dann wurde Cemp von Muskeln, die zehnmal stärker waren als seine eigenen, an die Wand geschleudert.

Er rappelte sich auf, plötzlich ernüchtert und wieder fähig zu denken. Er sah die gesamte problematische Situation der Erde in Beziehung zu diesem Eindringling und der Gefahr, die er darstellte.

Joannes Imitation veränderte sich. Der Körper vor ihm wurde zu dem eines Mannes, der das dünne Gewebe des Frauenunterkleids noch immer um die Hüften drapiert hatte, aber daran war nichts Feminines. In seinen Augen brannte das ganze unendliche Gewalttätigkeitspotential des Mannes, dem sich Cemp jetzt gegenübersah.

Cemp fühlte sich von einer verzweifelten Sorge um seine Frau gepackt, doch es kam ihm nicht einmal in den Sinn, dieses Wesen nach ihr zu fragen. Statt dessen sagte er: »Ich möchte, daß Sie gehen. Wir werden uns mit Ihnen in Verbindung setzen, wenn Sie eine Million Kilometer weit draußen im Weltraum sind.«

Das männliche Gesicht des anderen zeigte ein geringschätziges Lächeln. »Ich werde gehen. Aber ich fühle in Ihnen die Absicht, meine Herkunft zu erfahren. Das wird Ihnen niemals gelingen.«

»Wir werden sehen«, versetzte Cemp, »was zweitausend Silkies aus Ihnen herausquetschen können.«

Die Haut des Wesens strotzte vor Gesundheit, strahlte Selbstsicherheit und Macht aus. »Vielleicht sollte ich Ihnen ja verraten, daß wir Kibmadines eine totale Kontrolle jener Kräfte erreicht haben, die Silkies nur zu einem Teil beherrschen.«

»Viele Starrheiten können größte Flexibilität verbergen«, entgegnete Cemp.

»Sie sollten mich besser nicht angreifen«, sagte der andere mit kompromißloser Stimme. »Der Preis, den sie zahlen müßten, wäre zu hoch.«

Er wendete sich ab. Und in eben diesem Moment hatte Cemp einen anderen Gedanken, ein anderes Gefühl – einen Widerwillen, dieses Wesen gehen zu lassen, ohne versucht zu haben, über den Abgrund zu reichen, der sie trennte. Denn dies war der erste Kontakt eines Menschen mit einer außerirdischen Intelligenz. Für ein paar flüchtige Sekunden erinnerte sich Cemp der tausend Träume, die Menschen mit einem solchen Zusammentreffen verbunden hatten. Doch dann fand sein Zögern das unausweichliche Ende, als die Realität einer nicht näher bestimmbaren Feindseligkeit von neuem die Kluft zwischen ihnen ausfüllte.

Augenblicke später war das Alien unterwegs, löste sich auf, veränderte sich – und war fort.

Cemp nahm Kontakt mit Baxter auf. »Verbinden Sie mich mit einem anderen Silkie, damit er den Fall übernehmen kann«, sagte er. »Ich bin meiner Veränderung jetzt wirklich furchtbar nahe.«

Er wurde durch Gedankenkommunikation mit einem Silkie namens Jedd verbunden. Derweil sagte Baxter: »Ich bin auf dem Weg zu Ihnen. Die Regierung hat mir weitreichende Befugnisse gegeben.«

Cemp fand Joanne in einem der freien Schlafzimmer. Sie lag angekleidet auf dem Bett, ihr Atem ging tief und gleichmäßig. Er sandte einen raschen Energiestrom in ihr Gehirn. Die Reflexe, die dadurch ausgelöst wurden, bestätigten ihm, daß sie nur schlief. Er nahm auch etwas von der fremdartigen Energie auf, die sich immer noch in ihren Zellen befand. Die Information, die dieser Energie eingeprägt war, erzählte eine Geschichte, die sofort klarmachte, weshalb sie noch lebte: Der Kibmadine hatte ihren lebenden Körper als Modell für sein Duplikat verwendet.

Diesmal hatte es das Wesen noch auf ein größeres Wild abgesehen gehabt – einen Silkie.

Cemp versuchte, seine schlafende Frau nicht zu wecken, und war ungemein erleichtert, als er den Innenhof betreten hatte, von dem er einen weißen Sandstrand und den zeitlosen blauen Ozean dahinter überschauen konnte. Er saß dort, bis Baxter sich schließlich zu ihm gesellte.

Sie hatten bereits in Gedankenkontakt gestanden, und nun sagte Baxter: »Ich spüre einen Zweifel in Ihnen.«

Cemp nickte.

Baxter fragte sanft: »Was fürchten Sie?«

»*Den Tod!*«

Es war ein Gefühl tief in seinem Innern.

Zum zweitenmal, seit er es mit dem Alien zu tun bekommen hatte, nahm er sich vor, notfalls den Tod nicht zu scheuen. Und mit dieser Entscheidung stellte er alle seine Rezeptoren auf Empfang ein, nachdem er zuvor sorgfältig die lokalen Erdengeräusche herausgefiltert hatte. Fernsehen, Radar, Radio, unzählige Energieemissionen von Maschinen — sie alle mußten ausgesondert werden. Dann begann er die kaum wahrnehmbaren Signale aus dem Weltraum »abzuhören«.

Lange vor den ersten Silkies war bereits bekannt gewesen, daß der Raum von Botschaften erfüllt war; das gesamte siderische Universum pulsierte mit einer unglaublichen Zahl von Vibrationen. Stunde um Stunde und Jahr um Jahr lebten die Silkies mit diesem unaufhörlichen »Lärm«, und ihre frühe Ausbildung war weitgehend dem Erlernen der Fähigkeit gewidmet, wie jeder Rezeptor einzeln in den Wach- und Schlafzustand gebracht werden konnte.

Nun wurden jene Rezeptoren, die so lange geruht hatten, in Bereitschaft versetzt.

Sein Geist war aufs äußerste gespannt, und er begann die nahen Sterne, die fernen Sterne, die Sternhaufen und Galaxien zu spüren. Jeder Stern hatte sein eigenes komplexes Signal. Nirgends gab es einen Doppelgänger oder auch nur eine entfernte Ähnlichkeit.

Das Universum, auf das er sich einpegelte, bestand aus einzelnen Elementen. Cemp schätzte die Entfernung eines jeden Sterns, die Einzigartigkeit jedes Signals. Was für eine freundliche Welt! Jeder Stern war exakt, was er war, und sein Standort gab dem Universum erst seine Bedeutung. Es gab kein Chaos. Cemp erfuhr seinen eigenen Platz in Raum und Zeit, und das gab ihm die Gewißheit von der grundlegenden Richtigkeit der Dinge.

7

Cemps suchendes Bewußtsein kehrte von seinem ausgedehnten Streifzug zu einem Punkt zurück, der ungefähr eineinhalb Millionen Kilometer von der Erde entfernt lag. Dort hielt er inne, um die Signale aufzufangen, die aus dem Raum zwischen diesem Punkt und der Erde kamen.

Ohne die Augen zu öffnen, sagte er zu Baxter: »Ich lese ihn nicht. Er muß um den Planeten gegangen sein und die Erdmasse zwischen sich und uns gebracht haben. Sind die Reflektoren bereit?«

Baxter sprach über eine Telefonleitung, die eigens für ihn offengehalten wurde. Der frühzeitig in Betrieb gesetzte Telstar und andere Satelliten standen zu seiner vollen Verfügung. Über einen dieser Reflektoren pegelte er sich auf den fremden Eindringling ein.

Cemp sagte zu dem Alien: »Vor allen Dingen wollen wir Informationen.«

Das Alien antwortete: »Vielleicht sollte ich Ihnen unsere Geschichte erzählen.«

Und so erfuhr Cemp die Geschichte der ewigen Liebhaber, einer Gruppe von mehr als einer Million Wesen, die von einem Planetensystem zum anderen zog, sich jedesmal der Form der Bewohner anpaßte und eine Liebesbeziehung zu ihnen aufbaute. Doch es war eine Liebesbeziehung, die ihren Liebesobjekten Schmerzen und den Tod brachte. Nur zweimal waren die Liebhaber Wesen begegnet, die genügend Macht besaßen, ihnen zu widerstehen. In beiden Fällen hatten die Kibmadines das ganze System vernichtet.

Di-isarinn endete: »Zusätzliche Informationen sind für Sie nicht erhältlich.«

Cemp unterbrach den Kontakt. Ein erschütterter Baxter fragte: »Glauben Sie, daß die Informationen der Wahrheit entsprechen?«

Cemp entgegnete, daß er es glaube. Er schloß mit Nachdruck: »Unsere Aufgabe ist es, herauszufinden, woher das Wesen kommt – und es dann zu vernichten.«

»Aber wie wollen Sie das anstellen?«

Das war eine gute Frage. Sein früherer Zusammenstoß mit diesem Wesen hatte ihn mit einer Mauer schier unglaublicher Macht konfrontiert.

Cemp sackte tiefer in seinen Sitz und dachte mit geschlossenen Augen über das Problem einer Rasse von Wesen nach, die ihre Gestaltveränderung voll unter Kontrolle hatten. Auf jenen langen Wachen draußen im Weltraum hatte er häufig solche Möglichkeiten erwogen; denn Zellen konnten wachsen und schrumpfen, sich trennen, sich teilen, sich abspalten und neu formieren, alles innerhalb von wenigen Sekunden. In der Zwielichtzone des Lebens, wo die Viren, die Bakterien und die Körperzelle ihr komplexes Dasein führten, hatte die hohe Geschwindigkeit der Veränderung es ermöglicht, einen Menschen fast augenblicklich in einen Silkie und wieder zurück in einen Menschen zu verwandeln.

Der Eindringling konnte offenbar mit gleicher Geschwindigkeit eine unbegrenzte Zahl von Formen annehmen, allein kraft seines Willens.

Aber die Logik der Ebenen ließ sich auf jede Aktion des Kibmadines anwenden.

Von irgendwo hinter Cemp sagte Baxter: »Sind Sie sicher?« Seine Stimme klang skeptisch.

Cemp reagierte auf zweierlei Weise auf diese Frage – mit äußerster Freude über die Hoffnung, die seine Analyse brachte ... und starker innerer Überzeugung. Er sagte laut: »Ja, die Logik ist anwendbar. Aber für ihn werden wir den nächstmöglichen Energiekontakt brauchen. Millimeter wären besser als Zentimeter, Zentimeter besser als Meter. Also werde ich selber dort hinausgehen müssen.«

»Hinausgehen?« fragte Baxter. Er klang erstaunt.
»Zu seinem Schiff.«
»Glauben Sie, er hat ein Schiff?«
»Natürlich hat er eins. Alles andere wäre unpraktisch für seine Unternehmungen.«
Cemp erklärte es ihm geduldig. Er hatte oft beobachtet, daß selbst das Besondere Volk in solchen Dingen zu übertriebenen Vorstellungen neigte. Sie hielten die Fähigkeiten der Silkies für erheblich größer, als sie in Wirklichkeit waren. Aber die Logik des Manövrierens im Raum war im Grunde einfach — näherte man sich einer Sonne, konnte man ihre volle Anziehungskraft nutzen, um Geschwindigkeit aufzunehmen. In diesem Augenblick würde der Kibmadine dabei sein, »die Leiter der Planeten hinaufzuklettern«, die Anziehungskraft der Sonne von hinten abzuschneiden und diejenige Jupiters und der äußeren Planeten auszunützen.
Kein vernunftbegabtes Wesen würde versuchen, die Entfernungen zwischen den Sternen mit einer derartigen Methode zu überbrücken. Also gab es ein Schiff. Es mußte einfach ein Schiff geben.
»Lassen Sie ein Raumschiff für mich bereitstellen«, sagte Cemp, »komplett mit einem Wassertank, der transportiert werden kann.«
»Sie erwarten Ihre Veränderung, bevor Sie ankommen?«
»Es kann jeden Moment soweit sein.«
Verblüfft sagte Baxter: »Sie haben die Absicht, dem mächtigsten Wesen gegenüberzutreten, das wir uns vorstellen können, ohne auch nur über den winzigsten Rest an eigener Energie zu verfügen?«
»Ja«, meinte Cemp. »Das ist der einzige Weg, wie wir ihn bis auf wenige Zentimeter an die Energiequelle heranbringen können, die ich in dem Tank installiert haben möchte. Um Gottes willen, Mann, machen Sie schon!«
Widerwillig griff Baxter nach dem Telefon.

8

Wie Cemp erwartet hatte, begann seine Veränderung unterwegs. Als man ihn an Bord des Kibmadine-Schiffes brachte, befand er sich bereits in einem Wassertank, denn die erste, zwanghafte Veränderung war die zum Fisch.

Für etwas mehr als zwei Monate würde er ein Silkie der Klasse B sein.

Als Di-isarinn endlich das winzige Schiff in seiner einsamen Umlaufbahn jenseits des Plutos erreichte, bemerkte er sofort, daß sich jemand am Eingangsmechanismus zu schaffen gemacht hatte, und im nächsten Moment spürte er Cemps Anwesenheit an Bord.

Im Verlauf unzähliger Jahrtausende waren Di-isarinn durch Nichtgebrauch seine Reflexe abhanden gekommen, so daß er keine Angst mehr kannte. Aber er stellte fest, daß alles auf eine Falle hindeutete.

In Windeseile nahm er eine Überprüfung vor, um sich zu vergewissern, daß es auch keine Energiequelle an Bord gab, die ihm gefährlich werden konnte. Gut. Es gab keine – kein Relais, nichts.

Nur der Wassertank strahlte eine schwache Energie aus, doch welchen Zweck diese Installation verfolgte, blieb Di-isarinn verborgen.

Er überlegte zynisch, ob diese Menschenwesen es vielleicht auf einen Bluff angelegt haben konnten, mit dem sie zu erreichen hofften, daß er sich nicht mehr an Bord seines eigenen Schiffes wagte.

Noch während er dies dachte, aktivierte er den Öffnungsmechanismus, trat in der Gestalt eines Menschen ein und ging zu dem Wassertank hinüber, der in der Mitte der winzigen Kabine stand. Dann blickte er auf Cemp herunter, der auf dem Grund des Tanks lag.

»Wenn es ein Bluff ist«, sagte Di-isarinn, »könnte ich nicht darauf eingehen, weil es keinen anderen Ort gibt, zu dem ich ausweichen kann.«

In seinem Fischstadium konnte Cemp menschliche

Worte hören und verstehen, aber er konnte sich nicht in gleicher Weise verständlich machen.

»Es ist interessant«, fuhr Di-isarinn fort, »daß ausgerechnet der Silkie, dessen Gedanken ich jetzt nicht lesen kann, das enorme Risiko auf sich genommen hat, an Bord zu kommen. Ihr Computer hat Ihnen geholfen, sich auf mich einzustellen, aber vielleicht waren Sie mehr von dem Verlangen beeinflußt, das ich in Ihrem Haus in Ihnen zu wecken versuchte, als es in jenem Moment den Anschein gehabt hat. Vielleicht sehnen Sie sich ja nach der Ekstase und lustvollen Qual, die ich Ihnen anbot.«

Cemp dachte angespannt: *Es wirkt. Er weiß nicht, wie er auf dieses Thema gekommen ist.*

Die Logik der Ebenen begann ihre Wirkung zu zeigen. Es war eine seltsame Welt, die Welt der Logik. Fast in seiner ganzen langen Geschichte war der Mensch von unbekannten Mechanismen in seinem Gehirn und Nervensystem gesteuert worden. Ein Schlafzentrum ließ ihn einschlafen, ein Wachzentrum weckte ihn, ein Erregungsmechanismus mobilisierte ihn zum Angriff, ein Angstkomplex schlug ihn in die Flucht. Es gab noch hundert oder mehr andere Mechanismen, jedes davon mit einer speziellen Aufgabe, jedes ein Wunder perfekten Funktionierens, aber entwertet durch den verständnislosen Gehorsam des Menschen gegenüber zufallsbedingten Auslösungen des einen oder des anderen.

Während dieser Periode bestand alle Zivilisation aus Begriffen wie Ehre und Anstand und ebenso noblen wie erfolglosen Versuchen, die darunter verborgenen einfachen Tatbestände zu rationalisieren. Zuletzt kam ein sich langsam entwickelndes Verstehen und die Kontrolle der Nervenmechanismen — erst weniger, dann vieler.

Das wahre Zeitalter der Vernunft brach an. Auf der Basis dieser Vernunft fragte sich Cemp jetzt, ob die Ebene des Kibmadines niedriger oder höher war als zum Beispiel die des Haies. Sie war niedriger, beschloß er. Ein passender Vergleich wäre etwa, wenn der Mensch den Kannibalismus mit sich in die Zivilisation gebracht hätte. Darauf wäre eine niedrigere Ebene der Logik anwendbar.

Der Hai war ein relativ reines Strukturmodell. Er lebte nach dem Rückkopplungsprinzip und brachte es so zu einer recht ausgewogenen Existenz. Er alterte nicht, wie es Menschen taten. Er wurde nur älter – und damit länger. Es war ein System von berauschender Einfachheit. In Bewegung bleiben! so lautete sein Gesetz. Und welche Poesie lag in dieser Bewegung durch die weite, tiefe See, die ihn hervorgebracht hatte! Doch die Bewegung war in ein simples Schema zu fassen: Sauerstoffmangel, gesteigerte Erregung, schnelleres Schwimmen; genug Sauerstoff, langsames Kreuzen, sogar Treibenlassen oder Stillstand. Aber nicht lange. Ständige Bewegung – das war das Leben des Haies.

Fressen und Nahrungsaufnahme an sich waren grundlegender, primitiver, reichten weiter in die Urzeit der Evolution zurück. Und so hatten die machtvollen Kibmadines ein verwundbares Strukturmodell in ihre unzähligen Gestaltveränderungen gebracht, eines, das sie nicht aufgeben konnten, gleichgültig, wie vollkommen sie die anderen Mechanismen ihrer Körper auch kontrollierten ...

Di-isarinn fühlte sich ruhig und Herr der Lage. Es war Pech, daß der Silkie die Kibmadinestruktur so genau analysiert hatte. Aber das war nicht weiter wichtig. Unter anderen Umständen wäre die Erde vielleicht ein Planet gewesen, den man zerstören mußte. Aber es war ausgeschlossen, daß rechtzeitig genug Silkies produziert würden, um das System vor der Eroberung zu retten.

Und so würden die Mitglieder einer weiteren Rasse, eins nach dem anderen, die Ekstase des Gefressenwerdens als Höhepunkt des Liebesaktes erfahren.

Welch eine Freude es war, von vielen Millionen Zellen zuerst Widerstand und Entsetzen zu erfahren und dann die Umkehr zu erleben, wo jeder Teil des anderen Wesens sich danach sehnte, gegessen zu werden, es forderte, emsig danach verlangte, bettelte, flehte ...

Di-isarinns Ruhe wich einer lustvollen Erregung, als in

seinem Geist die Bilder und Gefühle von Tausenden erinnerter Liebesmähler wieder lebendig wurden.

Ich liebte sie wirklich alle, dachte er traurig. Es war jammerschade, daß sie nicht erzogen worden waren, schon im voraus die höchste Lust im alles verzehrenden Abschluß der Sexorgie würdigen zu können.

Es hatte Di-isarinn immer gestört, daß das Vorspiel heimlich stattfinden mußte, besonders mit Wesen, die die Fähigkeit besaßen, Gedanken an andere ihrer Art zu übermitteln und sie so zu warnen. Der größte Genuß kam immer dann, wenn das Ende bekannt war, wenn ein Teil des Liebesspiels darin bestand, das besorgte, zitternde Wesen zu ermutigen und das klopfende Herz zu beruhigen.

»Eines Tages«, hatte er unzähligen Liebespartnern versichert, »werde ich jemandem begegnen, der mich essen wird. Und wenn das geschieht ...«

Immer hatte er sie zu überzeugen versucht, daß er frohlocken würde, wenn man ihn verschlänge.

Die damit verbundene Umkehrung war ein Phänomen des Lebens selbst; der Drang, zu erliegen, konnte so mächtig sein wie der Drang, zu überleben.

Wie er nun hier vor dem Wassertank stand und zu Cemp hinunterblickte, verspürte Di-isarinn eine emotionale Wallung, als die Vorstellung des Gegessenwerdens wie eine Phantasie durch sein Gehirn schoß. Er hatte solche Bilder schon zuvor gesehen, aber nie war die Vorstellung so stark und realistisch gewesen wie diesmal.

Er merkte nicht, daß er den Punkt erreicht hatte, an dem keine Umkehr mehr möglich war. Ohne zu denken, wandte er sich vom Tank ab. Cemp war vergessen, und er verwandelte sich rasch in eine erinnerte Form, eine langhalsige Gestalt mit glatter, gefleckter Haut und mächtigen Zähnen. Er entsann sich der Gestalt deutlich und liebevoll. Die Angehörigen dieser Rasse waren vor gar nicht langer Zeit die Liebesobjekte des Kibmadines gewesen. Ihre Körper hatten über ein ganz besonders sensibles Nervensystem verfügt.

Di-isarinn konnte es kaum erwarten.

Er hatte die Gestalt kaum angenommen, als er auch schon seinen langen Hals zurückbog. Einen Moment später schnitten die Zähne, angetrieben vom gnadenlosen Beißinstinkt des Kibmadines, einen ganzen Schenkel ab.

Der Schmerz war so entsetzlich, daß er aufschrie. Aber in seinem verzückten Gehirn war der Schrei nur ein Echo der unzähligen Schreie, die sein Biß in der Vergangenheit hervorgerufen hatte. Damals wie heute erregte ihn das Geräusch über jedes erträgliche Maß hinaus.

Er biß tiefer, kaute fester, aß schneller.

Er verschlang fast eine Hälfte seines eigenen Körpers, bevor der nahende Tod eine kindliche Angst aus seiner frühen Vergangenheit heraufbrechen ließ. Wimmernd, voller Sehnsucht nach seinem Zuhause, öffnete er einen Kanal zu seiner Kontaktstelle auf dem Planeten der fernen Sonne, wo seine Art jetzt beheimatet war.

In diesem Augenblick schoß eine von außen kommende Energie an ihm vorbei und löschte seinen Kommunikationsversuch aus. Auf einen Schlag gaben zwölf Silkies eine elektrische Spannung auf diesen Kanal, von dem sie annahmen, daß er nicht mehr aushalten würde.

Der Stromstoß, der den fernen Kibmadine traf, hatte bei 140000 Ampere mehr als 80000 Volt Spannung. Er war so stark, daß er die Reflexabwehr von Di-isarinns Gefährten durchschlug und ihn in einem einzigen Ausbruch von Flammen und Rauch vergehen ließ.

So rasch die Verbindung hergestellt worden war, hörte sie auch wieder auf zu existieren. Das Sonnensystem war nur noch ein entlegener, anonymer Stern ...

Der Tank mit Cemp darin wurde zum Ozean gebracht. Er kroch ins Meer hinaus und wandte sich der anlaufenden Flut zu, bis das prickelnde, blasige Wasser erfrischend durch seine Kiemen strömte. Als er das tiefere Wasser erreichte, tauchte er unter. Bald lag das Branden der Wellen hinter ihm. Voraus lagen die blaue See und die großen Sandbänke des Küstenschelfs, wo eine Kolonie von Silkies der Klasse B ihre muntere Fischexistenz führte. Er würde mit ihnen in den Kuppelstädten leben – ein paar Monate lang.

9

Cemps Lebensphase als etwas Niedrigeres denn ein Silkie der Klasse C verstrich ereignislos.

Fast ein Jahr später ging Nat Cemp auf der Straße an diesem Mann vorüber — und blieb stehen.

Etwas an dem anderen löste ein Signal in jenem Teil seines Nervensystems aus, das selbst in seiner menschlichen Form noch Reste seiner Silkiefähigkeiten bewahrt hatte. So sehr er sich auch bemühte, konnte er sich nicht erinnern, dieses Signal früher schon einmal gefühlt zu haben.

Cemp drehte sich auf der Straße um und blickte zurück. Der Fremde war an der nächsten Ecke stehengeblieben. Dann, als die Ampel auf Grün umschaltete, schritt er schnell und energisch auf den gegenüberliegenden Gehsteig zu. Er hatte ungefähr Cemps Größe von einem Meter achtzig und schien auch etwa gleich gebaut zu sein — sein Gewicht mochte vielleicht achtzig Kilo betragen.

Sein Haar war, wie das von Cemp, dunkelbraun, und er trug einen dunkelgrauen Anzug, ebenfalls wie Cemp. Nun, da sie sich rund fünfzig Meter voneinander entfernt befanden, war sein anfänglicher Eindruck, der andere sei ihm irgendwie bekannt, nicht mehr so stark.

Trotzdem ging Cemp dem Mann nach kurzem Zögern nach, holte ihn rasch ein und fragte höflich: »Darf ich Sie wohl einen Moment sprechen?«

Der Mann blieb stehen. Aus der Nähe war die Ähnlichkeit zwischen ihnen wirklich bemerkenswert, fast wie die von Blutsverwandten. Blaugraue Augen, gerade Nase, strenger Mund, starkes Genick, die Form der Ohren, sogar die Art, wie sie sich bewegten, war ähnlich.

Cemp sagte: »Ich frage mich, ob Sie sich bewußt sind, daß Sie und ich praktisch Zwillinge sind.«

Im Gesicht des Mannes zuckte es ein wenig. Seine Lippen verzogen sich zu einem leisen Schnauben, und seine Augen blickten Cemp starr an. Er sagte mit einer Baritonstimme, die ein genaues Gegenstück zu Cemps eigener war: »Es war meine Absicht, daß Sie es bemerken. Wenn es Ihnen diesmal nicht aufgefallen wäre, hätte ich mich Ihnen neuerlich genähert. Mein Name ist U-Brem.«

Cemp schwieg verdutzt. Die Feindseligkeit in der Haltung und im Tonfall des Mannes überraschten ihn. Verachtung, analysierte er verwundert.

Wäre der Mann nur ein gewöhnlicher Mensch gewesen, der irgendwie einen Silkie in menschlicher Form erkannt hätte, wäre Cemp geneigt gewesen, es als einen dieser unvermeidlichen Zwischenfälle abzutun. Wurde ein Silkie auf der Straße von Passanten erkannt, so kam es nämlich manchmal vor, daß er beschimpft und beleidigt wurde. Gewöhnlich ließen sich solche Vorfälle durch ein paar erklärende Worte oder einfach durch unauffälligen Rückzug aus der Welt schaffen. Aber hin und wieder mußte ein Silkie auch kämpfen. Die Ähnlichkeit des Mannes mit Cemp wies jedoch darauf hin, daß dieses Zusammentreffen von anderer Art war.

Während er dies dachte, fühlte Cemp die zynischen graublauen Augen des Fremden auf sich gerichtet. Der Mann entblößte in einem unbestimmbaren Lächeln ebenmäßige, weiße Zähne. »Ungefähr in diesem Moment«, sagte er, »tritt jeder Silkie im Sonnensystem, auf welche Weise auch immer, in Kontakt mit seinem ›Alter ego‹.«

Er hielt inne; und wieder dieses anmaßende Lächeln. »Ich sehe, daß Sie das in Alarmbereitschaft versetzt hat. Sie stellen sich nun auf die Kontaktaufnahme ein ...«

Er hatte recht. Cemp hatte schlagartig beschlossen, daß er den anderen nicht gehen lassen durfte, einerlei, ob seine Behauptung zutraf oder nicht.

»... indem Sie versuchen, mich festzuhalten«, fuhr der Mann fort. »Das wird Ihnen aber nicht gelingen, denn ich bin Ihnen in jeder Hinsicht gewachsen.«

»Sind Sie ein Silkie?« fragte Cemp.

»Ich bin ein Silkie.«

Nach den historischen Tatsachen mußte das eine falsche Behauptung sein. Dagegen sprach allerdings diese unverkennbare, erstaunliche Ähnlichkeit mit ihm selbst.

Cemp blieb bei seinem Entschluß. Selbst wenn es sich um einen Silkie handelte, war Cemp doch allen seinen Artgenossen überlegen. Bei seinem Kampf mit dem Kibmadine im vorigen Jahr hatte er Dinge über die Körperkontrolle gelernt, die keinem anderen Silkie bekannt waren. Wie hoch diese Kenntnisse eingeschätzt wurden, bewies der Umstand, daß die Silkie-Behörde ihn angewiesen hatte, nur ja nicht mit einem anderen Silkie über seine neuerworbenen Fähigkeiten zu kommunizieren. Und an diese Weisung hatte er sich gehalten.

Dieses zusätzliche Wissen würde sich jetzt zu seinem Vorteil auswirken — wenn der andere wirklich ein Silkie war.

»Bereit für die Botschaft?« fragte der Mann unverschämt.

Cemp, der auf den Kampf seines Lebens gefaßt war, nickte nur kurz.

»Es ist ein Ultimatum.«

»Ich warte«, sagte Cemp.

»Sie haben Ihre Verbindungen mit menschlichen Wesen abzubrechen und sich jeglicher Kontakte mit ihnen zu enthalten. Sie erhalten Befehl, zum Volk der Silkies zurückzukehren. Sie haben eine Woche Zeit, um sich zu entscheiden. Wenn Sie dem Befehl bis dahin nicht nachgekommen sind, werden Sie als Verräter betrachtet und behandelt, wie Verräter immer behandelt wurden, ohne Gnade.«

Da es kein »Volk« der Silkies gab und nie eines gegeben hatte, startete Cemp nach kurzer Erwägung des unerwarteten »Ultimatums« seinen Angriff.

Er glaubte immer noch nicht ganz, daß sein »Zwilling« ein Silkie war. Also sandte er eine minimale elektrische Spannung auf einer der Magnetspuren aus, die er als Mensch benutzen konnte — genug, um einen Mann in Ohnmacht zu versetzen, ohne ihm ernsthaft zu schaden.

Zu seinem Entsetzen wurde der Energiestoß von einem magnetischen Schirm abgewehrt, der nicht weniger stark war als alles, was er selbst aufzuweisen hatte. Demnach war der Mann tatsächlich ein Silkie.

Der Fremde starrte ihn an, plötzliche Wut in den Augen,

die Zähne entblößt. »Das vergesse ich Ihnen nicht!« schnaubte er. »Sie hätten mich verletzt, wenn ich keine Verteidigung gehabt hätte.«

Cemp zögerte und überdachte die hinter seinem Angriff stehende Absicht. Es mußte nicht unbedingt eine Gefangennahme sein. »Hören Sie«, sagte er, »warum begleiten Sie mich nicht zur Behörde? Wenn es wirklich ein Volk der Silkies gibt, ist normale Kommunikation noch die beste Methode, es herauszufinden.«

Der fremde Silkie wich zurück. »Ich habe meine Pflicht getan«, murmelte er. »Ich bin das Kämpfen nicht gewohnt. Sie haben versucht, mich zu töten.«

Er schien unter Schock zu stehen. Seine Augen hatten einen anderen Ausdruck angenommen und blickten jetzt benommen. Die ganze anfängliche Selbstsicherheit des Mannes war verschwunden. Er wich weiter zurück.

Cemp folgte ihm, noch immer unschlüssig. Er selbst war ein durchtrainierter Kämpfer; es fiel ihm schwer, zu verstehen, daß es einen Silkie geben sollte, der im Kampf tatsächlich nicht versiert war.

»Wir müssen nicht kämpfen«, besänftigte er den Mann. »Aber Sie können nicht ein Ultimatum abgeben und dann einfach so gehen, als ob Ihre Arbeit getan wäre. Sie sagen, Sie hießen U-Brem. Woher kommen Sie?«

Während er sprach, war er sich dessen bewußt, daß die Leute auf der Straße stehengeblieben waren und dem seltsamen Schauspiel der beiden Männer zusahen, von denen der eine langsam zurückwich und der andere ihm, Schritt für Schritt, ebenso langsam folgte.

»Zuerst, wenn es wirklich ein Volk von Silkies gibt, wo hat es sich — wo haben *Sie* sich — dann all die Jahre über versteckt gehalten?« fragte Cemp.

»Verflucht noch mal — hören Sie auf, mich zu bedrängen! Sie haben Ihr Ultimatum. Es bleibt Ihnen eine Woche Zeit, um darüber nachzudenken. Und jetzt lassen Sie mich in Ruhe!«

Das »Alter ego« hatte offensichtlich nicht im voraus überlegt, was er nach Übermittlung der Botschaft tun würde.

Seine Unentschlossenheit machte den ganzen Vorfall noch phantastischer. Aber er hatte jetzt seinen Mut wiedergefunden und zeigte wieder Zorn.

Eine elektrische Entladung in der gezackten Form eines Blitzes, die U-Brem entfesselt hatte, stieß auf Cemp zu und traf knisternd den Magnetschirm, der sich Augenblicke zuvor gebildet hatte, da er für einen solchen Fall einsatzbereit gehalten worden war.

Der Blitzschlag prallte von Cemp ab, fuhr gegen eine Hauswand, schoß an mehreren entsetzten Passanten vorbei quer über den Gehsteig und schlug endlich im Eisenrost eines Kanaldeckels ein.

»Dieses Spiel kann man auch zu zweit spielen«, sagte U-Brem in erbittertem Ton.

Cemp antwortete nicht. Die elektrische Entladung des anderen war das Maximum dessen gewesen, was ein Silkie in Menschengestalt entfesseln konnte — eine tödliche Dosis. Irgendwo in der Nähe kreischte eine Frau auf. Die Straße in ihrer Umgebung leerte sich. Hastig liefen die Leute davon und suchten Deckung.

Die Zeit war gekommen, diesem Wahnsinn ein Ende zu machen, oder es würde noch jemand dabei sterben. Cemp handelte nach seiner Einschätzung, daß dieser Silkie aus irgendeinem ihm unbekannten Grund schlecht ausgebildet und vollkommen unbeherrscht war. Darum war er vermutlich durch einen Angriff mit einer Technik verwundbar, die eine einfache Version der Ebenen der Logik darstellte.

Er brauchte dazu nicht einmal seine geheime Fähigkeit einzusetzen, die er im vorigen Jahr von dem Kibmadine gelernt hatte.

Cemp beschloß, einen schwachen Energiestoß zu führen. Er modifizierte dazu einen spezifischen Satz Kraftlinien, die sein Gehirn aussandte und unmittelbar in U-Brems Richtung schickte.

Augenblicklich manifestierte sich eine seltsame Logik, die dieser Struktur innewohnte. Die Logik der Ebenen! Jene Wissenschaft, die sich dank menschlicher Wissenschaftsmethoden aus der großartigen Fähigkeit der Silkies, ihre Gestalt zu verändern, entwickelt hatte.

Jede Zelle hatte einen eigenen Grad an Starrheit. Jede zelluläre Form kam einer bestimmten Aufgabe nach und war für keine andere zu gebrauchen. Einmal angeregt, durchlief der »Gedanke« in diesem speziellen Nervenbündel seinen vorherbestimmten Zyklus, und wenn sich eine Regung oder ein Gefühl hinzugesellte, so manifestierte es sich ebenso präzise wie exakt, ohne jeden Vorbehalt.

Noch bedeutungsvoller, noch wichtiger war jedoch, daß eine Anzahl Zellkolonien sich zusammenschließen und neue Gestalt annehmen konnten und daß Gruppen solcher Ansammlungen *ihre* ganz spezielle Aufgabe hatten. Eine solche Kolonie war das menschliche Schlafzentrum.

Die Methode, die Cemp einsetzte, hätte bei einem Silkie im Zustand der Klasse C nicht gewirkt. Selbst ein B-Silkie hätte gegen den Schlaf ankämpfen können. Aber dieser Silkie in seiner menschlichen Gestalt begann zu wanken. Seine Lider wurden auf einmal schwer, und die unkontrollierten, taumelnden Bewegungen seines Körpers zeigten, daß er im Stehen eingeschlafen war.

Als der Mann fiel, trat Cemp hinzu und fing seinen Körper auf, damit er sich beim Aufschlagen auf das Pflaster des Gehsteigs keine Verletzungen zuzog. Gleichzeitig tat er etwas anderes, erheblich Subtileres. Auf einer der Kraftlinien führte er ihm eine Mitteilung zu, die die unbewußte Zellkolonie im Gehirn des anderen manipulierte. Es war ein Versuch, die vollständige Kontrolle über ihn zu gewinnen. Der Schlaf schnitt U-Brems Wahrnehmungsorgane von seiner Umgebung ab. Cemps Manipulation seiner unbewußten Mechanismen eliminierte nun jene Botschaften aus dem Gedächtnis des Gehirns, die jemanden, der nicht sehr tief schlief, normalerweise hätten erwachen lassen.

Cemp gratulierte sich zu seiner überraschend einfachen Übernahme – als der Körper, den er in seinen Armen hielt, sich auf einmal versteifte. Cemp, der eine äußere Kraftquelle spürte, zog sich zurück. Zu seiner Verblüffung stieg der Bewußtlose steil in den Himmel empor.

In seiner menschlichen Gestalt war Cemp nicht imstande, die Natur der Energie zu bestimmen, die eine solche unwahrscheinliche Leistung vollbringen konnte. Er begriff, daß er sich besser in einen Silkie verwandeln sollte, doch zögerte er. Es war gegen die Vorschrift, sich vor den Augen von Menschen zu verwandeln. Schlagartig erkannte er, daß seine Situation einzigartig war, ein nie dagewesener Notfall. Er verwandelte sich in einen Silkie und schnitt hinter sich die Schwerkraft ab.

Sein drei Meter langer Körper, der fast wie ein Projektil geformt war, startete mit der Geschwindigkeit einer Rakete vom Boden. Die meisten seiner Kleider wurden ihm vom Leib gerissen und trudelten in die Tiefe.

Unglücklicherweise hatte die Verwandlung fünf Sekunden gedauert, und weil zwischen der unvermuteten Flucht seines Gefangenen und seinem Handeln weitere Sekunden verstrichen waren, verfolgte er jetzt einen winzigen Punkt, der weiter steil in den Himmel aufstieg.

Was ihn neuerlich verblüffte, war, daß er selbst mit seinen Silkiefähigkeiten keine Energie ausmachen konnte, die von dem anderen ausging oder ihn umschloß. Und doch war dessen Geschwindigkeit mindestens ebenso hoch wie seine eigene. Folglich, erkannte Cemp sofort, würde seine Beschleunigung nicht ausreichen, um den Mann einzuholen. Mehr noch, U-Brems Körper würde innerhalb von wenigen Sekunden eine Höhe erreicht haben, die ein Überleben in menschlicher Gestalt unmöglich machte. Daher gab er das Schlaf- und Ohnmachtszentrum in U-Brems Gehirn frei.

Augenblicke später fühlte er enttäuscht, aber nicht überrascht, daß der andere in seine Silkiegestalt überwechselte; ein Beweis, daß er erwacht war und nun wieder eigenverantwortlich handeln konnte.

U-Brem behielt, jetzt ein ausgewachsener Silkie, seinen steilen Aufwärtskurs bei, und nach kurzer Zeit wurde deutlich, daß er das Risiko auf sich nehmen und den Van-

Allen-Gürtel durchstoßen wollte. Cemp hatte nicht die Absicht, ihm diese Narrheit nachzumachen.

Als die beiden sich den äußeren Grenzbereichen der Atmosphäre näherten, schickte Cemp über einen Energiestrahl einen Gedanken an einen bemannten Telstar-Satelliten im Orbit um die Erde. Der Gedanke enthielt schlicht und einfach die Daten der Ereignisse.

Anschließend kehrte er um. Sein Erlebnis hatte ihn tief beunruhigt, und weil er keine Kleidung hatte, die er für seine Verwandlung in einen Menschen benötigte, nahm er direkten Kurs zur Silkie-Behörde.

10

Als Cemp über dem weitläufigen Gebäudekomplex niederging, der die Verwaltungsbehörde für alle Silkies beherbergte, sah er, daß andere Silkies gleichzeitig mit ihm die Behörde ansteuerten. Grimmig nahm er an, daß sie wohl aus dem gleichen Grund hierher kamen wie er.

Der Gedanke war ihm Anlaß, den Himmel hinter ihm mit seinen Sinnesorganen abzutasten, und er merkte, daß eine große Anzahl weiterer Silkies im Anflug war. Um die drohende Konfusion zu lindern, verlangsamte und hielt er. Dann sandte er von seiner Position am Himmel eine telepathische Botschaft an Charley Baxter, mit der er einen Plan zur Behandlung der Notsituation vorschlug.

Baxter war gerade etwas abgelenkt, aber nach kurzer Zeit kam sein Antwortgedanke. »Nat, Ihre Idee ist bisher die beste, die bei uns einging. Und Sie haben recht. Diese Sache könnte uns gefährlich werden.«

Der Kontakt endete. Baxter mußte seine Botschaft an andere Angehörige des Besonderen Volkes weitergegeben haben, denn nach einiger Zeit fing Cemp eine allgemeine Warnung auf. »An alle Silkies: Es ist nicht ratsam, daß sich zu viele von Ihnen gleichzeitig an einem Ort konzentrieren.

Daher gilt ab sofort das Geheimnummernsystem G für Gruppen zu zehnt. Gruppe eins landet. Alle anderen verteilen sich und warten bis zum Aufruf Ihrer Gruppe.«

Im Luftraum rings um Cemp begannen die Silkies wild durcheinanderzukreuzen. Cemp, der nach dem Nummernsystem zur dritten Gruppe gehörte, schwenkte ab, stieg in die obere Atmosphäre auf und jagte die eineinhalbtausend Kilometer zu seinem Haus in Florida.

Unterwegs sprach er telepathisch mit seiner Frau Joanne, und so hatte sie, als er nackt das Haus betrat, bereits seine Kleidung zurechtgelegt und wußte über das Geschehene ebensoviel wie er.

Während Cemp sich anzog, sah er, daß sie in einem äußerst heftigen Erregungszustand war und erheblich besorgter als er selbst. Sie nahm an, daß es wohl ein Volk der Silkies gebe, und hatte daraus die Folgerung gezogen, daß es auch weibliche Silkies geben müsse.

»Gib's nur zu!« sagte sie unter Tränen. »Der Gedanke ist dir doch auch schon gekommen, oder nicht?«

»Ich bin eine logische Person«, verteidigte sich Cemp. »Darum gehe ich flüchtig alle Möglichkeiten durch. Aber ich habe so das Gefühl, daß noch viele Dinge geklärt werden müssen, bevor ich mich bereitfinden kann, das alles über Bord zu werfen, was wir über die Geschichte der Silkies wissen. Bis wir also Beweise für das Gegenteil haben, werde ich weiterhin annehmen, daß Silkies das Ergebnis biologischer Experimente mit DNS und DNP sind, die der alte Sawyer damals auf der Echo-Insel gemacht hat.«

»Und was soll aus unserer Ehe werden?« fragte Joanne in zornigem Tonfall.

»Nichts wird sich ändern.«

Sie schluchzte. »Ich werde dir wie eine Eingeborenenfrau von vor dreihundert Jahren vorkommen, die auf einer Südseeinsel mit einem Weißen verheiratet ist – bis weiße Frauen auf dieser Insel eintreffen.«

Die Heftigkeit ihrer Phantasie verblüffte Cemp. »Das ist Unsinn«, sagte er. »Ich verspreche dir Treue und Ergebenheit für den Rest unseres Lebens.«

»Niemand kann in persönlichen Beziehungen etwas versprechen«, erwiderte sie. Aber seine Worte schienen sie schließlich doch zu beruhigen. Sie trocknete sich die Augen, kam zu ihm und ließ sich von ihm küssen.

Es dauerte eine Stunde, bis der Anruf von Charley Baxter kam. Der Mann entschuldigte sich für die Verzögerung und erklärte, sie sei das Ergebnis einer Besprechung über Cemps künftige Aufgaben. »Wir hatten eine Diskussion, wie Ihre Rolle bei alledem aussieht«, sagte Baxter.

Cemp wartete.

Die endgültige Entscheidung bestand darin, Cemp auch weiterhin nicht mit anderen Silkies zusammenarbeiten zu lassen — »aus Gründen, die Ihnen bekannt sind«, merkte Baxter bedeutungsvoll an.

Cemp vermutete, daß sich der andere auf das Geheimwissen bezog, das er von dem Kibmadine erfahren hatte, und daß man ihn deshalb auch künftig durch Spezialmissionen von den übrigen Silkies fernhalten wollte.

Anschließend rückte Baxter mit der Information heraus, daß nur rund vierhundert Silkies von »Alter egos« angesprochen worden seien. »Die genaue Zahl, die wir ermittelten«, sagte er, »ist dreihundertsechsundneunzig.«

Cemp war teils erleichtert, teils amüsiert. U-Brems Behauptung, alle Silkies seien Ziele ähnlicher Kontakte, erwies sich jetzt als bloße Propaganda. Der Fremde hatte sich schon einmal als unfähiger Silkie gezeigt. Die Lüge degradierte ihn in Cemps Augen nur noch mehr.

»Einige von ihnen waren ziemlich kümmerliche Duplikate«, sagte Baxter. »Anscheinend gehört das Imitieren anderer nicht zu ihren starken Seiten.«

Jedenfalls mußte er zugeben, daß selbst vierhundert mehr als genug waren, um die Existenz einer bis dahin unbekannten Gruppe von Silkies offenkundig zu machen.

»Auch wenn sie schlecht ausgebildet sind«, erklärte Baxter heftig, »müssen wir unbedingt herausfinden, wer sie sind und woher sie kommen.«

»Gibt es keine Anhaltspunkte?« fragte Cemp.

Keine, die er nicht bereits kannte.

»Und sie sind alle entkommen?« fragte Cemp erstaunt. »Niemand hat seine Sache besser gemacht als ich?«

»Im allgemeinen sogar weniger gut«, gab Baxter zu.

Es schien, als hätten die meisten Silkies nicht einmal den Versuch unternommen, ihre fremden Doppelgänger festzuhalten; sie hatten einfach Meldung gemacht und um nähere Instruktionen gebeten.

»Kann man ihnen nicht verdenken«, sagte Baxter.

Er fuhr fort: »Aber ich darf Ihnen hiermit sagen, daß Ihr Kampf und Ihre Gründe für den Kampf Sie zu einem der zwei Dutzend Silkies machen, auf die wir uns in dieser Angelegenheit glauben, verlassen zu können. Deshalb, hier sind Ihre Instruktionen ...«

Er sprach mehrere Minuten lang und schloß: »Nehmen Sie Joanne mit, aber gehen Sie sofort!«

Auf dem Schild stand in greller Leuchtschrift:

ALLE MUSIK IN DIESEM GEBÄUDE IST
SILKIE-MUSIK

Cemp, der noch nie länger als ein paar Minuten einer anderen Musik gelauscht hatte, sah, wie sich leichter Widerwille auf dem Gesicht seiner Frau zeigte. Sie fing seinen Blick und offenkundig auch seinen Gedanken auf, denn sie sagte: »Du weißt, für meine Ohren klingt es todlangweilig und monoton – immer die gleichen paar Noten, in endlosen, ermüdenden Kombinationen wiederholt.«

Sie blieb stehen, schüttelte ihre hübsche blonde Mähne und sagte: »Ich schätze, ich bin nervös und ängstlich und brauche etwas Wildes, Ekstatisches.«

Für Cemp, der in dieser Musik Harmonien hören konnte, die außerhalb der Reichweite normaler menschlicher Ohren lagen, war Joannes Bemerkung nur ein Zeichen jener ernsten emotionalen Reaktionen, an die sich Silkies gewöhnen mußten, wenn sie mit menschlichen Frauen verheiratet waren. Die Frauen von Silkies hatten es schwer, ihren Frieden mit den Realitäten dieser Verbindung zu machen.

Wie Joanne es schon mehrfach ausgedrückt hatte: »Da hat man nun diesen physisch perfekten, gutaussehenden Mann, und die ganze Zeit denkt man: ›Er ist nicht wirklich ein Mensch. Er ist ein Monster, das sich im Nu in einen Fisch oder ein Geschöpf des Weltraums verwandeln kann.‹ Aber natürlich würde ich mich nie von ihm trennen.«

Das Schild blieb zurück, und sie wanderten ins Innere des Museums. Ihr Ziel war das Labor, in dem angeblich der erste Silkie hergestellt worden war. Es lag im Zentrum des Gebäudes; wie aus einer Gedenktafel am Eingang hervorging, war es vor einhundertzehn Jahren von den Westindischen Inseln hierhergebracht worden.

Den Museumsbesuch hatten sie Baxter zu verdanken. Der Beamte der Silkiebehörde war der Ansicht gewesen, daß die Artefakte aus ihrer Geschichte ein genaueres und kritisches Studium verdienten. Der ganze Entstehungskomplex, der bislang als historisch belegt gegolten hatte, wurde nun zum erstenmal ernsthaft in Frage gestellt.

Die Aufgabe, das vorhandene Material zu überprüfen, war Cemp und seiner Frau zugefallen.

Das Labor war hell erleuchtet. Außer ihnen war nur eine Besucherin anwesend; eine recht unauffällige junge Frau mit kohlschwarzem Haar und schlechtsitzender Kleidung stand an einem der Ausstellungstische nahe der gegenüberliegenden Tür.

Als Cemp hereinkam, berührte ein Gedanke seinen Geist, der nicht sein eigener war. Er wandte sich Joanne zu, weil er wie selbstverständlich annahm, daß sie auf dieser Ebene mit ihm kommuniziert hatte. Aber das hielt er nur wenige Sekunden lang für selbstverständlich.

Verspätet kam ihm die Erkenntnis, daß der Gedanke auf einer magnetischen Trägerwelle eingetroffen war — einer Ebene, die Silkies vorbehalten blieb.

Cemp fuhr herum und starrte die schwarzhaarige Frau an. Sie lächelte ihm zu, etwas angespannt, wie er merkte, und dann kam, diesmal unmißverständlich, ihr Gedanke:

»Bitte verraten Sie mich nicht. Ich wurde hier stationiert, um jeden zweifelnden Silkie zu überzeugen.«

Sie brauchte nicht zu erklären, was sie meinte. Die Erkenntnis hallte durch Cemps Gehirn.

Nach seinem Wissen hatte es noch nie weibliche Silkies gegeben. Alle Silkies auf der Erde waren Männer, die eine Ehe mit Frauen aus dem Besonderen Volk eingegangen waren — wie er mit Joanne.

Aber diese schwarzhaarige, ländlich-einfach wirkende Frau war eine Silkie! Das war es, was sie ihn durch ihre Anwesenheit wissen ließ. Tatsächlich sagte sie damit nichts anderes als: »Sparen Sie sich die Mühe, staubige alte Akten zu wälzen. Ich bin der lebende Beweis dafür, daß Silkies nicht vor zweihundertdreißig Jahren in irgend jemandes Labor hergestellt wurden.«

Cemp war auf einmal verwirrt. Er war sich bewußt, daß Joanne an seine Seite getreten war, daß sie seinen Gedanken aufgefangen haben und verstimmt sein mußte. Der eine schnelle Seitenblick, den er riskierte, zeigte ihm, daß sie sehr blaß geworden war.

»Nat!« sagte sie mit schneidendem Unterton. »Du mußt sie gefangennehmen!«

Cemp stürzte vor, aber es war ein halbherziges Unternehmen. Trotz der Ungewißheit seines Handelns hatte er jedoch schon logische Gedanken.

Da erst zwei Stunden verstrichen waren, seit er U-Brem erstmals begegnet war, mußte sie im voraus hier stationiert worden sein. Sie konnte daher kaum Kontakt mit den anderen gehabt haben und noch nicht wissen, daß sie für einen ausgebildeten Silkie so verwundbar war wie ein unbewaffneter Zivilist für einen Soldaten.

Die schwarzhaarige Frau mußte auf einmal Zweifel bekommen haben. Abrupt trat sie durch die Tür, neben der sie gestanden hatte, und schloß sie hinter sich.

»Nat!« Joannes schrille Stimme erklang dicht neben seinem Ohr. »Du darfst sie nicht entkommen lassen!«

Cemp, der seine kurze Unschlüssigkeit überwunden hatte, sandte der Schwarzhaarigen einen Gedanken nach.

»Ich werde Sie nicht bekämpfen, aber ich werde in Ihrer Nähe bleiben, bis ich alle Informationen habe, die wir suchen.«

»Zu spät!« Eine magnetische Trägerwelle übermittelte ihm ihre Antwort. »Sie sind zu spät.«

Cemp war nicht dieser Ansicht. Er erreichte die Tür, die sie passiert hatte, war etwas verdutzt, als er sie verschlossen fand, brach sie mit einem Blitzschlag elektrischer Energie auf, trat über ihre schwelenden Überreste hinweg — und sah, wie die Frau gerade hinter einer Schiebetür in der gegenüberliegenden Wand verschwand.

Sie war nicht mehr als zehn Meter von ihm entfernt und hatte sich halb zur Seite gewandt, um zu ihm zurückzuschauen. Was sie sah, überraschte sie offenbar, denn ein verblüffter Ausdruck trat auf ihr Gesicht.

Hastig griff ihre Hand nach etwas hinter der Öffnung, in der sie stand, und die Tür glitt zu. Als sie sich schloß, sah Cemp, der vorwärts geeilt war, flüchtig in einen schimmernden Korridor. Das Vorhandensein eines solchen Geheimganges hatte zu viele Implikationen, als daß Cemp sie in diesem Moment hätte überblicken können.

Er stand vor der Wand und tastete nach der verborgenen Tür. Als er sie nach mehreren Sekunden noch immer nicht gefunden hatte, trat er zurück und zerstörte die ganze Wand mit zwei Energiestößen aus seinem Gehirn, die, als sie sich außerhalb seines Körpers trafen, einen intensiven elektrischen Lichtbogen schufen. Es war die einzige Energiewaffe, die ihm in seiner menschlichen Gestalt zur Verfügung stand, aber sie war mehr als ausreichend.

Eine Minute später trat er durch die rauchende Öffnung in einen schmalen Korridor.

11

Der Korridor, in dem Cemp sich wiederfand, war aus Beton und führte ein wenig abwärts. Er verlief gerade und war schlecht beleuchtet. Cemp sah nicht weit vor sich die junge Frau — etwa fünfzig Meter entfernt.

Sie rannte, aber wie eine Frau eben rennt, die ein Kleid anhat — nicht sehr schnell. Cemp raste los, und in wenigen Sekunden hatte er den Abstand zu ihr halbiert. Plötzlich endete der Beton. Der Korridor ging in eine Art langgestreckten Stollen über, noch immer beleuchtet, aber mit größeren Abständen zwischen den Lampen.

Als er diesen Punkt erreichte, sandte ihm die junge Frau eine Botschaft auf einer magnetischen Kraftlinie. »Wenn Sie nicht aufhören, mich zu jagen, muß ich die (etwas, das Cemp nicht verstand) Energie einsetzen.«

Cemp erinnerte sich an die Energie, die U-Brem in den Himmel gehoben hatte. Er nahm die Drohung ernst und schickte sofort eine modifizierte magnetische Welle aus, um die Frau bewußtlos zu machen.

Sein Vorgehen war jetzt nicht so grausam, wie es das zehn Meter vorher gewesen wäre. Zwar fiel sie wie ein Stein — ein unglückseliges Charakteristikum der künstlich herbeigeführten Ohnmacht —, aber sie sank auf Erde und nicht auf Beton. Zuerst sackte sie auf die Knie, dann prallte sie mit der rechten Schulter auf. Sie schien sich beim Sturz nicht verletzt zu haben — diesen Eindruck hatte jedenfalls Cemp, als er sich ihr näherte.

Er hatte seinen Lauf verlangsamt. Jetzt ging er, immer noch vorsichtig, auf die bewußtlose Frau zu, entschlossen, sich die Beute nicht von irgendeiner unbekannten »Energie« nehmen zu lassen. Er fühlte sich wegen der gewaltsamen Methode, die er verwendet hatte, nur vage schuldig. Seine Vernunft hatte ihm nicht erlaubt, weniger radikal vorzugehen. Die »Schlafkur« — so nahm Cemp wenigstens an — hatte U-Brem nicht daran gehindert, das Kraftfeld einzuschalten, das ihn gerettet hatte. Die Sache war einfach die, daß er die Frau nicht entkommen lassen durfte.

Weil es eine beispiellose Situation war, handelte er sofort. In diesem Moment war sie in seiner Gewalt; die Rechnung hatte zu viele Unbekannte, um eine Verzögerung riskieren zu können. Er kniete sich neben sie. Da sie bewußtlos war und nicht schlief, war ihr sensorisches System nun für etwaige Stimulationen von außen geöffnet. Aber damit er Antworten von ihr bekommen konnte, mußte sie aus der Ohnmacht in den Schlaf überführt werden.

So saß er da und manipulierte abwechselnd ihr Bewußtlosigkeitszentrum, wenn er eine Frage stellen wollte, und ihr Schlafzentrum für die Antwort. Es war wie beim frühen Funksprechverkehr, wo jeder Teilnehmer nach Übermittlung seiner Botschaft »Ende« sagte.

Natürlich mußte er darüber hinaus sichergehen, daß sie auch auf seine Fragen antwortete. Daher stellte er eine nach der anderen, und mit jeder Frage brachte er eine magnetische Welle mit einer Botschaft an diejenige ihrer Hirnpartien, die auf hypnotische Drogen ansprach. Das Ergebnis war ein mentales Gespräch.

»Wie heißen Sie?«
»B-Roth.«
»Woher kommen Sie?«
»Von zu Hause.«
»Wo ist das?«
»Am Himmel.« Cemp empfing das mentale Bild eines kleinen Steinkörpers im Weltraum; sein Eindruck war der eines Meteoriten von weniger als dreißig Kilometer Durchmesser. »Im Begriff, hinter der Sonne zu verschwinden, innerhalb der Umlaufbahn des ersten Planeten.«

Sie war also *vorher* schon einmal auf der Erde gewesen. Und sie befanden sich *alle* weit weg von »zu Hause«, ohne sich darüber im klaren zu sein, daß die irdischen Silkies ihnen weit überlegen waren. Zum Beweis bekam er nun seine geforderten Informationen.

»Wie verläuft diese Umlaufbahn?« fragte Cemp.
»Sie führt bis zum achten Planeten hinaus.«

Bis zum Neptun! Welch eine ungeheure Entfernung — fast dreißig astronomische Einheiten.

Rasch fügte Cemp hinzu: »Wie hoch ist die mittlere Umlaufgeschwindigkeit?«

Sie gab ihm die Antwort in Merkurjahren. Umgerechnet auf Erdenzeit betrug sie einhundertzehn Jahre für einen Umlauf.

Cemp pfiff leise. Ihm kam eine plötzliche Assoziation in den Sinn. Der offiziellen Geschichtsschreibung nach war das erste Silkiebaby vor etwas mehr als zweihundertzwanzig Jahren von Marie Lederer geboren worden. Diese Zeitspanne entsprach ziemlich genau der von zwei Umlaufperioden des kleinen Silkie-Planetoiden.

Cemp unterbrach seinen Gedankengang hastig und wollte von B-Roth ganz genau wissen, wie sie den Planetoiden bei einer Rückkehr unter Tausenden ähnlicher Körper wiederfinden könne.

Mit der Antwort konnte nur ein Silkie etwas anfangen. Sie hatte in ihrem Gehirn einen Satz von Beziehungspunkten und Signalerkennungsbildern, der für sie die Position der Silkie-Heimat markierte.

Cemp machte eine genaue mentale Kopie von diesen Bildern. Er war gerade im Begriff, sie über weitere Details auszuhorchen — als ein Phänomen der Massenträgheit auf seinen Körper einwirkte.

Er flog rückwärts ... Es war, als säße er entgegen der Fahrtrichtung in einem Wagen, der plötzlich abbremste, und er würde weitergerissen.

Weil er immer vor plötzlichen Stürzen auf der Hut war, war er noch keine drei Meter geflogen, als er schon sein Magnetfeld stabilisieren konnte, seinen einzigen Abschirmmechanismus als menschliches Wesen.

Das Feld, das er errichtet hatte, konnte den Gravitationsdruck nicht direkt abfangen, aber es hatte seinen Ursprung in der Magnetkraft der Erde und bezog seine Energie aus den Kraftlinien, die diesen bestimmten Raumkubus in eben jenem Moment durcheilten.

Als Cemp die Linien jetzt modulierte, verbanden sie sich

mit flexiblen Metallbändern, die in seine Kleidung eingewoben waren und ihn so hielten. Er hing dort einen halben Meter über dem Boden. Von diesem Punkt aus konnte er seine Lage genauestens überdenken.

Er erkannte das Phänomen sofort als völlig phantastisch. Im Kern des Schwerefelds entdeckte er einen winzigen Molekülkomplex. Das Phantastische daran war: Schwerkraft war unveränderlich, einzig und allein abhängig von Masse und dem Quadrat der Entfernung. Cemp hatte bereits errechnet, daß die auf ihn einwirkende Schwerkraft der dreifachen Erdanziehung auf Meereshöhe entsprach. Also mußte dieses unglaublich kleine Teilchen nach allen Gesetzen der Physik drei Erdmassen entsprechen!

Das war natürlich unmöglich.

Soweit Cemp es bestimmen konnte, war es keineswegs ein Komplex aus einer der großen Molekülarten, und es war auch nicht radioaktiv.

Er war schon im Begriff, seine Aufmerksamkeit mehr der eigenen Lage zuzuwenden, als ihm auffiel, daß das Schwerefeld eine noch unwahrscheinlichere Eigenschaft besaß. Seine Anziehungskraft war auf organische Stoffe beschränkt. Es hatte keine Wirkung auf die umgebenden Erdwände, und — sein Geist erstarrte in neuerlichem Staunen — auch die Frau wurde davon nicht beeinflußt.

Die Einwirkung des Schwerefelds war auf eine bestimmte organische Konfiguration beschränkt — ihn selbst! Nur ein Körper, ein menschliches Wesen — Nat Cemp — war das Objekt, auf das diese Kraft orientiert war.

Er mußte daran denken, wie er selbst von dem Schwerefeld unberührt geblieben war, das U-Brem in den Himmel gehoben hatte. Er hatte die Anwesenheit eines Feldes gefühlt, aber nur in der indirekten Form, wie es die magnetischen Kraftlinien beeinflußt hatte, die durch seinen Kopf gingen. Selbst in seiner Silkiegestalt hatte er das, als er dem entschwindenden Körper seines »Alter ego« nachgejagt war, als absolute Tatsache empfunden.

Dies war nun sein persönliches Schwerefeld, eine kleine Gruppe von Molekülen, die ihn »kannte«.

Als ihm diese blitzartige Erkenntnis kam, wandte Cemp seinen Kopf und blickte zu der jungen Frau. Was er sah, erstaunte ihn nicht. Seine Aufmerksamkeit war gewaltsam von ihr abgelenkt worden, und so hatte der Druck auf das Bewußtlosigkeitszentrum in ihrem Gehirn nachgelassen. Sie regte sich, kam langsam zu sich.
Sie setzte sich auf und sah ihn an.
Rasch kam sie auf die Beine, mit athletischer Leichtigkeit. Sie erinnerte sich offenbar nicht an das, was während ihrer Bewußtlosigkeit geschehen war, erkannte nicht, wie vollständig sie wichtige Geheimnisse verraten hatte, denn ihr Gesicht zeigte plötzlich ein Lächeln.

»Sehen Sie?« meinte sie. »Ich habe Ihnen doch gesagt, was geschehen würde. Also, leben Sie wohl.«

In sichtlich guter Laune drehte sie sich um und wanderte nach links durch den Gang davon.

Nachdem sie verschwunden war, richtete sich Cemps Aufmerksamkeit von neuem auf das Schwerefeld. Er vermutete, daß es nach einiger Zeit schwächer werden und sich selbständig auflösen würde, um ihn freizugeben. Möglicherweise blieben ihm nur noch Minuten, in denen er es untersuchen und hinter seine wahre Natur kommen konnte.

Unglücklich dachte er: *Wenn ich meine Silkiegestalt annehmen könnte, wäre es einfach.*

Aber er wagte es nicht, konnte es nicht. Zumindest konnte er es nicht tun und dabei gleichzeitig seine sichere Position aufrechterhalten.

Silkies hatten eine Schwäche, wenn man es so nennen wollte. Sie waren verwundbar, während sie von einer Gestalt in die andere wechselten. In Anbetracht dessen führte Cemp jetzt ein erstes mentales Gespräch mit Joanne. Er legte ihr seine Lage dar, beschrieb, was er in Erfahrung gebracht hatte, und schloß: »Ich glaube, ich kann den ganzen Tag hierbleiben und sehen, was bei dieser Sache herauskommt, aber es wäre gut, wenn für den Notfall ein weiterer Silkie zu meiner Unterstützung bereitstünde.«

Ihre besorgte Antwort lautete: »Ich werde dafür sorgen, daß Charley Baxter sich mit dir in Verbindung setzt.«

12

Sie rief Baxter an und leitete das Gespräch in gedanklicher Form an Cemp weiter.

Baxter war über die Information, die Cemp über die fremden Silkies gewonnen hatte, ganz aus dem Häuschen. Er betrachtete das Schwerefeld als einen neuen Anwendungsbereich für Energie, zögerte jedoch, Cemp zu dessen Unterstützung einen anderen Silkie zu schicken.

»Seien wir mal ehrlich, Joanne«, sagte er. »Ihr Mann hat voriges Jahr etwas in Erfahrung gebracht, das, wenn andere Silkies davon erfahren, das ausgewogene Gleichgewicht in Gefahr bringen könnte, das zur Zeit die einzige Möglichkeit ist, unsere Silkie-Menschen-Zivilisation aufrechtzuerhalten. Nat versteht unsere diesbezügliche Sorge. Also teilen Sie ihm mit, daß ich ihm eine Maschine zu seiner Hilfe schicken werde, damit er in Ruhe seine Umwandlung in einen Silkie vornehmen kann.«

Cemp kam der Einfall, daß das Auftreten einer neuen, bisher unbekannten Silkie-Art die Beziehungen zwischen Silkies und Menschen noch weiter verändern würde, aber er erlaubte es diesem Gedanken nicht, den Kreis seiner persönlichen Überlegungen zu verlassen.

Baxters Gespräch endete mit der Erklärung, daß es wohl eine Weile dauern würde, bis die Maschine einträfe. »Also sagen Sie ihm, er soll aushalten.«

Nachdem Baxter aufgelegt hatte, dachte Joanne an Cemp: »Ich sollte dir vielleicht sagen, daß mich eines doch ziemlich erleichtert.«

»Und was?«

»Wenn die Silkiefrauen in menschlicher Gestalt alle so unscheinbar aussehen wie B-Roth, brauche ich mir diesbezüglich keine Sorgen zu machen.«

Eine Stunde verstrich. Zwei ... zehn.

In der Welt draußen wurde es Nacht. Die Sonne war schon längst untergegangen, und die Sterne funkelten wie winzige Perlen am düsteren Firmament.

Charley Baxters Maschine war gekommen und gegangen, und Cemp, sicher in seiner Silkiegestalt, blieb in der Nähe des bemerkenswertesten Energiefeldes, das im Sonnensystem jemals beobachtet worden war. Das Erstaunliche daran war, daß es kein Nachlassen seiner enormen Schwerkraftwirkung zeigte. Er hatte gehofft, mit seinen superempfindlichen Wahrnehmungsorganen einige schwächere Kraftlinien ausmachen zu können, die ihm vielleicht von einer äußeren Quelle Energie zuführten. Aber er fand nichts dergleichen; keine Spur. Die Energie kam aus der einen kleinen Molekülgruppe im Zentrum des Feldes. Sie hatte keinen anderen Ursprung.

Die Minuten und Stunden zogen sich endlos dahin. Die Wache wurde ermüdend, und Cemp hatte Zeit, sich mit dem emotionalen Problem zu befassen, das sich nun jedem Silkie auf Erden stellte – die Notwendigkeit, hinsichtlich der Weltraum-Silkies Stellung zu beziehen.

Es wurde Morgen.

Kurz nachdem draußen die Sonne aufgegangen sein mußte, gab das Schwerefeld zu erkennen, daß es unabhängig war. Es begann sich den Korridor entlang tiefer in die Höhle hineinzubewegen. Cemp schwebte hinterher, ließ sich von einem Teil des Kraftfelds mitziehen. Er war müde, aber neugierig, und hoffte, noch mehr herauszufinden.

Der Höhlengang endete abrupt in einem Abzugskanal, der ziemlich heruntergekommen aussah. Der Beton war geborsten, und unzählige tiefe Risse durchzogen die Wände. Aber für die Molekülgruppe und ihr Feld schien es vertrautes Gelände zu sein, denn sie beschleunigten ihre Vorwärtsbewegung. Plötzlich war Wasser unter ihnen. Es stand nicht still, sondern kräuselte sich und strudelte. Ein Gezeitenbecken, analysierte Cemp.

Das Wasser wurde tiefer, und schließlich tauchten sie in es ein, wobei sie sich mit unverminderter Geschwindigkeit weiterbewegten. Voraus wurden die schlammigen Tiefen klarer und heller. Sie traten in eine vom Sonnenlicht durchflutete Schlucht ein, die sich etwa dreißig Meter unter der Meeresoberfläche erstreckte.

Als sie wenige Augenblicke später die Oberfläche durchstießen, beschleunigte der seltsame Energiekomplex. Cemp vermutete, daß er ihn jetzt wohl abschütteln wollte, und machte eine letzte Anstrengung.

Er versuchte sich auf seine Charakteristiken einzupegeln, aber nichts kam zurück. Keine Botschaft, kein Zeichen von Energiefluß. Für Sekundenbruchteile hatte er freilich den Eindruck, daß die Atome, aus denen die Molekülgruppe bestand, irgendwie ... nicht richtig waren. Doch als er seine Aufmerksamkeit darauf konzentrierte, blieb er wieder ohne Ergebnis. Entweder hatten die Moleküle seine momentane Bewußtseinssteigerung erkannt und sich abgeschlossen, oder er hatte es sich nur eingebildet.

Während er noch mit dem Versuch seiner Analyse beschäftigt war, bewahrheitete sich seine Vermutung, daß er abgeschüttelt werden sollte. Die Geschwindigkeit des Schwerefelds erhöhte sich rapide. In wenigen Sekunden erreichte sie die Grenze dessen, was er sich innerhalb einer Atmosphäre zumuten konnte. Die äußere Chitinhülle seines Silkiekörpers erhitzte sich immer mehr.

Widerwillig stellte Cemp seine eigene Atomstruktur so ein, daß die Anziehungskraft des fremden Schwerefeldes aufgehoben wurde. Als er zurückfiel, verfolgte die Molekülgruppe weiterhin einen Kurs, der in östliche Richtung führte, wo die Sonne nun eine Stunde über dem Horizont stand. Innerhalb weniger Sekunden nach der Trennung verließ sie die Atmosphäre und raste mit vielen Kilometern pro Sekunde offensichtlich stetig der Sonne entgegen.

Cemp erreichte den obersten Bereich der Atmosphäre. Mit seinen Wahrnehmungsorganen »spähte« er in den ungeheuren schwarzen Ozean des Weltraums hinaus und nahm Verbindung mit dem nächsten Telstar-Satelliten auf. Er gab den Wissenschaftlern an Bord die Daten der dahinrasenden Molekülgruppe durch, dann wartete er hoffnungsvoll, während sie einen Detektor auszurichten versuchten.

Nach einiger Zeit kam die Nachricht: »Tut uns leid, aber wir bekommen keine Signale.«

Verdutzt ließ Cemp sich von der irdischen Anziehungskraft hinunterziehen. Dann steuerte er, durch eine Reihe kontrollierter Modifikationen des Magnet- und Schwerefelds des Planeten, die Silkie-Behörde an.

13

Drei Stunden des Redens ...

Cemp, der als einziger anwesender Silkie einen Platz am Fußende des langen Tisches einnahm, fand die Diskussionen bis zum Überdruß langweilig.

Er war schon recht früh zu der Ansicht gekommen, daß man ihn oder einen anderen Silkie zu dem Planetoiden schicken sollte, um die Tatsachen festzustellen, die Angelegenheit auf streng logische, aber humanitäre Weise zu regeln und der Behörde Meldung zu erstatten.

Wenn sich das sogenannte Silkie-Volk aus irgendwelchen Gründen Vernunftlösungen widersetzen sollte, dann erst wäre eine weitere Diskussion angebracht.

Während er darauf wartete, daß die drei Dutzend menschlichen Konferenzteilnehmer zu dem gleichen Schluß kämen, konnte er nicht umhin, sich müßige Gedanken über die merkwürdige Tischordnung zu machen.

Das Besondere Volk, einschließlich Charley Baxter, war um das Kopfende des Tisches gruppiert. Anschließend kamen auf beiden Seiten die gewöhnlichen Menschen. Dann kam er, und neben ihm saßen drei Protokollbeamte und der offizielle Sekretär der Silkie-Behörde.

Es war für ihn keine neue Beobachtung. Schon häufig hatte er mit anderen Silkies darüber diskutiert, daß hier eine Umkehrung der Machtrollen vorlag, die neu in der Geschichte war. Die stärksten Individuen im Sonnensystem — die Silkies — mußten sich immer noch mit einem zweitklassigen Status zufriedengeben.

Er erwachte aus seinem Dämmerzustand und bemerkte, daß es still geworden war. Charley Baxter, hager, grauäugig und übermüdet, kam um den langen Tisch herum und blieb gegenüber von Cemp stehen.

»Tja, Nat«, sagte Baxter, »so sehen wir die Sache nun mal.« Er wirkte verlegen.

Cemp rekapitulierte hastig die Stationen der Diskussion und erkannte, daß sie tatsächlich zu der unvermeidlichen Schlußfolgerung gekommen waren. Aber er bemerkte auch, daß sie es für eine schwerwiegende Entscheidung hielten. Die Grundstimmung war, daß es von einem einzelnen ein bißchen viel verlangt war. Schließlich konnte der Auftrag für den Ausführenden verhängnisvoll enden. Sie würden es daher keinem verübeln, wenn er ablehnte.

»Ich schäme mich, Sie darum bitten zu müssen«, sagte Baxter ein wenig heiser, »aber wir befinden uns hier fast in einer Kriegssituation.«

Cemp sah, daß sie sich ihrer Sache alles andere als sicher waren. Seit hundertfünfzig Jahren hatte es auf der Erde keinen Krieg mehr gegeben. Keiner war in dieser Hinsicht mehr ein Fachmann.

Er stand auf, als ihm diese Gedanken bewußt wurden. Dann blickte er reihum in die ihm zugewandten Gesichter und sagte: »Beruhigen Sie sich, meine Herren. Selbstverständlich werde ich es tun.«

Alle waren erleichtert. Die Diskussion wandte sich rasch Detailfragen zu – der Schwierigkeit, einen einzelnen Meteoriten im Raum auszumachen, besonders einen, der eine so lange Umlaufzeit hatte.

Es war wohlbekannt, daß es etwa eintausendfünfhundert große Meteoriten und Planetoiden und Zehntausende kleinerer Objekte gab, die die Sonne umkreisten. Sie alle hatten, obwohl im Einklang mit den Gesetzen der Himmelsmechanik, oft sehr exzentrische Bewegungen oder Umlaufbahnen. Einige von ihnen, wie die Kometen, kamen regelmäßig nahe an die Sonne heran und schossen dann wieder in den Weltraum hinaus, bloß um fünfzig oder hundert Jahre später zu einer weiteren hektischen Umkreisung wiederzukehren. Es gab so viele von diesen Himmelskörpern mittlerer Größe, daß sie nur in besonderen Fällen identifiziert und ihre Bahnen nur zu bestimmten

Zwecken berechnet wurden. Es hatte schlichtweg nie einen Grund gegeben, ihnen allen nachzuspüren.

Cemp war schon auf einer ganzen Anzahl einsamer Miniaturplaneten gelandet. Seine Erinnerungen an jene Erlebnisse gehörten zu denen unter seinen zahllosen Weltraumflügen, die weniger spektakulär waren — die Dunkelheit, das Gefühl des völlig kahlen Felsens, das vollkommene Fehlen sensorischer Reize. Seltsamerweise wurde dieser Eindruck um so schlimmer, je größer die Felsen waren.

Er hatte entdeckt, daß er eine Art intellektueller Verwandtschaft mit einem Felsen von weniger als dreihundert Meter Durchmesser haben konnte. Dies traf besonders dann zu, wenn ihm eine gesichtslose Masse begegnete, für die er eine hyperbolische Umlaufbahn errechnet hatte. Wenn sich so herausstellte, daß sie dazu bestimmt war, das Sonnensystem für immer zu verlassen, pflegte er sich vorzustellen, wie lange sie schon den Weltraum durchkreuzen mochte, wie weit sie gelangt war und wie sie sich nun vom Sonnensystem entfernen und Äonen zwischen den Sternen verbringen würde. Und dann konnte er nicht umhin, einen plötzlichen Schmerz grenzenlosen Verlustes zu empfinden.

Ein Regierungsvertreter — ein Mensch namens John Mathews — unterbrach seine Gedanken. »Mr. Cemp, darf ich Ihnen eine sehr persönliche Frage stellen?«

Cemp sah ihn an und nickte.

Der Mann fuhr fort: »Nach den letzten Nachrichten sind mehrere hundert irdische Silkies bereits zu ihren Verwandten aus dem Raum desertiert. Offenbar teilen Sie nicht die Gefühle dieser Leute, die den Silkie-Planetoiden als ihre Heimat ansehen. Warum nicht?«

Cemp lächelte. »Nun, erstens«, sagte er, »würde ich niemals die Katze im Sack kaufen, wie sie es getan haben.«

Er zögerte. Dann setzte er ernster hinzu: »Einmal ganz abgesehen von meinen Loyalitätsgefühlen gegenüber der Erde, glaube ich nicht, daß der Zukunft von Lebensformen mit dem starren Festhalten an der Idee gedient ist, daß ich ein Löwe oder ein Bär bin. Intelligentes Leben ist die Bewegung auf eine umfassende Zivilisation hin. Vielleicht bin ich wie der Bauernjunge, der in die Stadt ging – zur Erde. Nun wollen meine Leute, daß ich auf den Bauernhof zurückkehre. Sie würden niemals verstehen, warum ich es nicht kann, also versuche ich gar nicht erst, es ihnen zu erklären.«

»Vielleicht«, sagte Mathews, »ist in Wirklichkeit der Planetoid die Großstadt, und die Erde ist der Bauernhof auf dem Land. Was dann?«

Cemp lächelte höflich, schüttelte jedoch bloß den Kopf.

Mathews blieb beharrlich. »Noch eine Frage. Wie sollte man Silkies in Zukunft behandeln?«

Cemp breitete seine Hände aus. »Ich kann mir keine einzige Veränderung vorstellen, die von Nutzen wäre.«

Und das war sein Ernst. Er war nie imstande gewesen, sich über die Hackordnung im menschlichen Hühnerstall zu erregen. Doch er wußte seit langem, daß manche Silkies über ihre – wie sie meinten – untergeordnete Rolle erbittert waren. Andere, wie er, taten ihre Pflicht, waren ihren Frauen treu und versuchten, sich an den etwas begrenzten Möglichkeiten der menschlichen Zivilisation zu erfreuen – begrenzt für Silkies, die so viele zusätzliche Sinne hatten, denen es an wirklich schöpferischer Anregung fehlte.

Vermutlich könnte einiges besser sein. Aber einstweilen waren sie, wie sie waren. Cemp verstand, daß jeder Versuch einer Neubestimmung ihres gesellschaftlichen Status unter den Menschen Furcht und Unruhe auslösen mußte. Und warum dieses Risiko eingehen, um die Egos von etwas weniger als zweitausend Silkies zu befriedigen?

So jedenfalls hatte sich das Problem bisher dargestellt. Die Ankunft der Weltraum-Silkies würde noch eine unbestimmte Anzahl weiterer Egos auf die Bühne bringen, wenn auch vermutlich nicht genug, wie Cemp annahm, um die Statistiken nennenswert zu verändern.

Laut sagte er: »Soweit ich sehe, gibt es unter den bestehenden Umständen für das Silkie-Problem keine bessere Lösung als die, die schon existiert.«

Charley Baxter nutzte diesen Augenblick, um die Diskussion zu beenden. »Nat«, sagte er, »Sie haben unsere besten, unsere allerbesten Wünsche. Und unser volles Vertrauen. Ein Raumschiff wird Sie zur Umlaufbahn des Merkur bringen und Ihnen einen Vorsprung verschaffen. Viel Glück.«

14

Die Szene voraus war absolut phantastisch.

Der Silkie-Planetoid war im Begriff, die Sonne weit innerhalb der exzentrischen Umlaufbahn des Merkur zu umkreisen, und es hatte den Anschein, als könnte er die Spitzen der gewaltigen Wolken aus kochendem Gas streifen, die wie Nebelschlieren oder formlose Arme gierig von der glutheißen Sonnenoberfläche hinausgriffen.

Cemp bezweifelte, daß es zu einer solchen Lage kommen würde, doch während er seinen stahlharten Chitinkörper periodisch der Anziehungskraft der Sonne aussetzte, fühlte er den enormen Zug ihrer unmittelbaren Nähe. Der weiße Feuerkreis erfüllte beinahe den ganzen Himmel voraus. Das Licht war so intensiv und prasselte auf so vielen Frequenzbereichen auf ihn ein, daß es sein Rezeptorsystem überlastete, wenn er sich nicht dagegen abschirmte. Dennoch mußte er es in regelmäßigen Abständen öffnen, um die nötigen Kurskorrekturen vornehmen zu können.

Die zwei dahinziehenden Körper — sein eigener und der des Planetoiden — gerieten schließlich auf Kollisionskurs. Der Augenblick des tatsächlichen Zusammentreffens lag aber noch Stunden vor ihm. Also verschloß Cemp sein gesamtes Wahrnehmungssystem und versank sofort in jenen tiefen Schlaf, den Silkies sich so selten erlaubten.

Nach einiger Zeit erwachte er und sah, daß seine Berechnung richtig gewesen war. Der Planetoid war jetzt wie auf einem Radarschirm auf einem der winzigen Neuronenbildschirme im vorderen Teil seines Körpers »sichtbar«. Er hatte am Anfang nur etwa die Größe einer Bohne.

In weniger als dreißig Minuten wuchs er zu einer scheinbaren Größe von acht Kilometern heran, was nach Cemps Schätzung seinen halben Durchmesser ausmachen mußte.

Zu diesem Zeitpunkt führte Cemp sein einziges gefährliches Manöver aus. Er ließ sich von der Anziehungskraft der Sonne zwischen sie und den Planetoiden ziehen. Dann schnitt er sich von ihrer Schwerkrafteinwirkung ab und nahm mit einigen kurzen Energieschüben, die er hinter sich am Rand eines rasch errichteten Kraftfeldes entfesselte, Kurs auf die Oberfläche des Planetoiden.

Das Gefährliche an dieser Aktion war, daß sie ihn auf die Tagseite des kleinen Himmelskörpers brachte. Mit dem gleißenden Sonnenlicht im Rücken war er für jeden in oder auf oder in der Nähe des Planetoiden klar und deutlich zu erkennen. Aber seine Theorie baute darauf, daß sich normalerweise kein Silkie der direkten Sonneneinstrahlung aussetzen, sondern sich statt dessen vernünftigerweise im Innern der großen Steinkugel oder auf der Nachtseite aufhalten würde.

Aus der Nähe sah der Planetoid in dem ultrahellen Licht wie der runzlige Kopf eines greisen alten Hottentotten aus. Er war braungrau und pockennarbig und zerklüftet und nicht ganz rund. Die Pockennarben stellten sich als richtige Höhlen heraus, und in eine von ihnen schwebte Cemp hinein. Er stieg in etwas hinab, was für menschliche Augen pechschwarze Dunkelheit gewesen wäre, aber als Silkie war das Innere für ihn auf vielen Frequenzen sichtbar.

Er fand sich in einem Gang mit glatten Granitwänden wieder, der schräg nach unten führte. Ungefähr zwanzig Minuten später kam Cemp an eine Biegung des Ganges. Als er sie umrundete, sah er vor sich einen schimmernden, beinahe durchsichtigen Energieschirm.

Cemp beschloß sofort, ihn nicht als Problem anzusehen. Er bezweifelte, daß er errichtet worden war, um jemanden abzuwehren. Tatsächlich ergab seine Spektralanalyse, daß es sich um eine Wand handelte, ungefähr so stark wie die Außenhülle eines großen Raumschiffs.

Als Schirm war er kräftig genug, um noch die vernichtendsten Geschosse fernzuhalten. Einen solchen Schirm zu durchdringen bedeutete für jeden Silkie eine Übung in Energiekontrolle. Zuerst errichtete er ein ähnliches Kraftfeld und versetzte es in Oszillation. Diese destabilisierte den Energieschirm und brachte ihn in eine gleichlaufende Vibration. Im weiteren Verlauf des Prozesses begannen beide miteinander zu verschmelzen. Aber es war der Schirm, der Teil von Cemps Feld wurde, nicht umgekehrt.

So wurde sein Kraftfeld innerhalb von Minuten zu einem Teil der Barriere. Sicher in seinem Feld, passierte er die schimmernde Fläche vor sich. Nach dem Durchgang war die Trennung von Schirm und Feld nur eine Frage der Verlangsamung der Oszillation, die mehr und mehr abnahm, bis abrupt wieder zwei Kugelgebilde entstanden.

Die Trennung der beiden Energien klang wie ein Peitschenschlag, und das Geräusch deutete darauf hin, daß er in luftgefüllten Raum gekommen war. Rasch entdeckte er, daß die Luftmischung nicht irdisch war – dreißig Prozent Sauerstoff, zwanzig Prozent Helium und der Rest hauptsächlich gasförmige Schwefelverbindungen.

Der Druck betrug etwa das Doppelte des Luftdrucks in Meeresspiegelhöhe auf der Erde, aber es war Luft, und das hatte zweifellos einen Zweck.

Von seinem Standort hinter der Energiebarriere aus sah er vor sich einen großen, hohen Raum, dessen Boden ungefähr dreißig Meter unter ihm lag.

Mildes Licht fiel herab. In seinem Schein gesehen, war der Raum ein Juwel. Die Wände waren mit Einlegearbeiten aus wertvollen Edelsteinen, feinen Metallen und verschiedenfarbigen Felsplatten geschmückt, die ein geschwungenes Schnitzmuster zierte. Sie waren zu Bilderfolgen komponiert, die die fortlaufende Geschichte einer Rasse von vierbeinigen Zentaurenwesen mit stolzer Haltung und feinen, aber nichtmenschlichen Gesichtern erzählte.

Auf dem Boden war das Bild eines Planeten zu sehen, als

matt leuchtende Substanz eingelegt, das eine gebogene und gebirgige Oberfläche mit funkelnden Flußläufen, dunklen Vegetationszonen, schimmernden Ozeanen und Seen und Tausenden von strahlenden Punkten zeigte, die offenbar große und kleine Städte markierten.

Die Seiten des Planeten wölbten sich in wirklichkeitsgetreuen Proportionen abwärts, und Cemp hatte den Eindruck, daß der Globus sich nach unten fortsetzte und die untere Hälfte der Riesenkugel vermutlich von einem tiefer gelegenen Raum aus sichtbar war.

Die allgemeine Wirkung war die von vollkommener und harmonischer *Schönheit*.

Cemp nahm an, daß die Bilderszenen und das Relief des Planeten genaue Wiedergaben einer Rasse und eines Ortes waren, mit denen die Silkies irgendwann in der Vergangenheit einmal verbunden gewesen waren.

Die künstlerische Vollkommenheit dieses Raums war schier überwältigend.

Als er niedergeschwebt war, hatte er drei große Torbögen bemerkt, die zu benachbarten Räumen führten. Durch die Öffnungen hatte er flüchtige Blicke auf Mobiliar, Maschinen und andere Gegenstände werfen können. Alles sah neu und gepflegt aus. Er glaubte, daß es Artefakte der Zentaurenrasse oder einer anderen Zivilisation waren. Aber er konnte sich nicht die Zeit nehmen, um sich eingehender damit zu befassen. Seine Aufmerksamkeit galt einer Treppe, die zur nächsten Ebene hinunterführte.

Er folgte ihr in die Tiefe und sah sich bald mit einer weiteren Energiebarriere konfrontiert. Er durchdrang sie auf die gleiche Weise wie die erste und kam in einen mit Meerwasser gefüllten Raum. In den Boden dieser riesigen Halle war ein Planet eingelassen, der im Grünblau einer Unterwasserzivilisation leuchtete.

Und das war erst der Anfang. Cemp ging von einer Ebene zur nächsten, immer tiefer hinunter, und passierte dabei jedesmal einen Energieschirm und eine ähnlich dekorierte Halle. Jede war auf die gleiche Weise mit wertvollen Edelsteinen und schimmernden Metallen geschmückt. Jede zeigte atemberaubende Szenen von – wie Cemp annahm – bewohnbaren Planeten weit entfernter Gestirne, und jeder Raum hatte eine ganz unterschiedliche Atmosphäre.

Nach einem Dutzend solcher Hallen bemerkte Cemp, daß die Wirkung kumulativ war. Er kam zu der Erkenntnis, daß hier, im Innern dieses Planetoiden, wahrscheinlich Schätze zusammengetragen waren, wie sie nirgendwo sonst existierten. Cemp stellte sich die mehr als tausend Kilometer vor, die das Innere dieses sicher phantastischsten Asteroiden in der Galaxis ausmachten, und er erinnerte sich an das, was Mathews gesagt hatte – daß vielleicht der Planetoid die »Stadt« und die Erde der »Bauernhof« sei.

Es begann vieles dafür zu sprechen, daß die Spekulation des Mannes richtig gewesen war.

Cemp hatte erwartet, jeden Moment auf einen der Bewohner des Planetoiden zu treffen. Nachdem er drei weitere Hallen durchquert hatte, jede mit ihrer leuchtenden Miniaturnachbildung eines fernen und längst vergessenen Planeten, hielt er inne und überlegte.

Er hatte das starke Gefühl, daß er durch die Kenntnisnahme dieser Schätze einen Vorteil erlangt hatte – den er nicht wieder abzugeben gewillt war –, daß die Silkies ihre Wohnquartiere auf der der Sonne abgewandten Seite des Planetoiden hatten und sie nicht mit überraschenden Besuchern dieser Art rechneten.

Die Idee schien ihm einleuchtend zu sein, und so machte er kehrt und steuerte bald darauf, tief über der zerklüfteten Oberfläche fliegend, die Schattenseite an. Wieder die Höhleneingänge und, ein paar Meter im Innern, die Energiebarriere. Dahinter waren die Werte für Luft und Schwerkraft genau wie die auf der Erde.

Cemp schwebte abwärts in eine mit polierten Granitplatten ausgekleidete Halle. Sie war mit Sesseln, Stühlen und Tischen möbliert, und vor einer Wand standen lange, niedrige Bücherregale. Aber die Anordnung hatte etwas Vorzimmerhaftes – der Raum wirkte formal und unbewohnt. Er vermittelte Cemp ein unheimliches Gefühl.

Noch immer in seiner Silkiegestalt, schwebte er eine Treppe hinunter zu einem anderen Raum. Der Boden bestand aus Erde, und es gab Vegetation, die sich aus Blumen und Büschen der gemäßigten Erdenzone zusammensetzte. Auch hier wirkte die Anordnung unpersönlich.

Auf der dritten Ebene befanden sich Büroräume irdischer Art mit Datenverarbeitungsanlagen. Cemp, der etwas davon verstand, erkannte sie auf den ersten Blick. Ihm fiel auch auf, daß niemand diese besondere Datenquelle nutzte. Die Büroräume waren leer.

Er wollte gerade zur nächsten Ebene absteigen, als ein Energiestrahl von enormer Heftigkeit den superschnellen Verteidigungsschirm auslöste, dessen Gebrauch er von dem Kibmadine gelernt hatte.

Das Aufblitzen, als sich der Strahl mit zunehmender Intensität an Cemps Abwehrschirm brach, erhellte den Raum, als ob jemand plötzlich Sonnenlicht eingelassen hätte. Und die Helligkeit blieb, denn wer immer den Energiestrahl auf Cemp gerichtet hatte, versuchte nun die Dauerhaftigkeit des Schirms durch einen unvermindert anhaltenden Energiebeschuß auf die Probe zu stellen.

Für Cemp war es ein Kampf, der in Blitzesschnelle seine gesamte Verteidigungslinie beanspruchte und schließlich auf den harten Kern der zweiten Methode zuführte, die der Kibmadine ihn gelehrt hatte.

Dann, und erst dann, konnte er sich behaupten.

15

Eine Minute verging, ehe der Angreifer schließlich zu akzeptieren schien, daß Cemp einfach den Strahl selbst benutzte, um seinen Abwehrschirm aufrechtzuerhalten. Daher kostete es ihn nicht die geringste Mühe, und der Schirm würde so lange halten wie der Strahl, und sich ständig neu bilden, so oft es nötig sein sollte.

So plötzlich er eingesetzt hatte, erlosch der gegnerische Strahl auch wieder.

Cemp blickte betroffen umher. Der gesamte Raum war ein Trümmerfeld von verbogenen, weißglühenden Maschinenteilen und Asche. Die Granitplatten der Wandverkleidung waren zerbröckelt und hatten das nackte Meteoritengestein bloßgelegt. Flüssiger Fels troff in einer Anzahl von Rinnsalen von der zerstörten Decke und den Wänden. Ganze Partien kamen in Bewegung und rutschten nach.

Was ein modernes Büro gewesen war, hatte sich innerhalb weniger Minuten in eine trostlose Höhle aus geschwärztem Gestein und Metall verwandelt.

Plötzlich erkannte Cemp mit bestürzender Klarheit, daß nur der Hochgeschwindigkeitsschirm des Kibmadines ihm das Leben gerettet hatte. Der Angriff war darauf abgestellt gewesen, das gesamte Verteidigungs- und Angriffssystem des Silkies zu überwältigen.

Die Absicht war ›Vernichtung‹ gewesen. Keine Verhandlung, keine Diskussion, keine Fragen.

Der harte Kampf hatte ihn auf eine ganz bestimmte Logik der Ebenen heruntergestimmt. Er verspürte einen automatischen Ausfluß von Haß.

Doch nach einer Weile drang eine andere Erkenntnis durch. Ich habe *gewonnen!* dachte er.

Wieder ruhig, aber voll Entschlossenheit stieg er noch einmal fünf Ebenen nach unten und trat unvermittelt auf eine gewaltige Aussichtsplattform hinaus, die einen weiten offenen Raum überblickte. Unter ihm breitete sich die Stadt der Weltraum-Silkies aus.

Sie wirkte in jeder Hinsicht wie eine kleine Stadt auf der Erde — mehrstöckige Miethäuser, Eigenheime, Alleen. Cemp war erstaunt, denn auch hier hatten die einheimischen Silkies offenbar versucht, eine menschliche Atmosphäre zu erschaffen.

Tief unter sich konnte er Gestalten auf einem Gehweg erkennen. Er schwebte hinunter. Als er noch dreißig Meter über ihnen war, blieben die Leute stehen und blickten zu ihm hinauf. Eine Person – es war eine Frau – richtete einen erschrockenen Gedanken an ihn. »Wer sind Sie?«

Cemp sagte es ihr.

Ihre Reaktion und die der drei Leute in nächster Nähe war Verblüffung. Aber sie verhielten sich weder ängstlich noch feindselig.

Die kleine Gruppe, drei Frauen und ein Mann, wartete auf ihn. Als Cemp herunterkam, fühlte er, daß sie Signale an andere schickten. Bald hatte sich eine kleine Ansammlung gebildet, überwiegend Frauen, die meisten davon in menschlichen Körpern. Aber ein rundes Dutzend, das gerade eintraf, war in Silkiegestalt.

Wachen? fragte er sich. Aber auch sie verhielten sich nicht feindselig. Alle hatten sie ihren Geist geöffnet, und das Verwirrende war, daß niemand etwas von dem Angriff zu wissen schien, der in dem Büroraum unweit der Oberfläche auf ihn unternommen worden war.

Er sah sofort seinen Vorteil in dieser Ahnungslosigkeit. Wenn er sich wachsam und still verhielt, würde er seinen bösartigen Angreifer schon ausmachen können. Er vermutete, daß der gewalttätige Anschlag auf Verwaltungsebene geplant und durchgeführt worden war.

Ich werde diese Halunken schon finden! dachte er grimmig.

Zu seinem Publikum aus unschuldigen Bürgern sagte er: »Ich handle als Beauftragter der Erdregierung. Meine Aufgabe hier ist es, festzustellen, welche bindenden Vereinbarungen getroffen werden können.«

Eine Frau rief zu ihm hoch: »Irgendwie schaffen wir es nicht, uns in attraktive Frauen vom Erdtyp zu verwandeln. Was schlagen Sie vor?«

Eine Lachsalve folgte auf ihre Bemerkung. Cemp war einen Moment sprachlos. Er hatte von dieser Menge keine so legere Freundlichkeit erwartet. Aber seine Entschlossenheit geriet nicht ins Wanken. »Ich nehme an, wir können das auf Regierungsebene diskutieren«, sagte er, »aber es wird nicht der erste Punkt der Tagesordnung sein.«

Einige Überreste seines Haßgefühls mußten mit seinem

Gedanken an sie hinausgegangen sein, denn ein Mann sagte scharf: »Das klingt nicht sehr freundlich.«

Eine Frau setzte rasch hinzu: »Kommen Sie schon, Mr. Cemp. Dies ist unsere wahre Heimat.«

Cemp hatte sich wieder gefangen. Er antwortete in einem ruhigen, abgeklärten Gedanken: »Sie werden bekommen, was Sie geben. Hier und jetzt geben Sie nur Güte. Ich kann mich über Ihren Empfang nicht beklagen. Aber die Agenten, die Ihre Regierung zur Erde geschickt hat, gaben dort blutrünstige Drohungen von sich.«

Sein Gedanke brach verdutzt ab. Denn diese Leute, wie sie hier standen, schienen nichts von dieser Drohung an sich zu haben. Es war erstaunlich.

Nach kurzem Zögern endete er: »Ich bin hier, um herauszufinden, was es mit alledem auf sich hat. Darum wäre ich Ihnen dankbar, wenn Sie mich zu jemandem führen könnten, der Regierungsautorität hat.«

»Wir haben keine Autoritäten«, sagte eine Frau.

Ein Mann meinte: »Mr. Cemp, wir führen hier ein völlig freies Leben, und Sie und die anderen Erdsilkies sind eingeladen, sich uns anzuschließen.«

»Wer hat veranlaßt, daß diese vierhundert Boten zur Erde geschickt wurden?« beharrte Cemp.

»Das geschieht immer, wenn die Zeit gekommen ist«, erwiderte eine andere Frau.

»Und sie werden mit Drohungen zu uns geschickt?« fragte Cemp. »Mit Todesdrohungen?«

Die Frau, die zuletzt das Wort ergriffen hatte, schien auf einmal unsicher zu werden. Sie wandte sich an einen der Männer. »Du warst da unten«, sagte sie. »Sei ehrlich: Hast du mit Gewalt gedroht?«

Der Mann zögerte. »Meine Erinnerung ist ein bißchen vage«, sagte er, »aber ich glaube schon.« Rasch fügte er hinzu: »So ist es immer, wenn E-Lerd uns in Verbindung mit der Kraft konditioniert. Die Erinnerung neigt dazu, sehr schnell zu verblassen. Tatsächlich hatte ich den Aspekt der Drohung bis eben praktisch vergessen.« Er schien erstaunt zu sein. »Zum Teufel noch mal. Ich glaube, wir sollten mit E-Lerd sprechen und den Grund dafür herausfinden.«

Cemp schickte dem Mann einen direkten telepathischen Gedanken: »Wie waren Ihre Gefühle über die Mission, nachdem Sie sie erfüllt hatten?«

»Nur, daß ich meine Pflicht getan hatte. Daß ich erklärt hatte, wir Weltraum-Silkies seien hier, und daß es für die Erden-Silkies nun an der Zeit sei, sich ihres wahren Ursprungs bewußt zu werden.«

Er wandte sich den anderen zu. »Das ist unglaublich«, sagte er. »Ich bin erstaunt. Wir werden uns um E-Lerds Verwaltung der Kraft kümmern müssen. Ich habe Morddrohungen ausgestoßen, als ich auf der Erde war! Dabei ist das überhaupt nicht meine Art.«

Seine abgrundtiefe Verblüffung war überzeugender als alles, was er sonst hätte sagen können.

Cemp erwiderte fest: »Daraus entnehme ich, daß Sie entgegen Ihren früheren Erklärungen doch einen Anführer haben, dessen Name E-Lerd ist.«

»Nein, er ist kein Anführer«, widersprach einer der Silkies sofort. »Aber ich kann verstehen, wie Sie zu diesem Fehlschluß gekommen sind. Wir sind frei. Niemand sagt uns, was wir zu tun haben. Aber wir delegieren Verantwortung. E-Lerd ist zum Beispiel für die Kraft verantwortlich, und durch ihn können wir sie gebrauchen. Möchten Sie gern mit ihm sprechen, Mr. Cemp?«

»Das möchte ich allerdings«, sagte Cemp mit größter Genugtuung.

Er dachte: *Die Kraft! Natürlich. Wer sonst? Die Person, die die Kraft kontrolliert, muß diejenige sein, die mich angegriffen hat!*

»Mein Name ist O-Vedd«, sagte der Weltraum-Silkie. »Bitte kommen Sie mit.«

Sein langer, geschoßähnlicher Körper löste sich aus der Gruppe ähnlicher Körper und raste über die Köpfe der Menge davon. Cemp folgte ihm. Sie gingen an einem schmalen Eingang wieder nieder und stießen in einen engen Gang mit glatten granitverkleideten Wänden vor. Nach dreißig Metern entließ er sie auf eine andere gewaltige Ebene. Auf ihr erstreckte sich eine zweite Stadt.

Wenigstens sah es auf den ersten Blick so aus.

Dann sah Cemp, daß die Gebäude von anderer Art waren — keine Wohnhäuser. Für ihn, der mit den meisten Formen der industriellen Energieerzeugung vertraut war, gab es keinen Zweifel. Einige der massiven Bauten voraus beherbergten die Reaktoren eines gewaltigen Atomkraftwerks. Andere waren Umspannwerke zur Elektrizitätsverteilung. Wieder andere hatten die unverkennbaren Formen des Ylem-Systems zur Transformation von Energie.

Nichts von alledem war natürlich *die* Kraft, aber hier gab es in der Tat Kraft im Überfluß.

Cemp folgte O-Vedd auf den Hof eines Gebäudekomplexes hinunter, den er trotz aller Abschirmung als eine Quelle magnetischer Strahlung identifizierte.

Der Weltraum-Silkie landete und nahm wieder menschliche Gestalt an, dann stand er da und wartete, daß Cemp seinem Beispiel folgte.

»Nichts zu machen!« sagte Cemp knapp. »Bitten Sie ihn, zu mir herauszukommen.«

O-Vedd zuckte die Achseln. Als Mensch war er gedrungen und dunkelhaarig. Er ging über den Hof davon und verschwand in einem Portal.

Cemp wartete inmitten einer Stille, die nur vom leisen Summen der Fabrikanlagen gestört wurde. Eine Brise strich über die superempfindlichen Außendetektoren, die er unter allen Umständen in Betriebsbereitschaft hielt. Der schwache Lufthauch wurde vom Mechanismus registriert, löste jedoch nicht den Abwehrschirm aus.

Schließlich war es nur eine Brise, und er hatte sich nie darauf programmiert, auf so geringfügige Signale zu reagieren. Er war schon im Begriff, das Ganze wieder zu vergessen und lieber über die Weltraum-Silkies nachzudenken — ihm gefiel die Gruppe, die er getroffen hatte —, als ihm plötzlich einfiel: *Eine Brise, hier?*

Sein Abwehrschirm baute sich auf. Seine Wahrnehmungsorgane wurden hochgefahren. Er hatte genügend

Zeit, festzustellen, daß es sich tatsächlich um einen Lufthauch handelte und daß er von einer Leere im umgebenden Raum ausgelöst wurde. Rings um Cemp begann sich ein Nebel über den Hof zu legen; dann war er plötzlich verschwunden.

Es gab keinen Planetoiden mehr.

Cemp steigerte sein Wahrnehmungssystem bis zum Maximum. Aber er schwebte weiter im Vakuum des Raums, und neben ihm kreiste das gewaltige Feuerrad der Sonne. Auf einmal spürte er, wie seinem Körper Energie entzogen wurde. Das kam von den hochgefahrenen Schirmen und daher, daß sein System gegen äußere Energien ankämpfte.

Verblüfft dachte er: *Ich befinde mich im Kampf. Das ist ein weiterer Versuch, mich zu töten!*

Was immer es war, es lief automatisch ab. Seine Wahrnehmungsfähigkeit blieb abgeschnitten, und er war ganz dem Angreifer ausgeliefert.

Cemp fühlte sich wie jemand, der plötzlich tiefschwarzer Dunkelheit ausgesetzt ist. Doch das Entsetzliche daran war, daß seine Sinne von fremden Kräften daran gehindert wurden, die wahre Natur des Angreifers herauszufinden. Alles, was er sah, war ...

Sein Unvermögen schwand!

Vor ihm, über viele Weltraumkilometer verteilt, befand sich eine Silkie-Gruppe. Cemp sah sie klar und deutlich, zählte auf seine blitzschnelle Art zweihundertachtundachtzig, fing ihre Gedanken auf und erkannte, daß es die abtrünnigen Silkies von der Erde waren.

Plötzlich begriff er, daß die Kontaktpersonen ihnen den Standort des Planetoiden genannt hatten und daß sie unterwegs »nach Hause« waren.

Die Zeit verkürzte sich.

Die ganze Silkie-Gruppe wurde scheinbar von einem Augenblick zum andern bis dicht vor den Planetoiden transportiert. Cemp schwebte ganz in dessen Nähe — nur ein paar Kilometer entfernt, höchstens dreißig.

Aber das Verblüffende und zugleich Phantastische war,

daß, während diese seltsamen Ereignisse auf einer seiner Wahrnehmungsebenen abliefen, ihm auf einer anderen Ebene das Gefühl blieb, daß ein konkreter Versuch unternommen wurde, ihn zu töten.

Er konnte fast gar nichts sehen oder fühlen, und auch sein Denkvermögen war getrübt. Aber die schattenhaften Empfindungen blieben. Sie waren jedoch weit von Bewußtheit entfernt, ähnlich wie in einem Traum.

Da Cemp ein vollausgebildeter Silkie war, verfolgte er die inneren und äußeren Vorgänge mit größtem Interesse und versuchte immerzu aufs neue, die Realität zu erhaschen, während Tausende von Signalen hereinkamen.

Er begann Bedeutung hineinzulesen und erste Spekulationen über die Natur des Phänomens der physikalischen Welt anzustellen, die dem zugrunde lag. Und er glaubte, daß seine ersten Auswertungen unmittelbar bevorstünden, als es, so plötzlich es eingesetzt hatte, schon wieder endete.

Die Weltraumszene verblaßte.

Er befand sich wieder auf dem Hof, umgeben von den Bauten, die den gewaltigen magnetischen Energiekomplex beherbergten. Aus dem geöffneten Portal des Hauptgebäudes kam O-Vedd auf ihn zu. Er wurde von einem Mann begleitet, der ungefähr Cemps menschliche Statur hatte — rund zwei Meter groß und muskulös. Sein Gesicht war schwerer als das von Cemp, und seine Augen waren braun statt grau.

Als er herangekommen war, sagte der Mann: »Ich bin E-Lerd. Lassen Sie uns miteinander reden.«

16

»Für den Anfang möchte ich Ihnen erst einmal die Geschichte der Silkies erzählen«, sagte E-Lerd.

Cemp war von dieser Erklärung verblüfft. Er hatte einen bitteren Streit vorausgesehen und spürte in sich eine Vielfalt sich neu orientierender Energieströme ... ein Beweis für die Ernsthaftigkeit des zweiten Kampfes, den er gerade ausgestanden hatte. Und er wünschte dringend vollständige Aufklärung über die Angriffe auf ihn.

In diesem Augenblick, noch immer von unermeßlicher Wut erfüllt, hätte ihm nichts gelegener kommen können als ... die Geschichte der Silkies! Für Cemp war sie derzeit das wichtigste Thema im ganzen Universum.

Der Silkie-Planetoid, begann E-Lerd, war vor annähernd dreihundert Jahren aus dem interstellaren Raum in das Sonnensystem eingetreten. Sein Kurs hatte ihn zwangsläufig in eine elliptische Umlaufbahn um die Sonne und den Neptun einschwenken lassen. Bei seiner ersten Sonnenumkreisung hatten Silkies die inneren Planeten besucht und festgestellt, daß nur die Erde bewohnt war.

Da sie Gestaltveränderer waren, studierten sie augenblicklich die biologischen Voraussetzungen, die erfüllt werden mußten, um in den zwei Lebenssphären der Erde – Luft und Wasser – funktionieren zu können. Zu diesem Zweck wurden sie intern programmiert.

Unglücklicherweise konnte sich ein kleiner Prozentsatz der menschlichen Bevölkerung, wie man bald entdeckte, auf die Gedanken der Silkies einstimmen. Alle, bei denen man das bemerkte, wurden rasch ermittelt, und man löschte ihre Erinnerungen an dieses Erlebnis aus.

Aber wegen dieser telepathisch begabten Menschen wurde es für die Silkies nötig, sich als Produkte menschlicher biologischer Experimente auszugeben. Dementsprechend wurden die Silkies für Beziehungen mit menschlichen Frauen programmiert, so daß die weibliche Eizelle und das Sperma des männlichen Silkies einen Silkie hervorbrachten, der nichts von seiner Weltraumvergangenheit wußte.

Um diesen Prozeß automatisch aufrechtzuerhalten, wurde das Besondere Volk – jene Personen, die in den Gedanken von Silkies lesen konnten – in seine Funktion als Kontrollorgan und Partner der Silkies eingesetzt.

Daraufhin kehrten bis auf einen alle erwachsenen Silkies

zu ihrem Planetoiden zurück, der nun auf den sonnenfernsten Punkt seiner Umlaufbahn zustrebte. Als er mehr als hundert Jahre später wieder in die Nachbarschaft der Erde kam, wurden vorsichtige Besuche abgestattet.

Es zeigte sich, daß mehrere unvorhergesehene Dinge geschehen waren. Menschliche Biologen hatten mit diesem Verfahren experimentiert. Als Ergebnis waren in den frühen Forschungsstadien sogenannte »Varianten« entstanden. Diese hatten ihre abnormen Züge weitervererbt und taten es immer noch, so daß ihre Zahl beständig wuchs.

Die faktischen Folgen waren: eine Anzahl echter Silkies, fähig, die dreifache Veränderung nach eigenem Willen durchzuführen; Silkies der Klasse B, die sich vom menschlichen in das Fischstadium verwandeln konnten, aber nicht imstande waren, die Raumgestalt anzunehmen; und die genetisch labile Gruppe der Varianten!

Die zwei letzteren Gruppen hatten sich vorwiegend in den Ozeanen niedergelassen. Alsbald wurde beschlossen, die Silkies der Klasse B unbehelligt zu lassen, die Varianten allerdings einzufangen und in großen, wassergefüllten Raumschiffen unterzubringen, wo sie isoliert waren und sich nicht fortpflanzen konnten.

Dieser Plan war schon in Angriff genommen worden, als der Planetoid seine Sonnenumdrehung machte und wieder auf den fernen Neptun zustrebte.

Nun waren sie zurückgekehrt und hatten eine unglückliche Situation angetroffen. Irgendwie war es der irdischen Wissenschaft, die von den frühen Besuchern praktisch ignoriert worden war, gelungen, eine Methode für die Ausbildung und Vervollkommnung der Wahrnehmungsorgane der Silkies zu entwickeln und einzuführen.

Die Erdsilkies waren zu einer loyalen, straff organisierten Gruppe geworden, die die Erde als Heimat ansah und der nur die *Kraft* fehlte.

Cemp »las« all das in E-Lerds Gedanken, und dann stellte er ihm verwundert eine Frage über einen Punkt, der eine auffallende Lücke in dessen Geschichte zu sein schien. Von wo war der Silkie-Planetoid gekommen?

E-Lerd zeigte zum erstenmal Ungeduld. »Diese Reisen sind zu weit«, sagte er telepathisch. »Sie dauern zu lange. Niemand erinnert sich noch an den Ursprung. Irgendein anderes Sonnensystem, soviel ist klar.«

»Ist das Ihr Ernst?« fragte Cemp bestürzt. »Sie wissen es nicht?«

Aber es war die Wahrheit. So sehr er den anderen auch mit Fragen bedrängte, es blieb dabei. Während E-Lerds Geist bis auf seine telepathischen Gedanken verschlossen blieb, hielt O-Vedd seinen Geist völlig offen. Doch in ihm erkannte Cemp nur die gleiche Überzeugung und den gleichen Mangel an Informationen.

Aber warum das Herumspielen mit menschlicher Biologie und das Vermischen der beiden Rassen?

»Das tun wir immer. Das ist unsere Art zu leben – in Verbindung mit den Bewohnern eines Systems.«

»Woher wissen Sie, daß Sie das immer tun? Sie sagten mir doch gerade, daß Sie sich nicht erinnern könnten, woher Sie diesmal kamen und wo Sie vorher waren.«

»Nun ... das ergibt sich einwandfrei aus den Artefakten, die wir mitgebracht haben.«

E-Lerds Haltung machte klar, daß er diese Fragen als irrelevant ansah. Cemp nahm ein Bewußtseinsphänomen in dem anderen wahr, das diese Haltung erklärte. Für Weltraum-Silkies war die Vergangenheit unwichtig. Silkies hatten bestimmte Dinge *immer* getan, denn so waren sie geistig, emotional und physisch konstruiert.

Ein Silkie brauchte nicht aus vergangenen Erfahrungen zu lernen. Er brauchte einfach nur zu *sein*, was allen Silkies angeboren war.

Dies war, so erkannte Cemp, eine grundlegende Erklärung für vieles, was er beobachtet hatte. Es war auch der Grund, weshalb diese Silkies nie wissenschaftlich ausgebildet worden waren. Ausbildung war im Begriffskosmos dieser Wesen ein fremdartiges Konzept.

»Sie meinen«, protestierte er ungläubig, »Sie haben keine Ahnung, warum Sie das letzte Sonnensystem, in dem Sie Beziehungen zu einer anderen Rasse unterhielten, verlassen haben? Warum bleiben Sie nicht für immer in einem System, wo Sie sich eingelebt haben?«

»Wahrscheinlich«, sagte E-Lerd achselzuckend, »kam jemand dem Geheimnis der Kraft zu nahe. Eine schwerwiegende Sache, die nicht erlaubt werden kann.«

Das sei der Grund, fuhr er fort, weshalb Cemp und andere Silkies nun zur Herde zurückkehren müßten. Als Silkies könnten sie von der Kraft lernen.

Das Gespräch hatte sich ganz wie von selbst diesem *wichtigen* Thema zugewandt.

»Was«, fragte Cemp, »ist die Kraft?«

E-Lerd erklärte formell, daß es sich um ein verbotenes Thema handele.

»Dann werde ich Ihnen das Geheimnis gewaltsam entreißen müssen«, meinte Cemp. »Ohne seine Kenntnis kann es kein Übereinkommen geben.«

E-Lerd erwiderte steif, daß jeder Versuch einer Gewaltanwendung ihn zwingen werde, die Kraft zu Verteidigungszwecken einzusetzen.

Cemp verlor die Geduld. »Nach Ihren zwei fehlgeschlagenen Versuchen, mich zu töten«, teilte er ihm in zorniger Entschlossenheit telepathisch mit, »gebe ich Ihnen jetzt dreißig Sekunden ...«

»Was für Versuche, Sie zu töten?« wollte E-Lerd erstaunt wissen.

In diesem Moment, als Cemp sich anschickte, die Logik der Ebenen zu seiner Hilfe heranzuziehen, gab es eine Unterbrechung.

Ein »Impuls« — eine sehr langsame Vibration — berührte eines der Wahrnehmungsorgane im vorderen Teil seines Gehirns. Es zielte unter Umgehung des menschlichen Hörbereichs direkt auf sein Lautdekodiersystem.

Neu daran war, daß das Geräusch als Träger für den begleitenden Gedanken diente. Es war, als spräche jemand laut und deutlich in seine Ohren.

»Du hast gewonnen«, sagte die Stimme. »Du hast mich dazu gezwungen. Ich werde persönlich mit dir sprechen — ohne meine unwissenden Diener.«

17

Cemp identifizierte die eingehende Gedankeninformation als direkten Kontakt. Dementsprechend nahm sein Gehirn, das darauf programmiert war, umgehend auf eine Vielzahl von Signalen zu reagieren, automatisch seinen Betrieb auf und versuchte, weitere Impulse von dem aussendenden Gehirn zu erhalten ... und er bekam ein Bild. Ein flüchtiger Eindruck nur, so kurz, daß es ihm noch Sekunden später schwerfiel, zu entscheiden, ob es real gewesen war oder nicht.

Etwas Riesiges lauerte in der Dunkelheit tief im Inneren des Planetoiden. Es lag dort und erweckte in Cemp ein Gefühl von ungeheurer Macht. Es hatte sich zurückgehalten und ihn mit einem winzigen Teil seines Selbst beobachtet. Das größere Ganze verstand das Universum und konnte große Sektionen der Raumzeit manipulieren.

»Sag den anderen nichts.« Wieder war es ein direkter Kontakt, der wie gesprochene Worte klang.

Die Bestürzung, die Cemp in den letzten Sekunden erfaßt hatte, lag auf der Ebene der Verzweiflung. Er hatte diesen Planetoiden in dem Glauben aufgesucht, daß seine menschliche Ausbildung und sein Kibmadine-Wissen ihm einen zeitweiligen Vorteil über die Weltraum-Silkies sichern würde, und daß er, wenn er nicht zögerte, eine Schlacht gewinnen könnte, die die Drohung, die von den natürlichen Silkies ausging, ein für allemal beendete.

Statt dessen war er nichtsahnend in die Höhle eines kosmischen Riesen getappt. Beklommen dachte er: *Hier ist, was sie die »Kraft« nennen.*

Und wenn sein flüchtiger Eindruck richtig war, dann war dies eine so kolossale Kraft, daß sie alle seine eigenen Fähigkeiten und Kräfte weit überstieg.

Er folgerte, daß dieses Etwas die zwei Angriffe gegen ihn geführt haben mußte. »Stimmt das?« fragte er telepathisch auf der Frequenz der eingehenden Gedanken.

»Ja. Ich gebe es zu.«

»Warum?« schoß Cemp blitzschnell seine Frage ab. »Warum hast du das getan?«

»Damit ich meine Existenz nicht offenbaren muß. Ich lebe immer in der Furcht, daß andere Lebensformen, wenn sie von mir erfahren, mich vernichten könnten.«

Die Richtung der fremden Gedanken änderte sich. »Aber nun höre und tu, was ich dir sage ...«

Das Bekenntnis hatte wieder Cemps Gefühle aufgewühlt. Haß, der in ihm hochgestiegen war und sich der Logik der Ebenen verdankte, gab ihm Kraft – eine spontane Reaktion seines Körpers auf die Versuche der totalen Vernichtung. Daher hatte er jetzt Schwierigkeiten, zusätzliche automatische Reaktionen zu unterdrücken.

Aber die Puzzlestücke begannen zusammenzupassen. Und so war er nach kurzem Zögern imstande, auf Geheiß des unbekannten Monsters zu E-Lerd und den anderen Silkies zu sagen: »Nehmen Sie sich Zeit, über meine Forderungen nachzudenken. Und wenn die desertierten Silkies von der Erde eintreffen, werde ich mit ihnen reden. Dann können wir eine weitere Diskussion abhalten.«

Aus diesen Worten sprach eine so radikal veränderte Haltung, daß die beiden Silkies Erstaunen zeigten. Aber Cemp sah, daß sie sein Einlenken als Schwäche werteten und ziemlich erleichtert waren.

»Ich werde in einer Stunde wieder hier sein!« sagte er telepathisch zu E-Lerd. Worauf er sich umdrehte und vom Hof startete, hinauf zu einer Felsöffnung, die ihn auf geradem Weg tiefer in den Planetoiden führte.

Wieder fingen seine Rezeptoren die langsame, leise Vibration auf. »Komm näher!« befahl das Wesen.

Cemp gehorchte. Für ihn gab es nur eine Alternative: Entweder konnte er sich verteidigen, oder er konnte es nicht. Er stieg abwärts, passierte ein Dutzend Energieschirme und gelangte in eine kahle Höhle, eine Kammer, die aus dem Meteoritengestein gehauen war. Sie war nicht einmal beleuchtet. Als er eintrat, berührte wieder ein direkter Gedanke seinen Geist: »Jetzt können wir reden.«

Cemp hatte die ganze Zeit fieberhaft überlegt, bemüht,

sich auf eine Gefahr einzustellen, deren Größe er nicht annähernd abschätzen konnte. Doch die Kraft hatte es vorgezogen, sich ihm zu enthüllen, statt E-Lerd über sie aufzuklären. Darin schien seine einzige Chance zu liegen; und er war überzeugt, daß auch sie nur Bestand hatte, solange er sich im Inneren des Planetoiden befand.

Er dachte: *Du mußt die Chance nützen!*

Telepathisch sagte er: »Nach diesen Angriffen mußt du mir einige ehrliche Antworten geben, wenn du erwarten willst, einen Handel mit mir abzuschließen.«

»Was willst du wissen?«

»Wer bist du? Woher kommst du? Was hast du vor?«

Es wußte nicht, wer es war. »Ich habe einen Namen«, sagte es. »Ich bin der Glis. Vor langer Zeit gab es viele wie mich. Ich weiß nicht, was aus ihnen wurde.«

»Aber *was* bist du?«

Es wußte es nicht. Eine Energielebensform unbekannten Ursprungs, die von einem Sonnensystem zum anderen reiste, dort eine Weile blieb und weiterzog.

»Aber warum ziehst du weiter? Warum bleibst du nicht?«

»Die Zeit kommt, wo ich für ein bestimmtes System getan habe, was ich tun kann.«

Durch seine gewaltige Kraft transportierte es große Eismeteoriten und kosmische Gaswolken zu atmosphärelosen Planeten und machte sie bewohnbar, räumte interstellaren Schutt beiseite, der gefährlich werden konnte, verwandelte giftige Atmosphären in ungiftige ...

»Schließlich ist meine Arbeit getan, und mir wird klar, daß es wieder an der Zeit ist, weiter den grenzenlosen Kosmos zu durchstreifen. Also stelle ich meine hübschen Bilder der bewohnten Planeten her, die du gesehen hast, und wandere in den interstellaren Raum hinaus.«

»Und die Silkies?«

Sie seien eine alte Lebensform, die sich einst auf Meteoriten entwickelt habe.

»Ich fand sie vor langer Zeit, und weil ich bewegliche Einheiten brauchte, die denken konnten, überzeugte ich sie von einer permanenten Partnerschaft.«

Cemp fragte nicht, welche Methoden es zur Überzeugung angewendet habe. Angesichts der Unwissenheit der Silkies über die wahre Natur ihres Partners folgerte er, daß es eine raffinierte Methode gewesen sein mußte. Immerhin, was er bisher gesehen hatte, trug alle Merkmale eines friedfertigen Arrangements. Der Glis hatte Agenten – die Silkies –, die in der Welt der kleinen Bewegungen für ihn tätig waren. Ihnen wiederum standen Teile und Stücke vom eigenen »Körper« des Glis' zur Verfügung, die sie offenbar für besondere Aufgaben, die über ihre üblichen Silkiefähigkeiten hinausgingen, programmieren konnten.

»Ich bin willens«, sagte der Glis, »für die Zeit, die ich noch im Sonnensystem verbringe, eine entsprechende Vereinbarung mit deiner Regierung zu treffen. Aber absolute Geheimhaltung wäre erforderlich.«

»Warum?«

Es kam keine direkte Antwort, aber das Kommunikationsband blieb offen. Und über diesen Kanal floß Cemp eine Essenz der Reaktion des Glis' zu – ein Eindruck unvergleichlicher Macht, von einem Wesen, das dermaßen mächtig war, daß alle anderen Individuen im Universum dagegen um einen enormen Prozentsatz geringer waren.

Cemp fühlte sich neuerlich überwältigt. Schließlich antwortete er telepathisch: »Ich muß es jemandem sagen. Jemand muß es einfach erfahren.«

»Kein anderer Silkie – niemals.«

Cemp widersprach nicht. All diese Jahrtausende hatte der Glis seine Identität vor den Weltraum-Silkies verborgen gehalten. Cemp war fest davon überzeugt, daß der Glis eher den ganzen Planetoiden vernichten würde, bevor er zuließ, daß jemand von seiner Existenz erfuhr.

Er selbst hatte Glück gehabt. Dieses mächtige Wesen hatte ihn auf eine Art und Weise bekämpft, daß nur eine einzige Kammer des Meteoriten zerstört worden war. Es hatte sich aus irgendwelchen Gründen zurückgehalten.

»Höchstens die Regierungsspitze und der Silkie-Rat dürfen davon erfahren«, fuhr der Glis fort.

Das schien eine annehmbare Konzession zu sein; doch Cemp hatte den schlimmen Verdacht, daß in der langen Vergangenheit dieses Wesens noch jeder ermordet worden war, der das Geheimnis entdeckt hatte.

So leichthin konnte er also nicht darauf eingehen. Er verlangte: »Gewähre mir einen vollständigen Anblick – von dem, was ich zuvor nur flüchtig sah.«

Er fühlte, daß der Glis zögerte.

Cemp drängte: »Ich verspreche, daß nur die von dir benannten Personen davon erfahren werden, niemand sonst – aber wir *müssen* es wissen!«

Wie er so in seiner Silkiegestalt in der Felsenkammer schwebte, fühlte Cemp eine Veränderung der Energiespannung in der Luft und am Boden. Obwohl er keine zusätzlichen Energien zur Verstärkung seiner Wahrnehmungsfähigkeit aussandte, erkannte er, daß Barrieren fielen. Und kurz darauf begann er Eindrücke zu empfangen.

Der erste war der von ungeheurer Größe. Nach einem langen, abschätzenden Blick nahm Cemp an, daß das Wesen, ein kreisrundes, felsenartiges Gebilde, einen Durchmesser von etwa dreihundert Metern hatte. Es war lebendig, aber es war nicht aus Fleisch und Blut. Es »nährte« sich von irgendeiner inneren Energie, die mit dem vergleichbar war, was im Innern der Sonne existierte.

Und Cemp bemerkte ein seltsames Phänomen. Magnetische Impulse, die das Wesen passierten und Cemps Sinnesorgane erreichten, waren auf eine Weise verändert, die er nie zuvor beobachtet hatte – als ob sie durch Atome einer unbekannten Struktur gegangen wären.

Er erinnerte sich an den flüchtigen Eindruck, den er von der Molekülgruppe gehabt hatte. Dies war das gleiche, aber in einem größeren Maßstab. Was ihn daran erschreckte, war, daß seine ganze sorgfältige Ausbildung in diesen Dingen ihm keinen Hinweis darauf gab, von welcher Art diese Struktur sein mochte.

»Reicht das?« fragte das Wesen.

Zweifelnd sagte Cemp: »Ja.«

Der Glis nahm seine zögernde Zustimmung als Aufforderung. Was eben noch riesig und breit die Felsenkammer erfüllt hatte, verschwand plötzlich.

Das Wesen sagte in seinem Geist: »Ich habe eine große Gefahr auf mich genommen, als ich mich dir so rückhaltlos offenbarte. Darum ermahne ich dich noch einmal dringend, an dein Versprechen zu denken und nur einem kleinen Kreis zu sagen, was du gerade erlebt hast.«

In der Geheimhaltung, fuhr der Glis nach einer Weile fort, liege die größte Sicherheit, nicht nur für ihn selber, sondern auch für Cemp.

»Ich glaube«, sagte das Wesen, »daß ich Ungeheures vollbringen kann. Aber ich könnte mich auch täuschen. Was mich beunruhigt, ist, daß es keinen anderen meiner Art gibt, nur mich. Es wäre mir zuwider, plötzlich jene Angst verspüren zu müssen, die mich zur Zerstörung eines ganzen Sonnensystems bewegen könnte.«

Die in diesen Worten enthaltene Drohung war ernster zu nehmen als alles, was Cemp bisher gehört hatte. Er zögerte, wußte, daß das Ende des Gesprächs gekommen war, wollte aber noch weitere Informationen.

»Wie alt werden Silkies?« fragte er hastig. »Wir haben darin keine Erfahrung, weil noch keiner von uns eines natürlichen Todes gestorben ist.«

»Ungefähr tausend Erdjahre«, war die Antwort.

»Was hast du mit den erdgeborenen Silkies vor? Warum wolltest du, daß wir hierher zurückkehren?«

Wieder gab es eine Pause; erneut das Gefühl gewaltiger Macht. Aber dann gab der Glis widerwillig zu, daß neue Silkies, die auf Planeten geboren waren, im Gegensatz zu den ständigen Bewohnern des Planetoiden nichts von der Kraft und ihrem Ursprung wußten.

Der Glis war also sehr an unwissenden jungen Silkies interessiert, die auf dem Planetoiden allein nicht in ausreichender Zahl nachwuchsen.

»Wir werden eine besondere Vereinbarung treffen müssen, du und ich«, endete er. »Vielleicht kannst du E-Lerds Position einnehmen und meine Kontaktperson werden.«

Da E-Lerd nicht mehr wußte, daß er eine Kontaktperson war, hatte Cemp das Gefühl eines höchst gefährlichen Angebots.

Nüchtern dachte er: *Man wird mir nie mehr erlauben, hierher zurückzukehren.*

Aber das war nicht wichtig. Wichtig war — daß er von hier verschwand! Sofort!

18

Der Computer in der Silkie-Behörde gab vier Antworten.

Zwei davon verwarf Cemp sofort. Sie waren, im Sprachgebrauch der Computertechnologie, bloße »Vorlagen«. Der Rechner präsentierte einfach alle Informationen in übersichtlicher Anordnung. Auf diese Weise konnte ein menschliches Gehirn das Datenmaterial sondieren und ordnen. Aber Cemp benötigte solche Daten nicht — nicht jetzt.

Von den restlichen zwei Antworten postulierte die eine ein gottähnliches Wesen. Doch Cemp hatte erfahren, daß die Macht des Glis' nicht gottgleich war, als dieser zweimal vergeblich versucht hatte, ihn zu besiegen. Gewiß, er nahm an, daß der Glis ihn nicht vernichtet hatte, weil er den Planetoiden nicht zerstören wollte. Aber ein allmächtiger Gott hätte darin keine Beschränkung gesehen.

Er mußte so handeln, als ob die erstaunliche vierte Möglichkeit zuträfe. Das besondere Merkmal dieser Möglichkeit war die Vorstellung hohen Alters. Das mächtige Wesen, das sich im Innern des Planetoiden verborgen hielt, war demnach älter als die meisten Planetensysteme.

»In der Zeit, aus der es stammt«, sagte der Computer, »gab es natürlich schon Sterne und Sternsysteme, aber sie waren anders. Die Naturgesetze waren noch nicht, was sie heute sind. Raum und Zeit haben seit damals Anpassungsprozesse durchgemacht, sind älter geworden. Somit unterscheidet sich die gegenwärtige Erscheinungsform des Universums von jener, die der Glis in seiner Frühzeit kannte. Dies scheint ihm einen Vorteil zu geben, denn er kennt einige der älteren Formen von Atomen und Molekülen und kann sie wiedererschaffen. Manche dieser Kombinationen reflektierten den Zustand der Materie, als sie — um den bestmöglichen Vergleich zu wählen — noch jünger war.«

Die Gruppe ausgewählter menschlicher Regierungsvertreter und Wissenschaftler, der Cemp diese Daten vortrug, war verblüfft. Wie er selber, hatten sie ihren ganzen Plan auf die Ausarbeitung eines Kompromisses mit den Weltraum-Silkies aufgebaut. Nun hatten sie es plötzlich mit einem kolossalen Wesen von unbekannter Macht zu tun.

»Würden Sie sagen«, fragte einer der Männer heiser, »daß die Silkies bis zu einem gewissen Grad Sklaven dieses unfaßbaren Wesens sind?«

Cemp erwiderte: »E-Lerd wußte bestimmt nicht, womit er es zu tun hatte. Er hatte einfach etwas, was er für ein wissenschaftliches System zur Nutzbarmachung natürlicher Kräfte hielt. Der Glis reagierte auf E-Lerds Manipulation dieses Systems, als wäre er nur eine andere Energieform. Aber ich nehme an, daß der Glis ihn kontrollierte, vermutlich durch eine Konditionierung, die schon vor langer Zeit bei allen Silkies vorgenommen wurde.«

Und Cemp wies darauf hin, daß eine so riesenhafte Lebensform sich nicht um die alltäglichen Details im Leben ihrer Untertanen kümmern würde. Sie würde sich damit zufriedengeben, ihre Absichten mittels indirekter und erprobter Methoden durchzusetzen.

»Aber was *sind* seine Absichten?« fragte ein anderer.

»Es zieht durchs Weltall und tut Gutes«, sagte Cemp lächelnd. »Das ist das Bild, das es mir von sich gab. Ich habe den Eindruck, daß es bereit wäre, das Sonnensystem nach unseren Angaben umzugestalten.«

An dieser Stelle meldete sich Mathews zu Wort. »Aber, Mr. Cemp«, sagte er, »wie wirkt sich all das auf unser Problem mit den Silkies aus?«

Cemp erwiderte, daß die von der Erde desertierten Silkies offenbar übereilt gehandelt hätten. »Allerdings«, fügte er hinzu, »sollte ich Ihnen vielleicht sagen, daß ich diese Weltraum-Silkies durchaus sympathisch finde. Meiner Meinung nach sind sie nicht das Problem. Sie haben auf ihre Art das gleiche Problem wie wir.«

»Nat«, sagte Charley Baxter, »vertrauen Sie diesem Monster etwa?«

Cemp zögerte, dachte an die tödlichen Angriffe und daran, daß nur der Abwehrschirm des Kibmadines und sein Energieumkehrprozeß ihn gerettet hatten. Er wußte auch, daß er dieses gewaltige Wesen gezwungen hatte, sich ihm zu offenbaren, weil er E-Lerd sonst das Bewußtsein erschlossen hätte – und dadurch hätten die Weltraum-Silkies von der wahren Natur der Kraft erfahren.

»Nein!« sagte er.

Nachdem er es ausgesprochen hatte, wurde ihm klar, daß eine simple Verneinung als Antwort nicht ausreichte. Sie konnte die Realität der furchtbaren Gefahr, die im All lauerte, nicht begreiflich machen.

Langsam sagte er: »Ich weiß, daß meine eigenen Motive verdächtig erscheinen mögen, wenn ich jetzt einen Vorschlag mache, aber ich bin wirklich dieser Meinung. Ich finde, man sollte allen Erden-Silkies sofort die volle Kenntnis des Angriffs- und Abwehrsystems der Kibmadines geben und sie darüber hinaus in Arbeitsgruppen einteilen, um eine ständige Überwachung des Planetoiden zu gewährleisten – niemand darf ihn unkontrolliert verlassen.«

Es folgte eine gewichtige Stille. Dann sagte ein Wissenschaftler mit leiser Stimme: »Gibt es eine Möglichkeit, die Logik der Ebenen anzuwenden?«

»Ich sehe keine«, sagte Cemp.

»Ich auch nicht«, erklärte der Mann unglücklich.

Cemp wandte sich wieder an die Gruppe. »Ich glaube, wir sollten mit allen uns zu Gebote stehenden Mitteln versuchen, dieses Ding aus dem Sonnensystem zu vertreiben. Wir sind nicht sicher, solange es hier ist.«

Er hatte kaum geendet, als er eine Energiespannung

fühlte, die ihm ... vertraut vorkam! Er hatte den Eindruck ... von sich erschließenden kosmischen Entfernungen und Zeitabläufen. Von grenzenloser Macht!

Es war der gleiche Eindruck, den er während des zweiten Angriffs empfunden hatte, als alle seine Sinnesorgane verwirrt gewesen waren. Die Angst, die Cemp in diesem Moment erfaßte, hatte keine Parallele in seiner Erfahrung. Es war die Angst eines Mannes, der auf einmal flüchtig den Tod und die Zerstörung seiner ganzen Welt schaute.

Als ihm diese schreckliche Vorstellung kam, wirbelte Cemp herum. Er rannte auf das nächste der großen Fenster zu und zertrümmerte es noch im Laufen mit einem heftigen Energieschlag. Dann schloß er die Augen vor den herumfliegenden Glassplittern und stürzte sich kopfüber ins Leere, siebzig Stockwerke über dem Boden.

Während er fiel, stürzte das Gespinst aus Raum und Zeit rings um ihn her wie ein Kartenhaus zusammen. Cemp verwandelte sich in einen Silkie der Klasse C und wurde um ein Vielfaches wahrnehmungsfähiger. Nun fühlte er die Natur der gewaltigen Energie, die hier am Werk war – ein Schwerefeld von so ungeheurer Intensität, wie es kein zweites gab. Es schloß alles ein, organische und anorganische Materie, preßte sie mit unwiderstehlicher Gewalt ...

Sofort versuchte sich Cemp des Druckes durch Einschalten seines Umkehrsystems zu erwehren – und stellte fest, daß das auch keine Lösung war.

Spontan betätigte er den Schwerkrafttransformator – ein unendlich variables System, das den Druck des übermächtigen Schwerefelds im Umkreis seines Körpers in harmlose Energieabstrahlung verwandelte.

Jetzt spürte er eine Veränderung. Zwar hörte der Druck nicht auf, aber Cemp war nicht länger so einbezogen, so umhüllt; aber er war auch noch nicht frei.

Er erkannte, was ihn hielt. Er war auf dieses massive Segment der Raumzeit hin orientiert. Bis zu einem gewissen Grad geschah alles, was hier geschah, auch ihm. Insofern konnte er nicht einfach entkommen.

Die Welt verdüsterte sich. Die Sonne verschwand.

Cemp bemerkte mit Schrecken, daß er sich in einem abgeschlossenen Raum befand, und erkannte, daß seine automatischen Abwehrschirme ihn vor dem Aufprall auf dem harten, glitzernden Boden bewahrt hatten.

Und er wurde sich drei weiterer Realitäten bewußt. Der Raum wirkte vertraut, denn unter ihm befand sich eines der schimmernden Planetenmodelle. Es zeigte die Ozeane und die Kontinente, und als er darauf hinabschaute, fühlte Cemp, daß er irgendwie in den Planetoiden zurückgekehrt war, in einen der »Museumsräume«.

Der Unterschied war, daß er diesmal, wenn er auf das Planetenmodell hinabblickte, die Kontinente und Ozeane der Erde sah. Und ihm wurde klar, daß das Empfinden einer praktisch unbegrenzten zusammenpressenden Gewalt die wahre Erklärung für die Ereignisse war.

Das uralte Monstrum, das im Kern des Planetoiden lebte, hatte die Erde genommen und sie mitsamt allem, was auf ihr kreuchte und fleuchte, von einem zwölftausend Kilometer durchmessenden Planeten zu einem dreißig Meter umfassenden Ball zusammengepreßt und diesen Ball dann seiner unglaublichen Sammlung einverleibt.

Das da unten auf dem Boden war nicht ein Modell der Erde – es war die Erde selbst.

Cemp hatte den Gedanken noch nicht zu Ende gedacht, als der Planetoid beschleunigte.

Er dachte: *Wir verlassen das Sonnensystem!*

Innerhalb von Minuten, während er hilflos und handlungsunfähig in dem hallenartigen Raum schwebte, stieg die Geschwindigkeit des Planetoiden von einigen hundert auf mehrere tausend Kilometer pro Sekunde.

Nach ungefähr einer Stunde unaufhörlicher Beschleunigung betrug die Geschwindigkeit des Raumkörpers in seiner immer weiter werdenden hyperbolischen Umlaufbahn schon annähernd die Hälfte der des Lichts.

Wenige Stunden später war der Planetoid außerhalb der Umlaufbahn des Plutos und schoß beinahe mit Lichtgeschwindigkeit in den leeren Weltraum hinaus.

Und er beschleunigte immer noch ...

19

Cemp begann aus seiner Benommenheit zu erwachen. Zorn durchflutete seinen Körper wie ein Gebirgsbach eine schmale Felsenschlucht.

»Du mörderisches Ungeheuer!«

Keine Antwort.

Cemp wütete weiter. »Du bist das bösartigste Wesen, das mir je untergekommen ist. Ich werde dafür sorgen, daß du bekommst, was du verdienst!«

Diesmal wurde ihm geantwortet. »Ich verlasse das Sonnensystem«, sagte der Glis. »Warum gehst du nicht, ehe es zu spät ist? Ich lasse dich ziehen.«

Cemp zweifelte nicht daran. Er war der gefährlichste Feind des Glis', und sein Entkommen vom Planetoiden und erst recht sein unerwartetes Wiederauftauchen mußten für den Glis ein furchtbarer Schock gewesen sein.

»Ich gehe nicht«, erwiderte er, »bis du rückgängig machst, was du der Erde angetan hast.«

Stille folgte.

»Kannst und willst du es?« fragte Cemp.

Die Antwort kam zögernd. »Nein. Es ist unmöglich.«

»Aber du könntest die Erde doch, wenn du wolltest, wieder auf ihre ursprüngliche Größe bringen?«

»Nein. Aber jetzt wünschte ich, ich hätte deinen Planeten nicht an mich genommen«, sagte der Glis unglücklich. »Es war immer mein Grundsatz, bewohnte Welten, die unter dem Schutz mächtiger Lebensformen stehen, in Ruhe zu lassen. Ich konnte einfach nicht glauben, daß ein Silkie mir gefährlich werden könnte. Ich habe mich getäuscht.«

Das war nicht gerade die Art von Reue, die Cemp akzeptieren konnte. »Warum kannst du die Erde nicht wieder ... auf ihre frühere Größe bringen?« fragte er.

Es hatte den Anschein, daß der Glis ein Schwerefeld erschaffen konnte, aber nicht imstande war, ein solches Feld wieder umzukehren. Das Wesen sagte entschuldigend: »Um es wieder rückgängig zu machen, müßte ich noch einmal soviel Kraft aufbringen, wie ich es tat, um die Komprimierung herbeizuführen. Wo ist soviel Kraft?«

Ja, wo? Aber Cemp durfte nicht aufgeben. »Ich werde dir beibringen, was Antigravitation ist«, bot Cemp dem Wesen an, »soweit es mir selbst bekannt ist.«

Doch der Glis wies darauf hin, daß er schon Gelegenheit hatte, solche Systeme in anderen Silkies zu studieren. »Glaube nicht, ich hätte es nicht versucht. Offenbar ist Antigravitation eine späte Manifestation von Materie und Energie. Und ich bin eine Frühform — wie du weißt.«

Cemps Hoffnung verblaßte plötzlich. Irgendwie hatte er bis eben geglaubt, daß es eine Möglichkeit gäbe. Doch er hatte sich getäuscht — es gab keine.

Die erste Trauer erfüllte ihn, die erste wirkliche Einsicht in das Ende der Erde.

Erneut sendete der Glis. »Ich sehe, daß zwischen dir und mir jetzt eine schwierige Situation besteht. Wir müssen also zu einer Übereinkunft kommen. Ich werde dich zum Anführer des Volkes der Silkie machen. Alles und jeder wird auf eine Weise beeinflußt, daß es deinen Wünschen entspricht. Frauen — so viele du begehrst. Kontrolle — soviel du willst. Über künftige Aktionen des Planetoiden werden du und ich gemeinsam entscheiden.«

Cemp dachte über das Angebot nicht einmal nach. Grimmig erwiderte er: »Wir denken zu verschieden, du und ich. Ich kann mir nicht vorstellen, daß du mich unbehelligt ließest, wenn ich meine Menschengestalt annähme.« Er hielt inne, dann sagte er knapp: »Der bestmögliche Handel, den ich mir denken kann, ist ein begrenzter Waffenstillstand, während ich mir überlege, was ich gegen dich unternehmen kann, und du umgekehrt dasselbe tust.«

»Wenn das dein Eindruck ist«, meinte der Glis, »will ich dir meine Position klarmachen. Unternimmst du etwas gegen mich, werde ich erst die Erde und das Volk der Silkie vernichten und mich dann dir zuwenden.«

Unbeeindruckt hielt Cemp dagegen: »Und solltest du jemals etwas beschädigen, das mir am Herzen liegt — und das schließt alle Silkies und die Erde mit ein −, werde ich dir mit allen verfügbaren Mitteln zu Leibe rücken.«

»Du hast nichts, das mir schaden könnte«, sagte der Glis verächtlich. »Nichts außer diesen Abwehrschirmen, die die Angriffsenergie umkehren. Auf diese Weise kannst du meine eigene Kraft gegen mich einsetzen. Also werde ich dich nicht angreifen. Das heißt, es wird ein permanenter Gleichgewichtszustand herrschen.«

»Wir werden sehen«, sagte Cemp.

Der Glis sagte: »Du hast selbst zugegeben, daß deine Ebenen der Logik auf mich nicht anwendbar sind.«

»Nicht direkt, meinte ich. Es gibt viele indirekte Möglichkeiten, auf den Geist einzuwirken.«

»Ich sehe nicht, wie so etwas bei mir funktionieren sollte«, war die Antwort.

Im Moment sah Cemp es auch nicht.

20

Cemp ging durch kilometerlange Gänge, sowohl aufwärts als auch abwärts und im Kreis. Sein Weg führte ihn durch lange Hallen, die mit Einrichtungsstücken und Kunstgegenständen von anderen Planeten gefüllt waren.

Unterwegs sah er fremdartige und wunderschöne Szenen in Basreliefen und schillernde Farben auf einer Wand nach der anderen. Und immer waren da auch die Planeten selbst, sanft schimmernd und prächtig, aber in gewisser Weise auch grauenerregend, denn für Cemp war jeder der Schauplatz eines schrecklichen Verbrechens.

Sein Ziel war die Stadt der Silkies. Er folgte den inneren Gängen zu ihr, weil er es nicht wagte, den Planetoiden zu verlassen, um sich von außen einen Weg zu bahnen. Der Glis hatte praktisch zugegeben, daß er Cemps Überleben, das seines gefährlichsten Feindes, nicht erwartet hatte. Wenn er also jemals diese Höhlen verließ, würde er keine weitere Chance bekommen, keine Gelegenheit zu sehen, wie das alles endete — wenn es überhaupt ein Ende gab —, und welche Zukunft den Silkies bevorstand. Denn der Glis würde ihm sicher nicht mehr erlauben, zurückzukehren.

Nicht, daß er ein echtes Ziel gehabt hätte — seine Trauer war zu tief und furchtbar. Er war zu spät gekommen, hatte seine Pflicht versäumt, hatte versagt.

Die Erde war verloren. Sie war rasch und unwiederbringlich verlorengegangen, eine Katastrophe von solchem Ausmaß, daß er zur Zeit nicht länger als ein paar Augenblicke darüber nachdenken konnte.

In Abständen betrauerte er Joanne und Charley Baxter und seine anderen Freunde unter dem Besonderen Volk und in der menschlichen Rasse.

Während er diesen düsteren Gedanken nachhing, hatte er einen Beobachtungsposten in der Krone eines Baumes bezogen, von wo er die Hauptstraße der Silkie-Stadt überblicken konnte. Dort wartete er und hielt alle Sinne seines Wahrnehmungssystems weit offen.

Ungestört von seiner unermüdlichen Wacht, ging das Leben der Städter seinen gewohnten Gang. Die Silkies lebten fast ausschließlich als Menschen, und diese Tatsache schien Cemp allmählich bedeutsam zu sein.

Schockiert dachte er: *Sie werden im Zustand der Verwundbarkeit gehalten!*

In menschlicher Gestalt konnte man sie alle mit einem einzigen Energieschlag töten.

Er schickte dem Glis ein telepathisches Ultimatum: »Befreie sie von diesem Zwang, oder ich werde ihnen die Wahrheit über dich sagen.«

Sofort kam die wütende Antwort: »Wenn du auch nur ein Wort sagst, vernichte ich die gesamte Stadt.«

Cemp befahl: »Entlasse sie aus diesem Zwang, oder wir kommen gleich jetzt zu unserer Krise.«

Seine Entschlossenheit mußte dem Glis zu denken gegeben haben, denn es folgte eine kurze Pause. Dann sagte er: »Ich werde die Hälfte von ihnen freigeben. Mehr nicht, damit ich dich auch weiter im Griff behalte.«

Cemp dachte darüber nach und sah die Wahrheit hinter diesen Worten. »Aber es muß auf einer alternierenden Basis geschehen. Zwölf Stunden wird die eine Hälfte von ihnen freigegeben, zwölf Stunden die andere.«

Der Glis akzeptierte den Kompromiß ohne weitere Einwände. Er war offensichtlich bereit, ein Gleichgewicht der Kräfte anzuerkennen.

»Wohin geht's?« fragte Cemp.

»Zu einem anderen Sternsystem.«

Die Antwort befriedigte Cemp nicht. Bestimmt ging es dem Glis nicht darum, mit seinem heimtückischen Einsammeln bewohnter Planeten weiterzumachen.

»Ich fühle, daß du einen geheimen Zweck verfolgst«, forderte er ihn heraus.

»Sei nicht albern, und störe mich nicht mehr.«

Eine Pattsituation.

Als die Tage und Wochen verstrichen, versuchte Cemp die Geschwindigkeit des Planetoiden und seine Richtung zu bestimmen. Letzteres blieb ihm verborgen, aber er fand heraus, daß der Meteorit sich mit fast einem Lichtjahr pro Tag irdischer Zeit voranbewegte.

Zweiundachtzig Tage dieser Art verstrichen. Und dann kam ein Gefühl der Verlangsamung. Sie dauerte den ganzen und den nächsten Tag über an, und für Cemp war schließlich klar: Er konnte nicht zulassen, daß dieses seltsame Raumschiff, dessen Passagier er geworden war, an einem Zielort eintraf, von dem er nichts wußte.

»Halte an!« befahl er.

Ärgerlich erwiderte der Glis: »Du kannst nicht erwarten, daß ich wegen jeder Kleinigkeit deine Zustimmung einhole.«

Da Cemp es nicht zum offenen Bruch kommen lassen wollte, lenkte er ein. »Dann öffne dich mir. Sage mir alles, was du über dieses System weißt.«

»Ich bin vorher noch nie hier gewesen.«

»Na schön, das werde ich dann ja sehen, wenn du dich meinen Gedanken öffnest.«

»Ich kann dich unmöglich in mich hineinblicken lassen.

Du könntest diesmal etwas sehen, was mich deinen Techniken gegenüber verwundbar macht.«

»Dann ändere den Kurs.«

»Nein. Das würde bedeuten, daß ich nirgendwo hingehen könnte, bis du in etwa tausend Jahren stirbst. Auf eine solche Beschränkung lasse ich mich nicht ein.«

Dieser zweite Hinweis auf das potentielle Alter der Silkies brachte Cemp zum Schweigen. Auf der Erde hatte niemand gewußt, wie alt Silkies werden konnten, denn keiner, der dort geboren war, war je eines natürlichen Todes gestorben. Er selbst war erst achtunddreißig Jahre alt.

»Hör zu«, sagte er schließlich. »Wenn ich nur tausend Jahre zu leben habe, weshalb wartest du diese Zeit dann nicht einfach ab? Das kann im Vergleich mit deiner Lebensspanne doch nur ein Augenblick sein.«

»Gut, das können wir machen!« antwortete der Glis. Aber die Verlangsamung dauerte an.

»Wenn du nicht abdrehst«, sendete Cemp telepathisch, »muß ich etwas unternehmen.«

»Was kannst du schon tun?« höhnte das Wesen.

Es war eine gute Frage. Ja, was?

»Ich warne dich«, sagte Cemp.

»Erzähl nur keinem von mir. Ansonsten kannst du tun und lassen, was dir gefällt.«

»Ich schätze«, sagte Cemp, »du hast beschlossen, daß ich ungefährlich bin. Das ist also deine Art, mit denen umzuspringen, die du für harmlos hältst.«

Der Glis sagte, daß, wenn Cemp imstande gewesen wäre, etwas zu tun, er das schon längst getan hätte. Er schloß: »Und deshalb sage ich dir frei heraus, daß ich tun werde, was *ich* will, und die einzige Einschränkung für dein Handeln darin besteht, nur ja mein Geheimnis zu hüten. So, und jetzt belästige mich nicht weiter.«

Die Bedeutung dieser Worte war klar. Er war als hilflos eingestuft worden, als jemand, dessen Wünsche nicht berücksichtigt zu werden brauchten. Die achtzig Tage der Untätigkeit standen gegen ihn. Er hatte nicht angegriffen, also konnte er es nicht. Das war offenbar die Logik des anderen.

Nun ... was konnte er tun?

Er konnte einen Energieangriff starten. Aber er würde Zeit brauchen, sich darauf vorzubereiten, und mußte damit rechnen, daß der Glis zur Vergeltung das Silkie-Volk auslöschte und die Erde zerstörte.

Cemp beschloß, daß er das Risiko einer solchen Auseinandersetzung nicht eingehen konnte.

Verärgert erkannte er, daß die Analyse des Glis' richtig war. Er konnte seinen Geist verschlossen halten und dessen Geheimnis wahren – mehr aber auch nicht.

Er sollte, dachte er, dem Glis klarmachen, daß es verschiedene Arten der Geheimhaltung gab. Abstufungen. Die Geheimhaltung seiner Existenz war eine Sache, aber Heimlichkeiten über das angesteuerte Sternsystem eine andere. Überhaupt, dieses ganze Thema ...

Cemps Gedanken hielten inne. Dann dachte er: *Warum ist mir das nicht früher aufgefallen?*

Noch während er dies dachte, dämmerte ihm, was der Grund dafür war. Das Bedürfnis des Glis', Kenntnisse über sich selbst zurückzuhalten, war verständlich gewesen, und irgendwie hatte Cemp über dessen Natürlichkeit die Implikationen nicht gesehen. Aber jetzt ...

Geheimhaltung, dachte er. *Natürlich, das ist es!*

Für Silkies waren Verschwiegenheit und Geheimhaltung verständliche Phänomene.

Nach einigen weiteren Sekunden des Nachdenkens unternahm Cemp seine erste Aktion. Er kehrte die Schwerkraft im Verhältnis zur Masse des Planetoiden um. Leicht wie eine Feder schwebte er aus der Baumkrone, die ihm so lange als Beobachtungsposten gedient hatte. Bald jagte er im Eiltempo durch Granitkorridore.

21

Ohne Zwischenfälle erreichte Cemp die Kammer, die die miniaturisierte Erde enthielt.

Als er seine Signale setzte, damit alle seine Energieschirme diese kostbare Kugel schützten, gestattete er sich wieder ein wenig Hoffnung.

Geheimnisse! dachte er jubelnd.

Das wahre Leben kannte keine Geheimnisse.

Babys glucksten und schrien oder äußerten sonstwie ihre Bedürfnisse, und jedesmal waren Gefühle damit verbunden. Beim Älterwerden wurde das Kind ständig ermahnt und gehemmt, tausend Widerständen unterworfen. Doch sein ganzes Leben lang strebte das heranwachsende Wesen nach Offenheit und Ungezwungenheit und versuchte, sich von seiner Konditionierung in der Kindheit zu befreien.

Konditionierung war zwar nicht an sich schon Logik der Ebenen, aber sie hatte damit zu tun — auf einer vorgelagerten Stufe. Sie vermittelte das Bild eines Kontrollzentrums, das heißt, von etwas Starrem. Doch es war ein gewordenes Zentrum und konnte durch die richtigen Reize mobilisiert werden.

Dieser Teil geschah automatisch.

Das entscheidende Faktum war, daß der Glis, da er sich zur Geheimhaltung konditioniert hatte, eines mit Sicherheit war — nämlich konditionierbar.

Als er diesen äußersten Punkt in seiner Analyse erreicht hatte, zögerte Cemp. Wie jeder Silkie war er darauf konditioniert, einen Gegner eher kampfunfähig zu machen, als ihn zu töten, eher mit ihm zu verhandeln, als ihn kampfunfähig zu machen und so fort.

Selbst für den Glis sollte das Töten nur der letzte Ausweg sein, nicht der erstbeste.

Also sendete er telepathisch: »In der ganzen langen Spanne deines Lebens hast du immer gefürchtet, daß eines Tages jemand erfahren könnte, wie er dich vernichten kann. Ich muß dir sagen, daß ich diese gefürchtete Person bin. Sofern du also nicht bereit bist, von deiner unzugänglichen Haltung abzurücken, mußt du sterben.«

»Ich ließ dich zu deinem Planeten Erde gehen«, kam die kalte Antwort, »weil ich die wirklichen Geiseln völlig unter Kontrolle habe – das Volk der Silkies!«

»Ist das dein letztes Wort?« fragte Cemp.

»Ja. Laß mich mit deinen albernen Drohungen zufrieden. Sie beginnen mich zu ärgern.«

Darauf sagte Cemp: »Ich weiß, woher du kommst, was du bist und was aus den anderen deiner Art geworden ist.«

Natürlich wußte er nichts dergleichen. Aber es war seine neue Methode. Durch diese allgemeine Behauptung hoffte er, im Wahrnehmungs- und Gedächtnissystem des Glis' einen parallelen Denkprozeß auszulösen, der zuerst die Wahrheit lieferte. Dann, wie alle lebenden Wesen, würde der Glis sofort den automatischen Impuls verspüren, die Information, die ihm richtig erschien, weiterzugeben.

Doch bevor er dies tun konnte, würde er die Geheimhaltung zu wahren versuchen. Und das würde nach einem genauen Muster erfolgen, einer Bestätigung ähnlicher Selbstbeschränkungen in seiner langen, langen Vergangenheit. Cemps Problem war, dies nutzbar zu machen, bevor der Reiz nachließ, denn solange er anhielt, entsprach er völlig dem logarhythmischen Konstrukt der Logik der Ebenen.

Nachdem Cemp den Prozeß gemäß seiner Theorie in Gang gesetzt hatte, sendete er das Auslösesignal.

Ein verdutzter Gedanke erreichte ihn von dem Glis: »Was hast du getan?«

Nun war es an Cemp, sich verschwiegen und geheimnisvoll zu geben. Er sagte: »Ich mußte dich daran erinnern, daß du lieber mit mir verhandeln solltest.«

Es war zu spät für den Glis, noch einen Vorteil aus der Situation zu ziehen, aber der Glaube daran mochte – wenn es nötig war – viele Leben retten.

»Ich möchte bemerken«, sagte der Glis, »daß ich bisher noch nichts von Bedeutung vernichtet habe.«

Cemp war ausgesprochen erleichtert, diese Worte zu

hören. Aber er bedauerte nichts. Bei einer solchen Kreatur konnte er nicht damit rechnen, irgendwann wiederholen zu können, was er gegen es im Schilde führte. War der Prozeß einmal angelaufen, hieß es alles oder nichts.

»Was hast du doch gleich vor unserem Handel gesagt?« erkundigte sich der Glis drängend.

Cemp unterdrückte sein Mitleid.

Hastig fuhr der Glis fort: »Ich werde dir alle meine Geheimnisse offenbaren, wenn du mir sagst, was du mit mir machst. Ich verspüre eine ernste innere Unruhe, und ich weiß einfach nicht, warum.«

Cemp zögerte. Es war ein phantastisches Angebot. Aber er überlegte, daß, wenn er darauf eingige, er sich auch daran würde halten müssen.

Folgendes war geschehen: Wie erhofft, hatte sein letztes Signal die Entsprechung zur Logik der Ebenen in dem anderen ausgelöst, einen Prozeß, durch den Lebensformen sich im Laufe von Jahrhunderttausenden allmählich an die äußeren Veränderungen anpaßten.

Und auf diese Weise waren die Kontrollzentren, die Wachstums-Veränderungs-Mechanismen in dem riesigen Lebewesen, angeregt worden.

Silkies verstanden die Natur dieses Wachstums, und von der Veränderung wußten sie viel wegen ihrer eigenen Körper. Silkies waren im Rahmen der Schöpfung erst spät auf den Plan getreten. Und doch waren ihre Zellen in Begriffen der Evolution so alt wie das Felsgestein und die Planeten. Jede Zelle eines Silkies barg die gesamte Entwicklungsgeschichte des Lebens in sich.

Das konnte auf den Glis nicht zutreffen. Er stammte aus einer längst vergangenen Zeit, und sie war in ihm gespeichert. Oder zumindest hatte sie ihre Saat nicht ausgestreut, was die Grundlage des Wandels der Zeiten bildet. Der Glis repräsentierte alte, primitive Lebensformen. Es waren großartige Lebensformen, aber die Erinnerung in jeder Zelle war auf das beschränkt, was ihnen vorausgegangen war. Daher konnte der Glis nicht wissen, daß er, indem er zurückhielt, sich selbst zurückhielt.

»Ich verspreche, nicht weiter auf das Nijjan-System zuzuhalten«, sagte der Glis. »Sieh nur — ich drossele bereits das Tempo.«

Cemp fühlte, wie die Geschwindigkeit des Planetoiden nachließ, aber das schien auf einmal ganz unwesentlich und unbedeutend zu sein.

Er bemerkte nur beiläufig, daß der Glis die Identität des Sterns preisgegeben, ihn beim Namen genannt hatte, was wohl eindeutig bewies, daß er *doch* schon einmal dort gewesen sein mußte. Es wies darauf hin, daß der Glis sehr wohl ein Ziel hatte.

Aber das war einerlei; sie änderten den Kurs, würden das Ziel nie erreichen. Wenn dort eine Bedrohung für Cemp oder die Silkies lag, so war sie vereitelt und hatte wenigstens insofern einen Sinn erfüllt, als sie ihn ungeachtet der Folgen veranlaßt hatte, zu handeln.

Die Bereitschaft des Glis', Zugeständnisse zu machen, wenn ihm keine andere Wahl blieb, war nur ein trauriger Hinweis auf seinen Charakter, der viel zu spät kam. Viele Planeten zu spät, dachte Cemp.

Wie viele? fragte er sich. Und da er sich in dem seltsamen emotionalen Zustand von jemandem befand, dessen ganzes Wirken und Wollen auf ein einziges dringlich empfundenes Ziel ausgerichtet ist, stellte er die Frage, als sie ihm in den Sinn kam, unwillkürlich laut.

»Ich glaube nicht, daß ich es dir sagen sollte«, erwiderte der Glis. »Weißt du, ich ... du könntest es vielleicht gegen mich verwenden.«

Das Wesen mußte Cemps unnachgiebige Haltung gespürt haben, denn rasch fügte es hinzu: »Eintausendachthundertdreiundzwanzig.«

So viele!

Diese Zahl schockierte Cemp nicht — sie schmerzte ihn. Denn eine aus der unermeßlichen Menge von Toten auf diesen Planeten war Joanne, ein anderer Charley Baxter.

»Warum hast du das getan?« fragte Cemp. »Warum hast du diese Planeten zerstört?«

»Sie waren so schön.«

Das stimmte. Cemp hatte die plötzliche Vorstellung eines riesigen, im Raum schwebenden Planeten, dessen Atmosphäre sich über den blauen Ozeanen, braunen Bergen und grünen Ebenen wölbte. Er hatte diesen Anblick schon oft gesehen und stellte ihn in seiner Pracht über alle anderen visuellen Genüsse des Universums.

Das Gefühl verging, denn ein Planet war schön, wenn er frei im Raum um sein Zentralgestirn kreiste und nicht als geschrumpftes Museumsstück.

Der Glis mit seinen Planeten war wie ein frühzeitlicher Kopfjäger. Geschickt tötete er alle Opfer. Geduldig reduzierte er ihre Köpfe auf Miniaturgröße. Liebevoll gliederte er sie seiner Sammlung ein.

Für den Kopfjäger war jeder perfekt geratene Miniaturkopf ein Symbol seiner Männlichkeit. Für den Glis war jeder Planet ein ... ja, was?

Cemp konnte es sich nicht vorstellen.

Aber er hatte lange genug gezögert. Er spürte einen beginnenden Gewaltausbruch auf dem Kommunikationsband. Er sagte hastig: »Na schön, ich bin einverstanden — wenn du tust, was ich dir sage, werde ich dir die Art und Weise meines Angriffs genau erklären.«

»Was willst du?«

»Zuerst läßt du die anderen Silkies frei.«

»Aber du tust, worum ich dich bat?«

»Ja«, sagte Cemp. »Und sobald du sie freigelassen hast, setzt du die Erde und mich unbeschädigt im freien Raum aus.«

»Und dann sagst du's mir?«

»Ja.«

»Wenn du's nicht tust«, drohte der Glis, »werde ich deinen kleinen Planeten zertrümmern. Ich werde euch nicht entkommen lassen, wenn du's mir nicht sagst.«

»Ich sag's dir.«

22

Die Methode des Glis' bestand darin, den gesamten Abschnitt des Planetoiden rings um Cemp einfach herauszuheben und in den Weltraum hinauszuschießen. Cemp fand sich plötzlich in pechschwarzer Leere schwebend wieder, umgeben von Raummüll und Meteoritentrümmern.

Der Gedanke des Glis' erreichte ihn: »Ich habe meinen Teil getan. Nun sag's mir!«

Noch während Cemp dem Wunsch nachkam, begann er sich zu fragen, ob er wirklich begriff, was vorging.

Unbehagen befiel ihn. Als er diesen Prozeß in Gang setzte, hatte er für selbstverständlich gehalten, daß die Natur schon für ein Gleichgewicht sorgen würde. Irgendwie war hier ein alte Lebensform bewahrt worden, deren Körper jetzt mit Lichtgeschwindigkeit die Evolutionsgeschichte nachholte. Millionen Jahre der Veränderung waren bereits in einer Zeitspanne von wenigen Minuten zusammengedrängt worden. Da kein anderes Wesen dieser Arbeit mehr am Leben war, hatte er angenommen, daß sich die ganze Spezies längst zu ... ja, was, entwickelt hatte?

Was war diese Kreatur? Eine Larve? Ein Ei? Würde sie zu einem Schmetterling des Weltraums werden, zu einem riesigen Wurm, einem gewaltigen Vogel?

Solche Möglichkeiten waren ihm nie zuvor in den Sinn gekommen. Er hatte nur an die Möglichkeit der Auslöschung gedacht.

Aber – fiel ihm plötzlich ein – er hatte nicht ernsthaft genug erwogen, was eine Auslöschung letztlich zur Folge haben würde.

Tatsächlich hatte er nicht einmal daran gedacht, ob es nicht ein Endprodukt geben könnte.

Unglücklich erinnerte sich Cemp an die Spekulationen des Computers – daß die Atomstruktur dieses kosmischen Riesen einen jüngeren Zustand der Materie spiegelte.

Konnte es sein, daß, wenn sich die Teilchen »einrichteten« und der gegenwärtigen Norm anpaßten, in bisher unbekanntem Maße Energie freigesetzt würde?

Unter ihm geschah etwas Unglaubliches.

Ein Teil des Planetoiden hob sich, und ein massiver Ball aus dunkelrot glühender Materie von wenigstens zwei Kilometern Durchmesser stieg langsam zu ihm herauf. Als Cemp sich zur Seite bewegte, um das unfaßbare Gebilde passieren zu lassen, sah er, daß ein noch unwahrscheinlicheres Phänomen stattfand. Die Geschwindigkeit des jetzt weißglühenden Körpers nahm zu — und seine Masse wuchs.

Schon war er an ihm vorbeigezogen, mit einem Durchmesser von wenigstens einhundertfünfzig Kilometern. Eine Minute später maß der neue Himmelskörper gut und gern siebenhundert Kilometer und wuchs immer noch an, während seine Geschwindigkeit weiterhin zunahm.

Er wurde zu einer lodernden, ungeheuren Masse.

Bald hatte er einen Umfang von eineinhalbtausend Kilometern und dehnte sich immer noch aus.

Cemp sandte einen allgemeinen Alarmruf: »Flieht — so weit ihr könnt. Nur fort!«

Als er sich nach Minuten eigener kopfloser Flucht, die er durch Schwerkraftumkehr des monströsen Körpers hinter ihm bewerkstelligte, umdrehte, dah er, daß dieser in wenigen Minuten auf einen Durchmesser von einhundertfünfzigtausend Kilometern angewachsen war.

Seine Farbe war zu diesem Zeitpunkt rosa — ein zauberhaftes, unwirkliches Rosa.

Die Farbe veränderte sich, noch während er hinsah, zu einem hellen Gelb. Und der Körper, der dieses traumhafte Ockerlicht ausstrahlte, hatte jetzt einen Durchmesser von eineinhalb Millionen Kilometern erreicht.

So groß wie die irdische Sonne.

Innerhalb von Minuten wuchs er zur Größe eines blauen Riesen mit zehnfachem Sonnendurchmesser heran.

Er begann sich wieder rosa zu färben und wuchs binnen zehn Minuten *um das Hundertfache*. Heller als Mira die Wunderbare, größer als der prächtige Ras Algethi.

Aber rosa, nicht rot. Ein tieferes Rosa als zuvor, aber nicht rot — also bestimmt kein Veränderlicher.

Rings umher war das sternenerfüllte Universum, hell von den unvertrauten Objekten, die in der Ferne und in der Nähe strahlten — Hunderte von ihnen, hintereinander aufgereiht wie bei einem gewaltigen Fackelzug.

Darüber stand die Erde.

Cemp blickte auf die Szenerie des Firmaments und dann auf den nahen, so sehr vertrauten Planeten, und eine ungeheure Erregung überkam ihn.

Er dachte: *Ist es möglich, daß alles wachsen mußte, daß die Veränderung des Glis' das gesamte Gefüge der Raumzeit in diesem Bereich verändert hat?*

Alte Formen konnten ihren komprimierten Zustand nicht bewahren, sobald der rote Riesenstern sein Wachstum beendet hatte, das vom Anbeginn der Zeit ans' als arretiertes Potential vorhanden gewesen war.

Und so war der Glis nun eine Sonne in der Blüte ihrer Jugend, umgeben von eintausendachthundertdreiundzwanzig Planeten, die wie Perlen auf schwarzem Samt über das nahe Firmament gestreut waren.

Wohin er auch blickte, überall sah er sich von Planeten umringt, die wie Monde wirkten. Er stellte hastige Berechnungen an und kam mit großer Erleichterung zu dem Ergebnis, daß all diese Planeten noch im wärmenden Bereich der Riesensonne lagen, die dort draußen hing, ein halbes Lichtjahr entfernt.

Als Cemp, so schnell sein Silkie-Körper es zuließ, in die dichte Atmosphärenhülle eintauchte, die sich schützend um die Erde lagerte, schien alles unverändert zu sein — das Land, die See, die Städte ...

Er stieß auf eine Fernstraße hinab und sah zu, wie die Fahrzeuge dahinkrochen.

Verwundert jagte er zur Silkie-Behörde und erkannte das zerschlagene Fenster, durch das er so dramatisch geflohen war — noch nicht repariert!

Als er Augenblicke danach zwischen denselben Männern landete, die bei seiner Flucht zusammen im Konferenzraum gewesen waren, begriff er, daß die Veränderung der Erdgröße, ihrer räumlichen Dimensionen, mit einem Stillstand der Zeit verbunden gewesen sein mußte.

Für die Erde und ihre Bewohner mochten jene achtzig Tage achtzig Sekunden gewesen sein.

Später sollte er hören, wie Leute von eigenartigen Erlebnissen berichteten — Empfindungen wie bei einem Erdbeben, Spannungszuständen in ihren Körpern, momentanen Ohnmachtsanfällen, Schwindelgefühlen und Eindrücken von plötzlicher Finsternis ...

Nun, beim Betreten des Raumes, nahm Cemp seine menschliche Gestalt wieder an und sagte mit durchdringender Stimme: »Meine Herren, bereiten Sie sich auf die bemerkenswerteste Information in der Geschichte des Universums vor. Diese rote Sonne dort draußen ist nicht das Resultat atmosphärischer Trübungen.

Und, meine Herren, die Erde hat jetzt über eintausendachthundert bewohnte Schwesterplaneten. Bereiten wir uns auf eine phantastische Zukunft vor!«

Später, wieder in seinem komfortablen Haus in Florida, sagte Cemp zu Joanne: »Nun wissen wir, warum es für das Silkie-Problem keine Lösung gab, so wie die Dinge standen. Für die Erde bedeuteten zweitausend von uns die Sättigung. Aber in diesem neuen Sonnensystem ...«

Die Frage lautete nun nicht mehr, was mit den sechstausend Mitgliedern des Silkie-Volkes anzufangen sei, sondern wie sie Hunderte solcher Gruppen bilden konnten, um die anstehende Arbeit zu bewältigen.

Und zwar rasch!

23

Als der Hilferuf der Silkies kam, erforschte Nat Cemp gerade einen Planeten, dem man die astronomische Bezeichnung Minus 1109-93 gegeben hatte.

Es war der tausendeinhundertneunte Planet außerhalb

der Umlaufbahn der Erde um die mächtige neue Sonne mit einer Bahnebene, die zu derjenigen der Erde einen Winkel von dreiundneunzig Grad bildete.

Es handelte sich um eine vorläufige Nomenklatur. Niemand nahm die Haltung ein, daß die Erde der wichtigste Planet innerhalb des neuen Systems sei.

Nicht, daß es irgendeine Rolle spielte. Auf den drei Planeten 1107, 1108 und nun 1109, die man Cemp zugewiesen hatte, gab es keinen Hinweis auf Leben. Er hatte fast einen halben Tag zwischen den fremdartigen schlanken Bauten verbracht, die wie ein Gewirr ineinander verflochtener Gittertürme in den Himmel aufragten. Und schon jetzt schien es einigermaßen klar zu sein, daß auch hier die Übergangsperiode zu lang gewesen war, um höheres Leben zu erhalten. Nur die Erde und einige andere Planeten schienen die Umstellung verkraftet zu haben.

Der Hilferuf kam, als Cemp durch eine weitläufige Stromerzeugungsanlage schwebte. Klar, scharf und deutlich wurde er ihm von der mechanischen Relaisstation zwischen 1109 und 1110 zugespielt.

Er lautete: »An alle Silkies und Regierungsagenturen. Ich habe gerade eine Botschaft von Lan Jedd erhalten. Es ist eine (Silkiewort).«

Das spezielle Silkiewort war ein gedanklicher Ausdruck, der benutzt wurde, um das Kommunikationsphänomen der Todesnachricht eines Silkies zu beschreiben. Wenn ein Silkie in den Tod ging, gab es einen Schwellenpunkt, an dem ein isoliertes Neuronenbündel aktiviert wurde. Das Bündel war ein telepathischer Sender, der die letzten Gedanken, Wahrnehmungen und Gefühle eines Silkies ausstrahlte, der zum Zeitpunkt der Sendung bereits tot war.

Der mitgeteilte Name des Silkies war für Cemp ein harter Schlag. Denn Lan Jedd und er waren so gute Freunde gewesen, wie zwei Silkies es nur sein konnten, oder vielmehr, wie zu sein es ihnen erlaubt war. Die Menschen, und vor allem das Besondere Volk, waren immer gegen enge Beziehungen zwischen Silkies gewesen.

Lan und er hatten beschlossen, benachbarte Planetengruppen in diesem entlegenen Bereich des Systems zu erforschen, um relativ unüberwachte Gespräche über die zunehmenden Spannungen auf der Erde führen zu können.

So kam Cemp, als die Botschaft ihn erreichte, gleich der aufgeregte Gedanke, daß er mit Ausnahme des »Rufers« die nächstgelegene »Hilfe« sei.

»Nat Cemp ist schon unterwegs«, erwiderte er augenblicklich. »Wer bist du?«

»Ou-Dan! Ich rufe von 1113-86«.«

Die Identifikation des »Rufers« war beunruhigend. Es war ein Name, wie er bei den Meteoriten-Silkies üblich war, deren Existenz noch vor einem Jahr unbekannt gewesen war. Die Anwesenheit solcher »ursprünglicher« Silkies in diesem riesigen neuen Sonnensystem war ein unbekannter und ungelöster Faktor, über den Cemp und Lan Jedd schon in aller Ausführlichkeit diskutiert hatten.

Es war eine unangenehme Vorstellung, daß Ou-Dan ihren diesbezüglichen Diskussionen »beigewohnt« haben könnte. Was Cemp im Augenblick jedoch besonders beunruhigte, war, daß er kein Vertrauen in die Kampffähigkeiten dieser neu eingetroffenen Silkies hatte. Darum würde er viele Stunden lang praktisch allein gegen einen mysteriösen und mächtigen Feind stehen, der sich bereits als stark genug herausgestellt hatte, einen Silkie zu töten.

Während er diese Überlegungen anstellte, war Cemp aus dem Gebäude, in dem er gewesen war, gestartet. Augenblicke später verließ er durch die Silkie-Methode der Schwerkraftumkehr die Atmosphäre.

Der Planet stieß seinen Körper buchstäblich ab, der in seiner Gestalt eines Klasse C-Silkies geschoßförmig und fast drei Meter lang war. In dieser Form war er imstande, in der Leere des Vakuums zu leben.

Einmal im interplanetarischen Raum, ließ Cemp diesen Effekt weiterwirken und bewegte sich seinem Ziel entgegen, indem er die Anziehungskraft aller Himmelskörper ausnutzte, mit Ausnahme derer unmittelbar vor ihm. So wurde er von den äußeren Planeten angezogen und »fiel« mit ständig wachsender Geschwindigkeit seinem Zielpunkt entgegen, einer besonderen Art von »Schiff«.

Trotz seiner anfangs beträchtlichen Beschleunigung war es die übliche langsame Reise eines Silkies, der sich Stück für Stück durch den Raum fortbewegte. Es dauerte daher mehrere Stunden, bis er schließlich in der Dunkelheit vor sich das Schiff ausmachte.

Das »Schiff« diente der Verteidigung und war, nachdem man sich auf der Erde plötzlich als Teil eines neuen Sonnensystems gesehen hatte, im Zuge eines Sofortprogramms gebaut worden. Es hatte keine Wände und besaß Waffen, die nach Prinzipien konstruiert waren, die Cemp dem Glis verdankte. Neben anderen Dingen stellte es eine der Sicherheitsmaßnahmen dar, die für die Erforschung so vieler neuer und unbekannter Planeten unumgänglich waren.

Sobald er an Bord gegangen war und das Schiff sicher unter Kontrolle hatte, nahm Cemp Kurs auf Ou-Dan, eine Entfernung von nur vier Planeten, was für das schnelle Schiff nicht das geringste Problem darstellte.

Einmal unterwegs, schaltete Cemp den Relaissender ein. Er stellte ihn auf Kommunikationen ein, die zwischen verschiedenen Orten über große Entfernungen hinweg stattfanden — Silkies, die telepathisch darüber spekulierten, was sich zugetragen haben mochte.

Welch eine mächtige Lebensform es auf diesem Planeten, den Lan Jedd erforscht hatte, geben mußte ... wenn eine oder mehrere von ihnen sogar imstande waren, einen ausgewachsenen Silkie wie Lan zu töten! Das war der allgemeine Eindruck. Aus allen Teilen des Systems begannen Silkies herbeizuströmen, bereit, notfalls eine gewaltige Schlacht mit einem gefährlichen Gegner auszutragen.

Unglücklicherweise würde es eine ganze Weile dauern, bis diese noch fernen Helfer eintrafen. Mindestens einen Erdtag lang würden Ou-Dan und Cemp die einzigen Lebewesen am Schauplatz des Dramas bleiben.

Als er mit Schiffsgeschwindigkeit eintraf, erfuhr Cemp,

daß Ou-Dan den toten Silkie auf einen Meteoriten gebracht hatte, der 1113-86 umkreiste.

Das seltsame Schwarzweiß des Weltraums mit der riesigen grellen Sonne in der ewigen Nacht des Himmels und ihrem harten Widerschein auf den Felsvorsprüngen und Kanten des Meteoriten — das war der Hintergrund.

In einer so ungeheuren Weite wirkte der tote Silkiekörper wie ein Atom in der Unendlichkeit. Er lag ausgestreckt auf dem Felsen und hatte im Tod noch weniger Ähnlichkeit mit einem menschlichen Wesen als im Leben.

Es war nicht zu sehen, auf welche Art und Weise er zu Tode gekommen war. Ou-Dan bemerkte telepathisch, daß der Körper zusammengefallen wirkte, aber er war nicht viel kleiner als üblich — knapp zweieinhalb Meter.

Als Cemp schweigend auf seinen toten Freund blickte, erkannte er, daß die schlimmste aller Möglichkeiten wahr geworden war. Ein erfahrener, ausgewachsener Silkie mit allen Fähigkeiten, mächtige Angriffs- und Verteidigungsenergien einzusetzen, war einem unbekannten Wesen begegnet, das ihn besiegt und getötet hatte.

Ou-Dan, der selbst ein wenig wie ein länglicher Meteorit aussah, sagte telepathisch: »Lan hatte mir gerade gemeldet, daß er auf 1110, 1111 und 1112 keine Überlebenden angetroffen habe, und ich, der ich ihm entgegenarbeitete, hatte eben das gleiche auf 1115, 1114 und 1113 festgestellt, als seine Todesbotschaft kam.«

Ein toter Silkie, dachte Cemp, und nur ein Hinweis — diese letzte blitzartige Kommunikation des gereiften und mächtigen Lan Jedd, Augenblicke nach seinem Tod. Ein mentales Bild von pyramidenartiger Form und der Gedanke: *Es kam von Nirgendwo, aus dem Nichts.*

Cemp verspürte ein Frösteln, als er sich die phantastischen Implikationen dieser Botschaft ausmalte. Die enorme Schnelligkeit des Angriffs ... aus dem Nichts.

Nach einiger Zeit wandte Cemp sich ab. »Warum kommen Sie nicht mit und warten mit mir im Schiff?« schlug er Ou-Dan telepathisch vor. »Seine Waffen werden uns helfen, falls man uns angreift.«

Ou-Dan folgte Cemp in eine geschützte Nische im Herzen des Maschinenparks, der das Schiff ausmachte. »Aber ich bleibe nicht lange«, sagte er.

Cemp fühlte hinter dieser Entscheidung nicht Antagonismus, sondern Desinteresse.

»Ich habe aus Anstand bei Lans Leiche gewartet, bis jemand kam«, fuhr Ou-Dan fort. »Nun, da Sie hier sind, beabsichtige ich, zur Erde zurückzukehren.«

»Im Schiff ist es sicherer«, meinte Cemp.

Er wies darauf hin, daß es eine Maxime der Erdsilkies sei, niemals unnötige Gefahren auf sich zu nehmen. Ou-Dans Absicht, allein in den Raum zu gehen, scheine ein Risiko dieser Art zu sein.

»Es wäre reiner Zufall«, erwiderte der andere, »wenn ich in diesen ungeheuren Räumen dem Mörder begegnen würde. Meine Vermutung ist, daß dieser auf Lan aufmerksam wurde, als er das Relaissystem benutzte, um mit mir zu kommunizieren. Wie ich es sehe, ist die Gefahr also um so größer, je näher am Schiff man sich befindet.«

Die Analyse war in sich schlüssig. Aber warum hatte er sich überhaupt an der Forschungsexpedition beteiligt, wenn er jetzt gehen wollte? Cemp fragte ihn.

Ou-Dan erklärte, daß er sich Cemp verpflichtet fühle, weil dieser vor acht Monaten die Meteoriten-Silkies vor dem Glis gerettet habe. Darum wolle er ihm auch sagen, daß er die Lage für kritisch halte. Aber sie sei wahrscheinlich typisch für die vielen Krisen, die ein neues, aus eintausendachthundertdreiundzwanzig bewohnbaren Planeten bestehendes System ihnen künftig noch bescheren würde. Daher sei jetzt wohl die Zeit gekommen, die Rechte der Silkies im Verhältnis zu denen der Menschen zu klären.

Ou-Dan sagte voraus, daß die Silkies vom Meteoriten, der Wiege ihrer Rasse, zweifellos keine weiteren Aktionen ergreifen würden, bis ihr legaler Status mit den Vertretern der Erde befriedigend geregelt sei.

»Die anderen und ich kamen heraus, um ein Gefühl dafür zu kriegen, was eigentlich vorgeht«, sagte Ou-Dan. »Das ist geschehen, und ich kann Ihnen schon jetzt sagen, daß wir uns nicht damit zufriedengeben werden, Polizisten zu sein wie Sie. Und selbstverständlich werden wir nicht unsere Fähigkeiten aufgeben, uns in jede beliebige Form und jeden beliebigen Körper zu verwandeln.

Schließlich«, fuhr Ou-Dan fort, »nur weil Sie auf den Silkie-Menschen-Zyklus beschränkt sind, heißt das noch nicht, daß wir das auch sein müssen.«

Sie hatten telepathisch mit der Geschwindigkeit von Gedanken gesprochen, die an magnetische Trägerwellen gekoppelt sind. Eine Umschrift, die die Details ihres Austausches festhalten wollte, hätte den Umfang eines kleinen Buches gehabt, so zahlreich waren die Untertöne.

Nun errichtete Cemp für die Dauer eines privaten Gedankens eine Barriere. Er war nicht bereit, das Thema der Formveränderung mit jedem x-beliebigen zu diskutieren. Tatsächlich hatte er Instruktionen von der Silkie-Behörde, sein besonderes Wissen geheimzuhalten.

Die ursprünglichen Silkies, also auch Ou-Dan, hatten grundsätzlich die Fähigkeit, jede lebende Gestalt oder Form anzunehmen, die sie annehmen wollten, sofern sie die vorgegebene Zahl der Moleküle einhielten; dies bezog sich nicht nur auf menschliche Formen. Ihre Verwandlungsfähigkeit war vielmehr elementarer Natur und setzte bei einer allgemeinen inneren und äußeren Ähnlichkeit an – nicht sehr weit entwickelt, aber für bestimmte Zwecke ausreichend. Zusätzlich konnten sie in Gegenwart einer Lebensform diese durch rasch wechselnde Abtast- und Feedback-Methoden in praktisch jeder gewünschten Qualitätstufe duplizieren – solange das duplizierte Wesen in der Nähe war.

Erden-Silkies waren andererseits biologisch auf den Wechsel zwischen Mensch, Silkie der Klasse B und Silkie der Klasse C beschränkt, der, wenn er einmal in Gang gesetzt war, automatisch ablief.

Von allen Erden-Silkies konnte nur Nat Cemp über den Silkie-Mensch-Zyklus hinausgehen.

Als er dem bemerkenswerten Kibmadine begegnete, hatte er dessen Methode der perfekten Metamorphose erlernt. Er benötigte nur die Erinnerung an jemanden, den er einmal getroffen hatte, und konnte diese Person oder dieses Wesen hundertprozentig duplizieren.

Nachdem er sich insgeheim diese Gedanken gemacht hatte, sendete Cemp telepathisch, um Ou-Dan hinzuhalten: »Unterschätzen Sie die Menschen nicht.«

»Das tue ich keineswegs«, gab der andere zurück. »Nicht, solange sie Leute wie Sie übertölpeln und auf ihre Seite ziehen können.«

»Selbst wenn wir die sechstausend Meteoriten-Silkies zu unserer eigenen Zahl addieren«, argumentierte Cemp geduldig, »macht die Gesamtzahl der Silkies im Universum weniger als achttausend aus. Eine so kleine Minderheit muß sich den riesigen planetarischen Bevölkerungen anderer Lebensformen anpassen.«

Ou-Dan sagte: »Ich brauche mich niemandem anzupassen. Ich kann tun und lassen, was ich will.«

»In der ganzen menschlichen Geschichte«, sagte Cemp, »wo immer Menschen das Recht hatten, nach ihren eigenen Vorstellungen zu leben, weigerten sie sich bald, mit anderen zusammenzuarbeiten, selbst wenn es um das Gemeinwohl ging. Jeder glaubte, seine Meinung sei so gut wie die des anderen. Natürlich gerieten sie binnen kurzer Zeit unter den Einfluß von Mächtigen mit geschickten Herrschaftssystemen und wurden am Ende in eine neue Sklaverei geführt. Nun machen Sie den gleichen Fehler, indem Sie sich weigern, mit den Menschen zusammenzuarbeiten.«

»Sollen doch andere mit *uns* zusammenarbeiten«, war die Antwort. »*Wir* sind die höherentwickelten Wesen.«

»Wenn wir so großartig sind«, gab Cemp zu bedenken, »warum sind dann nur so wenige von uns übrig?«

»Nun ...« Ou-Dan wurde ungeduldig. »Wir hatten das Pech, auf eine Rasse zu stoßen, die uns zahlenmäßig weit überlegen war. Jedenfalls sagt das die Legende. Und natürlich standen wir in dem Meteoriten unter der Kontrolle des Glis', der unsere Bevölkerungszahl konstant hielt.«

Cemp wies ihn vorsichtig darauf hin, daß die Kontrolle

der Silkies durch den Glis einem Sklavenzustand entsprach. »Daraus«, sagte er, »können wir folgern, daß die Silkies vor langer Zeit schon einmal jenen Zustand erreicht hatten, in dem sie sich weigerten, für das Gemeinwohl zusammenzuarbeiten. Wir können uns gewaltige, sich über alles hinwegsetzende Ich-Persönlichkeiten vorstellen, so gescheit wie lächerlich, die niemals auch nur einen einzigen Gedanken an ihr Überleben verschwendeten.

Wir können uns Silkies vorstellen«, fuhr Cemp fort, »die sich weigerten, einem wie auch immer gearteten Gesetzessystem zu gehorchen, und, wenn jemand sie bedrohte, ins All hinaufstiegen und sich absolut unbesiegbar vorkamen. Und dann, eines Tages, trafen sie dort draußen in Weltraumtiefen auf einen unbekannten Gegner, der sie unbarmherzig einen nach dem anderen zur Strecke brachte.«

»Ich weiß gar nicht, warum wir freien Silkies überhaupt mit Konformisten wie Ihnen reden«, sagte Ou-Dan.

»Was Sie Konformismus nennen, bezeichne ich als Verläßlichkeit«, antwortete Cemp. »Bei mir kann man sich darauf verlassen, daß ich tue, was ich sage. Sie und Ihre Gesinnungsfreunde können offenbar nicht einmal entscheiden, welche Rolle Sie spielen wollen.«

»Warum sollten wir eine Rolle haben? Warum sollten wir überhaupt arbeiten? Warum sollen nicht Menschen für uns arbeiten statt wir für sie? Das ist eine vollkommen gerechtfertigte Frage.«

Cemp erklärte, daß die Menschen ihre gegenwärtige Verbindung mit den Silkies leicht zu überleben schienen. Aber dies könnte sich ändern, wenn die Bedingungen des Zusammenlebens andere würden.

Ou-Dan blieb dieser Möglichkeit gegenüber gleichgültig. Und Cemp begriff, daß es ein wenig zuviel verlangt war, von einem, der bisher keinen Kontakt mit Menschen gehabt hatte, Verständnis für deren Belange zu erwarten. Für Cemp, der eine menschliche Mutter hatte, war das anders. Also sagte er, um die Diskussion gütlich zu beenden: »Wir werden demnächst eine Generalversammlung abhalten. Dann können wir diese Fragen zur Debatte stellen.«

Eine solche Versammlung war von Charley Baxter, dem Leiter der Silkie-Behörde, bereits vorgeschlagen worden. Baxter war nicht weniger besorgt über das Verhalten der Meteoriten-Silkies als Cemp.

Ou-Dan akzeptierte das Ende des Gesprächs mit: »Ich kann hier nichts mehr lernen. Auf Wiedersehen.« Worauf er sich vom Schiff in den Weltraum abstieß und rasch außer Sicht geriet. Bald war er auch auf dem Magnetband nicht mehr von dem kosmischen Treibgut zu unterscheiden, das alle Bereiche des Raums erfüllte.

24

Cemp wartete an dieser abgelegenen Stelle im Raum, alle Detektoren des Schiffes in Alarmbereitschaft, auf etwas, von dem er selbst nicht wußte, was es war.

Das Schiff war gegen den Weltraum durchlässig und hatte keine eigene Lichtquelle. Künstliches Licht, von welcher Art auch immer, hätte sich störend auf die empfindlichen Instrumente ausgewirkt, die die Abwehrwaffen kontrollierten. Die Geräte rings um ihn her hatten schon genug damit zu tun, seine bloße Anwesenheit einzukalkulieren.

In regelmäßigen Abständen überprüfte Cemp die Geräte und stellte sicher, daß jedes Relais bereit und alle Instrumente darauf eingerichtet waren, die Anwesenheit eines von Gestalt und Masse als Silkie identifizierten Wesens zu dulden und es mit jener lebensspendenden Energie auszustatten, die es von selbst nicht aufbringen konnte.

Während er wartete, starrte Cemp in die allgemeine Richtung der Erde »hinunter«. Der Anblick unter ihm hatte die ewig neue Qualität von Licht und Form, wie man sie sich üppiger gar nicht vorstellen konnte. Es gab unendlich viele schillernde Planetenlichter am dunklen Himmel des neuen Riesensonnensystems der Erde, und die schiere Anzahl der Planeten, die alle verschieden gefärbt waren, bot ihm ein zeitlos bezauberndes Panorama.

Für Cemp war es »oben« und »unten«, weil er sich schon vor langer Zeit angewöhnt hatte, in diesen menschlichen Begriffen zu denken. Sein Silkiekörper pflegte aus einer Perspektive tätig zu werden, die ein Mensch als »mit dem Kopf voran« bezeichnet hätte. Daher kannte er rechts und links, vorne und hinten, oben und unten.

Cemp hatte den vielen Gesprächen, die er inzwischen mit der fernen Erde geführt hatte, nie einen Rat entnehmen können, welche zusätzlichen Vorsichtsmaßnahmen er beachten sollte. Niemand glaubte, daß sich ihm dort draußen auf der anderen Seite des Sonnensystems je ein anderes Lebewesen unbemerkt nähern könnte.

Doch Lan Jedds »Botschaft« ließ darauf schließen, daß es keine Warnung geben würde.

Und es gab keine.

Als der Angriff erfolgte, hatte Cemp genau vier Stunden, achtzehn Minuten und zweiundvierzig Sekunden Erdzeit im Raumschiff gewartet.

Das Wesen, das für wenige Sekundenbruchteile Cemps Wahrnehmung ausgesetzt war, hatte die Form einer umgekehrten Pyramide. Es war interessant, daß in der »Sendung« des gleichen Bildes durch den toten Lan Jedd diese Umkehrung nicht deutlich geworden war. Der übermittelnde Computer hatte beim Rückgriff auf bekannte Analogien eine stereotype Pyramide geschaffen, deren Grundfläche nach unten und deren Spitze nach oben wies.

Tatsächlich war es anders herum.

Das war alles, was Cemp in dieser kurzen Zeit »sehen« konnte, denn der Gegner saß nur für einen winzigen Augenblick in der Falle. Weniger perfekte Sinnesorgane als die eines Silkies hätten bestenfalls so etwas wie einen vorbeihuschenden Schatten wahrgenommen.

Trotz der enormen Geschwindigkeit, mit der sich das Wesen gleich wieder zurückzog, hatten Cemps scharfe Silkiesinne automatisch Daten registriert, die jetzt ausgewertet wurden. Auf diese Weise war Cemp nachträglich imstande, zu »sehen«, was seine Nerven- und Energierezeptoren aufgezeichnet hatten. In einer Art Playbackverfahren wurden ihm diese Informationen zugespielt.

Fasziniert erkannte er, daß die Kreatur während des kurzen Moments in der Falle angegriffen und ihn zu töten versucht hatte. Aber die Verteidigungsmechanismen der Falle hatten ihn gerettet.

Er spürte einen starken Impuls, den Kampf zu studieren und umgehend festzustellen, was ihn verwundbar gemacht hatte, wieso seine sonst so zuverlässigen Abwehrschirme nicht funktioniert hatten.

Cemp schüttelte den Impuls ab. Er sagte sich: *Vergiß den Kampf, prüfe später.*

Denn ein Angriff war im wesentlichen — Energie, Gewalt, was auch immer. Es war die Annäherungsmethode des Wesens, über die alle etwas wissen wollten ... woher war das phantastische Ding gekommen?

Beim Studium der Nachbilder sah Cemp mit Verwunderung, daß die Pyramidenform in Wirklichkeit eine Energieprojektion gewesen war. Von dem Wesen an der Quelle der Projektion war kein deutliches Bild zu bekommen; es hatte sich zu schnell wieder zurückgezogen.

Die enorme Geschwindigkeit, mit der das geschehen war, erinnerte ihn an eine wissenschaftlich orientierte spekulative Diskussion, die er einmal mit anderen Silkies über seine Begegnung mit dem Glis geführt hatte. Nun hatte er sein Erlebnis mit dem Glis wieder deutlich vor Augen — aber nein, das war es auch nicht.

Cemp war über diese Entdeckung erstaunt, denn erst hatte er deutlich etwas wahrgenommen, dann war es verschwunden. Etwas gegen Nichts. Von Nichts zu Etwas zu Nichts. Was konnte das bloß sein?

Einer von Cemps Rezeptoren hatte einen vagen Eindruck empfangen — so vage, daß er erst ein gewisses Maß an Realität gewann, als er ihn ein dutzendmal rekapituliert hatte. Selbst dann blieb er unklar. Aber nach den vielen Wiederholungen hatte er die Ahnung, wenn man es so nennen wollte, daß die Spitze der umgekehrten Pyramide, die offenbar die Energiequelle war, einen anderen Energiepunkt besaß, der ungeheuer weit hinter ihr lag. Und jenseits dieses Punktes war ein weiterer und dahinter wieder einer – und so fort, bis in die fernste Ferne.

Aber ... stimmte das wirklich? Der Gedanke war so verwegen, daß Cemp sich einfach nicht entschließen konnte, ihn tatsächlich zu akzeptieren.

Nachdem er den so unsicheren und schattenhaften Eindruck stets aufs neue geprüft hatte, verglich er ihn bewußt mit einem endlos wiederholten Abbild, wie man es zwischen zwei Spiegeln erhält.

Doch selbst das war nur eine Analogie, weil das Abbild sich nur in einem Spiegel wiederholte und nicht im anderen. Es war ein einseitiges Phänomen.

Es war ein Rätsel, das er nicht lösen konnte, also wendete er seine Aufmerksamkeit unbehaglich dem heftigen Kampf zu, den er geführt hatte.

Wie die anderen Aspekte jenes momentanen Kontakts konnte auch das Kampfgeschehen nur in den verwirrenden Nachbildern studiert werden. So untersucht, zeigte sich, daß es im Augenblick des Eintreffens der fremden Energie eingesetzt hatte. Die Falle, die in ihrer ersten Phase aus einem Molekül des Glis-Typs mit der Anziehungskraft eines Planeten bestand, hatte sich sofort auf den Feind orientiert. Es war buchstäblich »sofort« geschehen, weil die Schwerkraft natürlich keine Verweildauer kennt; es gibt keinen Verzögerungsmoment für ihr Wirken.

Das Molekül, jene bemerkenswerte Entdeckung der altertümlichen Materiestruktur, deren Geheimnis Cemp vom Glis hatte, hängte sich mit der Kraft einer ganzen Welt an den Angreifer und behinderte ihn.

Dieser tat trotz der Behinderung etwas – was, wußte Cemp nicht. Sämtliche großartigen Verteidigungswaffen Cemps waren gefordert – seine Energieschirme, seine magnetischen Methoden zur Strahlungsabwendung, alles, was er von dem Kibmadine über den Einsatz der Energie eines Angreifers gegen ihn selbst gelernt hatte ...

Der Angriff erfolgte nicht auf einem Energieband. Cemps Verteidigung hatte keine Wirkung auf ihn. Er hatte die Einwirkung in seinem ganzen Körper gefühlt, ein plötzliches Gefühl inneren Zusammenbruchs ...

Seine Gedanken hatten sich seltsam verzerrt. Unfähig, auch nur eine einzige Barriere zu errichten, hatte Cemp gefühlt, wie er in den Tod taumelte ...

In der nächsten Sekunde war der Feind, behindert von dem Molekül, verschwunden.

Und der Kampf war vorbei.

25

In fieberhafter Eile stellte Cemp eine Verbindung zur Erde her. Er wurde mit Fragen überschüttet.

Und jemand hatte den gleichen Gedanken wie er — daß die Pyramide eine Waffe sei, die durch irgendein Spiegelprinzip aus beträchtlicher Entfernung wirkte. Daher, so wurde argumentiert, stamme auch der Effekt des Wechsels von Nichts zu Etwas und wieder zu Nichts, was an einen Spiegel erinnere, der ein- und ausgeschaltet werde. Die Zeitspanne entspreche genau dem Umlegen eines Schalters.

»Nein!« antwortete Cemp. »Es war eine Lebensform. Ich fühlte ihre Lebendigkeit.«

Das beendete diese Diskussion.

Charley Baxter schaltete sich ein. »Wir geben Ihre Daten in den Computer ein, Nat«, sagte er. »Möchten Sie mit Ihrer Frau sprechen, solange wir warten?«

»Natürlich.«

Als Joannes Gedanken durchkamen, drückten sie Gereiztheit aus. »Alle sind so verdammt geheimnisvoll, wenn es um deinen Aufenthaltsort geht«, begann sie.

Also hatten sie ihr nichts von seiner gefährlichen Lage erzählt. Cemp war erleichtert.

»Hör zu«, sagte er telepathisch, »wir haben einen Forschungsauftrag hier draußen und testen ein neues Schiff. Mehr darf ich nicht sagen.«

Es war nicht direkt eine Lüge. Er fügte hinzu: »Was hast du inzwischen gemacht?«

Sein Ablenkungsmanöver hatte Erfolg. Joanne begann sich zu entrüsten. »Ich habe einfach Schreckliches durchgemacht«, berichtete sie.

Sie erzählte ihm, daß Silkiefrauen — Angehörige der ursprünglichen Silkies — die menschlichen Frauen der Erden-Silkies angerufen und sie dazu aufgefordert hätten, sich von ihren Männern scheiden zu lassen. Auch Joanne war gedrängt worden, sich von Cemp zu trennen.

Die Silkiefrau hatte sie taktlos darauf hingewiesen, daß Cemp als ein Silkie wenigstens tausend Jahre alt würde. Und natürlich würde Joanne in erheblich kürzerer Zeit sterben. »Warum also nicht den Tatsachen ins Gesicht sehen?« hatte die Silkiefrau gesagt.

... Solange Joanne noch jung sei.

Cemp hatte das ungute Gefühl, daß dieses Problem sehr viel ernster war, als Joanne ahnte. Tausend Jahre betrug die Zeitspanne, die der Glis den Meteoriten-Silkies aus seinen eigenen unerfindlichen Gründen zu leben gestattet hatte. Wie lange ein Silkie aber wirklich leben konnte, davon hatte keiner eine Ahnung.

Er hatte jedoch immer das Gefühl gehabt, daß sich diese Dinge mit der Zeit von selbst erledigen würden. Joanne war noch keine dreißig. Ihre derzeitige Lebenserwartung lag bei etwa hundertfünfzig Jahren. Lange bevor sie dieses Alter erreicht hätte, würde die Unsterblichkeit des Menschen in greifbare Nähe gerückt sein.

Als er sie fragte, entdeckte er, daß Joanne der Silkiefrau gegenüber auf all diese Dinge hingewiesen und ihr tüchtig Paroli geboten hatte.

Aber dies war für Cemp nicht der Augenblick, die Konsequenzen zu bedenken, die sich aus dem Zusammenleben der Silkies mit Menschen ergaben. Er telepathierte voll Wärme: »Mach dir über so etwas keine Gedanken. Du bist mein Schatz, und daran wird sich nichts ändern.«

»Nett, daß du das sagst«, erwiderte Joanne freundlich, »aber glaube nicht, daß du mich auch nur einen Augenblick lang zum Narren halten kannst. Ich spüre, daß sich etwas Gewaltiges in deinem Leben anbahnt, und wie üblich gehst du mit Riesenschritten darauf zu.«

»Nun ...«, begann Cemp.

»Das ist ein wirkliches Dilemma«, erwiderte Joanne.

»Wie bitte?« fragte Cemp erstaunt. Rasch wurde ihm klar, daß Joannes Sorge nicht der Gefahr galt, sondern vor allem seiner fehlenden Furcht.

Beinahe weinerlich setzte sie hinzu: »Wenn du dich angesichts eines dermaßen mächtigen Feindes so selbstbewußt fühlst — was soll dann erst aus den Beziehungen zwischen Silkies und Menschen werden?«

»Ich nehme an, du meinst«, sagte Cemp, »daß die Silkies die Menschen nicht mehr nötig haben?«

»Na, stimmt das vielleicht nicht?«

Geduldig erklärte Cemp: »Zuerst einmal beruht mein Selbstbewußtsein auf der Logik der Ebenen und keineswegs auf mir als Person.«

Joanne wischte den Einwand beiseite. »Das ist dasselbe. Die Logik der Ebenen ist ein Instrument, das du genauso gut einsetzen kannst, wenn du mit Menschen zusammenlebst, wie wenn du's nicht mehr tust.«

»Zweitens«, erwiderte Cemp, »weiß ich bisher noch gar nicht, ob ich es überhaupt wagen werde, sie einzusetzen, obwohl ich bestimmt damit drohen werde.«

»Man wird dich dazu zwingen, und dann siegst du und bist ungeheuer mächtig.«

»Drittens«, fuhr Cemp fort, »existieren zwischen Silkies und Menschen gewisse Bindungen, und ich bin äußerst glücklich mit dem, was ich bei der Transaktion gewonnen habe — nämlich dich. Kommt dir das jetzt besonders superschlau vor?«

»N-nein.«

»Der alte IQ, Menschenstandard, eh?«

»Ich denke schon.« Zögernde Zustimmung.

»Meine Vernunft scheint noch immer die eines Menschen zu sein, richtig?«

»Aber du bist so mächtig.«

»Vielleicht solltest du dich mir als Schlachtschiffkommandanten vorstellen«, sagte Cemp. »In diesem Fall ist mein Silkiekörper das Schlachtschiff, und du bist die Frau des liebenswerten Kommandanten.«

Dieser Vergleich schien sie zu besänftigen, denn in Gedanken lächelte sie ihm zu und sagte: »Man will, daß ich jetzt aufhöre. Und ... also, ich liebe dich noch. Auf bald, mein Liebster.«

Die Verbindung brach ab.

Charley Baxter meldete sich. »Ihre Daten«, sagte er, und seine Gedanken drückten Sorge aus, »haben den Computer an etwas erinnert, was Sie vor Monaten sagten – etwas, was der Glis Ihnen im Todeskampf mitteilte.«

...Der Glis hatte, als ihm klargeworden war, daß es sich bei Cemp um einen gefährlichen Silkie handelte, ein fernes Sonnensystem angesteuert. Dieses System sei, dem Glis zufolge, der Cemp in seinem letzten, verzweifelten Versuch, es zu versklaven, davon erzählt hatte, von uralten Feinden der Silkies bewohnt.

Diese Wesen nannten sich Nijjaner, was für eine Rasse ein Name von mächtiger Bedeutung war – Schöpfer des Universums. Oder im vollsten Sinne: »Die Leute, die um die Natur der Dinge wissen und fähig sind, aus freiem Willen ganze Universen zu erschaffen.«

Während Cemp beunruhigt über die Möglichkeiten nachdachte, die sich ergeben würden, wenn die Analyse zutraf, fuhr Baxter in dozierendem Tonfall fort: »Nat, der Glis steuerte auf irgend etwas zu. Sie fühlten sich alarmiert und bedrohten ihn. Wie Sie uns schilderten, hielt der Glis an und versuchte, Frieden mit Ihnen zu schließen. Auf welches System er auch immer zusteuerte, es muß sich also in der Flugrichtung befinden, die er zuletzt hatte, und zwar nicht sehr weit entfernt.«

Die Astronomen, berichtete Baxter, hatten eine gerade Linie zur früheren Erdsonne gezogen und von der neuen

Position der Erde aus in den Raum nach dorthin verlängert, wo das Ziel des Glis' liegen mußte.

»Und«, sagte Baxter, »wir haben etwa sechs Lichtjahre entfernt ein System gefunden, Nat.«

Solche Details waren zweifellos interessant. Aber angesichts der Bedrohung, der Cemp hier ausgesetzt war, bedeutete es ihm nicht allzu viel.

In hastigen Gedanken erkundigte er sich: »Hat der Computer eine Vermutung geäußert, wie der Nijjaner Lan tötete oder wie ich mich verhalten sollte, falls er noch mal mit verstärkter Kraft angreift?«

Baxters betrübte Antwort lautete: »Nat, es ist schrecklich, jemandem in Ihrer Situation so etwas sagen zu müssen. Aber der Computer hat nicht die leiseste Ahnung, wie das Ding aus dem Nichts kommen konnte und welche Energieform es gegen Lan und Sie einsetzte. Er meldet, daß die Informationen nicht ausreichen und ...«

Mehr konnte Cemp nicht empfangen.

Denn noch in derselben Nanosekunde meldeten die Sinnesorgane, die er über den ersten Angriffspunkt des Nijjaners hinaus projiziert hatte, Kontakt.

Da die Kommunikationsverbindung zur Erde offen war, ließ er seine Gefahrenwarnung durch den Körper ziehen und in Richtung der Erde abstrahlen.

Die Nachricht, die er auf diese Weise umgehend weiterleitete, lautete im wesentlichen: »Der Nijjaner ist zurück ... und ich bin noch nicht soweit.« Bis dahin schien es noch lange, lange hin zu sein.

Und da war das Wesen, nahm fast die gleiche Position wie beim erstenmal ein, teilweise im Inneren des Schiffes, etwa dreißig Meter entfernt.

Aber es war allein! Das gab Hoffnung.

Die Projektion aus Energie, die einer umgekehrten Pyramide glich, pulsierte und flimmerte.

Und jetzt sah Cemp, daß es sich bei dem Wesen an der Quelle der Projektion ebenfalls um eine auf dem Kopf stehende Pyramide handelte — aber nur auf den ersten Blick. Die untere Partie war viel schmaler, und das Ding, sah

Cemp, hatte Arme und Beine. Es war ungefähr zweieinhalb Meter lang, und seine harte, helle Haut glitzerte und funkelte hinreißend im wechselnden Farbenspiel.

In dem Moment, als das Alien ankam, hatte das Glis-Molekül einen Versuch unternommen, den anderen wie vorher zu lähmen.

Aber der Nijjaner war offenbar darauf vorbereitet, denn er glich die Schwerkrafteinwirkung irgendwie aus und ignorierte das Molekül von da an.

Cemp wurde sich bewußt, daß das Wesen ihn mit einigen hellen Punkten im oberen Teil des Körpers zu beobachten schien. Versuchsweise entsandte er auf einer magnetischen Welle einen Gedanken.

Sofort kam auf derselben Wellenlänge die Antwort, aber mit einem Vielfachen der Energie, die Cemp zu empfangen gewohnt war. Er hatte jedoch Neuronentransformatoren, die die Energie auf seine Empfangsstärke herabsetzten. Und dann führte er das erste Gespräch.

Das Wesen begann: »Laß uns sprechen.«

»Du hast viel zu erklären«, dachte Cemp grimmig.

»Wir sind bestürzt«, lautete die Antwort. »Auf einmal erscheint wenige Lichtjahre von unserem System entfernt eine Sonne im Novazustand. Unsere Nachforschungen ergeben, daß das so plötzlich entstandene System möglicherweise die größte Planetenfamilie in der Galaxis ist. Nur wenige der Planeten sind bewohnt, aber viele waren es in der Vergangenheit, sind es jetzt jedoch nicht mehr. Zufällig begegnet eine unserer Forschungseinheiten einem Silkie, einem mächtigen Wesen, das uns aus dem Altertum als Feind bekannt ist. Natürlich vernichtete sie dieses Wesen.«

»Wir werden von deinen Leuten verlangen, daß sie den Forscher hinrichten, der so voreilig und ohne Warnung einen Silkie getötet hat«, sagte Cemp.

»Es war ein uralter Reflex, der in der Zwischenzeit modifiziert worden ist«, antwortete der andere. »Darum wird es keine Hinrichtung geben. Jeder Nijjaner hätte an seiner Stelle genauso gehandelt.«

»Warst du es?« fragte Cemp. »Warst du diese – wie hast du ihn genannt – Forschungseinheit?«

»Würde das etwas ändern?«

»Wahrscheinlich nicht.«

Der Nijjaner wechselte das Thema. »Welche Rolle nehmt ihr Silkies im Verhältnis zu den Menschen ein?«

»Wir sind die Polizei.«

»Oh, wie interessant!«

Cemp begriff den Grund nicht, und außerdem war seine Aufmerksamkeit noch von der Erklärung des anderen abgelenkt, warum Lan Jedd sterben mußte. Widerstrebend gab er vor sich selbst zu, daß, wenn tatsächlich vor langer Zeit an Angriffsreflex in all diesen Wesen installiert und niemals aufgehoben worden war, es schwer sein würde, sie des vorsätzlichen Mordes anzuklagen.

Aber seine nächste Gedankenbotschaft gab nichts davon zu. »Wie es scheint«, sagte er, »hat der Zufall uns dazu verurteilt, als Nachbarn im Raum zu leben, nur wenige Lichtjahre voneinander entfernt. Wir haben achtzehnhundert bewohnbare Planeten. Wie viele habt ihr?«

»Das ist nicht leicht zu beantworten. Wir denken nicht in Begriffen von Besitz an Planeten. Aber ich spüre, daß dies ein schwieriges Konzept für dich ist, also sage ich einmal, daß wir wahrscheinlich einen Planeten haben – unsere ursprüngliche Heimat.«

»Wollt ihr mehr?«

»Nicht in dem Sinne, wie du es meinst. Dies ist alles noch zu neu für uns, um uns schon festlegen zu können. Aber unsere Absichten sind friedlicher Natur.«

Cemp glaubte ihm nicht.

Es hätte so sein sollen. Das Verstreichen der Ewigkeiten hätte den alten Impulsen des Hasses und der Zerstörung ein Ende setzen müssen. Auf der Erde lebten jetzt zum Beispiel tausend Nachkommen von Feinden mit noch einmal derselben Anzahl Gestriger Seite an Seite, in Frieden und offenbar für immer.

Natürlich war das nicht dasselbe. Die Nijjaner waren keine Silkie-Nachkommen. Sie waren Wesen, die vor langer Zeit einmal eigenständig die Höhen ihrer Zivilisation und Unmoral erklommen hatten, Kreaturen, die in der fernen Vergangenheit die Silkies gehaßt und auszurotten versucht hatten — wie der Glis Cemp gesagt hatte.

In jener alten Zeit hatte ihnen der mächtige Glis, aus dem Wunsch heraus, die Silkies zu Sklaven zu haben, als Preis für ihre Rettung eine symbiotische Beziehung angeboten — und die Silkies hatten akzeptiert.

Aber das war mit der Verwandlung und Niederlage des Glis' jetzt vorbei. Und die Silkies waren wieder auf sich allein gestellt. Sie konnten nicht erwarten, daß ihnen eine äußere Quelle Hilfe brachte.

Es war ein verlockender Gedanke, doch Cemp war unnachgiebig. »Ich kann diese Behauptung nicht akzeptieren«, sagte er. »Denn als du das erstemal hierher kamst, vermutlich mit bereits umfunktionierten Angriffsreflexen, hast du mich da nicht zu töten versucht?«

»Das war eine Verteidigungshandlung«, antwortete der Nijjaner. »Etwas packte mich. Ich weiß jetzt, daß es eine ungewöhnliche Manifestation der Schwerkraft war. Aber im ersten Augenblick reagierte ich auf zweierlei Weise — sofortiger Gegenangriff und Rückzug. Sobald mir klar wurde, welcher Art die Bedrohung war, beschloß ich umzukehren. Und hier bin ich nun. Also laß uns reden.«

Das war eine gute Erklärung; doch Cemps Mißtrauen blieb — er glaubte die Geschichte nicht, konnte sie nicht akzeptieren und dachte, daß sie vielleicht von dem Wunsch des Nijjaners motiviert war, einen Zeitgewinn herauszuschlagen. Er war fest davon überzeugt, daß die Gefahr, in der er sich befand, mit jeder verstreichenden Sekunde wuchs.

Cemp fragte sich: *Wozu will er die Zeit?*

Die offensichtliche Antwort war, zum Auskundschaften des Schiffes, seiner Struktur und Bewaffnung.

»Wenn wahr ist, was du da sagst«, konterte Cemp, »dann verrate mir, was deine Angriffsmethode war. Wie hat dein Kollege einen Silkie töten können?«

»Es wäre einfältig von mir, meinen Vorteil preiszugeben«, erwiderte der Nijjaner. »Woher soll ich wissen, wie *deine* Pläne aussehen?«

Obwohl das im wesentlichen richtig war, blockierte es ein für allemal das Gespräch. Es gab jedoch noch Dinge, die er in Erfahrung bringen konnte.

Cemp entsandte auf allen Bändern magnetische Wellen, die Reaktionen im Körper des anderen auslösen sollten. Er zeichnete die Informationen auf, die im selben Augenblick, da seine Wellen den Nijjaner erreichten, von dessen Körper ebenfalls als magnetische Wellen, aber auf einer anderen Frequenz, zurückgeworfen wurden.

Er benutzte Radar und las die so gewonnenen Daten.

Und er setzte Geonwellen ein, jenes seltsame, auf Zeitverzögerung beruhigende Verfahren.

Er verwendete aber auch die Ylem-Energie — und das kam dem Gebrauch einer Waffe gefährlich nahe. Aber seine Absicht sei es, teilte er dem Nijjaner telepathisch mit, ihn zu einer Reaktion zu verlocken.

Doch wenn in den Wellen und Energien, die reflektiert zu ihm zurückkehrten, irgendein Sinn verborgen lag, so konnte Cemp ihn nicht analysieren.

Er hatte Mühe, seine Enttäuschung über den Fehlschlag nicht zu zeigen. »Geh jetzt! Wenn du die Tötungsmethode nicht preisgeben willst, weigere ich mich, dieses Gespräch mit dir fortzusetzen. Und ich versichere dir, daß keine weiteren Verhandlungen zwischen unseren beiden Gruppen stattfinden werden, bis das geklärt ist.«

Der Nijjaner erwiderte: »Ich kann solche Daten nicht nennen, ohne autorisiert zu sein. Warum begleitest du mich nicht zurück und redest mit ...« Er benutzte einen mentalen Ausdruck, der eine Regierung implizierte, darüber hinaus aber noch auf etwas anderes verwies.

Cemp meinte: »Damit würde ich mich dir ausliefern.«

»Jemand muß verhandeln. Warum nicht du?«

Eines, schien es Cemp, konnte man über diesen Nijjaner sagen. Als Ränkeschmied und Verführer, wenn er denn einer war, hatte er große Fähigkeiten.

Um Zeit zu gewinnen, fragte Cemp telepathisch: »Wie stellst du dir dieses ›Mitkommen‹ vor?«

»Du bewegst dich an mir vorbei in meine Projektionslinie. Dann hältst du dich in einer Entfernung von ...« Der Nijjaner nannte ein Maß in Begriffen einer bestimmten magnetischen Wellenlänge.

Wieder fühlte Cemp widerwillige Bewunderung für dieses Wesen. *Herrje*, dachte er. *Wenn ich das tue, helfe ich ihm womöglich bei meiner eigenen Hinrichtung.*

Das Faszinierende daran war, daß der Fremde ihn dazu bringen wollte, es selber zu tun.

Die extreme Geschicklichkeit der Täuschung lenkte Cemps Aufmerksamkeit auf *diesen* Aspekt.

Und dabei sah er eine Möglichkeit, die er augenblicklich nutzte. Er tat zweierlei. Er schickte einen Energiestrahl zum Mechanismus der Falle, der das Molekül mit der planetarischen Schwerkraft kontrollierte, und er entließ den Nijjaner aus dem Einfluß des Moleküls.

Die Überlegung hinter der ersten Aktion war, daß das Wesen sich gegen diese Schwerkraft stemmen mußte; es mußte Kraft einsetzen, um sich davon fernzuhalten. Im Augenblick der Freisetzung mußte es sich des gegenteiligen Effekts erwehren, der resultierenden Massenträgheit, die einer planetarischen Zentrifugalkraft gleichkam.

Cemps zweites Manöver war subtiler, aber er führte es im gleichen Moment aus. Er versuchte die Logik der Ebenen auf die eine Verhaltensweise des Nijjaners anzuwenden, die er jetzt verspätet bemerkt hatte.

Und weil er nicht sicher war, ob es funktionieren würde, und nicht preisgeben wollte, was bisher ein Geheimnis zwischen Menschen und Silkies gewesen war, hoffte er, daß die Freisetzung der Schwerkraft dieses Wesen verwirren würde, das mit soviel Vertrauen in seine eigenen Fähigkeiten gegen den Silkie angetreten war. Er hoffte, daß sie es verwirren, einen Augenblick lang verwundbar machen und so irgendwie sein eigenes Verhängnis abwenden würde.

Die Verhaltensweise, die Cemp beobachtet zu haben glaubte, war das berühmte Schema der *Täuschung.*

Nach den Gesichtspunkten der Logik der Ebenen war es nur ein geringfügiges Ereignis im Gehirn. Da es sich um den grundlegenden Betrugszyklus des Lebens handelte, ließ sich nichts Bestimmtes dagegen machen. Indem er ihn auslöste, konnte er den Nijjaner dazu verleiten, noch mehr Betrug zu provozieren – was ironisch war und zu unbekannten Konsequenzen führen konnte. Aber es war der einzige Weg, wie er an den anderen herankommen konnte.

Dreierlei geschah im gleichen Moment. Das Molekül gab den Nijjaner frei; der Betrugszyklus wurde ausgelöst; und Cemp stellte sich auf den Pfad des Energiestrahls ein, der die riesige Pyramide erschuf.

Er hatte eine Empfindung – anders als alles, was er je erfahren hatte. Unter ihm und rings um ihn her schien das Raumschiff ... zu verschwinden.

Er nahm wahr, daß er an einem fremden Ort war ... nein, nicht Ort, denn da war nichts.

Aber ... was?

26

In einer Gruppe kann nur der Anführer betrügen. Und er muß betrügen oder wenigstens bereit sein zu betrügen, sonst ist es keine Gruppe.

Alle anderen müssen konform sein, sich einfügen, den Regeln folgen, bedenkenlos unterstützen; selbst der Gedanke an Widerstand ist falsch.

Man muß dem Anführer Treue schwören, »ohne geistige Vorbehalte«. Man muß den Codex mittragen und im Idealfall der Polizei des Anführers jede Abweichung durch einen selbst oder andere mitteilen.

Jederzeit kann man zum Wohl der Gruppe – allein auf Geheiß des Anführers – betrogen (geopfert) werden, ohne daß Erklärungen nötig wären.

In regelmäßigen Abständen muß man oder ein anderer Konformist aus politischen Gründen betrogen werden, selbst wenn man durch keine denkbare Urteilsfindung vom einzig wahren Codex abgewichen ist.

Schon allein der Akt des Betrogenwerdens durch den Anführer macht einen schuldig. Alle anderen Personen in der Gruppe müssen sich augenblicklich ohne geistige Vorbehalte von einem lossagen.

Die Regel des Betrogenwerdens durch den Anführer findet auch auf das Gruppensystem Anwendung, einschließlich der Wähler — wobei die Gruppe selbst als unmittelbares Instrument des Anführers dient.

Wenn eine Gruppe wächst, delegiert der Anführer seine Betrugsrechte an ungleichartig qualifizierte Personen, die in seinem Namen handeln. Wo dieser Vorgang des Delegierens sich ausweitet, kommt es zu Linderungen, da nicht jeder Untertanführer gleichermaßen empfindlich auf die Gefahren des Nonkonformismus reagiert.

Aber der Anführer, der Gedanken lesen kann und den Betrugszyklus durch rigorose Polizeimaßnahmen nutzt, wird — für immer — Anführer bleiben.

So bleibt der Betrug ständig erhalten, gewinnt auf allen Ebenen; und die höchste Ebene ist ...

Cemp hatte den Eindruck, daß sich ein kombiniertes Ereignis zutrug. Es kam ihm vor, als ob ein Jemand, mit dem er in einer Art telepathischem Kontakt stand, sehr klein war. Ungemein klein. Oder — fiel es ihm plötzlich ein — war er statt dessen sehr *groß*? Unglaublich groß — größer als das Universum? ... Das Wesen, dessen Gedanken Cemp empfing, wies das Konzept der Größe zurück. Es war ihm angenehmer, sich ... klein zu fühlen.

Zufrieden damit, daß es nicht mehr als ein Punkt war, überlegte das Wesen, was aus ihm *werden* mochte. Es dachte, und Cemp empfing den Gedanken ganz deutlich: *N'Yata wird sich freuen, daß ich diesen Augenblick nie dagewesener Realität und äußerster Klarheit habe.*

Auf dieser Entwicklungsstufe würde es, wie an einer Perlenschnur aufgereiht, nicht lange ausharren können. Es versuchte zu tun, was ihm möglich war, um so viele der goldenen Lichter aufzustellen, wie die kurze Zeit erlaubte ... Es durfte keine Sekunde verschwenden.

Eines nach dem anderen entlud das Wesen, das so klein war, noch erheblich kleinere Stücke in die Dunkelheit. Die Stücke waren schwer abzustoßen, als würde eine gewisse Anhänglichkeit oder Blutsverwandtschaft sie davon abhalten, in der Ferne zu verschwinden. Die ersten paar Meter waren unglaublich schwer, auch noch der erste Kilometer, aber das erste Lichtjahr war schon bedeutend leichter und das Entfernen über eine Galaxis hinweg geschah wie bei einer vom Wirbelwind davongetragenen Feder. Die dunklen Lichtjahre danach wirkten geradezu ohne Beschränkungen.

Plötzlich erweckte einer der Punkte, den das Wesen ausgestoßen hatte, seine Aufmerksamkeit. Es dachte: *Oh, nein, nein, das darf nicht sein!*

Und es bekämpfte in sich eine Woge des Interesses an diesem Punkt. Es versuchte sich die Wahrheit einzugestehen – daß es selbst es gewesen war, das den Punkt ausgesetzt hatte, und es selbst dieses Interesse nun in ihn hineinprojizierte. Daß es eigentlich gar kein wirkliches Interesse an ihm entwickeln könne.

Aber eine merkwürdige Umkehrung fand statt – die Überzeugung, daß der Punkt aus sich selbst heraus interessant war, daß er etwas Anziehendes hatte, jenseits der Gedanken, die es sich über ihn machte.

Als das Wesen sich dessen bewußt wurde, spürte Cemp, wie sein hoher, reiner Energiepegel zu sinken begann. Schlagartig, wie es schien, durchlitt das Wesen – über welche Zeitspanne hinweg, wußte Cemp nicht zu sagen – eine emotionale Veränderung von einer Art strahlendem Entzücken zu ... nun, so etwas wie Langeweile, dem ein augenblicklicher Wutanfall und die Selbsttäuschung folgte: *Ich bin wahrscheinlich Gott, oder doch wenigstens ein Untergott. Also muß alles aus mir hervorgehen!*

Es war wieder, dachte das Wesen zynisch, auf der Ebene der Täuschung angelangt.

Nun, eine Weile ist es ja ganz schön.

Als das Wesen diesen Gedanken hatte, befand es sich schon *bei* dem anderen Punkt, jenem, der so unwillkürlich sein Interesse geweckt hatte.

Während der ganzen Zeit, da diese Ereignisse sich vollzogen, war Cemp mit einem anderen Teil seines Bewußtseins ständig am Kämpfen und Beobachten, in einem Kampf auf Leben und Tod, der keinen Sinn hatte.

Denn niemand bekämpfte ihn.

Er fühlte sich wie ein Mann, der versehentlich durch ein offenes Einstiegsloch in ein Kanalisationsrohr mit tiefem, schmutzigem, wirbelndem Wasser fällt; wie ein Kind, das nach einer ungeschützten elektrischen Leitung greift; wie jemand, der seinen Fuß in eine Schlinge setzt, einen Mechanismus auslöst und in dreißig Meter Höhe hinaufgerissen wird — Cemp hatte sich in das kosmische Äquivalent des Luftschraubenstrahls einer Rakete begeben.

Er war sofort unfähig, sich aus seiner Lage zu befreien ... kämpfte mit einer Naturgewalt, die außerhalb seiner Erfahrungen lag. Es war eine grundlegende Beschaffenheit des Raums, von deren Existenz bisher weder Mensch noch Silkie je etwas geahnt hatten.

Cemp richtete seine Energiebarriere auf, bezog Energie vom Schiff, füllte auf, was ihm entnommen wurde.

Das Chaos verschwand.

Und Cemp stellte fest, daß er sich in einem großen Raum befand. Mehrere Menschen, die vor einem langen Schaltpult saßen, drehten sich nach ihm um und erstarrten in völliger Verblüffung.

Als Cemp erkannte, daß er von Personal der Silkie-Behörde umgeben war, war Charley Baxter schon aufgesprungen und kam auf ihn zugerannt.

Eine weitere Erkenntnis drängte sich Cemp auf — sein Silkiekörper befand sich in einem merkwürdig labilen Zustand. Es war nicht unangenehm; es fühlte sich an, als sei sich ein Teil von ihm eines fernen Ortes bewußt.

Der alarmierte Gedanke kam: *Ich bin immer noch mit einem anderen Ort verbunden. Jeden Augenblick kann ich hier herausgerissen werden!*

Und das Erschreckende daran war, daß er keine weiteren Verteidigungsmittel hatte. Bis auf eine kleine Idee, die nur aufschiebende Wirkung haben konnte, hatte er die ihm zur Verfügung stehenden Möglichkeiten aufgebraucht.

Folglich würde jetzt die wahre Krise über ihn hereinbrechen, wenn nicht ...

Cemp nahm menschliche Gestalt an.

Es war keine streng durchdachte Handlung. Er hatte nur die Ahnung, daß eine Strukturveränderung ihn ein wenig von dieser ... Fernverbindung lösen könnte. Weil es seine einzige verbleibende Möglichkeit war, vollzog er die Veränderung sofort und fiel in der Hast zu Boden.

Der Übergang, merkte er mit Erleichterung, schien seinen Zweck erfüllt zu haben. Das Gefühl, mit etwas verbunden zu sein, verblaßte zu einem schwachen Unbehagen. Es war immer noch da, aber wie ein Wispern in einem Raum, in dem jemand Augenblicke zuvor geschrien hatte.

Als Charley Baxter ihn erreichte, rief Cemp ihm zu: »Schnell! Gehen wir zum Computer. Ich weiß nicht, was geschehen ist. Es sollte gelesen werden.«

Unterwegs streifte jemand Cemp einen Kittel über. Er hielt sich nicht weiter damit auf.

Es folgte ein kurzes Gespräch, gespannt, abgehackt. Baxter fragte: »Was ist denn passiert?«

»Ich habe etwas Zeit gewonnen«, erwiderte Cemp.

Als er Baxter alles erklärte, zeigte sich jedoch, daß er erheblich mehr erreicht hatte. Statt dem Gegner sofort zu erliegen, hatte er ihn manipuliert und verwirrt. Angesichts eines überlegenen Wesens hatte er sämtliche Fähigkeiten und Kapazitäten genutzt, die ihm zur Verfügung standen. Aber nun benötigte er verzweifelt Hilfe, etwas, was ihm die verstandesmäßige Bewältigung der phantastischen Erlebnisse, die er hatte, ermöglichte.

Baxter fragte besorgt: »Was meinen Sie, wieviel Zeit uns noch bleibt?«

»Ich glaube«, erwiderte Cemp, »daß sie mit Hochdruck arbeiten. Also nicht mehr sehr viel. Sagen wir eine Stunde — höchstens.«

Der Computer analysierte den Silkie auf seine rasche, elektronische Weise — doch langsam, wie es Cemp in seiner Dringlichkeit erschien — und kam schließlich mit vier möglichen Antworten heraus.

Die erste der beiden in Frage kommenden — Antwort Nummer drei — war wirklich seltsam. »Ich habe den Eindruck«, sagte der Computer, »daß alles, was geschah, sich in jemandes Geist abspielte. Doch ist damit der Eindruck von etwas Endgültigem verbunden. Von etwas ... nun, ich weiß nicht ... wahrhaft Grundsätzlichem.«

Und das war natürlich schwer zu akzeptieren. Das Grundsätzliche — war zu absolut.

Außerdem konnte man es per definitionem weder bekämpfen noch ihm widerstehen.

»Und das«, fuhr der Computer fort, »ist wirklich alles, was ich dazu sagen kann. Die Manipulationen des Raums, deren die Nijjaner fähig zu sein scheinen, sind neu. Es scheint, daß die Zellen in ihren Systemen eine Anpassungsfähigkeit besitzen, die ihnen Vorteile gegenüber anderen Lebensformen gewährt; eine Art größerer Kontrolle über die letzten Dinge, wenn Sie mich verstehen.«

Das war ein schlimmer Moment. Denn noch als der Computer seine Hilflosigkeit eingestand, verspürte Cemp in seinem Inneren eine Veränderung zum Schlechten. Das Etwas dort draußen stellte sich auf seinen menschlichen Körper ein. Er war plötzlich überzeugt, daß jeden Augenblick der kritische Punkt erreicht werden konnte.

Hastig teilte er Baxter die Empfindung mit und endete: »Ich hatte gehofft, wir hätten Zeit für einen Besuch im irdischen Hauptquartier der Original-Silkies, aber ich werde jetzt besser selbst wieder zum Silkie.«

Charley Baxters Antwort zeigte, wie deutlich ihm Cemps Gefährdung bewußt war — die Möglichkeit, daß sich dieser in seinem ungeschützten menschlichen Körper plötzlich in einem fernen Vakuum des Raums wiederfände. Er fragte besorgt: »Haben Sie nicht menschliche Gestalt angenommen, weil Sie als Silkie noch verwundbarer für diese Kraft sind — oder was immer sonst an Ihnen zerren mag?«

Das stimmte. Aber es gab keine Alternative. Als Silkie wäre er in einer gefährlichen Umgebung wenigstens zeitweilig besser geschützt.

Baxter fuhr fort, und seine Stimme klang etwas gepreßt, als er vorschlug: »Nat, warum verändern Sie sich nicht in irgendeine andere Gestalt?«

Cemp drehte sich um und starrte ihn an. Und dann waren beide für lange Sekunden still. Sie standen dort in diesem Plüschraum, mit den Ledersesseln und den kleinen, mechanischen, vorspringenden Teilen, die von dem riesigen Computer zu sehen waren. Sie standen dort, bis Cemp endlich sagte: »Charley, die Konsequenzen Ihres Vorschlags sind ein unbekannter Faktor.«

»Nat«, sagte Baxter ernst, »wenn Sie es nicht schaffen, wird es sowieso ein unlösbares Problem bleiben.«

Das Gefühl in Cemp, es werde gleich etwas mit ihm geschehen, verstärkte sich. Aber er zögerte noch. Was Baxter vorschlug, war für ihn beinahe so welterschütternd wie die Bedrohung durch die Nijjaner.

Sich verändern – in irgend etwas!

In irgendeinen Körper. Etwas völlig anderes sein als die drei Gestalten, die er so gut kannte.

Er glaubte, daß Charley gerade die Wahrheit gesagt hatte. Aber es war eine Wahrheit, die im Verhältnis zu einer bekannten Vergangenheit stand – der Situation zwischen Menschen und Silkies, in der er aufgewachsen war. Für jemanden, der diesen Hintergrund nicht hatte, war es nicht unbedingt eine Wahrheit. Der »ursprüngliche« Meteoriten-Silkie Ou-Dan hatte ihm das glasklar gemacht.

Cemp hatte die seltsamste Empfindung seines ganzen Lebens – daß er wie ein Mann war, der in völliger Dunkelheit auf einem Rand kauerte und zum Sprung in die Finsternis voraus und unter ihm ansetzte.

Es würde natürlich ein begrenzter Sprung sein. Schließlich gab es im Augenblick nur drei außerirdische Erscheinungsformen, die er annehmen konnte. Er konnte ein Kibmadine werden, oder die Kreatur, in die der Kibmadine sich verwandelt hatte ... oder ein Nijjaner.

Er erklärte es Charley: »Man braucht ein mentales Bild, muß das andere Wesen schon mal ›gesehen‹ haben. Da habe ich keine große Auswahl.«

»Verwandeln Sie sich in einen Nijjaner!« drängte Baxter.

»Ist das Ihr Ernst?« fragte Cemp.

Und dann wartetet er nicht länger, denn er hatte eine innere Empfindung — einen sehr bestimmten Eindruck —, daß etwas im Begriff war, ihm zu entgleiten. Hastig »überspielte« er die Erscheinung des Nijjaners, wie er sie aufgenommen hatte, an sein transmorphes System.

Als er dies tat, empfing jede seiner Körperzellen eine gleichzeitige und gleichförmige Energieaufladung, die wie die Explosion der Zündkappe einer Patrone wirkte und die angestaute Energie in der Zelle freisetzte.

Die Verwandlung vollzog sich so rasch, weil die freigesetzten Energien augenblicklich Verbindungen mit ihren chemischen Gegenstücken eingingen.

Es war eine jener Situationen, wo der gesamte Prozeß theoretisch kaum eine Sekunde dauern sollte. In der Praxis erfolgte die Umstellung der lebenden Zellen natürlich langsamer. So vergingen genau fünfeinhalb Stunden, bis Cemp in seinem neuen Zustand war.

Er befand sich auch, merkte er, in einer anderen Umgebung.

27

Cemp wurde sich bewußt, daß er wieder die Gedanken des anderen Wesens empfing.

Dieses Wesen — der feindliche Nijjaner — bemerkte etwas zu seiner Linken.

Er warf flüchtig einen Blick in diese Richtung und sah, daß N'Yata sich von ihrem entlegenen Seinszentrum in seinen Raum begeben hatte.

Es war eine Bewegung, die ihm willkommen war und die

er bewunderte, da sie in ihrer Entwicklung mindestens ein halbes Stadium über ihm stand. Unter gewöhnlichen Umständen hätte er ihr Kommen begrüßt, denn es war ebenso schmeichelhaft wie lehrreich für ihn. Und normalerweise wäre es eine ideale Gelegenheit gewesen, ihre größere Perfektion zu beobachten und zu imitieren.

Aber dies war keine normale oder gewöhnliche Gelegenheit. Sie war gekommen, weil er Hilfe brauchte, weil es ihm zu seiner eigenen Verwirrung nicht gelungen war, mit dem Silkie Cemp fertig zu werden.

Ihre diesbezüglichen Gedanken drückten sich in ihrer Bewegung aus, und er nahm sie als winzigen goldenen Punkt von der Größe eines Atoms wahr. Er beschloß, ihre Kleinheit und ihre Position zu seiner Linken durch einander kreuzende Kraftlinien zu markieren.

Cemp markierte sie mit ihm, aber zugleich hatte er einen anderen Gedanken: *Wie kann ich dies alles beobachten?* Und dann erkannte er, daß es ihm seine eigene Energie ermöglichte, die automatisch durch ein Gefühl in ihm wachgerufen wurde, das (wie das andere Wesen in nüchterner Selbstdiagnose feststellte) noch immer nur wenige Schwingungen vom Täuschungszyklus entfernt lag.

Wieder einmal war die Logik der Ebenen, mit all ihrer innewohnenden Kenntnis von der Natur der Gefühle, anscheinend Cemps einzig mögliche Verteidigung. Und natürlich war, wie zuvor, Täuschung einfach keine Taktik, durch die man jemanden endgültig besiegen konnte.

Außerdem verspürte er ein intuitives Zögern, so gegen die fähigere N'Yata vorzugehen.

Diese verschiedenen Beschränkungen im Sinn, richtete er seine einzige Verteidigung gegen die dem Täuschungsgefühl innewohnende Zerstörung. Ganz zaghaft. Gab ihr den Gedanken an Verführung ein. Fügte hinzu, daß das Vergnügen die negativen Aspekte überwog.

Seine Gegenaktion war geschickt, denn der goldene Punkt wechselte die Position im Raum und bewegte sich von seiner Linken zu einer Stelle voraus.

Wie viele Lichtjahre dieser Sprung überbrückte, konnte

Cemp nicht ermessen. Denn N'Yata war immer noch weit entfernt, und die gewaltigen Distanzen widersetzten sich der Messung durch eine Technik, die ein halbes Stadium unterlegen war, so wie die Bedingungen des Nijjanerkörpers, den er dupliziert hatte, es vorschrieben.

Du kannst immer noch täuschen! Das war das Gedankengefühl, das jetzt von dem goldenen Punkt zu Cemp zurückfloß. Im gleichen Moment begann der Punkt sich zu entfernen. Cemp spürte ein erhebliches Absinken seiner Energie zu einer noch niedrigeren (als bloß täuschenden) Stufe, die ihn mit Apathie und Trauer erfüllte. Während er zusah, wie der Punkt verschwand, fühlte er sich dem Tod nahe, so groß war das Abfließen seiner Lebensenergie.

Er erkannte es als einen halbherzigen Versuch, ihn zu töten, fühlte, daß sie ihn zwar als eine Nachahmung des wirklichen G'Tono durchschaut hatte, aber auch verwirrt war und es letztlich nicht über sich brachte, einen anderen Nijjaner zu vernichten, selbst wenn es sich nur um das Duplikat eines solchen handelte.

Ihr Rückzug erfolgte in der Absicht, das Problem zu überdenken. Er fühlte, wie sie ihn gehen ließ ...

Sein Gedanke endete. Er war wieder im Computerraum. Er blickte zu Baxter hinüber und fragte telepathisch: »Was ist passiert?«

Als er diese Frage gestellt hatte, wurde Cemp sich dreierlei bewußt. Das erste war kaum sonderlich interessant. Während Cemps ... Auseinandersetzung mit N'Yata hatte Baxter sich zur Seite bewegt.

Der Mann stand jetzt Cemp anstarrend da, einen mißtrauischen Ausdruck im Gesicht.

Cemp fragte wieder: »Ich hatte ein Erlebnis. Was passierte hier, während ich es hatte?« Es war die gleiche Frage wie zuvor, nur detaillierter.

Diesmal reagierte Baxter. Er sagte laut: »Ich empfange Ihre Gedanken nicht mehr. Also lassen Sie mich aussprechen, daß ich fühle, wie Ihr nijjanischer Körper mehr Energie abstrahlt, als ich aufnehmen kann. Offenbar befinden Sie sich in einem anderen Energiestadium.«

Cemp erinnerte sich seiner eigenen anfänglichen Schwierigkeiten bei der Kommunikation mit dem Nijjaner. Nach kurzer Überlegung versuchte er zaghaft eine Umstellung in der Sendeleistung jener Zellkolonie, die für dieses Problem zuständig war, und strahlte dann vorsichtig eine neue Gedankenbotschaft an Baxter ab.

Ein Ausdruck der Erleichterung überzog das magere Gesicht des Mannes. »Jetzt ist es besser«, sagte er. »Wir sind verbunden. Was ist geschehen?«

Hastig berichtete Cemp von seinem Erlebnis und endete: »Es steht außer Frage, daß ich mit meinem Einsatz der Logik der Ebenen den ersten Nijjaner, den ich traf, durcheinandergebracht habe, dessen Name übrigens G'Tono ist. Indem ich seinen Täuschungszyklus aufschaukelte und kurzschloß, entging ich dem, was er mit mir vorhatte. Und dann machte ich mich zu seinem Doppelgänger und verwirrte so einen Augenblick lang N'Yata. Aber sie faßte sich schnell, und darum ist Zeit ein wichtiger Faktor.«

»Sie glauben ...«

»Moment!« unterbrach Cemp.

Ein neues Bewußtsein erfüllte plötzlich Cemps Geist, das mehr als nur interessant war; es war drängend — das Bewußtsein, ein Nijjaner zu sein.

Es war alles so schnell gegangen. Im Augenblick der Veränderung sofortiger Transfer und die Konfrontation mit N'Yata; dann hierher zurück ...

Nun bemerkte Cemp, daß er als Nijjaner Geräusche hören konnte. Baxters menschliche Stimme war auf normaler Ebene zu ihm gedrungen — wie es unter atmosphärischen Bedingungen auf Meereshöhe üblich war.

Daraufhin begann Cemp, sich blitzschnell zu orientieren — nicht nur durch Geräusche, sondern auch durch Sehen, Fühlen und vergleichbare Sinnesarten; offenbar ein menschliches Wahrnehmungsspektrum.

Und er konnte gehen. Er fühlte merkwürdig geformte Anhängsel, die ihn hielten, balancierten und ihm das Stehen ermöglichten ... und armähnliche Gebilde, die brauchbare Greifwerkzeuge zu sein schienen.

Es überraschte Cemp nicht, daß er sich menschlicher Eigenschaften bewußt war. Eine Veränderung der Form bedeutete noch keine Veränderung des Seins, sondern nur den chamäleonartigen Wechsel des Erscheinungsbildes — obwohl es mehr als bloß eine Methode zur Tarnung, ein simples Verschmelzen mit dem Hintergrund war.

Er war der Menschsilkie Nat Cemp, in der Gestalt eines Nijjaners. Seine erdgeborenen Zellen bildeten den Grundstock seines neuen Körpers und waren von den Zellen eines Nijjaners ohne Zweifel verschieden.

Doch die Ähnlichkeit in der Struktur war bemerkenswert genug, um Cemps Interesse zu erwecken. Sie ließ ihn hoffen, daß es ihm durch das Annehmen der Gestalt eines Nijjaners möglich sein könnte, etwas über die geheimnisvollen Fähigkeiten dieser Wesen zu erfahren.

Seine Aufmerksamkeit wechselte von einer Stelle auf seinem neuen Körper zur anderen.

Die Arme und Beine und die Möglichkeit ihres Einsatzes im Vakuum des Weltraums waren ein wesentlicher Unterschied zu den Silkiemenschen.

Als solcher konnte er nur im Raum überleben, wenn eine stahlharte, chitinartige Substanz seine innere Struktur aus Knochen und Fleisch schützte. Daher mußten selbst die Beine massiv gebaut sein, weshalb Silkies in ihrer Raumgestalt auch Stummelbeine und nur eine starre Grimasse hatten, wo das Gesicht sein sollte.

Die Nijjaner hatten offensichtlich die gleichen Fähigkeiten, ohne ihre Form verändern zu müssen. Eine harte Substanz? Das schien es nicht zu sein. Cemp glaubte eher an eine andere Molekularstruktur.

Keine Zeit, es zu untersuchen!

Auf einer höheren Ebene verfügte der Nijjanerkörper über alle Magnetwellenbereiche und Wahrnehmungszentren eines Silkies; er konnte ganz genauso die Schwerefelder und Stasiszonen aufspüren, die es einem Silkie ermöglichten, sicher im Vakuum des Raums zu operieren.

Mehr noch ...

Cemp spürte eine weitere Reihe von Kontrollzentren

oben im dicksten Teil der Pyramidenform. Aber diese Nervenbereiche schwiegen, gaben keine Energieströme ab und reagierten auf keine seiner hastig gelenkten Befehle.

Wenn es automatische Aktivitäten oberhalb der Ebene bloßer chemischer Reaktionen in dieser Masse von Nervensubstanz gab, konnte Cemp sie nicht ermitteln.

Er argwöhnte: War das der Raumkontrollsektor des nijjanischen Gehirns? Aber er hatte keine Zeit, damit zu experimentieren. Jetzt nicht.

Was er als besonders empfand, war, daß keine größere pyramidenförmige Energieprojektion von ihm ausging. Es war also kein selbsttätiger Prozeß. Ob die Raumkontrollzellen etwas damit zu tun hatten?

Für eine genaue Untersuchung blieb ihm aber keine Zeit, denn nun wurde seine Aufmerksamkeit ganz von dem neuen Bewußtsein gefangengenommen.

Sein Nachdenken hatte es in Verbindung mit seinem zweiten, dem Silkiebewußtsein gebracht. Es war jedoch keineswegs so, daß es ihm dringlicher erschienen wäre, ein Nijjaner anstelle eines Silkies zu werden. Es war keine völlige Abkehr, mehr eine Verschmelzung.

»Einen ... Moment!« wiederholte Cemp.

Im Anschluß an diese telepathische Bitte schickte er noch einen Gedanken auf einem Magnetstrahl hinaus, den ein menschliches Gehirn lesen konnte.

Der Gedanke war an das irdische Hauptquartier der Raum-Silkies gerichtet. Er wählte einen offenen Kanal, so daß er nicht überrascht war, als ihm drei Bewußtseine antworteten, darunter das eines weiblichen Silkies.

Alle drei Antworten lauteten gleich: »Wir sind übereingekommen, daß wir unsere Angelegenheiten nicht auf individueller Basis diskutieren werden.«

»Was ich zu sagen habe, ist sehr dringend. Haben Sie einen Sprecher?« fragte Cemp.

»Ja. I-Yun. Aber Sie werden zu uns kommen müssen. Er ist nur berechtigt zu verhandeln, wenn ihn einige von uns dabei beobachten.«

Das schien auf eine Neigung zu Gruppendenken und

Gruppenhandeln hinzuweisen; die Entscheidung wurde von vielen getroffen, nicht mehr von einem einzelnen. Als er flüchtig über die damit verbundenen Restriktionen nachdachte, hatte Cemp plötzlich eine Intuition, einen Gedanken, der gewiß eine wichtige Einsicht war.

»Ich werde in ...«, begann Cemp.

Er machte eine Pause, wandte sich an Baxter und fragte: »Wie schnell können Sie mich zum Hauptquartier der Weltraum-Silkies bringen?«

Baxter wurde blaß. »Das würde zu lange dauern, Nat«, protestierte er. »Fünfzehn, zwanzig Minuten ...«

»... in zwanzig Minuten dort sein. Versammeln Sie inzwischen alle Anwesenden in einem Raum!« führte Cemp seinen Gedanken an die Silkies zu Ende.

Worauf er den widerstrebenden Baxter telepathisch überredete, mit ihm buchstäblich zum nächsten Aufzug zu rennen. Leute blieben stehen und gafften, als der silbrig schimmernde Nijjanerkörper und der Mensch Seite an Seite dahineilten. Aber Cemp war bereits dabei, dem anderen seinen Plan auseinanderzusetzen. Das Ergebnis war, daß alles getan wurde, was die Behörde tun konnte.

Ein herunterfahrender Aufzug hielt auf ein Notsignal hin, nahm sie auf und trug sie zum Dach hinauf. Ein Jetkopter, der im Begriff war zu starten, wurde durch eine Anordnung des Kontrollturms zurückgehalten, und brauste schließlich über die Dächer der riesigen Gebäude der Silkie-Behörde davon, wobei er ziemlich von seinem ursprünglichen Kurs abwich.

Wenige Minuten später landete er vor dem dreistöckigen Gebäude, das den Weltraum-Silkies als vorläufiges Hauptquartier zugewiesen worden war.

Während des Flugs nahm Cemp seine Magnetbandkommunikation wieder auf. Er sagte dem sie erwartenden Trio, wer der Feind sei, und erklärte: »Da ich in meiner Silkiegestalt keine Reaktion zeigte, nehme ich an, daß diejenigen unter uns, die auf der Erde geboren sind, keine alten Reflexe gegenüber Nijjanern haben. Aber mir kam der Gedanke, daß es bei den Meteoriten-Silkies anders sein könnte.«

Es folgte eine lange Pause, dann kam ein anderer Gedanke über Magnetwelle: »Hier spricht I-Yun. Alle Restriktionen sind zeitweilig außer Kraft. Jeder darf sprechen. Wer etwas weiß, soll von sich aus antworten.«

Der Gedanke des weiblichen Silkies kam zuerst. »Aber das liegt so viele Generationen zurück«, widersprach sie. »Glauben Sie denn, daß wir nach so langer Zeit noch eine angestammte Erinnerung haben?«

»Was das betrifft«, erwiderte Cemp, »kann ich auch nur sagen, daß ich es hoffe, aber ...«

Er zögerte. Was er sagen wollte, war noch viel phantastischer. Er hatte von dem Glis den Eindruck empfangen, daß es sogar noch eine Anzahl Original-Silkies gab.

Sein kurzes Zögern endete.

Er sendete den Gedanken.

»Sie meinen, etwa hunderttausend Jahre alt?« meldete sich eine verblüffte männliche Stimme.

»Vielleicht weniger«, sagte Cemp. »Aus angedeuteten Gedanken und zufälligen Erinnerungsfetzen des Glis' entnahm ich, daß nicht mehr als hunderttausend Jahre vergangen sind, seit er die Silkies an sich band. Ich könnte mir vorstellen, daß es unter Ihnen einige Fünf- oder sogar Zehntausendjährige gibt. Bei diesen wäre so etwas wie eine überlieferte Erinnerung durchaus denkbar.«

Eine Pause entstand, dann sagte jemand: »Und was erwarten Sie von einer solchen Person? Daß sie einen Nijjaner besiegt? Vergessen Sie nicht, daß nach unserer Überlieferung wir diejenigen sind, die besiegt und dezimiert worden sind. Und außerdem, wie sollen wir die Alten unter uns ermitteln? Niemand erinnert sich mehr an so weit zurückliegende Ereignisse; dafür hat der Glis mit seinen Gehirnwäschetechniken schon gesorgt. Kennen Sie eine Methode, so altertümliche Reflexe, wie Sie sie erwähnen, zu stimulieren?«

Cemp, der eine perfekte und pragmatische Methode gefunden hatte, wollte wissen, wie viele Silkies sich zur Zeit in dem Gebäude aufhielten.

»Oh, etwa hundert«, sagte I-Yun.

Es schien ein repräsentativer Querschnitt zu sein. Cemp wollte wissen, ob alle an einem Ort versammelt wären, wie er es gewünscht hatte.

»Nein, aber wir können Sie herbeischaffen, wenn Ihnen soviel daran liegt.«

Cemp lag in der Tat sehr viel daran. »Und machen Sie schnell!« drängte er. »Ich schwöre Ihnen, daß wir keine Zeit zu verlieren haben.«

Kurz darauf sandte Cemp eine weitere Botschaft über Magnetwelle aus. »Mr. Baxter und ich landen gerade auf Ihrem Dach. Wir werden in etwas weniger als einer Minute unten bei Ihnen im Saal sein.«

Während dieser Minute sandte er Gedankenströme, die seine Analyse erklärten.

Die entscheidende Frage angesichts der fast völligen Ausrottung der Silkies durch die Nijjaner vor langer Zeit war: Wie hatten einige überlebt?

Warum waren nicht alle ausgelöscht worden?

Die Antwort mußte tief im Unterbewußtsein der Überlebenden oder ihrer Nachkommen vergraben sein, und es gab sicherlich Möglichkeiten, durch die Stimulation uralter DNS/RNS-Moleküle an sie heranzukommen.

Cemp und Baxter traten aus dem Aufzug und schritten durch einen breiten Korridor im Erdgeschoß auf die große grüne Tür des Versammlungsraums zu.

In diesem letzten Moment kamen I-Yun Bedenken. »Mr. Cemp«, meldete er sich telepathisch. »Wir haben enger mit Ihnen zusammengearbeitet, als wir mit jemandem auf der Erde eigentlich wollten. Bevor wir jetzt aber weitergehen, möchten wir doch erfahren, was ...«

Im gleichen Augenblick öffnete Baxter die grüne Tür, und Cemp betrat den riesigen Raum.

Er bemerkte, daß Baxter so schnell er konnte durch den Korridor zurückrannte. Sein Rückzug wurde von einem Energieschirm gedeckt, den Cemp errichtet hatte, als er durch die Tür getreten war. Sie hatten vereinbart, daß Baxter rasch wieder verschwinden sollte, damit Cemp sich nicht noch mit seinem Schutz abmühen mußte.

Baxter war bis hierher mitgekommen, weil er den Raum sehen wollte, in dem die Weltraum-Silkies warteten. Mit diesem Voreindruck konnte er sich dann über den telepathischen Kanal, den Cemp für ihn offen ließ, ein klares Bild von den weiteren Vorgängen machen.

Im Notfall könnte diese Erfahrung sich als nützlich erweisen. Das war der Gedanke ...

28

Cemps erster Eindruck beim Betreten des Saals war der von vielen Männern und Frauen, die standen oder herumsaßen. Sein Nijjanerkörper konnte in alle Richtungen gleichzeitig sehen, und so fiel ihm auch auf, daß vier Silkiegestalten zu beiden Seiten der Tür unter der Decke »schwebten«. Wachen? Er nahm es fast an.

Cemp akzeptierte ihre Anwesenheit als normale Vorsichtsmaßnahme. Seine eigene rasche Verteidigungshandlung bestand darin, daß er ein magnetisches Signalsystem einrichtete, das, durch bedrohliche Kräfte ausgelöst, automatisch einen Schutzschirm aufbauen würde.

Die meisten Anwesenden im Raum waren nicht voreingenommen, weil es den Weltraum-Silkies selbst nicht gerade leicht fiel, die menschliche Gestalt beizubehalten. Aber menschenähnlich waren sie.

Und als Cemp eintrat, richteten sie natürlich ihre Blicke auf ihn.

Jedes Augenpaar erblickte plötzlich den silbrig schimmernden Körper eines Nijjaners.

Wie viele Personen anwesend waren, wußte Cemp nicht, weder jetzt noch später. Und er hatte auch nicht die Zeit, sie zu zählen. Aber auf einmal war der ganze Raum vom Geräusch zerreißender Textilien erfüllt.

Es war das Ergebnis einer gleichzeitigen Transformation fast aller Anwesenden von Menschen zu Silkies. Etwa ein dutzend Personen, acht davon Frauen, starrten bloß, ohne einen Versuch zur Umwandlung zu machen.

Aber — drei Individuen verwandelten sich in Nijjaner und stoben augenblicklich in verschiedene Richtungen davon. Da sie den Raum nicht verlassen konnten, kamen sie an drei verschiedenen Ecken zum Halten.

Cemp wartete gespannt, alle Sinne geöffnet, und wußte nicht recht, was jetzt folgen würde. Hierauf hatte er gehofft; und es war eingetreten. Bei dreien. So unglaublich es scheinen mochte, drei von hundert hatten — ja, was, richtig reagiert? Er wünschte sehr zu glauben, daß ihr Verhalten ein uralter Reflex war, der durch das Auftauchen von Nijjanern ausgelöst wurde.

Konnte es sein, daß die Verteidigung gegen einen Nijjaner darin bestand — einer zu werden?

Es schien ihm fast zu einleuchtend zu sein, warf aber zugleich viele Fragen auf.

Cemp empfing einen Gedanken von Baxter: »Nat, könnte es nicht sein, daß die alten Silkies, die wir für ausgestorben hielten, nacheinander einzeln getötet wurden, weil sie sich in Überraschungssituationen nicht schnell genug in Nijjaner verwandeln konnten?«

Das klang vernünftig. Die Verzögerung, diese Verzögerung des Transmorphsystems, hatte schon immer ein paar gefährliche Augenblicke für Silkies bereitgehalten.

Aber die Frage blieb: Was wußten sie nach der Verwandlung in Nijjaner über ihre Vergangenheit? Und was konnten sie gegen *echte* Nijjaner ausrichten?

Aus der Dunkelheit ungezählter Jahrtausende, irgendwo aus dem tiefen Nebel des Vergessens, den der Glis in seinem Wunsch nach totaler Kontrolle geschaffen hatte, war nun eine Antwort gekommen. Wie reines Licht, das Bilder aus einem Projektor befördert, schien sie aus jener weit entfernten Zeit in das Hier und Jetzt.

Zeigten diese Bilder mehr, als es oberflächlich den Anschein hatte? Mehr als die bloße Transformation?

Die Sekunden verstrichen, und Cemp nahm nichts Interessantes, nichts Besonderes mehr wahr.

Baxter mußte Cemps zunehmende Enttäuschung registriert haben, denn sein hilfreicher Gedanke kam: »Fragen Sie die drei, ob sie bei der Umwandlung irgendeine Assoziation hatten oder ob es einen bestimmten Grund dafür gibt, daß ihre Umwandlung erfolgreich verlief.«

Cemp nahm den Gedanken auf, machte ihn zu seinem eigenen, übertrug ihn auf eine magnetische Welle und schickte ihn an die drei Silkie-Nijjaner.

Darauf bekam er seine erste nichtautomatische Reaktion. Einer sagte: »Soll ich Ihnen den gesamten Ablauf Stück für Stück erklären? Nun, der ausgelöste Reflex hatte nur eine gewöhnliche transmorphe Verzögerung. Ich schätze, der ganze Prozeß kann nicht mehr als sieben Erdsekunden gedauert haben. Während ich auf die Veränderung wartete, und auch noch unmittelbar danach, hatte ich einen starken Fluchtimpuls – aber natürlich rannte ich nur ein paar Meter, bis mir klar wurde, daß Sie kein echter Nijjaner sind. Als mir das bewußt wurde, unterbrach ich meine Flucht. Es folgten starke Angstgefühle – offenbar Erinnerungen, weil es ja keine Gründe dafür gab. Und das war's.«

Cemp fragte rasch: »Und Sie verspürten nicht den Drang, Angriffs- oder Verteidigungsenergien einzusetzen?«

»Nein, es war nur das eine: verwandeln und weg von hier.«

Einer der beiden anderen Nijjaner-Silkies war imstande, noch einen Gedanken anzufügen. »Ich war fest überzeugt«, sagte er, »daß einer von uns verloren sei, empfand Trauer und fragte mich, wer es wohl sein würde.«

»Und es gab keinen Hinweis«, drängte Cemp, »auf welche *Weise* einer von Ihnen sterben würde? Und kein Bewußtsein der Mittel, durch die der Nijjaner plötzlich und ohne vorherige Warnung über Sie gekommen war?«

»Absolut nicht«, antworteten die drei gleichzeitig.

Baxter unterbrach die Befragung. »Nat, wir sollten besser zum Computer zurück.«

Unterwegs traf Baxter eine Entscheidung, die noch erheblich weitreichender war.

Eingeleitet durch einen privaten Notfallkode, dessen äußerste Dringlichkeit nur seinen Empfängern bekannt war, schickte er über ein allgemeines Alarmsystem in der Silkie-Behörde mental eine Warnbotschaft an »alle Silkies und Angehörige des Besonderen Volkes« – was etwas mehr als sechstausend Personen waren ...

In der Warnung beschrieb Baxter die von den Nijjanern ausgehende Gefahr und die einzige Rettungsmöglichkeit, die bisher für Silkies analysiert worden war – Verwandlung in einen Nijjaner und Flucht!

Nachdem er seine Botschaft beendet hatte, schaltete er Cemp in die Leitung ein, der an die übrigen Silkies das Bild eines Nijjaners abstrahlte.

Kurz darauf trafen Baxter und Cemp wieder am Computer ein, der sie mit den Worten begrüßte: »Obwohl diese neuen Daten keinen zusätzlichen Hinweis geben, welche Methode der Raumkontrolle die Nijjaner verwenden, können wir uns nun die Natur des Kampfes vorstellen, durch den die alten Silkies nach und nach dezimiert wurden. Die Methode bestand in einem System des vorsichtigen, keinen Alarm auslösenden Heranschleichens und Tötens.«

Der Computer hielt es für interessant, daß selbst der weibliche Nijjaner höheren Typs, N'Yata, keinen ernsthaften Versuch unternommen hatte, Cemp zu töten, als dieser Nijjanergestalt angenommen hatte.

Nachdem er die Analyse gehört hatte, versank Cemp in düsteres Schweigen. Es stand nun fest, daß ihn bei seinen ersten beiden Begegnungen zuerst das Glis-Molekül und dann seine Verwendung der Logik der Ebenen zum Kurzschließen des Täuschungszyklus gerettet hatte.

Er fragte sich frei heraus, *wie* diese Natur des Raumes beschaffen sein mochte, daß weder Mensch noch Silkie sich davon je hatten träumen lassen?

... Nichts zu Etwas zu Nichts, und dieser leicht zusammengestürzte – eingefallene – Körper Lan Jedds; das waren ihre einzigen Hinweise.

»Der Weltraum«, sagte der Computer in Beantwortung von Cemps Frage, »wird als neutrale, geordnete Einheit begriffen, worin Energie und Materie einander nach bestimmten Gesetzen beeinflussen. Die Entfernungen im Weltraum sind so groß, daß das Leben Gelegenheit hatte, sich — vermutlich zufällig — in zahllosen Formen auf einer großen, aber begrenzten Zahl von Planeten zu entwickeln.«

Die Erklärung verstärkte Cemps Unbehagen noch. Es schien die Wahrheit zu sein. Doch wenn es tatsächlich so war, wie konnten die Nijjaner dann anscheinend ohne jeden Zeitverlust diese enormen Entfernungen überbrückt haben?

Eine oder mehrere der Annahmen bedurften offensichtlich der Revision.

Cemp sagte betrübt: »Wir dürfen nicht vergessen, daß wir ein entwickeltes Universum vor uns haben. Vielleicht war der Weltraum in einem früheren Stadium seiner Entwicklung — wie hast du es ausgedrückt? — weniger neutral. Es erhebt sich die spekulative Frage, wie ein ungeordneter Weltraum ausgesehen haben mag?«

»Das ist etwas, was wir durch Anwendung der Logik der Ebenen erfahren können.«

»Eh?« machte Baxter verdutzt. »Hier soll die Logik der Ebenen funktionieren? Wie?«

»Das Kommando zur Aktivierung der Raumkontrollorgane muß aus dem zentralen Selbst eines Nijjaners kommen. Unser Problem ist, daß wir nicht wissen, wie dieses Kommando aussieht, aber ohne Zweifel wird es durch eine Art Gedanken ausgelöst. Ist das Kommando einmal stimuliert, erfolgt der Aktionsablauf. Um einen solchen Zyklus zu beobachten, wird natürlich jemand eine Konfrontation erzwingen müssen.«

Cemp sagte rasch: »Hast du immer noch das Gefühl, daß das, was wir unter Umständen auslösen, größer und bedeutender ist, als das, was mit dem Glis geschah?«

»Ganz bestimmt.«

»Aber« — verblüfft — »was könnte größer sein als ein vermeintlich kleines Objekt wie der Glis, das zur größten Sonne im bekannten Universum anwachsen kann?«

»Das ist etwas, was es herauszufinden gilt, und ich nehme an, daß es Ihnen gelingen wird.«

Cemp, der bisher nicht darüber nachgedacht hatte, kam spontan zu dem gleichen Ergebnis.

Obwohl er sich der Ironie bewußt war, nahm er sofort seine Silkiegestalt an. Er erwartete, augenblicklich jene ferne Anziehungskraft in seinen Zellen zu spüren, die ihn anfangs so sehr beunruhigt hatte.

Aber da war nichts. Kein Bewußtsein eines entfernten Raumsegments. Er hatte nicht den leisesten Eindruck, irgendwie aus dem Gleichgewicht zu sein. Sein gesamter Körper war im Frieden mit sich selbst und in einem Zustand der Ausgeglichenheit mit seiner Umgebung.

Cemp teilte Baxter die Situation mit und verwandelte sich dann vorsichtig in einen Menschen. Aber auch in diesem Stadium spürte er nichts.

Einige Minuten später drückte der Computer das Offenkundige so aus: »Die Nijjaner gehen kein Risiko ein. Das haben sie bei Silkies nie getan. Man wird sie aufsuchen müssen, wenn wir jetzt, da sie uns gefunden haben, nicht nacheinander vernichtet werden wollen.«

Aus den Augenwinkeln heraus beobachtete Cemp Baxter, als der Computer die Analyse gab. Das Gesicht des Mannes zeigte einen seltsamen Ausdruck: irgendwie hypnotisch und leicht in sich gekehrt.

Rasch reagierte Cemp. Er packte den Mann am Arm und schrie ihn an: »Wie lautet der Gedanke? Was für ein Befehl wird gerade gegeben?«

Baxter wand sich schwach in diesem eisernen Griff, gab seinen Widerstand dann aber abrupt auf und flüsterte: »Die Botschaft, die ich empfange, ist einfach lächerlich. Ich weigere mich ...«

29

Die Türglocke läutete in einem leisen, melodischen Ton. Joanne Cemp unterbrach sich bei der Küchenarbeit und dachte: *Die Zeit der Enthüllung ist gekommen. Die Nacht ohne Erinnerung ist vorbei.*

Nach diesem beiläufigen Gedanken ging sie zur Tür. Und dann geschah zweierlei gleichzeitig. Der Schock beider Ereignisse traf sie mit bisher unbekannter Intensität.

Die erste Erkenntnis war: *Nicht ohne Erinnerung! ... Enthüllung! ... Das ist ja verrückt! Wie komme ich überhaupt auf so eine Idee?*

Die zweite Erkenntnis war, daß vor der Tür niemand telepathisch zu »spüren« war.

Sie fröstelte. Durch die direkte telepathische Methode konnte sie sogar noch besser Gedanken lesen als ihr Silkiemann. Aber von der Person an der Tür gingen keine Gedanken aus. Es war immer schon ein Rätsel gewesen, weshalb das Besondere Volk so gut im Gedankenlesen war – offenbar hatte es etwas mit der einzigartigen DNS/RNS-Kombination in den Zellen einiger Menschen zu tun, die bei gewöhnlichen Menschen oder bei Silkies nicht vorkam.

Und trotz dieser Fähigkeit fühlte sie nichts vor der Tür. Kein Geräusch, keinen Gedanken, nicht ein Zeichen von einem anderen Wesen.

Joanne spähte durch die Diele in ihr Schlafzimmer und vergewisserte sich, daß das Gewehr an der Wand hing. Obwohl es ihr nicht viel nützen würde gegen, wie sie jetzt plötzlich annahm, den weiblichen Silkie, der sie offenbar zum zweitenmal aufsuchte. Aber beim ersten Besuch war die Frau nicht mental stumm gewesen ...

Aber gegen einen Menschen würde das Gewehr genügen, besonders, da sie nicht die Absicht hatte, die Tür zu öffnen. Einen Augenblick später schaltete Joanne den Verbundnetzfernseher an und stellte fest, als sie nach dem Bild suchte – daß sie ins Nichts starrte.

Ein neuer Gedanke kam: Die Türglocke wurde aus der

Entfernung vieler Lichtjahre geläutet, um dir zu sagen, daß jemand kommt. Du hast deine Pflicht getan. Die schmerzhafte Verwandlung von einem Nijjaner in einen Menschen wird jetzt umgekehrt ... Es ist bedauerlich, daß Nijjaner nicht die natürliche Fähigkeit haben, sich von einer Gestalt in eine andere zu verwandeln. Doch durch diese so aufwendige Formveränderung wurdest du in die Lage versetzt, einen Erden-Silkie zu heiraten. So konntest du ihn einlullen und verstehen lernen. Und nun, da die Weltraum-Silkies sich endlich zu erkennen gegeben haben, können wir entscheiden, was mit dieser gefährlichen Rasse geschehen soll. Was du und die anderen aus dem Besonderen Volk getan haben, wird über das Schicksal dieser Störenfriede des Universums entscheiden.

Joanne furchte angesichts dieser Botschaft die Stirn, aber sie gab keine Antwort; sie stand einfach nur verwirrt da. Was für ein Unsinn! ...

Der Gedanke ging weiter: Du bist zweifellos skeptisch, aber es wird bald bewiesen sein. Du kannst jetzt nach Belieben Fragen stellen.

Viele Herzschläge später, während denen Joanne überlegte, nachdachte und Schlüsse zog, weigerte sie sich immer noch, darauf zu antworten.

Sie sah die Botschaft als eine Falle an, eine Lüge, einen Versuch, ihren Standort ausfindig zu machen. Und selbst wenn sie zutraf, war es einerlei. *Sie* war vollständig mit der Erde verwurzelt. Sie dachte sich: *Dies ist die letzte Konfrontation zwischen Silkies und Nijjanern, und es ist alles ein einziger Wahnsinn.*

Sie brauchte eine solche Lösung nicht zu akzeptieren, ganz egal, wo sie stand.

Im Verlauf all dieser gespannten Momente hatte Joanne ihre eigenen Gedanken aus dem telepathischen Band herausgehalten. Doch die Angst war schon in ihr, daß diese Botschaft in gleicher oder ähnlicher Form wahrscheinlich von allen viertausendsiebenhundert Angehörigen des Besonderen Volkes auf der Erde empfangen wurde. Und was sie fast zu Stein erstarren ließ, war die Furcht, daß unter diesen zahllosen Personen jemand unvorsichtig genug sein könnte, zu antworten.

Ihr kam die schreckliche Überzeugung, daß jede Art von Antwort für alle eine Katastrophe darstellen würde, weil das Besondere Volk ausnahmslos so viele *grundsätzliche* Dinge über die Silkies wußte.

Noch während sie dies fürchtete, antwortete jemand. Zwei Frauen und drei Männer schickten fast gleichzeitig ihre wütenden Erwiderungen aus, und Joanne empfing jede Nuance ihres entfesselten Gefühls.

Einer sagte: »Aber viele aus dem Besonderen Volk sind in den letzten zweihundert Jahren gestorben.«

Ein zweiter fügte hinzu: »Also können sie keine unsterblichen Nijjaner sein.«

Ein drittes Bewußtsein meinte: »Wenn stimmt, was ihr sagt, beweist das doch nur, daß Silkies und Nijjaner miteinander leben können.«

Die vierte Person — ein Mann — schnaubte regelrecht. »Diesmal habt ihr wahnsinnigen Mörder euch mehr vorgenommen, als ihr bewältigen könnt.«

Und die fünfte telepathische Antwort an die Nijjaner lautete: »Ich weiß nicht, was ihr euch von dieser Lüge erwartet, aber ich weigere mich.«

Viel weiter kamen die fünf Personen nicht. Soweit sich später rekonstruieren ließ, verrieten die Antworten den wachsamen Bewußtseinen der fernen Nijjaner in allen Fällen den Standort des Individuums. Sofort tauchte ein Nijjaner auf der Szene auf — im Haus, auf der Straße, wo auch immer — und ergriff die betreffende Person.

Im Augenblick, da man sie packte, stieß eine der Frauen einen langgezogenen mentalen Schrei verzweifelter Erkenntnis aus. Die übrigen vier Personen ergaben sich schweigend in ihr unbekanntes Schicksal.

Folgendes war geschehen: Kurz nachdem der Weltraum-Silkie Ou-Dan seinen irdischen »Vetter« Cemp in seinem Schiff nahe der Leiche von Lan Jedd verlassen hatte, sah er eine hastige Bewegung neben sich.

Um mehr wahrzunehmen, blieb Ou-Dan nicht die Zeit.

Einen Sekundenbruchteil später war er einem Innendruck ausgesetzt, gegen den er keine Verteidigung hatte. Es hätte der Augenblick seines Todes sein können, denn er war vollkommen überrascht und hilflos. Aber der Nijjaner G'Tono, der bereits seinen doppelten Fehler mit Nat Cemp gemacht hatte, wollte nun einen Gefangenen haben statt einer Leiche. Jedenfalls vorerst.

Im nächsten Moment befand sich der bewußtlose Ou-Dan auf dessen Planeten.

Die folgende Studie des inneren Aufbaus eines Silkies fiel für die verschiedenen Nijjaner, die von fernen Orten gekommen waren, um sich das anzusehen, einigermaßen enttäuschend aus. Es gab nichts in Ou-Dans Erinnerungen, das erklärte, wie Cemp bei seiner Konfrontation mit G'Tono der Vernichtung entkommen war.

Die Nijjaner entdeckten rasch die Unterschiede zwischen den Weltraum- und Erden-Silkies und erfuhren von Ou-Dan, daß Cemp ein Erden-Silkie war. Daraus folgerten dessen Gefangenenwärter messerscharf, daß man den Weltraum-Silkies, die als unzuverlässig eingestuft wurden, einfach nie das Geheimnis der besonderen Techniken verraten hatte, deren sich Cemp so erfolgreich bediente.

Einige Minuten lang, vielleicht sogar eine ganze Stunde, wurden die fremden Wesen in ihrem Studium Ou-Dans von einer Einstellung aufgehalten, die diesem zu eigen war. Er verachtete und unterschätzte die Beziehung zwischen Menschen und Silkies so gründlich, daß seine Gefühle sich als Hemmnis herausstellten. Daher dauerte es eine ganze Weile, bis die Nijjaner bemerkten, daß das Besondere Volk eine einzigartige Menschengruppe darstellte.

Während dieser wichtigen Phase leitete Baxter seine Informationen über die Nijjaner an das Besondere Volk weiter, suchte gemeinsam mit Cemp die Weltraum-Silkies auf und sprach mit dem Computer. Daher war die Erde, als die fünf Angehörigen des Besonderen Volkes entführt wurden, so bereit, wie sie es nur irgend sein konnte.

Die Nijjaner entnahmen allen fünf ihrer menschlichen

Gefangenen die wesentlichen Hinweise, und Augenblicke
später wurde das Wissen über die Logik der Ebenen von
einem Nijjaner an den anderen weitergeleitet auf alle ihre
Planeten, und davon gab es Millionen.

30

Auf G'Tonos Planet gab es einen Tafelberg, der sich mit
ringsum lotrechten Felsmauern aus der Ebene erhob. Auf
dem Gipfelplateau stand G'Tonos Palast.

Im Thronraum eilten die Oktopusleute in einem stetigen
Strom von Geschäftigkeit umher. Ihre Aktivität war teils
Ritual, teils durch die Gefangenen bewirkt, die fünf Menschen und den Weltraum-Silkie Ou-Dan.

Die fünf Angehörigen des Besonderen Volkes begannen
sich ein wenig entspannter zu fühlen; sie glaubten nicht
mehr, daß sie sogleich umgebracht würden. Ou-Dan, der
im Laufe der Verhöre innere Verletzungen davongetragen
hatte, lag bewußtlos in einer Ecke, von allen ignoriert, mit
Ausnahme zweier Wachen, die ihn flankierten.

Vor den Menschen — etwa dreißig Meter entfernt —
erhob sich ein großer, glitzernder Thron. Und auf dem
Thron saß eine Gestalt, die in ihrem natürlichen Zustand
noch erheblich prächtiger aussah als alle unbelebten
Gegenstände, die sie umrahmten — G'Tono selbst!

Ungefähr zehn Oktopusleute lagen vor ihrem Tyrannen
auf dem Marmorboden, die sanften, knolligen Gesichter
gegen die harten Platten gedrückt. Es war ein unermeßliches Privileg für sie, überhaupt hier sein zu dürfen, und
alle halbe Stunde gab eine Gruppe widerwillig ihre Plätze
auf, die bald von einer neuen eingenommen wurden.

G'Tono achtete nicht weiter auf diese Vertreter seines
Dienstvolks. Er war über zweitausendvierhundert Lichtjahre hinweg in ein Gespräch mit N'Yata vertieft, dessen
Thema das Schicksal der Gefangenen war.

G'Tono glaubte, daß die fünf Angehörigen des Besonderen Volkes und Ou-Dan ihren Zweck erfüllt hätten und nach dem Täuschungsprinzip beseitigt werden sollten. N'Yata meinte, daß über Gefangene keine endgültige Entscheidung getroffen werden sollte, bis die Situation auf der Erde ein für allemal geklärt sei, wovon erst die Rede sein könne, wenn sämtliche Silkies vernichtet wären.

Sie hob hervor, daß die Täuschungsidee außer als Teil eines Kontrollsystems hier nicht anwendbar sei. Eine solche Kontrolle gebe es für Menschen bisher nicht, und es würde auch keine geben, bis ein Nijjaner die Erde als seine Domäne in Besitz genommen habe.

G'Tono begann gegenüber N'Yata ein deutlich maskulines Überlegenheitsgefühl zu empfinden. So nahm er die Haltung ein, daß ihre Antwort eine liebenswerte weibliche Schwäche zeige, eine jetzt unnötig gewordene Vorsicht, weil das Problem der Erdbewohner praktisch gelöst sei. Für die Nijjaner, so meinte er, bedeute die Kenntnis des Konzepts der Logik der Ebenen das Ende aller Gefahr.

»Du scheinst wirklich zu glauben, daß noch etwas schiefgehen könnte«, protestierte er.

»Warten wir's ab«, sagte N'Yata.

G'Tono erwiderte ätzend, daß die Nijjaner schließlich ihre eigene sehr bewährte Vernunft hätten. Es sei nicht nötig, den Ausgang einer logischen Folge abzuwarten, sobald sie einmal zu Ende gedacht worden sei.

Daraufhin zählte er für N'Yata die Gründe auf, weshalb die Silkies allen Erwägungen nach praktisch besiegt seien. Künftige Angriffe der Nijjaner, sagte G'Tono, würden in solcher Weise erfolgen, daß kein Silkie sich je wieder mit einer List aus der Affäre ziehen könne, wie Cemp es so geschickt getan habe. Außerdem habe die überwiegende Mehrheit der Nijjaner zwar Interesse für die Logik der Ebenen gezeigt, sich aber glücklicherweise geweigert, am eigentlichen Kampf teilzunehmen.

G'Tono erklärte: »Entgegen unserer anfänglichen Verärgerung über ihre Weigerung, uns beizustehen, muß ich nun sagen, daß diese Entwicklung in Wahrheit günstig für uns ist.« Er unterbrach sich, um seinen Punkt klarzustellen. »Wie viele Helfer haben wir?«

»Du hast die meisten von ihnen gesehen«, antwortete N'Yata. »Ungefähr hundert.«

Die geringe Zahl ließ G'Tono einen Augenblick lang stokken. Er besaß einen natürlichen Zynismus in allen Dingen, die Nijjaner betrafen; doch seine Überlegungen schienen ihm zutreffend zu sein. Es stimmte, daß es Nijjanern schwerfiel, miteinander auszukommen. So *viele* stolze Individuen, jedes mit einem eigenen Planeten – über die er oder sie absoluter Herrscher war. Wo jeder ausnahmslos ein König oder eine Königin war, konnte sich kein Gemeinschaftsgefühl entfalten.

Gelegentlich würde eine Königin natürlich eine Kommunikation mit einem König akzeptieren, wie es bei N'Yata und ihm der Fall war. Und zu gewissen Zeiten waren Könige für Kommunikationen mit Königinnen empfänglich. So hatte G'Tono Eifersucht bemerkt, daß die mehr als hundert Personen, die sich freiwillig auf N'Yatas Ruf hin gemeldet hatten, allesamt Männer waren.

Aber eben diese Zurückhaltung der großen Mehrheit sei jetzt, argumentierte G'Tono, ein Zeichen für die Unzerstörbarkeit der nijjanischen Rasse. Über das gesamte Universum verstreut, abgeschnitten von jeglichem Kontakt mit ihresgleichen, könne man die Nijjaner in ihrer Gesamtheit nicht einmal in einer Million Jahren zur Strecke bringen, selbst wenn man annehme, daß es jemanden mit der Fähigkeit und Kraft gebe, Nijjaner zu töten; aber eine solche Person, Gruppe oder Rasse existiere ja nicht.

»Und nun, da wir die einzige gefährliche Silkiewaffe besitzen, die Logik der Ebenen, ist unsere Position völlig unangreifbar geworden«, erklärte G'Tono.

N'Yata erwiderte, daß sie nach wie vor die Logik der Ebenen studiere und daß nicht die Fehler, die Nijjaner künftig machen könnten, sie beunruhigten; sie gebe zu, daß die Möglichkeit zusätzlicher Fehler unwahrscheinlich sei. Die Frage sei vielmehr, ob G'Tono und sie die ihnen schon unterlaufenen Fehler noch ausgleichen könnten?

G'Tono war erstaunt. »Der einzige Fehler von Bedeutung«, wandte er ein, »wäre uns unterlaufen, wenn wir diesem Silkie Cemp eine Handhabe gelassen hätten, mit der er dich oder mich hätte zwingen können, ihn durch unser Raumkontrollsystem hierher zu transportieren. Aber obwohl ich«, fuhr er verächtlich fort, »sicher gern der erste wäre, der von einer solchen Methode erführe, frage ich mich, ob er es wagen würde? Denn was könnte er in einer direkten Konfrontation mit mir, der ich doch wesentlich mächtiger bin als jeder Silkie, schon ausrichten?«

Er hatte beim Sprechen intensiv nachgedacht und sah jetzt einen Bruch in ihrer Logik, der es ihm ermöglichte, auf sein Thema zurückzukommen.

»Wie ich es sehe«, sagte er, »stellen diese Gefangenen unseren einzigen wunden Punkt dar. Du wirst mir also, glaube ich, zustimmen, daß ihre sofortige Hinrichtung eine nützliche Vorsichtsmaßnahme ist. Versuche nur nicht, mich daran zu hindern!«

Er wartete N'Yatas Antwort nicht ab, sondern gab einen hochgespannten Energiestoß auf die zwei Frauen, drei Männer und den hilflosen Ou-Dan ab. Alle sechs Gefangenen wurden buchstäblich in ihre Grundelemente zerlegt; ihr Tod war eine Sache von Millisekunden.

Nachdem er seinen Willen durchgesetzt hatte, fuhr G'Tono mit seiner Aufzählung der vorteilhaften Gesichtspunkte fort. »Schließlich«, sagte er, »sind die Silkies ohne Raumkontrolle im erdnahen Bereich gefangen und können sich bestenfalls mit der langsamen Geschwindigkeit gewöhnlicher Raumfahrzeuge fortbewegen. Ich schätze, man kann vielleicht in drei Wochen damit rechnen, daß ein schwerbewaffnetes Schiff von der Erde auf meinem Planeten eintrifft, worauf ich dich – wenn du mich einlädst – gern für eine Weile besuchen würde. Und, ehrlich gesagt, was könnten sie schon tun? Wo könnten sie suchen? Ein Nijjaner kann augenblicklich in der Ferne verschwinden und ...« Er brach ab, fühlte sich plötzlich benommen.

N'Yata fragte telepathisch: »Was ist los?«

»I-ich ...«, stammelte G'Tono.

Weiter kam er nicht. Die Benommenheit war zu einem umfassenden Schwindelgefühl geworden. Er fiel von seinem Thron auf den Marmorboden, schlug hart auf, rollte die Stufen herunter und blieb wie ein Toter auf dem Rücken liegen.

31

Die Nijjaner hatten gelogen; das beschäftigte Cemp am allermeisten.

Eine rasche Überprüfung der Fakten durch den Computer hatte unter Zuhilfenahme Tausender von detaillierten Einzeldokumenten ergeben, daß das Besondere Volk früher keine Nijjaner gewesen sein konnten.

Es war schwer zu glauben, daß die Nijjaner einen aus ihrer Mitte einem Gegenangriff ausgesetzt haben könnten. Aber es schien fast so zu sein.

Cemp arbeitete seine Analyse mit Charley Baxter durch und beobachtete, wie Baxter immer aufgeregter wurde. Der dünne Mann sagte: »Sie haben recht, Nat. Eine Lüge ist eine völlige Katastrophe in einer Welt, wo Leute wie Sie und andere Silkies die dazugehörigen Energieströme verstehen und sogar kontrollieren können.«

... Weil ein existierendes Objekt die Inkarnation der Wahrheit ist. Da ist es nun — um was immer es sich handelt —, unparadox und ohne sein Gegenteil.

Es kann nicht »nicht sein«. Oder wenigstens kann es nicht »nicht gewesen sein«; wenn es Materie war und in Energie umgewandelt wurde, oder umgekehrt, existiert es immer noch als Aspekt seiner Ewigkeitsform.

Eine Lüge über ein solches Objekt stellt einen geistigen Versuch dar, das »Sein« des betreffenden Objekts zu verändern. Die in der Lüge eingeschlossene Bemühung besteht im wesentlichen darin, eine Dichotomie zu erschaffen, wo keine existieren kann. Es gibt kein Gegenteil; doch die Lüge behauptet, daß dem so sei.

Daraus folgt, daß in dem Augenblick, wo eine Dichotomie in jemandes Verstand hervorgerufen wird, gleichzeitig eine Verwirrung geschaffen wird.

Es war eine potentiell zu große Möglichkeit, um sie ungenutzt verstreichen zu lassen.

Cemp setzte dem anderen seinen Plan auseinander, dann sagte er: »Sie werden mir ein Schiff hinterherschicken müssen, weil ich dort gestrandet sein werde.«

»Sie glauben nicht, daß Sie mit der gleichen Methode, mit der Sie Ihr Ziel erreichen wollen, auch wieder zurückkehren können?« fragte Baxter skeptisch.

»Nein, weil man die Sache bemerken wird.«

»Es wird drei Wochen dauern, bis das Schiff dort eintrifft«, wandte Baxter ein.

Cemp hatte nicht die Zeit, weiter darüber nachzudenken. Die Auseinandersetzung, die hier stattfand, beruhte auf Geschwindigkeit. Seit dort draußen der Kampf zwischen G'Tono und ihm begonnen hatte, hatte der Feind sich nur kurze Atempausen erlaubt, um flüchtig die neuen Daten zu studieren, bevor er abermals zuschlug.

»Schließlich«, sagte Cemp, »kann ich nicht wissen, wie erfolgreich ich sein werde. Ich erwarte, den zu kriegen, der die Lüge aufgebracht hat, aber das wird das Problem nicht lösen. Ich werde es so vorbereiten müssen, daß auch seine Helfer mit hineingezogen werden, wenn er welche hat. Eine Kettenreaktion wie diese kann jedoch nur so lange andauern, bis einer endlich klug wird.«

»Nun, da diese Wesen die Logik der Ebenen besitzen«, erwiderte Baxter drängend, »werden sie imstande sein, sie gegen Sie einzusetzen, wie es früher anders herum der Fall war. Haben Sie das bedacht?«

Da es keine Verteidigung gegen die Logik der Ebenen gab, hatte Cemp sich damit bisher nicht befaßt. Es bestand auch kein Anlaß, jetzt darüber nachzudenken, wo es ihm zu Gehör gebracht worden war ... er tat es nicht. Er verwandelte sich in einen Nijjaner und projizierte den Gedanken: »Ich möchte, daß Sie sich an den Augenblick erinnern, als die Botschaft eintraf, die Ihnen die Lüge suggerieren sollte, ein Nijjaner zu sein.«

Zwischen Experten wie Baxter und ihm dauerte es nicht einmal eine Minute, bis sie ihre Wellenbereiche angepaßt und die subtilen Fassungen der nijjanischen Version auf dem Kommunikationsband der Leute aus dem Besonderen Volk bestimmt – und eben dieses Band und die individuellen Variationen mit *allen* zweihundertachtundsiebzig Dichotomien überlagert hatten, die als die verwirrendsten der verbalen Gegensätze bekannt waren, die seit dem Anbeginn der Sprache menschliche Gehirne verwirrt hatten.

Richtig-falsch ... gut-böse ... gerecht-ungerecht – ein lebendes Gehirn, das zum erstenmal innerhalb weniger Sekunden eine solche Verrücktheit empfing, konnte in einen Zustand völliger Konfusion geraten.

An bestimmten Schlüsselstellen entlang dieser Wörterkette setzte Cemp stark hypnotische Kommandos, die das Ziel hatten, das empfangene Nijjanergehirn während der Konfusion zu beeinflussen: erstens, um Cemps früheres Erlebnis zu wiederholen und ihn durch den Raum zu transportieren; und zweitens, um in diesem fremdartigen Gehirn eine grundlegende Logik der Ebenen zu etablieren ...

Cemp traf – wie es Teil seines hypnotischen Befehls an G'Tono war – außerhalb der Atmosphäre von dessen Planet ein. Als er zur Oberfläche niederging, sah er unter sich am Rand eines Ozeans eine große Stadt.

Er landete auf einem leeren Strand dieses Ozeans, wo das Donnern der Brandung und der Geruch der See eine verlockende Wirkung auf ihn ausübten. Er unterdrückte sein plötzliches Verlangen nach dem Gefühl des Wassers und wanderte auf die Stadt zu. Als er die Außenbezirke erreichte, betrat er kühn das erstbeste der seltsam geformten Behausungen – deren Seltsamkeit darin bestand, daß die Eingänge breit und niedrig waren und er sich im Innern tief bücken mußte, weil die Decke kaum eineinhalb Meter hoch war. Drei klumpige, oktopusartige Aliens saßen darin. Er sah sie, aber sie sahen ihn nicht. Cemp manipulierte den halluzinatorischen Mechanismus der drei, worauf sie ihn für einen der ihren hielten. Nachdem er ihre Gedanken studiert hatte, ging Cemp vorsichtig in eine nahegelegene Straße, stieg auf ein Dach und beobachtete die fremden Wesen.

Wie Cemp bereits richtig analysiert hatte, stellten sie keine Gefahr für ihn dar und waren von geradezu beeindruckender Harmlosigkeit. Nachdem er die Gedanken von mehreren hundert gelesen hatte, war er auf keine einzige mißtrauische Regung gestoßen. Die fundamentale Freundlichkeit dieser Wesen erleichterte ihm seinen Entschluß.

Minuten später störte er mehrere Regierungsmitglieder bei einer Sitzung, gab ihnen die Halluzination ein, er sei ein Mensch, und dachte zu ihnen: »Wer ist derjenige, der täuschen und betrügen kann?«

Die gedrungenen Kreaturen hatten sich bei seinem Eintreten zurückgezogen. Sie verstanden die Bedeutung seiner Frage nicht, denn sie meinten, daß auf Nijja niemand einen anderen täusche oder betrüge.

Die Antwort amüsierte Cemp auf grimmige Weise. Sie besagte, daß es, wie er vermutet hatte, auf dem ganzen Planeten nur einen Betrug gab – mit dem echten Nijjaner als Betrüger und diesen Wesen als Betrogenen.

Er richtete einen weiteren Gedanken an sie: »Hieß dieser Planet schon immer Nijja?«

Sie kannten nur einen anderen Namen. Anthropologische Studien des Altertums wiesen darauf hin, daß der Planet zu einer Zeit, als die gemeinsame Sprache begann, vor mehreren tausend Jahren, den Namen Thela getragen hatte, was soviel wie »Heimat der Reinen« hieß.

Offenbar mußte der Name eine Bedeutung in ihrer Sprache haben, wie er eine in der des echten Nijjaners hatte. Eine verschiedene, natürlich.

»Ich verstehe«, sagte Cemp.

Daraufhin stellte er noch eine Frage. »Wo kann ich denjenigen finden, der Reinheit fordert?«

»Oh, der ist nur über die Polizei zu erreichen.«

Wie auch sonst? dachte Cemp sarkastisch.

Worauf er, da die genaue Zeit verstrichen und der Moment gekommen war, G'Tono zu wecken, auf dem telepathischen Band des Besonderen Volkes einen Gedanken aussendete: »Ich bin der Silkie, der dir begegnete, nachdem du meinen Silkie-Bruder getötet hattest – und ich bin jetzt sicher, daß *du* es warst, der ihn tötete. Soweit ich bisher verstehe, belegt dieser Planet, was du mit deiner Behauptung meintest, daß Nijjaner keine Heimatwelt im üblichen Sinne hätten. *Alle* Welten, die von einem Nijjaner kontrolliert werden, sind Teil des Nijjasystems – mit anderen Worten, dem nächsten Ort, wo ein einzelner Nijjanerherrscher anzutreffen ist. Habe ich recht?«

Gleichzeitig mit dieser Botschaft projizierte Cemp den Gedanken, der den Zyklus der Logik der Ebenen auslöste, den er in G'Tonos Gehirn implantiert hatte. Nachdem dies geschehen war, wandte Cemp sich wieder an den Brennpunkt rund fünfhundert Kilometer entfernt. »Du solltest besser mit mir reden, bevor es zu spät ist.«

Augenblicke später verspürte Cemp ein eigenartiges Gefühl in seinem Transmorphsystem. N'Yata, dachte er. Er erinnerte sich an Baxters Befürchtung eines möglichen Angriffs von außerhalb, und hier war er. Er fand es interessant, daß gerade der Mechanismus zur Gestaltveränderung betroffen wurde; das war eigentlich nicht überraschend, aber niemand hatte es gewußt. Während ihm diese Gedanken durch den Kopf gingen, hatte er sich bereits mit seinem persönlichen Untergang abgefunden. Von Anfang an hatte er lernen müssen, sich nicht für unentbehrlich zu halten.

Cemp empfand vage Trauer für Joanne. Er nahm an, daß er sterben und ihr Leben nun ohne ihn weitergehen würde. Was das Schicksal der Nijjaner betraf ... Cemp schauderte, als er sich erinnerte, was der Computer vorausgesagt hatte – daß die Logik der Ebenen auf die Nijjaner größere Auswirkungen haben würde als auf den Glis.

Wieder fragte er sich: *Was könnte größer sein?*

Der Gedanke blieb eine flüchtige Berührung. Dann hatte er plötzlich keine Zeit mehr, an etwas anderes als sein eigenes Schicksal zu denken.

32

Das erste, was Cemp wahrnahm, war ein buntes Kaleidoskop optischer Eindrücke.

Er sah Körper und Gesichter von Nijjanern — wenn man den oberen Teil der Pyramidenform Gesicht nennen wollte. Die Bilder strömten vorbei, aber nicht stumm, denn von einigen gingen Gedanken aus.

Cemp selbst schien in einer zeitlosen Leere zu schweben, und jeder Gedanke des Nijjaners kam einzeln, aber klar und deutlich zu ihm durch:

»Wie hat er es gemacht?«

»Was ist eigentlich passiert?«

»Warum töten wir ihn nicht und lösen so das Problem?«

»Weil wir nicht einmal wissen, welcher Teil des Nijjanergehirns für den Angriff benutzt wurde, deshalb. Außerdem fehlt uns noch der Beweis, daß wir ihn überhaupt töten können. Verstehst du? Bei diesem Silkie scheint die Logik der Ebenen ein Phänomen der Zeit zu sein. Bei uns ist es natürlich eines des Raums.«

Während diese und andere Gedanken in Cemps Bewußtsein wisperten, wurde er sich einer zunehmenden Unruhe in den Weiten der nijjanischen Welt bewußt. Andere Seinszentren, zuerst einige wenige, dann viele, dann Zehntausende, richteten ihre verblüffte Aufmerksamkeit auf ihn, bemerkten ihn und machten sich *ihre* Gedanken ... und wurden in G'Tonos Verhängnis mit hineingezogen.

Wie ein Ameisenhaufen, in dem jemand herumwühlt, begann das nijjanische System unter ungezählten Reaktionen zu brodeln und zu kochen. Für kurze Zeit stellte Cemp verdutzt, aber interessiert fest, was alle am meisten fürchteten — daß zwei Körper nicht denselben Raum einnehmen können und zwei Räume nicht denselben Körper; es bestand die Gefahr, daß dies nun geschehen würde.

Bedeutsamer war noch, daß das Raumzeitkontinuum, obwohl ein sich selbst erhaltender Mechanismus von immenser, aber endlicher Kompliziertheit, der Nijjaner zu seiner Erhaltung bedurfte — *das* war der Gedanke. Wenn also ein Nijjaner überstimuliert wurde, so zog das eine unmittelbare Reaktion im Raumzeitgefüge nach sich.

So war Lan Jedd getötet worden — ein Nijjaner, der sich selbst bewußt überstimulierte, hatte in einem kleinen, präzise abgemessenen Raum, den Jedds Körper eingenommen hatte, eine Reaktion hervorgerufen.

Versetze dem Universum, dem Raum, einen Stoß, und ein Nijjaner wird in Mitleidenschaft gezogen. Versetze einem Nijjaner einen Stoß, und das Universum wird zurückstoßen oder sich einfach anpassen.

Was soll das heißen? dachte Cemp benommen. *Was wollen sie denn damit sagen?*

Zwischen dem Universum und den Nijjanern gab es eine symbiotische Beziehung. Wurde eine Seite unstabil, so wurde die andere es auch. Und jetzt waren die Nijjaner im Begriff, unstabil zu werden.

Als Cemps Bewußtsein diesen Punkt erreichte, erfolgte ein Aufflackern alarmierter Zustimmung in allen teilnehmenden nijjanischen Gehirnen. Worauf N'Yata sich telepathisch an Cemp wandte: »Ich spreche für Nijja. Wir sind mitten in dem Prozeß, durch eine Kettenreaktion vernichtet zu werden. Können wir irgend etwas tun, um uns zu retten, vielleicht ein Übereinkommen treffen?

In uns blieb das Bewußtsein für die Verbundenheit des Lebens mit allen Atomen des Universums ungetrübt erhalten«, sprach N'Yata beinahe flehentlich auf Cemp ein. »Irgendwie haben wir in jenen längst vergangenen Zeiten am Anbeginn der Dinge eine Methode entwickelt, dieses Bewußtsein zu bewahren, ohne uns ständig in Gefahr zu bringen. Andere Lebensformen mußten sich gegen den direkten Kontakt mit dem Raum und seinem Inhalt abschließen. Wir Nijjaner können daher vernichtet werden, wenn wir aus dem Chaos, in dem allein wir leben können, in einen Zustand von Ordnung gezwungen werden. Und eben dies hast du gerade getan.«

Cemp hatte nie eine Geschichte gehört, die weiter hergeholt gewesen wäre. »Ihr seid ein Haufen Lügner«, sagte er verächtlich, »und der Beweis ist, daß G'Tono bald der Logik der Ebenen zum Opfer fallen wird.

Die Wahrheit ist«, fuhr er fort, »daß ich keiner Versprechung von euch glauben könnte.«

Es folgte eine Pause; schließlich seufzte N'Yata telepathisch auf. »Es ist interessant«, sagte sie resignierend, »daß die eine Rasse, die wir vor allen anderen fürchteten – die Silkies –, nun einen erfolgreichen Angriff auf uns unternommen hat. Wegen des anmaßenden Stolzes unzähliger Nijjaner sind wir besonders verwundbar. In jedem Nijjaner wird, wenn er in Kommunikation zu uns tritt, die Logik der Ebenen ausgelöst, und es gibt nichts, was wir tun könnten, um ihn rechtzeitig zu warnen. Und du willst auf kein Gegenargument hören.«

Es war mehr als das, wußte Cemp. Zwischen ihren beiden Rassen gab es keine Möglichkeit der Zusammenarbeit. Daran würde sich auch nichts ändern, erkannte er nachdenklich, wenn das Schicksal des Universums davon abhinge. Der Plan der Nijjaner, die Silkies zu vernichten, war zu gnadenlos vorangetrieben worden.

Abgesehen davon konnte er nichts tun. War die Logik der Ebenen einmal wirksam geworden, ließ sie sich nicht mehr unterbrechen. Der Zyklus würde sich in ihnen *und* in ihm vollenden und zu keinem anderen Ergebnis führen als dem, den die *Logik* selbst vorschrieb.

Ein Gehirnmechanismus war ausgelöst worden. Das Schema dieses Mechanismus war vor Ewigkeiten festgelegt worden und ließ sich nicht mehr ändern.

Weiter kamen seine Gedanken nicht.

Es gab eine Unterbrechung. Dann geschahen zwei Dinge beinahe gleichzeitig.

Von N'Yatas Geist sprang ein Gefühl der Angst auf den seinen über. »Oh, es geschieht!« dachte sie.

»Was geschieht?« schrie Cemps Geist zurück.

Wenn sie ihm antwortete, so erfuhr Cemp es nicht mehr. Denn im gleichen Augenblick verspürte er ein starkes, fremdes Gefühl tief in sich.

Das war das zweite Ereignis. Er war wieder auf der Erde,

und Joanne war bei ihm. Es war am Beginn ihrer Ehe, und da war sie und da war er, beide vollkommen wirklich. Und draußen schien die Sonne.

Unvermittelt wurde es dunkel.

Aber ... das war früher, erkannte er. Mehr als hundert Jahre vor seiner Geburt.

Es ist die Zeitveränderung in mir selbst, dachte Cemp. Die Logik der Ebenen wirkte auch auf *ihn* ein, entführte ihn irgendwie in eine frühere Zeit, schickte ihn auf eine Art genetischer Erinnerungsreise.

Nacht. Ein dunkler Himmel. Ein Silkie schwebte lautlos vom Firmament herab ... Cemp begriff mit einem Schaudern, daß dies der erste Silkie war, der zur Erde kam, derjenige, von dem später behauptet werden sollte, daß er in einem Laboratorium entstanden sei.

Die Szene, so kurz gesehen, erweiterte sich zum Anblick der Stadt im Inneren des Glis-Meteoriten. Da waren die Weltraum-Silkies, und da war er — jedenfalls hatte er zuerst diesen Eindruck. Wahrscheinlich war es ein unmittelbarer Vorfahre mit seinen Transmorphzellen — der DNS/RNS-Erinnerung an frühere Körper.

Dann kam eine Weltraumszene. Eine blauweiße Sonne in der Ferne. Andere Silkies rings umher in der Dunkelheit. In allen sorglose Zufriedenheit.

Cemp hatte das Gefühl, daß dies wirklich eine lange zurückliegende Zeit sei, zwanzigtausend Erdenjahre oder mehr, vor dem Kontakt mit Nijjanern.

Nun zeigte sich eine primitive Szene. Er hatte den Eindruck, sie liege Jahrmillionen zurück. Etwas — er selbst, aber verschieden, kleiner, weniger intelligent, kreatürlicher — klammerte sich an einen winzigen Steinmeteoriten im Weltraum. Dunkelheit.

Eine weitere Szene. Milliarden von Jahren. Und nicht Dunkelheit, sondern grelles Licht. Wo? Unmöglich zu sagen. Im Innern einer Sonne? Er vermutete, ja.

Es war zu heiß. Er wurde in einer titanischen Eruption von Materie in die Schwärze geschleudert.

In eine ferne Vergangenheit.

Obwohl er in immer nebelhaftere Zeiten zurückfiel, fühlte Cemp sich irgendwie noch immer mit G'Tono und den anderen Nijjanern verbunden, von etwas gehalten, das er mangels besseren Verstehens als eine Geistesverwandtschaft zu begreifen versuchte.

Aufgrund dieser zarten und feinen Verbindung war er imstande, die nijjanische Katastrophe aus einer sicheren zeitlichen Distanz zu spüren.

Er hielt es für möglich, daß er das einzige Lebewesen war, das von diesem entrückten Ort aus Zeuge der Zerstörung eines acht Milliarden Lichtjahre durchmessenden Universums wurde, von dem die Galaxis der Erde nur ein kleines Stück kosmischen Flitters darstellte.

33

Anfangs ähnelte es sehr dem Vorgang, der sich abspielte, als bei seiner zweiten Konfrontation mit Cemp der Täuschungszyklus in G'Tono ausgelöst wurde.

Rasch kam der Moment, wo alle miteinander verbundenen Körper der Nijjaner die Trennlinie zwischen extremer Kleinheit und gigantischer Ausdehnung erreichten. Aber diesmal hatten die Opfer nicht die Wahl freier Entscheidung. Erfolgreich zu sein blieb ihnen versagt. Es war ein Zyklus der Logik der Ebenen in seiner letzten Bedeutung, wirksam in unzähligen Individuen, von denen jedes das Potential für diesen Endzustand mitbrachte.

Jeder Stein trägt die Geschichte des Universums in sich; jede Lebensform hat sich von einem primitiven Zustand zu einem höheren entwickelt. Man breche den Quell dieser Evolution in einem Lebewesen − oder einem Stein − auf, und es oder er *muß sich erinnern*.

Für die Millionen Nijjaner bedeutete es das Ende. Der Prozeß, in den sie sich hineingezogen fühlten, brachte ihnen den Verlust der Identität.

Im einen Moment war jeder Nijjaner noch eine Ganzheit, ein Lebewesen mit Standort und Masse; im nächsten versuchte das Gehirnzentrum, das die Fähigkeit besaß, den individuellen Nijjaner durch den Raum zu bewegen, ihn in alle Räume gleichzeitig zu bewegen. Augenblicklich wurden sämtliche Nijjaner in ihre Atome zerrissen.

Auf der gegenständlichen Ebene verstreute sie der Prozeß, warf ein Atom hierhin, ein anderes dorthin, Quadrillionen weitere an ebensoviele Orte.

In dem Moment, als die Angehörigen der nijjanischen Rasse in ihrer Gesamtheit die Ausdehnung des Universums erreichten, kehrte das Universum sich im Verhältnis zu ihnen um, nahm seine reale Normalität an, seine perfekte Ordnung, die einem Punkt von der Größe eines von anderen Atomen unbeeinflußten Atoms inhärent ist.

Es war keineswegs ein Schrumpfungsphänomen. Umkehrung des Inneren nach außen war eine bessere Analogie. Das Zusammenfallen einer riesigen Blase.

Cemp, dessen Sinne auf G'Tono und die anderen eingestimmt waren, fühlte, wie seine Gedanken sich mit den Nijjanern zu einem Umfang ausdehnten, der in genauer Proportion zu der Größe des Universums stand, mit dem die Nijjaner in Wechselwirkung gelebt hatten.

Nachdem er so, in dieser rein geistigen Weise, größer als Raum und Zeit geworden war, blinzelte Cemp seine Benommenheit weg und schaute sich um. Sofort sah er etwas in der umfassenden Schwärze. Er war abgelenkt und vergaß den Punkt, der das Universum gewesen war.

Worauf dieser Punkt verschwand.

Der winzige Lichtfleck, das Universum, das noch einen Augenblick zuvor so strahlend geschienen hatte, löste sich plötzlich auf und war verschwunden.

Cemp war sich mit einem Teil seines Bewußtseins dieses Verschwindens bewußt, konnte jedoch seine Aufmerksamkeit nicht sofort von dem Anblick losreißen, der ihn das Furchtbare hatte vergessen lassen.

Er starrte den »Baum« an.

Er befand sich an einem so entlegenen Ort, in einer solchen Unermeßlichkeit im Verhältnis zu allem anderen, daß er, ja, den goldenen Baum sah.

Nach kurzer Zeit zwang er sich, von diesem juwelenbesetzten Ding wegzuschauen.

Als Cemp schließlich, nach etwas, das ihm wie mehrere Sekunden vorkam, wieder imstande war, über das Verschwinden des Universums nachzudenken, dachte er: *Wie lange ist es schon weg? Tausend, eine Million, eine Milliarde Jahre? Oder überhaupt keine Zeit?*

Vielleicht wäre er in einer fernen Zukunft, wenn er diesen Blickwinkel nicht durch künstliche Projektion, sondern durch natürliches Wachstum erreichen könnte, fähig, das Verstreichen der Zeit angesichts eines solchen Phänomens richtig abzuschätzen.

Er war noch in diese Überlegung vertieft, als er eine Unstabilität in seiner Position wahrnahm. Er dachte: *Oh-oh, ich kehre wieder zurück.*

Der erste Hinweis auf seinen instabilen Zustand war, daß der prächtige Baum verschwand. Die Erkenntnis dämmerte ihm, daß er wahrscheinlich nur noch Augenblicke hatte, um das Universum zu finden.

Wie findet man ein Universum?

Wie Cemp dann feststellte, war es nicht wirklich ein Problem. Die gesamte Bedeutung der Logik der Ebenen gründete auf der Gewißheit, daß alle Lebensformen tief in sich den Ursprung der Dinge kennen und sich durch die bloße Beschaffenheit ihrer Struktur in einem Gleichgewicht mit allen anderen Dingen befinden.

Es gibt keinen Augenblick, in dem selbst das winzigste Insekt oder die kleinste Pflanze, der Stein oder das Sandkorn nicht in Wechselwirkung miteinander stünden. Die Atome in den Zentren entfernter Sterne sind alle Teil dieser umfassenden Wechselwirkung.

Das Problem ist nicht, ob eine Wechselwirkung überhaupt stattfindet. Das Problem ist vielmehr, daß, wenn ein Organismus funktionieren soll, sein Bewußtsein um die Mannigfaltigkeit der Dinge reduziert werden muß.

Eine solche Verminderung geschieht normalerweise

nicht bewußt. Daher ist die Sensibilität, das Gespür für das Wesentliche, automatisch so weit gegen Null orientiert, daß in diesem Universum wohl nur die Nijjaner durch alle Wechselfälle ihrer Entwicklung die zellulare Methode des Raumbewußtseins bewahren konnten.

Als Cemp sich seines Universums erinnerte, begann es mit ihm in Wechselwirkung zu treten, dem Wesen nach zu *werden*, als was er es *kannte*. Und da war es plötzlich, ein golden strahlender Punkt.

Cemp fühlte durch die Wechselwirkung, die weiter andauerte, wie es sich tief in ihm selbst neu formte, in genauer Entsprechung seiner universalen Erinnerung. Er hatte einen kühnen Gedanken: *Bevor es wieder wird, wie es war, warum verändere ich es nicht?*

Für eingehende Überlegungen wäre sicherlich keine Zeit gewesen. Ein paar Gedankenblitze, rasche Beurteilungen, Entscheidungen aus dem Stegreif — und das wäre es. Es hieß jetzt oder nie. Für immer.

Die Nijjaner?

In gewisser Weise konnte er verstehen, daß sie es für nötig gehalten hatten, sich selbst und das Raumzeitkontinuum zu schützen, indem sie jede Spezies ausrotteten, die fähig war, ihnen die Hegemonie streitig zu machen. Sie waren also nicht so schuldig, wie er sie einmal für schuldig befunden hatte. Aber die Wahrheit war, daß das Universum keine Bewohner brauchte, die es zerstören konnten. Es war Zeit, daß es dauerhaft wurde.

Cemp weigerte sich, in seinem Gedankenkosmos die Nijjaner zu berücksichtigen.

Aber was war mit den Menschen, dem Besonderen Volk und den Weltraum-Silkies?

Cemps augenblickliche Lösung — in seinem Universum wurden sie *alle* zu Erden-Silkies mit der Fähigkeit, jede beliebige Form und Gestalt anzunehmen, und der absoluten Bereitschaft, überall im Weltraum die Rolle der wohlmeinenden Polizeitruppe zu spielen.

Und sie verfügten ausnahmslos über die nijjanische Methode der Raumkontrolle, doch ihre Fähigkeit, mit dem

All in Wechselwirkung zu treten, war nur in dem schmalen Rahmen der Notwendigkeit von Transport ausgeprägt. Zusätzlich verstand sich kein Silkie auf die Logik der Ebenen, und alle Wirkungen des Zyklus, der in ihnen ausgelöst worden war, wurden wieder umgekehrt. Außerdem wurden die Silkies, falls es da noch Zweifel gab, unsterblich.

Es gab keine Kibmadines mehr — Cemp fühlte kein Erbarmen mit diesen pervertierten Kreaturen.

Und die Erde kreiste wieder um ihre Sonne.

War das eine gute Ordnung der Dinge? Es gab keinen, der ihm darauf antworten konnte. Er glaubte es, und dann war es zu spät, sich eines anderen zu besinnen.

Blitzartig veränderte sich die geordnete Perfektion des einzelnen Lichts in der Schwärze ... dehnte sich aus. Während Cemp gespannt zusah, erreichte der ockerfarbene Fleck den Augenblick der Umkehrung.

Für Cemp war es die Rückkehr zur Kleinheit. Etwas ergriff ihn, stellte mächtige Dinge mit ihm an, quetschte ihn aus — und stieß ihn davon.

Als er wieder etwas wahrnehmen konnte, war um ihn das sternenübersäte Universum.

Er erkannte, daß er sich mit intaktem Nijjanerkörper irgendwo im Raum befand. Für diesen supersensitiven Körper war die Orientierung im Raum ein Instinkt. Hier war *er*; *dort* war die Erde. Cemp führte das nijjanische Raumkontrollmanöver durch und trat in Wechselwirkung mit einem anderen Raum, viele Lichtjahre entfernt, dessen Existenz er spürte. Mit diesem Raum vollzog Cemp den Umkehrprozeß in einem kleineren Maßstab, wurde zum Punkt, wurde er selbst, wurde zum Punkt ... Etwas zu Nichts zu Etwas ...

Und achtzigtausend Lichtjahre entfernt betrat er Charley Baxters Büro in der Silkie-Behörde und sagte: »Machen Sie sich nicht die Mühe, mir das Schiff hinterherzuschicken. Ich werde es nicht mehr brauchen.«

Der hagere Mann sprang von seinem Stuhl auf, und seine Augen leuchteten. »Nat«, hauchte er. »Sie haben es geschafft. Sie haben gewonnen.«

Cemp antwortete nicht gleich. Eine Frage beschäftigte ihn. Da er sich, während das Universum zerstört und wiedergeboren worden war, in einer Zeitveränderung befunden hatte, war es da die zweite Bildung des Universums gewesen, die er miterlebt hatte?

Oder die erste?

Er erkannte, daß das eine Frage war, auf die er nie eine Antwort bekommen würde.

Außerdem ... könnte alles nur Phantasie gewesen sein, ein Wunsch, der während der Bewußtlosigkeit durch seinen Geist gezogen war, der seltsamste aller Träume?

Zu seiner Rechten waren ein großes Fenster und eine Tür, die auf einen Balkon hinausführte, von dem aus ein Silkie bequem starten konnte. Cemp trat hinaus.

Es war Nacht. Der alte Mond der Erde schwamm am dunklen Himmel über ihm, und da waren die vertrauten Sternbilder, die er so sehr liebte.

Wie er dort stand, begann Cemp eine tiefe Erregung zu spüren, ein aufbrandendes Bewußtsein von der Beständigkeit und Endgültigkeit seines Sieges.

»Ich gehe zu Joanne«, sagte er zu Charley Baxter, der hinter ihm auf den Balkon getreten war.

Als Cemp sich auf den Weg machte, dachte er: Es gab gewaltige Neuigkeiten, die er seiner Frau zu erzählen hatte.

ENDE
DES ERSTEN BUCHES

HAUS DER
UNSTERBLICHKEIT

Prolog

Das erste, was er wahrnahm, war die leise Stimme eines Mannes, die aus der Dunkelheit zu ihm drang:

»Ich habe von solchen Wunden gehört, Doktor, aber dies ist die einzige, die ich je gesehen habe.«

Da wurde ihm klar, daß die Kugel, die man aus einer engen Gasse auf ihn abgefeuert hatte – daran erinnerte er sich deutlich –, ihn nur verletzt haben konnte und er immer noch lebte. Noch am Leben ...

Seine Freude zersetzte sich wie Zucker in heißem Wasser, als er erneut in tiefen Schlaf fiel. Als er das Bewußtsein wiedererlangte, sagte eine Frau:

»Tannahill ... Arthur Tannahill aus Almirante, Kalifornien ...«

»Sind Sie sicher?«

»Ich bin die Sekretärin seines Onkels. Ich würde ihn immer wiedererkennen.«

Zum erstenmal kam ihm der Gedanke, daß er einen Namen, ein Zuhause hatte ...

Seine Kräfte kehrten zurück. Und dann, urplötzlich, gab es eine Bewegung. »Los jetzt«, wisperte eine Stimme, »schiebt ihn durchs Fenster!«

Dunkelheit und das Gefühl, hochgehoben und herabgelassen zu werden; dann eine schaukelnde Bewegung. Ein Mann lachte unterdrückt, und eine Frau stieß hervor: »Ich sage euch, wenn das Raumschiff nicht rechtzeitig da ist ...«

Als nächstes war er sich einer mächtigen Vorwärtsbewegung bewußt – und eines intensiven, pochenden Geräusches irgendwo im Hintergrund. Die Empfindung verblaßte schließlich, gefolgt von Dunkelheit. Dann war die Stimme eines Mannes zu vernehmen:

»Es werden natürlich viele Leute zur Beerdigung kommen. Wir müssen darauf achten, daß er auch wie ein Toter aussieht ...«

Mit jeder Faser seines Körpers sträubte er sich gegen den Gedanken, nur eine Marionette in einem schrecklichen

Traum zu sein. Er wollte sich aufbäumen, aber die allumfassende Lähmung hielt ihn gefangen, so daß er still und reglos dalag, wie tot, während irgendwo in unmittelbarer Nähe schwere, feierliche Orgelmusik erklang. Und sie hielt ihn auch in jenem entsetzlichen Augenblick wie ein Schraubstock gefangen, als der Deckel festgenagelt wurde.

Das Erdreich schlug mit einem dumpfen, hohlen Laut gegen die hölzerne Kiste, in der sein Sarg war. Finsternis breitete sich über seinen Verstand wie Löschpapier, aber irgend etwas in seinem Innern mußte den verzweifelten Kampf fortgesetzt haben – denn plötzlich hatte er die schärfste Wahrnehmung im Verlaufe seines sehr langen Schlafes:

Er befand sich noch immer in dem Sarg, doch nun strich ein frischer, kühler Luftzug über sein Gesicht. Tannahill streckte die Hand durch die Finsternis. Seine Finger berührten Satinkissen, wohin sie auch tappten – doch selbst nach einer vollen Minute wehte der Luftzug kühl und angenehm wie zuvor.

Und als er sich von neuem innerlich aufbäumte, diesmal vor bewußterem Entsetzen, vernahm er Geräusche. Kratzende, schürfende Geräusche.

Jemand öffnete sein Grab!

Die Stimme eines Mannes ertönte: »In Ordnung, hebt die Kiste an – und nichts wie raus mit dem Sarg! Das Schiff wartet schon.«

Die Reaktion darauf überstieg jedes menschliche Fassungsvermögen; und als er das nächste Mal erwachte, lag er in einem Krankenhaus.

1

Es war drei Tage vor Weihnachten. Stephens hatte beschlossen, länger im Büro zu bleiben; er wollte noch einige Sachen erledigen, damit er die Ferientage unbeschwert verbringen konnte.

Später betrachtete er seine Anwesenheit in dem Gebäude als größten und bedeutungsvollsten Zufall seines Lebens ...

Es war kurz vor Mitternacht, und er stellte gerade seine Gesetzbücher zurück in den Schrank, als das Telefon klingelte. Automatisch nahm er den Hörer ab und sagte: »Allison Stephens.«

»Hier Western Union«, meldete sich eine Frauenstimme am anderen Ende der Leitung. »Ich habe ein Spät-Telegramm für Sie, Sir. Mit dem Absender Walter Peeley, Los Angeles.«

Peeley war der Chefverwalter des Tannahill-Besitzes. Ihm verdankte Stephens seine Stellung als lokaler Treuhänder.

»Was denn nun?« fragte sich Stephens verwundert. Laut sagte er: »Geben Sie es bitte durch.«

Betont langsam und deutlich las die junge Dame vor:

»Arthur Tannahill ankommt Almirante heute nacht; vielleicht schon seit gestern abend da. Bereithalten, aber nicht aufdrängen. Besser nach Feiertagen vorstellen. Tannahill Opfer von Schießerei, noch erholungsbedürftig; macht sehr verschlossenen Eindruck. Will Zeitlang in Almirante bleiben, um — nach eigenen Worten — etwas herauszufinden. Jede gewünschte Unterstützung zukommen lassen; Ausmaß des persönlichen Kontakts selbst bestimmen. Tannahill Anfang Dreißig — Ihr Alter; dürfte also helfen. Aber wohlgemerkt: Residenz, genannt ›Grand Haus‹, nicht Ihre Obliegenheit — außer auf Tannahills ausdrücklichen Wunsch. Dies vorsichtshalber. Viel Glück!«

Das Mädchen machte eine Pause, dann: »Das ist die Nachricht. Soll ich sie wiederholen?«

»Nein, danke. Ich habe alles verstanden.«

Er legte den Hörer auf, sperrte seine Schreibtischlade ab und wandte sich zum Gehen. Dann jedoch hielt er inne, um aus dem großen Fenster zu starren.

Nur einige vereinzelte Lichter waren zu sehen, da der Großteil von Almirante außerhalb des Blickwinkels zu seiner Linken lag. Der Himmel war pechschwarz, und nicht der flüchtigste Schimmer von Wasser wies darauf hin, daß der Pazifische Ozean weniger als einen halben Kilometer entfernt war.

Doch dies alles beachtete Stephens kaum. Er war beunruhigt über das Telegramm, das er erhalten hatte. Der allgemeine Eindruck der Nachricht legte die Vermutung nahe, daß Peeley besorgt und unsicher war. Aber der Ratschlag hatte etwas Gutes an sich: denn zeigte der Tannahill-Erbe tatsächlich ein merkwürdiges Verhalten, seine Anwälte mußten auf der Hut sein. So wäre es zum Beispiel ausgesprochen dumm von ihm, wenn er seine Agentenschaft verlor, nur weil er dem jungen Mann auf die Nerven fiel.

Ich rufe ihn morgen an, entschied Stephens, und stelle ihm meine Dienste zur Verfügung. Wenn ihm das nicht paßt, wird mein Aufenthalt hier ohnehin von kurzer Dauer sein.

Im Korridor verhielt er einen Augenblick und rüttelte an der Tür, um sich zu vergewissern, daß sie abgeschlossen war. Und als er noch dastand, gellte — klar und unmißverständlich — der spitze, schmerzerfüllte Schrei einer Frau an seine Ohren, irgendwo aus dem fernen Innern des Gebäudes.

Stephens schwang herum.

Zuerst war alles still. Doch als er sich entspannte, begann er die mannigfaltigen, unbestimmten Geräusche der einzelnen Abschnitte des Gebäudekomplexes zu hören, die noch immer auf die Abwesenheit des täglichen Menschengetümmels und auf die Temperaturschwankungen reagierten, verursacht durch die kühle, feuchte Meeresluft, die über das Land eindrang. Parkettböden verzogen sich unter leisem Knistern; Jalousien klapperten hölzern in den Fensterrahmen; Türen knarrten, Angeln ächzten ...

Er fand kein weiteres Anzeichen für die Anwesenheit von Menschen.

Als Verwalter dieses Gebäudes, sagte er sich stirnrunzelnd, ist es wohl meine Pflicht, der Sache nachzugehen.

Das Palmenhaus war ein weitgestrecktes, hohes Bauwerk in einer kleinen Senke. Der Korridor, auf den sein Büro hinausführte, war lang, und zwei trübe Beleuchtungskörper an der Decke tauchten ihn in fahle Helligkeit. Rechtwinklig dazu verlief der Hauptkorridor, den Stephens, wenn er mit dem Rücken zum Eingang seines Büros stand, voll überblicken konnte. Am fernen Ende dieses Mittelganges erstreckte sich, wieder im rechten Winkel dazu und nach beiden Seiten, ein weiterer schmaler Korridor.

Keine Menschenseele — und absolut nichts Ungewöhnliches — in irgendeinem der drei Korridore.

Rasch schritt Stephens zum Lift und drückte den Aufwärtsknopf. Sofort erfolgte die Reaktion. Die Lifttür schloß sich. Das Summen der Elektroanlage und das feine Singen der Aufzugkabel begleiteten ihn in die Höhe. Und brachen ruckartig ab.

Die Tür glitt auf. Jenkins, der Nachtdienst machte, sagte gutgelaunt: »Nanu — Mr. Stephens! Ziemlich spät dran heute, nicht wahr?«

»Bill, wer ist da noch oben?« fragte Stephens.

»Wieso ... äh ... nur diese indianischen Sektierer auf Dreihundertzwoundzwanzig. So olle Knaben, die ...« Er unterbrach sich. »Was gibt's denn, Sir?«

Stephens erklärte es ihm recht widerwillig. Er ärgerte sich bereits über all die Aufregung. Ein einziger Satz von Jenkins brachte die Ernüchterung: indianische Sektierer! Das 322er Apartment war ihm noch vage in Erinnerung; er kannte es aus den Mietbüchern des Gebäudes. Eine mexikanische Firma hatte sich darin etabliert.

»Na, Indianer sind's ja nicht gerade«, fügte Jenkins hinzu. »Ganz normale Weiße, bis auf zwei. Aber Magde sagt, da drinnen wimmle es nur so von indianischen Steinskulpturen ...«

Stephens nickte in reumütiger Erkenntnis. Ein Teil des Tannahill-Vermögens stammte aus frühmexikanischer Bildhauerkunst; er hatte in Büchern darüber gelesen, kurz nach seiner Ernennung zum Verwalter des Gutes. Ein unangenehmes Thema. Primitive, rohe, armselige Gestalten – das war sein Eindruck von ihnen. Aber der Schrei hatte nun eine Erklärung gefunden: er war ganz einfach das Produkt eines der unzähligen Kulte, deren Mitglieder, in jeder größeren Stadt an der Westküste jammerten und stöhnten und schrien und kreischten.

»Ich glaube«, sagte Stephens, »wir sollten lieber mal anklopfen und ...«

Der zweite Schrei – halb erstickt, grauenhaft in seiner Andeutung von unendlicher Qual – schnitt ihm das Wort ab. Als er geendet hatte, war Jenkins' Gesicht aschgrau.

»Ich rufe die Polizei!« sagte er schnell.

Die Lifttür schlug zu, und der Fahrstuhl fiel kreischend hinab in seinen Schacht. Stephens war jetzt wieder allein, doch diesmal wußte er, wohin er sich zu wenden hatte.

Er machte sich auf den Weg – ganz mit dem Widerwillen eines Mannes, der keine Lust verspürt, in irgendeine Sache verwickelt zu werden, die ihn aus der geruhsamen Routine des Alltags reißen könnte.

Auf dem Türschild las er:

MEXIKANISCHE IMPORT-GESELLSCHAFT.

Schwach schimmerte ein Licht durch die Milchglasscheibe, und Stephens konnte dahinter Schatten wahrnehmen. Es waren die Umrisse von Menschen, denn sie bewegten sich leicht. Der Anblick so vieler Gestalten mahnte ihn zur Vorsicht; überaus behutsam drehte er am Türknauf. Die Tür war, wie nicht anders erwartet, verschlossen.

Im Innern des Raumes begann ein Mann mit leiser, ärgerlicher Stimme zu sprechen. Die Worte drangen unterschiedlich deutlich heraus, aber Stephens fing genug auf, um ihnen folgen zu können.

»... So etwas wie getrennte Aktionen gibt es nicht ... Entweder arbeitest du mit uns zusammen, oder gegen uns ... Die Gruppe handelt auf nationaler Ebene als eine ...« Es folgte ein zustimmendes Gemurmel, das den Rest des Satzes übertönte; dann: »Entscheide dich!«

Die angespannte Stimme einer Frau erklang: »Wir müssen hierbleiben, selbst im Fall eines Atomkrieges, und eher lasse ich mich umbringen, als daß ich ...«

Ein klatschendes Geräusch war zu hören, und die Frau schrie auf vor Schmerz.

Jemand stieß einen rohen Fluch aus, doch die Worte, die darauf folgten, vernahm Stephens nicht mehr. Er hämmerte bereits mit den Fäusten gegen die Glasscheibe.

Abrupt legte sich der Tumult im Innern des Raumes. Ein Schatten löste sich aus der Gruppe und strebte auf die Tür zu. Das Schloß klickte, dann öffnete sich die Tür. Ein kleiner, gelbgesichtiger Mann mit riesiger Nase starrte zu Allison Stephens empor.

»Du kommst reichlich spät ...«, begann er.

Dann jagte ein Ausdruck unsagbarer Verblüffung über sein Gesicht. Er versuchte, die Tür zuzuknallen, doch Stephens schob ein Bein vor, streckte den rechten Arm aus – und drückte mit der Masse seiner hundertneunzig Pfund, ungeachtet des verzweifelten Widerstands des anderen, die Tür auf.

Einen Moment später trat er über die Schwelle; mit erhobener Stimme sagte er:

»Ich bin der Verwalter dieses Gebäudes. Was geht hier vor?«

Die Frage war rein rhetorisch. Was hier vor sich ging, lag auf der Hand. Neun Männer und vier Frauen standen oder saßen in unterschiedlich angespannten Haltungen. Eine der Frauen, eine erstaunlich gutaussehende Blondine, hatte den Rücken vollständig entblößt; ihre Fuß- und Handgelenke waren mit dünnen Stricken an einen Sessel gebunden, auf dem sie rittlings saß. Blutige Striemen zogen sich quer über ihren gebräunten Rücken, und auf dem Fußboden lag eine Peitsche.

Aus den Augenwinkeln heraus beobachtete Stephens, wie der kleine Mann mit der großen Nase einen spindelförmigen Gegenstand hervorzog. Stephens wartete nicht erst, bis er das Objekt identifiziert hatte. Er machte einen Satz nach vorne und hieb mit der Handkante gegen die Finger des anderen. Die Waffe — sofern es sich um eine solche handelte — funkelte hell auf, als sie durch die Luft wirbelte und mit einem seltsam musikalischen Ton zu Boden schlug. Sie schlitterte unter einen Tisch — und somit aus dem Sichtbereich.

Der kleine Mann stieß einen Fluch aus. Blitzschnell bewegte sich seine gesunde Hand, und im nächsten Augenblick hatte er ein Messer gezückt.

Bevor er es jedoch anwenden konnte, sagte ein anderer Mann scharf:

»Tezla, laß das!« Und zu den übrigen gewandt, fügte er mit dröhnender Stimme hinzu: »Bindet sie los! Sie soll sich wieder ankleiden!«

Stephens, der vor dem Messer eher verwundert als alarmiert zurückgewichen war, sagte: »Es hat keinen Sinn, jetzt zu verschwinden! Die Polizei ist unterwegs.«

Der Mann warf ihm einen nachdenklichen Blick zu; in ruhigem, überlegendem Tonfall, sagte er:

»Sie also sind der Verwalter dieses Gebäudes ... Allison Stephens ... Kapitän zur See, vor zwei Jahren ernannt; zum Doktor der Rechtswissenschaften auf der Universität von Los Angeles promoviert ... Nun, sieht harmlos genug aus. Nur eines möchte ich gern wissen: Wie kommt es, daß Sie um diese Zeit noch hier sind?«

Er wandte sich ab, als erwarte er gar keine Antwort. Weder er noch die anderen schenkten Stephens weiter ihre Aufmerksamkeit. Der Mann und die zwei Frauen, die sich angeschickt hatten, die Gefangene loszubinden, beendeten nun ihre Arbeit. Vier Männer standen in einer Ecke neben mehreren Steinskulpturen und sprachen leise miteinander. Tezla — der einzige, der namentlich genannt worden war —

kniete am Fußboden und fischte gerade das spindelförmige Objekt unter dem Tisch hervor, wo es hingeschlittert war.

Die Szenerie blieb noch für einige Sekunden erhalten. Dann verkündete jemand: »Gehen wir!«

Sie begannen, an Stephens vorbeizuströmen, der – hilflos gegen die Übermacht – nichts unternahm, um sie aufzuhalten.

»Die Hintertreppe ...«, ertönte vom Gang her die ungerührte Stimme eines Mannes. Und Sekunden später war niemand mehr im Zimmer außer Stephens und einer ziemlich blassen jungen Frau, die sich mit zitternden Fingern in ihre Bluse zwängte. Als sie diese zugeknöpft und sich eine Jacke übergeworfen hatte, langte sie nach einem Pelzmantel, der neben dem Tisch am Boden lag. Schwankend hob sie ihn auf.

»Vorsicht«, sagte Stephens.

Sie schlüpfte nun in den Mantel. Sie drehte sich um; ihre Augen verengten sich zu schmalen Schlitzen.

»Kümmern Sie sich um Ihre eigenen Angelegenheiten«, erwiderte sie knapp.

Sie ging auf die Tür zu; dann jedoch, als das Geräusch des haltenden Lifts aus dem Korridor drang, blieb sie stehen und drehte sich wieder um. Sie setzte ein Lächeln auf. »Ich habe Ihnen noch zu danken«, sagte sie; aber es lag keine Spur von Freundlichkeit in ihren Augen.

Stephens, dessen innere Spannung sich jetzt wieder zu legen begann – obwohl ihre undankbare Haltung ihn verblüffte –, sagte spöttisch:

»Ihr Entschluß, mir zu danken, könnte wohl kaum etwas mit dem Eintreffen der Polizei zu tun haben, oder ...?«

Schritte waren jetzt im Gang zu hören. Die Gestalt eines Polizisten füllte den Türrahmen. Dahinter tänzelte Jenkins; er war es auch, der als erster sprach.

»Es ist Ihnen doch nichts passiert, Mr. Stephens, oder?«

Der Beamte schaltete sich ein: »Was war hier los?«

Stephens richtete den Blick auf die junge Frau.

»Vielleicht kann Ihnen das diese Dame hier erklären ...«

Sie schüttelte den Kopf. »Ich habe keine Ahnung, warum

man Sie gerufen hat, Inspektor. Es muß ein Irrtum vorliegen.«

»Ein Irrtum!« Stephens blinzelte überrascht.

Sie musterte ihn. Ihre Augen waren grüne Seen der Unschuld. »Ich habe nicht die leiseste Ahnung, was Ihrer Meinung nach passiert sein soll – aber wir hatten hier eine kleine Zeremonie, als plötzlich ...«, sie wandte sich dem Polizisten zu, »... dieser Herr hier anfing, gegen die Tür zu hämmern ...« Sie wies auf Stephens.

»Eine Zeremonie!« echote der Beamte, sich im Zimmer umblickend, wobei er die Steinskulpturen gewahrte, die – so schien es Stephens – einen Augenblick des Begreifens über sein Gesicht huschen ließen.

Stephens konnte sich gut vorstellen, was der andere dabei dachte, und es ihm kaum übelnehmen. Seine eigene Verwunderung über das Leugnen der Frau wich dem intensiven Wunsch, die ganze leidige Angelegenheit zu einem Ende zu bringen. Nichtsdestoweniger erklärte er, er habe »geglaubt« zu hören, wie sie ausgepeitscht worden sei.

Der Polizist wandte sich an die junge Frau. »Und was haben Sie dazu zu sagen, Madame?«

»Es ist alles ein Irrtum. Es war nur eine Zeremonie.« Sie zuckte die Achseln und räumte mit sichtlichem Widerwillen ein: »Vermutlich hatte Mr. Stephens Grund zu seiner Vermutung.«

Damit war der Fall so gut wie abgeschlossen, erkannte Stephens. Der Polizist fragte ihn, ob er eine Anzeige erstatten wolle, aber das war eine reine Formalität. Ohne die bestätigende Aussage des Opfers hatte es keinen Sinn, etwas in dieser Richtung zu unternehmen. Die junge Frau setzte den Schlußstrich unter die Affäre, indem sie sagte:

»Kann ich jetzt gehen, Inspektor?«

Sie wartete die Antwort gar nicht erst ab, sondern schlüpfte an ihm vorbei in den Korridor. Das Klappern ihrer hohen Absätze entfernte sich.

Jenkins erwachte aus seiner Starre. »Schätze, ich mache mich wieder an die Arbeit.«

Auch der Polizist verschwendete keine weitere Zeit. Allein gelassen, betrachtete Stephens das Zimmer und fragte sich, was tatsächlich vor sich gegangen war. Die Geräusche, die er vernommen hatte, ergaben — jetzt, als er darüber nachdachte — nicht viel Sinn. Und die Steinskulpturen (welche alten Götter sie auch immer darstellen mochten) starrten ihn aus ihren leblosen Augen an, ohne das geringste zu verraten, was den Schleier über diesen mysteriösen Zwischenfall lüften könnte. Die Stille war erdrückend.

Plötzlich fiel ihm ein, daß der kleine Mann, der die Tür geöffnet hatte, ursprünglich jemand anders erwartet hatte — jemand, der Allison Stephens in Größe und Figur so sehr ähnelte, daß er ihn im ersten Augenblick mit diesem verwechselt hatte. Unwillkürlich erschauernd, warf Stephens hastig einen Blick den Korridor entlang. Aber es war niemand da.

Er betrat das Büro — und seine Finger berührten gerade den Lichtschalter an der Tür, da entdeckte er die Handtasche der Frau neben dem Schreibtisch, wo ihr Mantel gelegen hatte.

Sofort schritt er hinüber und hob sie auf. Er drehte sie mißtrauisch in den Händen, dann öffnete er sie. Er fand, was er suchte:

Mistra Lanett stand da auf ihrem Personalausweis.

Noch einmal ließ er den Blick durch das farblose Vorzimmer der Mexikanischen Import-Gesellschaft wandern; und ein Gedanke wollte ihm nicht aus dem Sinn:

Welche nationalen und internationalen Ziele oder Interessen mochten eine Gruppe von Sektierern veranlassen, eines ihrer Mitglieder auszupeitschen — um eines Atomkrieges willen?

Stirnrunzelnd trug Stephens die Handtasche hinunter zu seinem eigenen Büro. Dann nahm er den Lift ins Erdgeschoß.

»Sie gehen hinauf zu Tannahill?« fragte Jenkins.

Stephens erwachte aus seiner Versunkenheit, und sein erster Gedanke war, daß Jenkins von der Ankunft des jungen Tannahill gehört hatte. Schließlich meinte er bedächtig: »Warum sollte ich?«

»Sie wissen noch nichts davon?«

»Wovon?«

»Von dem Mord!«

Jäh durchzuckte ihn der Gedanke, daß der Tannahill-Erbe getötet worden sei. »O Gott!« stieß er aus; aber noch ehe er Fragen stellen konnte, fuhr Jenkins fort:

»Die Polizei fand den schwarzen Pförtner in einem jener alten Brunnen hinter dem Haus.«

»Oh!« Stephens war für einen Augenblick erleichtert, doch dann runzelte er die Stirn, als ihm die Nachricht von Peeley in den Sinn kam.

Er blickte auf die Uhr. Halb eins. Wohl kaum der geeignete Zeitpunkt, um sich beim Tannahill-Erben vorzustellen ...

Er trat ins Freie und ging bis zur Ecke, von der aus er schon des öfteren zum »Grand Haus« emporgeblickt hatte. Es verstrichen einige Sekunden, ehe sich die vagen Umrisse des Gebäudes gegen den Nachthimmel abhoben, der noch heller war als der finstere Bergrücken, auf dem das Haus stand. Licht war jedoch nicht zu sehen. Befriedigt darüber, daß der Ort verlassen dalag, ging Stephens zu seinem Wagen und fuhr nach Hause.

Daheim angelangt, verhielt er auf seinem Weg zum Schlafzimmer, um an die Tür der Haushälterin zu klopfen, der er ausrichten wollte, daß er zeitig zu frühstücken wünsche. Die Tür stand weit offen, und da fiel ihm ein, daß er der Frau zwei Wochen Urlaub gegeben hatte, damit sie ihre Familie besuchen konnte. Sie war gestern abgereist.

Stephens zog sich aus, schlüpfte in Pyjama und Bademantel und war gerade dabei, sich die Zähne zu putzen, als die Türklingel dreimal rasch hintereinander schrillte. Noch auf dem Weg zur Diele hörte Stephens, wie in der Tür ein Schlüssel umgedreht wurde. Die Tür schwang auf, und herein glitt Mistra Lanett.

Sie atmete schwer. Sie warf die Tür zu und schob den Riegel vor. Sie sah Stephens an.

»Ich konnte nicht warten«, keuchte sie. »Sie sind hinter mir her! — Drehen Sie alle Lichter ab, verriegeln Sie den Hintereingang und die Flügeltür zur Veranda und — und rufen Sie die Polizei!«

Offensichtlich war er ihr zu langsam; denn sie hastete an ihm vorbei in die Küche. Gleich darauf erreichte ihn — scharf und deutlich — das Geräusch des zuschnappenden Riegels. Und das brachte ihn in Bewegung.

Schnell sicherte Stephens die Flügeltür, die vom Schlafzimmer hinaus auf die Veranda führte, und sperrte auch den angrenzenden Raum ab. Er traf die junge Frau wieder, als sie gerade aus dem Gästezimmer kam. Sie huschte an ihm vorbei und begann, die Lichter auszuschalten. Es verging keine Minute, und sie befanden sich in tiefer Finsternis.

Doch noch immer war sie ihm geistig um einen Schritt voraus. Er hörte, wie sie in der Dunkelheit langsam eine Nummer wählte. Dann war Stille.

»Es meldet sich niemand!« Ihre Stimme klang angespannt. »Die Leitung scheint tot zu sein. Sicher haben sie sie unterbrochen.«

Eine ausgedehnte Pause. Schließlich, sanft und leise:

»Würden Sie mir bitte helfen? Ich habe eine Nadlerverbrennung an der Seite, und — es tut sehr weh.«

2

Im Wohnzimmer war es stockfinster, als Allison Stephens sich seinen Weg zur Couch ertastete. Nadlerverbrennung, überlegte er. Was konnte damit gemeint sein?

»Wo sind Sie?« fragte er.

»Hier. Ich habe mich hingelegt.« Die Antwort kam leise.

Stephens kniete sich neben sie auf den Fußboden. Spannung hatte ihn ergriffen; die Situation war beklemmend. Hinzu kam noch die Finsternis, die der Situation einen alptraumhaften Anstrich verlieh. Im Geiste sah er draußen schon Männer, die jeden Moment hier eindringen würden.

Das gab den Ausschlag – abrupt.

Abermals hatte er jenen Widerwillen verspürt, jenes Aufbegehren bei der Vorstellung, er werde in eine Sache hineingezogen, die ihn überhaupt nichts anging. Jetzt aber – urplötzlich – wich sein Entsetzen einer blinden, ungestümen Wut.

Seine Nambu fiel ihm ein.

Er sprang auf die Beine und rannte ins Schlafzimmer. Den lugerartigen Knauf dieses Souvenirs aus Japan umklammernd, fühlte er neue Kraft in sich aufsteigen. Es war der siebenschüssige Typ, eine überaus wirksame automatische Pistole. Er eilte zurück ins Wohnzimmer und beugte sich wieder über Mistra Lanett.

Er spürte jetzt die Veränderung in sich – die Wachsamkeit, den Willen, sein Leben aufs Spiel zu setzen; und die grimmige Entschlossenheit, es durchzustehen.

»Wo sind Sie verwundet?«

»An der Seite.«

Es war ein Flüstern; keine sehr nützliche Information in dieser Dunkelheit. Die Tatsache, daß sie überhaupt imstande war zu sprechen, ließ ihn etwas aufatmen. Er rief sich ins Gedächtnis, wie sie im Haus umhergehetzt war – von Angst getrieben, zweifellos. Vielleicht war ihre augenblickliche Erschöpfung nur die Folge davon.

»Glauben Sie, es geht, daß ich Sie ins Zimmer der Haushälterin trage?« fragte er. »Das Fenster dort liegt über einem Graben. Da müßten sie schon eine Leiter haben, um hinaufzugelangen. Wir könnten dann das Licht wieder einschalten.«

Er wartete ihre Antwort nicht ab. Er tastete in der Dunkelheit über ihren Körper, zögerte einmal kurz, als er ihre bloße Haut berührte – dann schob er schnell die eine Hand unter ihre Knie, die andere um ihre Schultern.

»Halten Sie sich fest«, ermunterte er sie.

Sie wog weniger, als er gedacht hatte. Er legte sie flach auf das Bett und knipste das Licht an. Als er sich vom Schalter abwandte, fiel sein Blick auf eine dünne Blutspur, die sich von der Tür bis zum Bett erstreckte.

Stephens musterte die junge Frau, als er begann, ihre Bluse aufzuknöpfen. Sie sah sehr blaß aus. Sie trug einen Nerzmantel, ein graues Kostüm und unter der Jacke eine weiße Bluse. Deren Saum war blutdurchtränkt; er hatte bereits auf den Rock abgefärbt, und im Futter des Pelzmantels war ein roter, klebriger Streifen.

Stephens beschloß, die äußeren Kleidungsstücke nicht zu entfernen, da die junge Frau sich zu diesem Zweck aufsetzen müßte. Nachdem er Jacke und Bluse aufgeknöpft hatte, tastete er sich hinüber zur Küche, um ein Messer zu holen. Mit dessen scharfer Spitze durchtrennte er ihren Slip. Darunter war die Wunde.

Es dauerte eine Minute, bis er heißes Wasser hatte, und etwas länger, um das zum Teil geronnene Blut wegzuwaschen. Die Kugel hatte offensichtlich unter der Haut das Fleisch direkt durchdrungen. Merkwürdigerweise waren sowohl die Einschuß- als auch die Austrittstelle, die etwa zehn Zentimeter voneinander entfernt lagen, wie durch starke Hitzeeinwirkung versengt, und die Wunde blutete nur schwach. Stephens untersuchte sie und bezweifelte, daß die Frau mehr als ein paar Eßlöffel Blut verloren hatte.

Beunruhigung verspürte er deswegen nicht. Er hatte schon Männer gesehen, die förmlich im eigenen Blut schwammen, ohne deshalb gleich das Zeitliche zu segnen. Das hier war überhaupt nicht der Rede wert.

Er sah, wie die junge Frau sich vorbeugte und auf die Verletzung starrte. Ihr Gesicht nahm einen ärgerlichen Ausdruck an. Dann ließ sie sich zurücksinken.

»Ich will verdammt sein!« sagte sie angewidert. »Der Schuß ist ja praktisch danebengegangen. Und ich war fast zu Tode erschrocken!«

Stephens warf ein: »Ich hole Verbandzeug.«

Er benutzte mehrere Lagen Gaze und ein Stück Heftpflaster, um diese zusammenzuhalten. Beseelt von einem tiefen Gefühl der Dringlichkeit und der Verantwortung, machte er sich an die Arbeit; ja, er hielt sogar für längere Zeitspannen den Atem an, um sein Gehör nicht zu beeinträchtigen. Doch als er schließlich zurücktrat und sein Werk begutachtete, war von draußen her noch immer kein Geräusch zu vernehmen.

Gespannt blickte er auf die Frau hinab.

»Was ist?« fragte er. »Warum unternehmen sie nichts?«

Sie hatte den Kopf zurück ins Kissen gelegt. Sie betrachtete ihn schweigend, mit leicht gefurchter Stirn.

»Ich stehe jetzt doppelt in Ihrer Schuld«, sagte sie dann.

Stephens interessierte das nicht. »Was werden sie wohl tun?«

Diesmal beachtete sie seine Frage. Schließlich meinte sie:

»Es hängt alles davon ab, wer außer Cahunja noch da draußen ist.« Sie lächelte grimmig. »Ich weiß, daß Cahunja sich unter ihnen befindet, denn er ist der einzige, der sich dazu hinreißen ließe, auf mich zu schießen. Aber wenn es um seine eigene Haut geht, dann ist er enorm vorsichtig. Sollte hingegen Tezlacodanal bei ihm sein, so gibt es keinen Rückzug. Sie alle haben Angst vor Tezla – er gehört zu den gefährlichsten kleinen Nattern, die je existierten.«

Sie lächelte zu ihm empor, voller Süße und Spott. »Beantwortet das Ihre Frage?«

Stephens hörte kaum hin. Sein Verstand befaßte sich mit der Gefahr, nicht mit den Worten, die sie beschrieben. Wenn mehr als einer oder zwei da wären, so schien es ihm, hätten sie bestimmt schon versucht, in das Haus einzudringen ...

Die Augen zusammengekniffen, ließ er sich das kurz durch den Kopf gehen; dann schritt er hinaus in die Diele.

»Ich bin gleich wieder da«, rief er ihr über die Schulter zu.

Er wandte sich zur Haustür, blieb dort stehen und starrte reglos durch die Glasscheibe hinaus in die Dunkelheit.

Der Himmel war noch immer bewölkt; die Nacht totenstill. Nichts und niemand war zu sehen. Er machte eine Runde durch das Haus, überprüfte die Verschlüsse der

Fenster und die Riegel an den Türen. Alles war in Ordnung. Einigermaßen erleichtert kehrte er zum Zimmer der Haushälterin zurück.

Die junge Frau öffnete die Augen und lächelte ihn matt an. Aber sie sagte nichts.

Stephens meinte: »Mein Zimmer liegt am Ende des Ganges. Ich lasse die Tür offen und versuche, wach zu bleiben.«

Sie nickte, redete aber nicht. Er ging in sein Schlafzimmer, zog sich aus und schlüpfte in seinen Pyjama. Dann löschte er das Licht. Eine Weile lag er still da, die Waffe in Reichweite seiner Hand. Die Nacht war vollkommen still. Er nickte ein, wachte auf, nickte ein und erwachte wieder. Nachdem er ein drittes Mal eingedöst war, holte ihn die Stimme einer Frau in die Wirklichkeit zurück. Sie stand an der Tür und sagte: »Mr. Stephens?«

Stephens drehte sich um: »Ja?« murmelte er schläfrig. Dann richtete er sich abrupt auf. »Stimmt was nicht?«

Er konnte die Umrisse ihrer Gestalt vage ausmachen, als sie sich dem Bett näherte. »Ich wollte nur meine Schulden begleichen«, sagte sie, »und zwar auf die Art, wie Männer es am liebsten haben.« In der Dunkelheit war ihr leises Lachen zu hören.

Sie lag in seinem Bett, ehe er etwas erwidern konnte. Unwillkürlich streckte Stephens eine Hand aus. Seine Finger berührten ihren nackten Körper. Hastig zog er die Hand wieder zurück.

»Keine Angst«, flüsterte sie. »Sie dürfen mich anfassen, mit mir schlafen. Nur seien Sie bitte vorsichtig mit meiner Seite – und mit meinem Rücken, wo sie mich ausgepeitscht haben.«

Stephens entgegnete: »Das ist nicht nötig. Sie schulden mir nichts.«

Einen Moment schwieg sie. Dann: »Sie geben mir einen Korb? Ich dachte, Sie seien ein Mann. Sollte ich mich etwa irren?«

Das war, wie Stephens in diesem Moment klarwurde, genau der richtige Ton, in dem man mit ihm reden mußte.

Er war getroffen. Er sagte nichts mehr. Im Grunde hielt er sich für einen erstklassigen Liebhaber, und es war ihre lässige Art, die er ihr austreiben wollte, indem er ihr bewies, wie gekonnt er eine Frau sexuell befriedigen konnte.

In ihrem Körper steckte eine erstaunliche Kraft. Sie hielt ihn beinahe ebenso fest wie er sie. Als es vorbei war, blieb sie noch einige Zeit neben ihm liegen. Dann drehte sie sich weg und glitt aus dem Bett. Er sah ihre schattenhafte Gestalt zur Tür gehen. Dort verharrte sie.

»Ich kann nicht genau entscheiden«, sagte sie, »wer mehr davon hatte. Aber ich bin sicher, daß wir nun quitt sind.« Sie fügte hinzu: »Und glaube bitte nicht, daß dieser Akt totaler Vertrautheit uns in Zukunft zu Freunden macht. Gute Nacht.«

»Gute Nacht«, sagte Stephens.

Er fühlte sich angenehm schläfrig und war mit dem, was das Schicksal ihm beschert hatte, recht zufrieden. Dennoch sollte er sich lieber bemühen, wach zu bleiben. Er stieg aus dem Bett und ging mit der Waffe in der Hand ins Wohnzimmer. Den Rest der Nacht verbrachte er im Vorzimmer. Er nickte mehrmals ein und erwachte wieder, doch der Morgen dämmerte bereits, als er schließlich in einen tiefen Schlaf fiel.

Als Stephens erwachte, stellte er fest, daß es hellichter Tag war.

Er sah auf die Uhr; sie zeigte fünf Minuten nach eins an. Seufzend erhob er sich, dann durchquerte er auf Zehenspitzen den Flur zu seinem Schlafzimmer. Als er am Raum der Haushälterin vorbeikam, merkte er, daß die Tür geschlossen war. Er hatte sie einen Spaltbreit offengelassen.

Ruckartig blieb er stehen. Er klopfte. Keine Antwort. Er klopfte abermals, dann probierte er den Türknauf. Die Tür war unverschlossen und der Raum leer.

Einen Moment lang stand er da, verärgert über die Erkenntnis, daß er sich im Stich gelassen fühlte. Es war beinahe so, als habe ihm die kleine Episode von vergangener Nacht Spaß bereitet, und dennoch — wenn er sich zurückerinnerte, war er die ganze Zeit über angespannt und grimmig gewesen, selbst in jenen Augenblicken, da er sein möglichstes getan hatte, um den Eindruck zu erwecken, er sei die Ruhe in Person.

Vielleicht lag es an der Frau. Einmal, in San Francisco, hatte er ein kleines, belangloses Abenteuer gehabt mit einem Mädchen, das so schön war wie Mistra Lanett. Aber das lag schon einige Zeit zurück. Und außerdem — heutzutage suchte er mehr in einer Frau als nur gutes Aussehen. Es fiel ihm schwer, sich vorzustellen, daß eine völlig Unbekannte ihm den Kopf verdreht hatte.

Wahrscheinlich, so überlegte er dann, hatte er ganz einfach Mitleid mit ihr. Die Verzweiflung war ihr allzu deutlich ins Gesicht geschrieben. Gehetzt und gejagt, hatte sie selbst bei einem Unbekannten Zuflucht gesucht. Und trotzdem, an ihrer Tapferkeit schien es keinen Zweifel zu geben. Ohne irgendeine Hoffnung auf Befreiung hatte sie sogar in jenem Augenblick, als sie ausgepeitscht worden war, ihren Peinigern widersprochen!

Stirnrunzelnd sperrte Stephens die Haustür auf und trat ins Freie. Die Sonne schien, und das Rauschen des Meeres, nur wenige hundert Meter entfernt, drang an seine Ohren. Der Bungalow, den er bewohnte — etwas abseits von der Küstenstraße —, gehörte zum Tannahill-Besitz; eine niedrige Hügelkette trennte ihn von anderen Behausungen in der Nähe. Er hatte ein geheiztes Schwimmbecken, eine Großgarage und insgesamt vier Schlafzimmer, jedes davon mit eigenem Bad. Er hatte das Ganze für fünfundsechzig Dollar im Monat an sich selbst vermietet.

Anfangs waren ihm deswegen Gewissensbisse gekommen, obwohl Peeley selbst den Vorschlag gemacht hatte; allmählich aber war er zur Ansicht gelangt, daß dies alles einfach mit zu dem angenehmen Dasein gehörte, dessen er sich erfreute, seitdem er Tannahills Verwalter geworden war.

Er schritt nun die Einfahrt entlang, bis er plötzlich Reifenspuren sah, wo ein Wagen den Asphaltbelag verlassen und gewendet hatte. Es erfüllte ihn mit einiger Befriedigung, anhand der Lage der Vorder- und Hinterradabdrücke feststellen zu können, daß es sich dabei um ein größeres Modell handeln mußte, möglicherweise um einen Cadillac oder Lincoln.

Er kehrte zum Haus zurück und blickte auf die Telefondrähte, die von dem Highway heranführten. Dann folgte ihnen sein Blick die Hauswand hinab.

Sie waren knapp über dem Erdboden durchtrennt worden. Sowie er in die Stadt kam, würde er die Telefongesellschaft anrufen und ihr den Schaden melden müssen. Auch hätte er noch gern Tannahill gesprochen, aber das mußte ebenfalls warten.

Er schlüpfte aus Morgenmantel und Pyjama und machte einen Hechtsprung ins Schwimmbecken, das sich gleich neben der Wohnzimmerterrasse befand. Das Wasser war ziemlich kühl, und schnell kraulte er zurück zur Leiter. Er kletterte gerade hoch, als er das Gesicht sah, das aus der Tiefe zu ihm emporstarrte.

Der Schock war fürchterlich – doch nur für einen Augenblick: denn sekundenlang hatte er gedacht, es handle sich um eine Leiche. Dann jedoch griff er hinab ins spiegelnde Grün des Wassers – und hielt die Maske in der Hand.

Sie war dünn und klebrig; unter seinem Griff drohte sie beinahe auseinanderzufallen. Behutsam zog er sie aus dem Wasser und legte sie auf den Zementboden. Sie schien aus einem sehr feinen seidenartigen Gewebe hergestellt zu sein – aber das war es nicht, was ihn verblüffte.

Vielmehr: Das Ding hatte gut erkennbare Gesichtszüge! Die Konturen waren zwar an den Rändern leicht verwischt, wo das Wasser besonders stark auf die Substanz eingewirkt hatte, aber es bestand kein Zweifel daran, wen die Maske darstellte.

Es war genau das Gesicht des Mannes, der Tezla davon abgehalten hatte, ihn zu erstechen!

Stephens ließ die Maske auf dem Boden liegen, zog rasch

seine Kleider an und brach, kurz vor zwei Uhr, zu seinem Büro auf. Schon seit einiger Zeit beschäftigte ihn der Gedanke an Mistras Handtasche, die er dort zurückgelassen hatte.

Vergangene Nacht war ihm keine Zeit geblieben, sie eingehend zu untersuchen; vielleicht hatte er Glück und fand Mistras Adresse darin.

Es waren jetzt einige Erklärungen fällig. Er mußte abermals versuchen, mit Tannahill in Verbindung zu treten; aber ganz abgesehen davon, das Problem der »indianischen Sektierer«, die von Atomkrieg sprachen, ihre eigenen Mitglieder auspeitschten und rücksichtslos von der Waffe Gebrauch machten, war eine Sache, die um alles in der Welt ans Tageslicht gebracht werden mußte.

Zuerst einmal: Mistra! Als gejagtes Mitglied der Organisation war sie der Schlüssel zu diesem Rätsel.

Fünfzehn Minuten später lag der Inhalt ihrer Handtasche auf seinem Schreibtisch ausgebreitet: ein Zigarettenetui, ein Feuerzeug, eine Geldbörse, eine Brieftasche, ein Schlüsselbund, ein seidenes Taschentuch und eine kleine, gefütterte Plastikmappe. Er begutachtete die einzelnen Gegenstände in dieser Reihenfolge, und seine Enttäuschung stieg von Mal zu Mal. Kein einziger Artikel — vom Personalausweis abgesehen, den er schon letzte Nacht unter die Lupe genommen hatte — war auch nur mit Initialen versehen.

Er war gerade dabei, den Reißverschluß der Mappe zu öffnen, als ihm ein Gedanke durch den Kopf fuhr. Weder Lippenstift noch Puder, ja, überhaupt kein Make-up irgendwelcher Art! Der Grund dafür schien auf der Hand zu liegen, als er die Mappe vollends geöffnet hatte ...

Im Innern befand sich die Gesichtsmaske einer Frau!

Sie sah überraschend natürlich aus, weckte jedoch keinerlei Erinnerungen in ihm. Stephens starrte sie an und fühlte, wie die Farbe aus seinen Wangen wich. Erschüttert fragte er sich: Was, zum Teufel, geht hier vor sich?

Er zwang sich zur Ruhe, untersuchte die Maske. Sie war halb durchsichtig und hauchdünn.

Stephens seufzte. Das Pech war, er wußte zuwenig, um mit Sicherheit entscheiden zu können, was das Ganze zu bedeuten hatte und was er nun unternehmen sollte. Es war noch zu früh für irgendwelche konkreten Schlußfolgerungen. Er benötigte weitere Informationen, und zwar schnell. Die Ereignisse überstürzten sich, eine Entscheidung mußte gefällt werden! Die Tatsache, daß Mistra mißhandelt worden war, daß man versucht hatte, sie zu ermorden, war nicht einfach aus der Welt zu schaffen ...

Die schockierende Realität, die diesem Gedanken zugrunde lag, bestimmte seinen nächsten Schritt. Schon während der letzten Minuten war es ihm immer mehr zu Bewußtsein gekommen, daß es noch an einem anderen Ort in diesem Gebäude eine weitere mögliche Informationsquelle gab. Und so trat er nun, ohne jedes Zaudern, aus seinem eigenen verlassenen Büro und schritt den Korridor entlang, in Richtung der Mexikanischen Import-Gesellschaft.

Die Tür war verschlossen. Er verschaffte sich Eintritt mit Hilfe seines Nachschlüssels und ließ die Jalousien hochrollen. Es sah alles unverändert aus. Die Steinskulpturen erwiesen sich bei näherer Untersuchung als aus Lehm gefertigt, was bedeutete, daß sie wahrscheinlich hohl waren.

Versuchsweise hob er eine von ihnen hoch. Sie war leichter als erwartet. Schon machte er Anstalten, sie an ihren Platz zurückzustellen, da sah er, daß aus ihrer Unterseite eine elektrische Leitung führte.

Diese war an eine Steckdose knapp über dem Fußboden angeschlossen.

Stephens empfand Verwunderung, nicht so sehr Neugier. Er zog den Stecker aus der Dose und legte die Figur der Länge nach auf den Boden.

Der Draht verschwand in einem winzigen Loch an der Unterseite des Lehmgebildes. Was sich im Innern der Figur befand, oder wozu die Leitung dienen sollte, war unmöglich zu erkennen.

Er stellte die Figur zurück, genau dorthin, wo sie sich befunden hatte, schloß die Leitung wieder an – und wandte seine Aufmerksamkeit dem Schreibtisch zu.

Die Schubladen waren abgesperrt. Einer der schlüssel jedoch, die er aus Mistras Handtasche genommen hatte, paßte. Im Innern des Schreibtisches befanden sich Rechnungen, Lieferscheine, Kontobücher, ein Ordner mit Briefbögen, die so ähnlich begannen wie: »Sehr geehrte Herren – in der Beilage senden wir Ihnen Kunstgegenstände im Werte von ...«, ein weiterer Ordner mit vorgedruckten Formularen, die zumeist aus Auftragsbestätigungen, Bestell- und Einzahlungsscheinen bestanden, und schließlich ein dritter Ordner mit Speditionsbelegen, auf denen die Anschriften all jener Kunden vermerkt waren, welche die fraglichen »Kunstgegenstände« gekauft hatten. Fast ausnahmslos handelte es sich um mexikanische Adressen.

Stephens zählte die Bezeichnung »Waldorf Arms« siebenundzwanzigmal, ehe er sich eingestand, daß er die gesuchte Spur gefunden hatte. Das Gebäude war ihm nicht unbekannt; er hatte es auch schon einige Male gesehen. Es war ein fünfstöckiges Apartmenthaus, in einem besseren Viertel gelegen, etwas eigenartig konstruiert, soweit er sich erinnerte, und nach allem, was man hörte, sehr exklusiv.

Zu dumm nur, daß auf keinem der Formulare ein Name angegeben war; aber immerhin konnte er einige von den genannten Adressen notieren, um später dann nachzuforschen, wer dort lebte.

Er schrieb sich ein rundes Dutzend auf.

Wieder zurück in seinem eigenen Büro, entsann er sich Tannahills und wählte die Nummer vom »Grand Haus«. Auf seinen Anruf hin meldete sich fast augenblicklich eine rauhe Stimme mit: »Wer spricht?«

Stephens nannte seinen Namen, verwirrt über den scharfen Tonfall des anderen. Konnte das der Tannahill-Erbe sein?

Sein unbekannter Gesprächspartner sagte: »Oh, Sie sind's, der Anwalt! Tut mir leid, Mr. Stephens, aber Tannahill ist nicht da. Ich bin die Polizeiwache, Sergeant Gray –

der einzige hier im ganzen Haus, von den Elektrikern abgesehen, und die sind gerade erst gekommen. – Sie haben von dem Mord gehört, oder?«

»Ja.«

»Nun, wissen Sie – Mr. Tannahill ist hinunter zum Gericht, um die Sache mit Mr. Howland zu besprechen.«

Stephens unterdrückte einen Ausruf. Er hatte das sichere Gefühl, daß Tannahill gar nicht begeistert sein würde, wenn er solche Dinge persönlich erledigen mußte. Hastig bedankte er sich und unterbrach die Verbindung.

Wenige Minuten später befand er sich auf dem Weg zum Büro des Bezirksstaatsanwaltes.

3

Als Stephens die verlassene Halle des Gerichtsgebäudes betrat, empfingen ihn – von irgendwoher aus dem geräumigen Innern – die ersten schwachen Vorboten einer Heiterkeit, wie er sie nicht erwartet hatte. Er drückte mehrere Male vergeblich den Rufknopf des Lifts, bis ihm die Wahrheit dämmerte; natürlich, die Weihnachtsfeier war in vollem Gang!

Er stieg die Treppe hinauf und spähte durch die geöffnete Tür von Howlands äußerem Büro. Sein erster Eindruck war der eines unbeschreiblichen Wirrwarrs: Da saßen Männer und Frauen auf Schreibtischkanten, ja, sogar auf dem blanken Fußboden, oder standen in Gruppen umher, teils an Wand oder Mobiliar gelehnt, teils mitten im Durcheinander der Sitzenden. Unmengen von Flaschen waren zu sehen und Gläser an jedem nur erdenklichen Ort.

Niemand schien sich dem allgemeinen Trubel fernzuhalten; wenn also Tannahill hier war, hatte er sich mitten ins Vergnügen gestürzt.

In einem entfernten Winkel des Raumes entdeckte er Frank Howland, der, verborgen hinter einem Schreibtisch, mit überkreuzten Beinen am Boden saß. Stephens schenkte sich einen Drink ein und wartete, bis der Bezirksstaatsanwalt seiner gewahr wurde und verschwommenen Blickes über den Rand eines Weinglases zu ihm aufsah.

Das Wiedererkennen stellte sich erst nach einigen Sekunden ein; dann stieß Howland einen durchdringenden Schrei aus:

»Hallo, Stephens!«

Er rappelte sich hoch und ließ seinen Arm um Stephens' Nacken fallen. Er war ein großgewachsener Mann, etwa so wie Stephens, der selbst zur hünenhaften Sorte zählte; und noch ehe Stephens sich fangen konnte, wurde er durch den mächtigen Griff des anderen herumgewirbelt, mit dem Gesicht zum Raum.

»Hört mal alle her, Freunde!« brüllte Howland. »Ich möchte euch 'nen alten Kumpel von mir vorstellen – Allison Stephens. Ich sage euch, hat dieser Kerl vielleicht ein Schwein! Und wenn ihr mich fragt, ich weiß noch immer nicht, wie er das macht ... Ist doch glatt Verwalter dieses Gutes geworden, zu dem das ganze verdammte Land hier gehört!«

Er schwenkte die Hand mit dem Glas darin, um großzügig die halbe Welt in seine Geste einzubeziehen. Das Glas knallte gegen Stephens' Schulter, und die Flüssigkeit schwappte über, so daß Stephens bis hinab zu den Hosenbeinen bespritzt war. Howland schien es nicht zu merken; Stephens aber fluchte in sich hinein und nannte ihn einen Vollidioten.

Halb grölend fuhr der Bezirksstaatsanwalt fort:

»Damit ihr es alle wißt, Stephens ist mein Freund. Ich habe ihn zu dieser Party eingeladen, also seid nett zu ihm – und liebt ihn wie mich!«

Dann: »So, Stephens, das wär's fürs erste. Ich möchte Sie nachher noch sprechen, aber jetzt – rein, ins Vergnügen!«

Grinsend schob er Stephens in ein dichtes Knäuel von Frauen. »Er gehört euch, meine Süßen, und ledig ist er auch noch!«

Sie zeigten sich sehr verständnisvoll für seine Situation.

Eine von ihnen nahm ihr Taschentuch und tupfte sein Jakket ab, wobei sie murmelte: »Dieser Schmierenkomödiant — er war einmal Schauspieler, wissen Sie!«

Stephens konnte nicht umhin, zumindest für eine Weile einer kleinen Gruppe von Frauen höchst unterschiedlichen Alters Gesellschaft zu leisten; als er sich schließlich dieser Höflichkeit entzog, hatte er keine Ahnung, worüber eigentlich gesprochen worden war.

Er fand Howland in Tuchfühlung mit einem schlanken, wohlproportionierten Mädchen, welches sich schlaff zu Boden sinken ließ, kaum daß Stephens die Arme des Bezirksstaatsanwaltes von ihrer Taille gelöst hatte.

»Gehen Sie!« murmelte sie mit schwerer Zunge. »Ich will schlafen.«

Sie schien auf der Stelle ins Land der Träume überzuwechseln.

Howland kam es — im ersten Moment jedenfalls — offensichtlich nicht zu Bewußtsein, daß er sein Spielzeug verloren hatte; dann aber, ganz plötzlich, schien es ihm klarzuwerden, denn er versuchte, sich aus Stephens' Griff zu befreien.

»Was, zum Teufel, wollen Sie?« stieß er hervor. »Die Puppe war der reinste Eisberg, solang' ich sie kenne, und kaum hat man mal Gelegenheit, sie richtig anzuheizen, da kommen Sie daher und ...«

Er brach ab. Blinzelnd sah er zu Stephens hoch, schien etwas zu ernüchtern — und packte plötzlich dessen Handgelenk.

»Genau der Mann, den ich suchte!« sagte er. »Hab da was für Sie. Wollte es eigentlich Tannahill zeigen, aber der tauchte nicht auf. Kam heut früh per Eilboten.« Er schmunzelte wissend. »Toller Kerl, Ihr Boß da, aber ich gäbe was drum, wenn ich ihm in die Karten gucken könnte ... Kommen Sie mit in mein Büro!«

Dort angelangt, schloß er eine Lade auf, der er ein zusammengelegtes Blatt Papier entnahm. Stephens faltete es auseinander und las es mit gefurchter Stirn. Der Brief war maschinengeschrieben, aber nicht unterzeichnet. Sein Inhalt lautete:

> *Sehr geehrter Mr. Howland,*
> *wenn Sie das Grab von Newton Tannahill öffnen, werden Sie feststellen, daß der Sarg leer ist.*
> *Die Ähnlichkeit zwischen dem Onkel und dem Neffen ist ziemlich verblüffend, finden Sie nicht?*
> *Was den Mord an dem schwarzen Pförtner in der vergangenen Nacht betrifft, so ziehen Sie bitte Ihre eigenen Schlüsse.*

Die Lippen gespitzt, las Stephens die Nachricht ein zweites Mal; und gleichzeitig versuchte er, sie in das verworrene Bild der jüngsten Ereignisse einzuordnen. Ob dies nun der Wahrheit entsprach oder nicht, jemand war offensichtlich darauf aus, Unannehmlichkeiten zu bereiten.

Vom großen Zimmer her gellte, gleichzeitig aus einem Dutzend Kehlen, trunkenes Gelächter auf. Jemand brüllte etwas.

Gläser klirrten in melodischem Geläut. Das Auf und Ab der Stimmen setzte wieder ein.

Stephens befeuchtete sich die Lippen und sah Howland an. Das Kinn des Mannes war bis tief auf die Brust gesunken; er schien eingenickt zu sein.

Howland machte eine jähe Bewegung und murmelte: »Ich versteh' das nicht. Warum sollte einer so tun, als sei er gestorben, nur damit er sich selbst beerben kann? Völlig idiotisch! Und wie stellt er es an, daß er plötzlich viel jünger aussieht …?«

Er verstummte. Stephens schüttelte den Kopf und schob den Brief in die Lade, aus der Howland ihn genommen hatte.

Dann schloß er die Lade ab und steckte den Schlüssel in die Westentasche des Bezirksstaatsanwalts. Howland regte sich nicht.

Das Geschrei der Betrunkenen begleitete Stephens die Treppe hinunter. Es verblaßte erst, als er die Eingangstür zum Gebäude hinter sich geschlossen hatte.

Er stieg in seinen Wagen, saß eine Weile reglos da und überlegte mit aller Nüchternheit, was er als nächstes unternehmen sollte.

»Ich muß Tannahill sprechen!« entschied er.

Er ließ den Motor anspringen und fuhr bis zu einem Kiosk. In der Zeitung, die er kaufte, war die Meldung über den Todesfall auf eine einzige Spalte von kaum acht Zentimetern zusammengestutzt worden. Lakonisch berichtete sie, wie die Leiche des schwarzen Pförtners John Ford vergangene Nacht von dem eben eingetroffenen Arthur Tannahill in einem halbvollen »Ertränkbrunnen« der Maya aufgefunden worden war. Der übrige Teil der Titelseite befaßte sich mit Tannahills Ankunft in Almirante. Unter anderem war eine Fotografie abgebildet, die einen schlanken jungen Mann mit eher hagerem, jedoch hübschem Gesicht zeigte. Es sah müde aus, dieses Gesicht, aber auch dafür hatte man eine Erklärung; der junge Tannahill, so hieß es, sei für nahezu zwei Jahre Patient in einem Sanatorium an der Ostküste gewesen, um von einer schweren Kopfverletzung zu genesen, die er sich bei einer Schießerei zugezogen habe, in welche er zufällig geraten sei – und noch immer bedürfe er absoluter Ruhe und Erholung.

Die Geschichte ergoß sich weiter auf die Innenseiten der Zeitung und endete schließlich in einem kurzen historischen Abriß über die Tannahill-Familie. Stephens, der einen etwas ausführlicheren und gleichermaßen lobpreisenden Bericht in der öffentlichen Bibliothek von Almirante gelesen hatte, faltete die Zeitung zusammen – und fragte sich: *Was nun?*

Er beschloß, noch einmal beim »Grand Haus« anzurufen. Es meldete sich Sergeant Gray, und seine Antwort auf Stephens' Frage war:

»Nein, noch nicht zurück.«

Stephens dinierte in einer Mischung aus Restaurant und Cocktailbar, die sich »Zum zufriedenen Einkehrer« nannte. Er war unzufrieden mit seiner Situation. Er unternahm nicht genug. Und schlimmer noch, Tannahill war sich offenbar nicht der Gefahr bewußt, in der er schwebte. Worin diese Gefahr bestand, das allerdings wußte Stephens selbst nicht.

Er beendete seine Mahlzeit und trank eine zweite Tasse Kaffee, während er – diesmal ganz genau – den Artikel über Tannahill studierte.

Darunter war folgender Punkt:

»... Der junge Mr. Tannahill ist seinen hiesigen Mitbürgern praktisch unbekannt, da er diese Stadt nur zweimal besuchte, und zwar als er noch ein Kind war.

Er ging in New York zur Schule und studierte dann in Europa. Der Schuß, der ihn traf, hatte für ihn so schwerwiegende Folgen, daß er ein ganzes Jahr und siebzehn Tage lang ohne Bewußtsein blieb. Darin nicht eingeschlossen war der Zeitraum vom 24. April bis 5. Mai dieses Jahres, als er, offenbar unter Schockeinwirkung, aus dem Sanatorium davonlief und für die gesamte Dauer seiner Abwesenheit nicht wieder zum Vorschein kam. Seine Genesung vollzog sich nur sehr langsam; unglücklicherweise hatte seine Erinnerung an bestimmte Geschehnisse in seinem Leben als Folge der Kopfverletzung einen bleibenden Schaden davongetragen ...«

Die für Tannahills Verschwinden angegebenen Daten ließen Stephens aufmerken. Das ist etwas, was ich überprüfen kann, dachte er, und zwar jetzt gleich!

In einem Anflug plötzlicher Erregung, beseelt von der Dringlichkeit dessen, was er zu unternehmen gedachte, eilte er zur Tür hinaus ins Freie.

Es war schon dunkel – ein Umstand, den er sehr begrüßte; denn für seinen Plan benötigte er den schützenden Mantel der Nacht. Wenn er an sein Ziel dachte, kam ein flaues Gefühl in ihm auf, aber er mußte Klarheit über den Verdacht erlangen, der sich in seinem Kopf festgesetzt hatte. Als Tannahills einziger Anwalt auf der Bildfläche war es seine Pflicht, jede nur mögliche Informationsquelle auszuschöpfen.

Er brauchte vier Minuten bis zum Friedhof im nordwestlichen Teil der Stadt; und an der Mauer des Pförtnerhäuschens fand er einen Plan für die Gräber. Nachdem er darauf die Tannahill-Gruft entdeckt hatte, stellte er seinen Wagen unter einem Baum ab und schritt einen finsteren Weg entlang. Am Nordrand der Umzäunung angelangt, wandte er sich ostwärts; und da wußte er, daß es nicht mehr weit war. Er begann jetzt, sich die Inschriften der Grabsteine anzusehen — keine fünf Minuten später hatte er die Familiengruft der Tannahills gefunden.

Er lief an einem schmiedeeisernen Zaun entlang und dann durch einen Torbogen, über den sich ein kunstvoll verziertes Gitterwerk spannte. Von diesem hing der Name in metallenen Lettern herab, und selbst bei der herrschenden Dunkelheit, einzig erhellt durch die Taschenlampe aus seinem Wagen, war das Bild, das sich ihm bot, von erhebender Schönheit. Im Innern der Ruhestätte befanden sich nahezu ein Dutzend Grabsteine.

Stephens beugte sich über den nächstliegenden. Die Inschrift war in Spanisch gehalten, der Name ganz merkwürdig buchstabiert. Auf dem Grabstein stand:

Francisco de Tanequila Y Merida
febrero 4, 1709 — julio 3, 1770

Der nächste Name war ebenfalls noch spanischen Ursprungs. Die Daten lauteten: 1740 — 1803. Der dritte Grabstein zeigte als erster den Namen in gleicher Version: Tannehill, mit einem »e« an Stelle des »a«. Dieser bewußte Vorfahre war 1852 gestorben; er mußte den Beginn des Goldrausches noch miterlebt haben.

Stephens ging jetzt ruhiger und mit mehr Geduld ans Werk, das Gefühl der Dringlichkeit war von ihm gewichen.

Das Alter der Gräber beeindruckte ihn, die weit zurückreichende Vergangenheit der Tannahills erfüllte ihn mit so etwas wie Stolz darüber, daß er nun in enger Beziehung zu dieser Familie stand. Er versuchte, sich bildlich vorzustellen, wie Francisco de Tanequila den Berghang hinabgetragen und hier an einem sonnigen Tag des Jahres 1770 bestattet worden war. Noch vor dem Amerikanischen Unabhängigkeitskrieg, überlegte Stephens. Vor langer, langer Zeit. Die Familie der Tannahills war tief mit diesem Erdboden verwurzelt ...

Es fiel ihm auf, wie kühl die Nacht geworden war. Vom Meer blies ein Wind herein; er rauschte durch das Geäst der Bäume, und die Blätter tanzten zu ihrem ewig klagenden Lied, demselben Lied, das sie all die Nächte hindurch gesungen hatten, seit jene stummen Gräber geschaufelt worden waren.

Er beugte sich tief herab und starrte auf den Gedenkstein des letzten Grabes. Im Schein der Lampe hob sich der Name scharf umrissen ab:

Newton Tannahill

Stephens las das Sterbedatum unterhalb des Namens ein zweites Mal, um absolut sicherzugehen, dann richtete er sich langsam auf. Er fühlte die Erschöpfung eines Mannes, der das Ende einer langen Spur erreicht hat.

Newton Tannahill, der Onkel, war am 3. Mai dieses Jahres beerdigt worden. Und vom 24. April bis 5. Mai war Arthur Tannahill, der Neffe, aus dem Krankenhaus verschwunden gewesen.

Stephens wandte sich gerade vom Grabstein ab, als er hinter sich ein schwaches Geräusch wahrnahm. Etwas Hartes und Stumpfes wurde in sein Kreuz gepreßt, und eine Stimme sagte sanft:

»Vorsicht, keine Bewegung!«

Stephens zögerte, doch dann, als er erkannte, daß ihm wohl oder übel keine andere Wahl blieb, fügte er sich in seine Niederlage.

4

Stille herrschte in der tiefen Finsternis unter den Bäumen des Friedhofs. Stephens machte sich bereit, die kleinste Gelegenheit, die sich ihm bieten sollte, zu seinem Vorteil auszunützen. Wenn sie versuchten, ihn zu fesseln, würde er kämpfen!

Die sanfte Stimme sagte hinter ihm:

»Ich möchte, daß Sie sich niedersetzen, mit überkreuzten Beinen. Es geschieht Ihnen nichts, wenn Sie meine Anweisungen befolgen.«

Es war der Gebrauch der ersten Person Einzahl, der Stephens beruhigte. Er hatte immer nur damit gerechnet, daß er mehreren Männern ausgeliefert war; aber in dem »Ich« schwang so ein Tonfall mit — er hätte ihn nicht näher zu beschreiben gewußt —, der jeden Zweifel ausschloß. Hier handelte es sich um einen einzelnen Mann. Doch Stephens war nicht gewillt, blindlings zu gehorchen.

»Was wollen Sie?«

»Ich möchte mit Ihnen sprechen.«

»Warum nicht einfach so?«

Ein kurzes Lachen ertönte. »Weil Sie eine plötzliche Bewegung machen könnten. Wenn Sie aber mit überkreuzten Beinen dasitzen, hätten Sie ziemliche Mühe, mich anzugreifen.« Die Stimme des Mannes verlor ihre Sanftheit. »Los, runter!« schnappte der Unbekannte.

»Worüber wollen Sie denn sprechen?«

»Runter jetzt!«

Der Tonfall des anderen war hart und überzeugend, und der stumpfe Gegenstand bohrte sich tiefer in Stephens' Rücken. Widerwillig, einen unterdrückten Fluch auf den Lippen, ließ er sich zu Boden. Dort hockte er, nach wie vor angespannt, fest entschlossen, keine weiteren Demütigungen mehr über sich ergehen zu lassen.

»Was, in drei Teufels Namen, wollen Sie?« fragte er rauh.

»Wie heißen Sie?« Die Stimme war jetzt wieder sanft.

Nachdem Stephens die Frage beantwortet hatte, war der Mann einige Sekunden lang still; dann: »Ich habe das Gefühl, als hätte ich diesen Namen schon irgendwo einmal gehört ... Womit bestreiten Sie Ihren Lebensunterhalt?«

Stephens sagte es ihm.

»Ein Anwalt, wie? Ich glaube, ich weiß jetzt, wo ich Sie einordnen muß ... Peeley erwähnte Sie. Ich habe es nicht sonderlich beachtet.«

»Peeley!« stieß Stephens aus, und die Erkenntnis durchflutete ihn. »Mein Gott!« sagte er. »Sie sind Tannahill!«

»Allerdings.«

Diese Enthüllung nahm eine ungeheure Last von Stephens' angespannten Nerven. Er richtete sich auf, sagte mit eindringlicher Stimme:

»Mr. Tannahill, ich habe Sie schon überall gesucht!«

»*Nicht umdrehen!*«

Stephens verharrte mitten auf der Stelle, den ein Absatz tief ins Erdreich gebohrt hatte. Er war überrascht von der scharfen Feindseligkeit, die in diesem knappen Befehl lag.

Dann sagte Tannahill, wieder die Ruhe selbst:

»Mr. Stephens, ich gebe nichts auf das schöne Gesicht eines Menschen. Also, bleiben Sie mit dem Rücken zu mir, bis wir einige Punkte erklärt haben.«

»Hören Sie«, sagte Stephens. »Ich bin sicher, daß ich Sie überzeugen kann – glauben Sie mir, ich bin der hiesige Verwalter Ihres Gutes und handle lediglich in Ihrem eigenen Interesse!« Es wurde ihm immer mehr klar, was Peeley in seinem Telegramm gemeint hatte. Der Tannahill-Erbe mußte mit Glacéhandschuhen angefaßt werden ...

»Warten wir ab«, war die zurückhaltende Erwiderung. »Sie sagen, Sie hätten überall nach mir gesucht?«

»Ja.«

»Und deshalb kamen Sie hierher?«

Stephens konnte plötzlich sehen, worauf der Tannahill-Erbe hinauswollte. Vor seinem geistigen Auge entstand ein kurzes, lebhaftes Bild seiner selbst, wie er mit Hilfe einer Taschenlampe die Inschriften der Grabsteine entzifferte. Seine Gedanken machten einen Sprung weiter zu dem

Grund, weshalb der andere hier war. Augenblicklich erkannte er, daß er zuerst seine eigene Lage erklären mußte, bevor er irgendwelche Fragen stellen konnte.

So präzise wie möglich beschrieb er, der Reihenfolge nach, was alles passiert war, seitdem er heute sein Haus verlassen hatte. Als er auf den anonymen Brief zu sprechen kam, den Howland ihm gezeigt hatte, unterbrach er seine Schilderung, indem er einwarf:

»Das brachte mich auf eine plötzliche Idee, und so kam ich hierher, um ein paar Angaben zu überprüfen.«

Der andere sagte nichts darauf, sondern wartete, bis Stephens mit seinem Bericht geendet hatte. Selbst dann verstrich noch eine volle Minute, ehe er sein dumpfes Schweigen brach:

»Setzen wir uns unter diese Baumgruppe dort. Ich muß mit jemandem sprechen.«

Stephens stellte fest, daß der andere stark hinkte. Es schienen jedoch keine Schmerzen damit verbunden zu sein, denn er ließ sich ohne Schwierigkeiten im Gras nieder. Während Stephens sich ebenfalls setzte, meinte Tannahill: »Glauben Sie, da man das Grab öffnen wird?«

Stephens war erstaunt. So weit waren seine Überlegungen noch gar nicht gediehen; aber er erkannte spontan, daß die Frage den eigentlichen Kern des Problems traf.

Er fragte sich, ob das bedeutete, daß das Grab leer *war*.

Er zögerte; er dachte daran, daß der Bezirksstaatsanwalt, Frank Howland, von seinem Posten als hiesiger Verwalter des Tannahill-Besitzes enthoben worden war — und daß es in seiner Macht lag (zumal er ein wichtiges Rad in der Adams-Howland-Porter-Maschinerie darstellte), seinem ehemaligen Chef großen Schaden zuzufügen. Bedächtig erwiderte er:

»Ich fürchte, Sir, ich kann diese Frage nicht beantworten. Ich habe Peeley angerufen, und sobald er hier ist, werden wir Howland aufsuchen und ihn fragen, ob es ihm schon gelungen ist, den Verfasser diese Schreibens ausfindig zu machen. — Haben Sie vielleicht eine Ahnung, wer es sein könnte?«

»Ich stelle hier die Fragen«, war die knappe Erwiderung.
Stephens biß sich auf die Lippen, dann sagte er:
»Ich werde gern alle Ihre Fragen beantworten, Mr. Tannahill — aber ich bin mit der hiesigen Situation vertraut, und so wäre es durchaus möglich, daß ich dieser Sache sehr rasch auf den Grund gehen könnte.«

»Also gut«, sagte Tannahill. »Sehen Sie, Stephens, mein Teil an dieser Angelegenheit ist ganz simpel: Ich befand mich lange Zeit in einem Sanatorium; meine linke Körperhälfte war gelähmt. Über ein Jahr blieb ich nach meiner Verwundung ohne Bewußtsein. Ende April letzten Jahres verschwand ich spurlos aus dem Krankenhaus, und am 5. Mai wurde ich, noch immer besinnungslos, auf den Stufen zum Eingang gefunden. Etwa eine Woche später erlangte ich das Bewußtsein wieder. Drei Wochen danach erhielt ich einen Brief von einer Frau, die mit Mistra Lanett unterzeichnete ... Was ist?«

Stephens hatte einen schwachen Ausruf der Überraschung von sich gegeben. Aber er sagte lediglich: »Sprechen Sie weiter, Sir.«

Tannahill zögerte, dann fuhr er fort:
»Miss Lanett wies sich als die Sekretärin von Newton Tannahill aus, der offenbar gestorben und gleichzeitig mit meiner Abwesenheit vom Krankenhaus begraben worden war. Sie sagte weiter, ich würde in Kürze davon benachrichtigt werden, daß ich alleiniger Erbe seines Besitzes sei.

Tatsächlich wurde mir in der Folge mitgeteilt, daß ich eines der größten Vermögen Kaliforniens geerbt hatte. Ich hätte nun nach hier ziehen und mir ein eigenes Ärzteteam leisten können, aber zwei Gründe bewogen mich zu bleiben, wo ich war.

Erstens hatte ich großes Vertrauen zu einem der Ärzte im Sanatorium. Er lehnte zwar alle meine Bestechungen ab, durch die ich ihn veranlassen wollte, mit mir hierherzukommen; dafür aber rechtfertigte er mein Vertrauen in ihn: denn ich kann gehen, langsam nur, gewiß — doch immerhin gehen! Der zweite Grund hat etwas mit einer vagen, traumartigen Erinnerung zu tun, an eine Sache, die sich zugetragen hatte, während ich aus dem Krankenhaus verschwunden war. Ich will nicht näher darauf eingehen – aber es bestärkte mich in dem Entschluß, unter keinen Umständen als Krüppel hierherzukommen.«

Er holte tief Luft. »Auch in diesem Punkt scheinen mir die Ereignisse recht zu geben.«

Er schwieg für einen langen Augenblick; dann fuhr er fort, in einem Tonfall, der merklich rauher war:

»An jenem Morgen nach meiner Ankunft – ich befand mich noch im Hotel – statteten mir drei Männer einen Besuch ab, darunter ein kleiner mexikanischer Indianer mit einer riesigen Nase. Sie behaupteten, alte Freunde von mir zu sein, und stellten sich vor als Tezlacodanal – das war der Indianer –; Cahunja, der wie ein Halbblut aussah; und noch ein Kerl, dessen Name mir entfallen ist, obwohl er genannt wurde. Sie bestanden darauf, mich mit Newton Tannahill anzusprechen, was – wie Ihnen bekannt ist – der Name meines Onkels war. Ich hatte keine Angst vor ihnen, aber um Zeit für eigene Nachforschungen zu gewinnen, unterzeichnete ich einen Brief, den sie mir präsentierten ...«

»Einen Brief?« wiederholte Stephens.

»Ja. Er war an Peeley adressiert«, fuhr Tannahill fort, »und ich ermächtigte ihn darin, die Zahlungen fortzusetzen, die er an Mitglieder des Pan American Club – so hieß er – gemacht hatte. Ich fügte die Klausel hinzu, daß diese Vollmacht alle sechs Monate von mir erneuert werden müsse. Dagegen hatten sie nichts einzuwenden – und ich glaube, in Anbetracht meiner Unwissenheit um diese Sache, kam ich ganz gut davon.«

»Sie fühlten sich persönlich bedroht? – Ihr Leben in Gefahr?«

»N-nein! Es war der merkwürdige Umstand, daß sie mich für meinen Onkel hielten, der mich zu dieser Handlungsweise veranlaßte.«

Stephens überdachte noch einmal schnell, was Tannahill soeben gesagt hatte.

»Diese Formulierung ›bereits erfolgte Zahlungen fortzusetzen‹ – sind Sie sicher, daß sie in jenem Brief enthalten war; sinngemäß, meine ich?«

»Ja.«

»Nun ...« (es war eine Erleichterung, dies sagen zu können) »... das scheint den Rückschluß zuzulassen, daß früher eine Verbindung zwischen Ihrem Onkel und dem Pan American Club bestanden hat. Ein Punkt jedenfalls, über den uns Peeley Auskunft geben könnte.«

Dann fügte er hinzu: »Aber warum sollten diese Leute der Ansicht sein, Sie seien Ihr Onkel? Er war doch mindestens zwanzig Jahre älter ...«

Darauf gab Tannahill nicht sofort eine Antwort. Als er schließlich wieder sprach, schien seine Stimme aus weiter Ferne zu kommen; aber sie klang frei von Ärger oder Verbitterung. Er sagte: »Stephens, ich leide unter Alpdrücken. Im Krankenhaus hatte ich seltsame Träume, in denen phantastische Gestalten auftauchten. Einmal schien ich in einem Sarg zu liegen. Ein andermal sah ich mich hier in Almirante, wie ich herabblickte auf die weite, ewige See. Ich erinnerte mich verschwommen an das Haus, als betrachtete ich es durch einen dichten Dunstschleier. Natürlich, Peeley hatte mir ein paar Bücher darüber geschickt – es gibt da mehrere, müssen Sie wissen –, und vermutlich beflügelte das, was ich darin las, meine Phantasie; verlieh meinen Träumen Farbe ...

Laut den Büchern ist das ›Grand Haus‹ älter als die Geschichte des Weißen Mannes auf diesem Kontinent; es ist so unglaublich alt, daß keine Überlieferung uns zu sagen vermag, wann es erbaut wurde. Wie Sie vielleicht wissen, ist seine Architektur pre-mayisch. Wenn man die breiten, majestätischen Stufen sieht, welche sich über die gesamte Front erstrecken, hat man eher den Eindruck eines Tempels als den eines Hauses, wenn auch das Innere mit viel Geschick und Ideenreichtum für Wohnzwecke umgestaltet wurde.

Als ich mich in jenem Sarg befand ...«

Er brach ab, schlagartig. Stille herrschte unter den Bäumen des Friedhofs; lastend war die Dunkelheit. Schließlich:

»Wenn Sie die Zeitung gelesen haben, kennen Sie ja den Rest.«

Stephens starrte in die Finsternis, dann meinte er:

»Vor einer Weile erwähnten Sie Mistra Lanett. Sagten Sie nicht, sie sei die Sekretärin Ihres Onkels gewesen?«

»Ja, das stimmt.«

Stephens' Verwunderung nahm in dem Maße zu, in dem er darüber nachdachte. Hier war ein Punkt, der ihm nie in den Sinn gekommen wäre. Die Verbindung zwischen der Mexikanischen Import-Gesellschaft einerseits, *dieser* gewalttätigen Organisation andererseits und Tannahill – das würde ihm noch einiges Kopfzerbrechen bereiten! Es wäre gefährlich, schon jetzt damit herauszurücken, wo der andere ihm noch immer mißtraute. Die ganze Sache hörte sich ebenso phantastisch an wie Tannahills eigene Geschichte.

Stephens dachte grimmig: Niemals könnten wir so etwas einem Adams-Howland-Porter-Gericht auftischen!

Die Erkenntnis, daß er bereits in den Bahnen einer möglichen Gerichtsverhandlung dachte, traf ihn wie ein elektrischer Schlag.

»Mr. Tannahill«, sagte er, vom Ernst der Lage neu angespornt, »wir müssen dieser Angelegenheit so schnell wie möglich auf den Grund gehen. Ich habe den schrecklichen Verdacht, daß Ihnen jemand einen Mord anhängen will. Und zwar den Mord am Pförtner. Das ist grob ausgedrückt; ob es sich als richtig herausstellt oder nicht, wir müssen darauf vorbereitet sein. – Sie haben im Verlauf Ihrer Geschichte mehrere Male davon gesprochen, daß Sie sich erinnern könnten, wie Sie begraben worden seien. Ich weiß nicht, ob Ihnen das auffiel; es rutschte Ihnen immer so heraus. Was meinten Sie nun eigentlich damit?«

Schweigen.

»Mr. Tannahill, ich bin der aufrichtigen Überzeugung, daß Sie jetzt nichts verbergen sollten.«

Noch immer Stille.

Stephens fügte sich. »Vielleicht«, sagte er geduldig, »ziehen Sie es vor, damit zu warten, bis Mr. Peeley eintrifft – um dann alles zu besprechen, was geschehen ist.«

Diesmal äußerte sich Tannahill. Seine Stimme klang entrückt, als weilten seine Gedanken in weiter Ferne.

»Es war ein Traum«, sprach er. »Ich träumte, ich würde lebendig begraben. Ich sagte Ihnen ja, ich werde von Alpträumen verfolgt ...«

Sein Tonfall änderte sich. »Und jetzt, Mr. Stephens ...« (geschäftig, ohne viel Umschweife), »... glaube ich, sollten wir lieber unser kleines Interview abbrechen. Ich habe verschiedene Pläne im Sinn, die ich Ihnen morgen umreißen werde, wenn Sie hinauf zum ›Grand Haus‹ kommen. Vielleicht ist es Ihnen bis dahin gelungen, mit Peeley Verbindung aufzunehmen. Sagen Sie ihm, er möge sofort hierherfahren.«

Er erhob sich langsam und stützte sich auf seinen Stock.

»Ich glaube, Mr. Stephens«, sagte er, »wir trennen uns hier lieber. Es wäre gar nicht gut, wenn Mr. Howland erfahren sollte, daß wir hierhergekommen ...« Er zögerte, dann schloß er ruhig: »... daß der Tannahill-Erbe und sein Anwalt auf einen Friedhof gegangen sind, um das Sterbedatum von jemandem nachzuprüfen.«

Stephens sagte: »Die Sache hat noch ein paar unangenehme Seiten. Ich hoffe, Sie besitzen einen Waffenschein, Sir. Andernfalls ...«

»Ich habe keine Waffe.«

»Aber ...!«

Ein belustigtes Lachen ertönte in der Dunkelheit, dann kam der schattenhafte Gehstock hoch und bohrte sich in Stephens' Kreuz.

»Na, wie fühlt sich das an?« fragte Tannahill.

»Oh!« war alles, was Stephens hervorbrachte.

»Ich werde Sie morgen anrufen«, fuhr Tannahill fort. »Das heißt, vielleicht auch erst nach Weihnachten. Wir

können dann ein Treffen arrangieren. Haben Sie sonst noch was?«
»Ja.«
Stephens zögerte. Eine Frage beschäftigte ihn, welche für diese ganze Angelegenheit von so eminenter Bedeutung war, daß er fürchtete, die Dinge zu übereilen, wenn er sie jetzt stellte. Und dennoch − ob in diesem Augenblick oder später erst −, sie mußte beantwortet werden! Langsam sagte er:
»In den Zeitungen steht, Ihr Gedächtnis sei als Folge der Verletzung arg in Mitleidenschaft gezogen worden. Und Ihre Geschichte bekräftigt das, womit dieser Tatsache noch größere Bedeutung zukommt. Sind Sie bereit, mir das Ausmaß Ihrer Amnesie mitzuteilen?«
Die Antwort kam fast augenblicklich:
»Ich erinnere mich an nichts, was vor meinem Erwachen im Krankenhaus geschehen ist. Ich kann sprechen, ich kann denken, ich kann überlegen; aber meine Erinnerung an irgendwelche Ereignisse, die stattfanden, ehe ich letzten Frühling das Bewußtsein wiedererlangte, ist buchstäblich ausradiert. Ich kannte noch nicht mal meinen eigenen Namen, bis ich ihn hörte, in halb besinnungslosem Zustand.« Er lachte kurz auf. »Glauben Sie mir, das hat die Dinge ganz schön kompliziert! Und nun, Mr. Stephens ...«
Er machte eine Pause, dann fuhr er mit ernster Stimme fort:
»Ich hoffe, es ist Ihnen klar, daß ich Ihnen Informationen anvertraut habe, die ich sonst keiner Menschenseele preisgab. Ich tat es, weil ich − zumindest für den Augenblick − Ihnen eine gute Absicht zugestehe, und ferner, weil ich auf fremde Hilfe angewiesen bin, um diese Situation zu klären.«
Stephens erwiderte: »Sie können in jeder Beziehung mit mir rechnen.«
»Sie werden es niemandem erzählen, außer wenn ich einverstanden bin?«
»Niemandem.«
Stephens kehrte zum Wagen zurück; mehrere Minuten

lang saß er reglos da und dachte über seinen nächsten Schritt nach. Er war müde, aber auch begierig, seine Arbeit fortzusetzen. Leider gab es viel zu viele phantastische Fragen, die einer Antwort entbehrten ...

Weshalb, zum Beispiel, deutete jemand an, daß Neffe und Onkel ein und dieselbe Person seien? Und warum zog jeder – ja, sogar er selbst – diese Möglichkeit ernstlich in Betracht, anstatt darüber zu lachen?

Die Tatsache, daß keiner von den Leuten hier je den Neffen als erwachsenen Mann gesehen hatte, bis nach dem Tode des Onkels, war ein erschwerender Punkt, aber nicht geeignet, das Rätsel zu lösen. – Was hatten die Masken zu bedeuten? Masken, die so perfekt gemacht waren, daß man sie nicht von einem wirklichen Gesicht unterscheiden konnte – denn er sah sich außerstande, den Träger einer solchen Maske mit Bestimmtheit zu erkennen ...

Eine Minute lang hatte Stephens das Gefühl absoluter Unwirklichkeit – als sei er nur ein Bestandteil in dem Alptraum eines Wahnsinnigen. Doch dann schüttelte er dieses Gefühl ab.

Der eine Anhaltspunkt, der sich aus seinem Gespräch mit Tannahill klar herauskristallisiert hatte, war der Hinweis auf Mistra Lanett.

Und darin schien die Bande einbezogen.

Stephens startete und fuhr in Richtung Waldorf Arms. Er hatte keinen festen Plan, keine Ahnung, was er tun sollte, wenn er dort ankam; aber er war hartnäckig davon überzeugt, daß es sich um eine Operationsbasis der Gruppe handeln mußte – andernfalls wäre der Name nicht so oft in den Akten der Mexikanischen Import-Gesellschaft aufgetaucht.

Er parkte seinen Wagen in der Nähe des Gebäudes, stieg aber nicht gleich aus.

Bei der herrschenden Dunkelheit war die ungewöhnliche, kuppelförmige Architektur des Bauwerks nur vage auszunehmen; lediglich der untere Teil des Kolosses lag klar in seinem Blickfeld, ohne irgendwelche Besonderheiten, ganz normal, wie jedes andere Gebäude auch, vielleicht sogar ein wenig altmodisch — in Anbetracht seines quadratischen, steinernen Äußeren.

Stephens schickte sich gerade an, aus dem Wagen zu klettern, da bemerkte er einen kleinen Mann, der schnell auf den Eingang des Gebäudes zuschritt. Es war ein ganz unverwechselbarer kleiner Mann mit ebenso unverwechselbarer großer Nase — Tezlacodanal, der ihn vergangene Nacht mit dem Messer bedroht hatte.

Gespannt vor Erregung, trat Stephens hinaus auf den Gehsteig. Er war hier zweifellos auf eine heiße Spur gestoßen!

5

Aus dem Schatten seines Wagens beobachtete Stephens, wie der kleine Mann einbog und im Innern des Gebäudes verschwand. Rasch folgte er ihm. Atemlos erreichte er den Eingang und warf einen Blick durch die gläserne Tür.

Hastig trat er zurück, dann schob er den Kopf langsam wieder vor, so daß er gerade noch hineinsehen konnte. Der Indianer stand bei einem Kiosk. Er hatte Stephens nur teilweise den Rücken zugekehrt — und er las eine dünne Zeitung, den *Almirante Herald,* wie Stephens aus dieser Entfernung erkannte. Auch vermochte er festzustellen, daß es der Artikel über Tannahills Ankunft war, der den Indianer interessierte.

Mit einem Schulterzucken klemmte sich Tezlacodanal die Zeitung unter den Arm und schritt durch die geräumige Vorhalle auf den Aufzug zu. Er nickte dem Liftboy zu, ging aber an ihm vorbei und schwenkte in einen hellbeleuchteten Korridor ein. Ungefähr in der Mitte des Korridors blieb er vor einer Tür stehen, zog einen Schlüssel aus der Tasche, öffnete die Tür und verschwand. Er kam nicht wieder zurück.

Stephens bahnte sich einen Weg durch eine dünne

Hecke und schlich langsam an der Mauer des Gebäudes entlang. Vor einem Fenster, aus dem ein fahler Lichtschimmer durch die Jalousien fiel, blieb er stehen.

Das Fenster war offen, und die Jalousien bewegten sich leicht in der sanften Brise, die vom Meer heraufkam. Das war das einzige Geräusch. Drinnen bewegte sich kein Schatten, der die Anwesenheit eines Menschen verraten hätte.

Nachdem er eine halbe Stunde auf das Verlöschen des Lichtes gewartet hatte, überlegte Stephens, ob er die Entfernung richtig abgeschätzt habe. War es tatsächlich das Apartment, das Tezlacodanal betreten hatte?

Stephens zog sich in den Schatten eines überhängenden Strauches zurück und wartete wieder. Langsam verstrich die Zeit, und es wurde zusehends kühler. Der Mond ging über den Bäumen zu seiner Linken auf. Eine zitronenfarbene Sichel, die immer höher in den Himmel kletterte. Er fing an, das Unheimliche seiner Nachtwache zu fühlen. Als Anwalt verdiente er sein Geld nicht gerade leicht. Das Licht hinter der Jalousie blieb unverändert; ein dumpfer Schimmer. Er wurde ungeduldig; dann ärgerte er sich über Tezlacodanal, weil er nicht zu Bett ging; schließlich ärgerte er sich über sich selbst, weil er die ganze Zeit angenommen hatte, das aufgedrehte Licht müßte bedeuten, daß der Mann noch wach war. Der Gedanke ließ ihn zur Tat schreiten.

Er trat an das offene Fenster, drückte die Jalousien nach innen und blickte hinein. Er sah einen Diwan, einen rötlichen Teppich, einen Sessel und eine offene Tür. Durch diese Tür drang das Licht. Es kam von einer Lampe, die neben einem Schreibtisch stand. Dahinter befand sich ein Bücherregal, vor dem einige Tonfiguren standen.

Stephens begab sich zum anderen Ende des Fensters und sah von dort aus in das Zimmer. Schatten, Sessel und das reflektierte Licht; die Tür selbst konnte er nicht ausmachen. Er fand keine Spur eines Menschen.

Vorsicht war zwar angeraten, aber er zögerte nicht einen Augenblick. Er schwang sich auf das Fensterbrett, hob die

Jalousie hoch und schlüpfte in das Zimmer. Dann lauschte er einige Sekunden. Schließlich trat er auf den Teppich und durchquerte mit fünf raschen Schritten das Zimmer und stand neben der Tür.

Es hielt sich niemand in diesem Zimmer auf, nur eine halb geschlossene Tür zeigte, daß es noch einen weiteren Raum gab. Als er neben ihr stand, hörte er das gleichmäßige Atmen eines schlafenden Menschen.

Stephens bewegte sich nicht sofort. Was wollte er hier? Informationen. Aber welche Art von Informationen erwartete er zu erhalten?

Unschlüssig ließ er seinen Blick durch das Zimmer wandern. Es war nicht so groß, wie es von draußen ausgesehen hatte, und die Bücher standen auf einem einzigen Brett. Stephens sah sie kurz durch und wollte sich schon abwenden, als sein Blick auf einen Titel fiel: TANEQUILA DER VERWEGENE. Es war ein schmales Bändchen, und er ließ es in die Tasche gleiten.

Jetzt sah er sich auch die anderen Bücher genauer an. Die meisten waren in spanischer Sprache, von der er kaum Kenntnisse besaß. Er fand auch noch drei in Englisch. Er nahm die Bücher fest in die Hand und zog sich zum Fenster zurück.

Als er sich draußen in Sicherheit befand, wunderte er sich, nicht so sehr, daß er sich zurückgezogen hatte, sondern vielmehr darüber, daß er überhaupt eingedrungen war.

Zu Hause angekommen, stellte er fest, daß sein Telefon repariert worden war. Er rief sofort die Telefongesellschaft an. Sein Gespräch mit Peeley war immer noch nicht zustande gekommen.

Er zog seinen Pyjama und seinen Morgenrock an, um auf das Gespräch zu warten. Er nahm die Bücher zur Hand, die er gestohlen hatte. Sie handelten alle vom »Grand Haus« oder von seinen Besitzern. Er konnte sich nicht erinnern, jemals eines von ihnen gesehen zu haben, nicht einmal in der Bücherei von Almirante, die eine eigene Abteilung den Tannahills widmete.

Stephens nahm zuerst die »Geschichte des ›Grand Haus‹« zur Hand und las das Impressum:

> *Erste limitierte Auflage*
> *von dreiundfünfzig Stück*
> *Privatdruck*
> *Januar achtzehnhundertsiebzig*

Er blätterte weiter bis zum Anfang des ersten Kapitels und begann zu lesen.

> *Seit tausend Jahren oder schon länger steht ein bemerkenswertes Haus auf einem steilen Hügel, der auf die alte See hinausblickt. Die Überlieferung berichtet nicht, wer es gebaut hat.*

Stephens las den Rest der Seite flüchtig durch und blätterte dann weiter und las hin und wieder ein paar Zeilen. Die Art, in der das Büchlein geschrieben war, gefiel ihm gut. Sie erinnerte ihn an historische Bücher, die er gelesen hatte. Der Autor hatte sich mit Einzelheiten befaßt, die eines der wenig bekannten Gebiete der Weltgeschichte betrafen: das alte Mexiko und das südliche Kalifornien von 900 n. Chr. bis zur Landung der Spanier.

Die verwickelten Einzelheiten kamen Stephens gefälscht vor. Er war ziemlich vertraut mit der Kultur der Mayas und der Tolteken und erkannte deshalb, daß die Einzelheiten auf Ausgrabungen und auf der Entschlüsselung schwieriger Zeichenfunde beruhten. Er las die Namen von Priestern, von Soldaten und von einem Mann namens Uxulax, der für ein nicht näher erwähntes Verbrechen mit Pfeilen erschossen worden war. Beinahe tausend Jahre vor unserer Zeit war dieser Mann hingerichtet und auf einem Hügel bestattet worden. Die Pinien waren später von den Tolteken abgeholzt worden. Das wurde in zwei Sätzen erwähnt, ohne einen wirklichen Sinn zu ergeben.

Als die Tolteken kamen — »in langen Reihen mühten sich ihre Soldaten die Küste in der Hitze des frühen Herbstes herauf« —, beschlossen sie zuerst, das »Grand Haus« zu zerstören. Aber wie alle, die das Gebiet um das Haus erobert hatten, ließen auch sie diesen Gedanken bald fallen.

Die Priester machten eine weitere Entdeckung. Der Komfort, der von den früheren Bewohnern zurückgelassen worden war, überstieg alles, was sie jemals zuvor erlebt hatten. Sie entschlossen sich, einen hölzernen Tempel über dem Haus zu errichten, den sie dann aber als Wohnhaus benutzten. »Die Frau des ersten einer langen Reihe von Priester-Herrschern ließ ...«

Der Name war durchgestrichen. Stephens sah es mit Verwunderung. Er fand keinen Grund dafür. Die Tinte war besonders dunkel, und nicht die Spur eines Buchstabens war zu erkennen.

Stephens zuckte die Schultern und las weiter. Es begann ihn immer mehr zu interessieren. Die Einzelheiten formten ein umfassendes Bild. Die Krise trat ein, als die Tolteken mehrere Jahre vergebens auf die Ankunft der nächsten Expedition gewartet hatten. Der Oberpriester befand sich seit mehr als zehn Jahren in seinem Amt, und da er ein stupider Mensch war, beschloß ... (wieder war der Name durchgestrichen), daß der Priester ermordet werden mußte, bevor er das Geheimnis des »Grand Haus« entdeckte.

Stephens' Blick wanderte zum Anfang der nächsten Seite, und er verharrte. Der erste Satz der Seite stand in keinerlei Beziehung zu dem Vorangegangenen. Dann entdeckte er, was nicht stimmte. Die Seiten elf und zwölf, die sich wahrscheinlich mit der Ermordung des Priesters und mit dem Geheimnis des »Grand Haus« befaßten, waren herausgerissen worden.

Er legte das Büchlein schließlich beiseite und nahm die Tannahill-Biographie. Für Stephens' Geschmack begann es zu früh in der Geschichte des Mannes. Es fing ausschweifend mit der Geburt und der Kindheit Capitán Tanequilas an, seinen Reisen nach Afrika, mit seinen fragwürdigen Methoden, die ihn zu Ansehen und Reichtum geführt hatten, und schließlich erzählte es von der letzten Reise nach Amerika, die mit dem Untergang seines Flaggschiffes, der *Almirante*, endete, die vor etwa hundert Jahren an der kalifornischen Küste sank.

Stephens versuchte, sich an das Todesdatum des ersten Tanequilas zu erinnern. Jener war im Jahre 1770 verstorben, wenn er sich recht erinnerte. Seine Vermutung, daß es sich um den ersten gehandelt hatte, war also falsch.

Er blätterte um. Das nächste Kapitel trug den Titel *Nach dem Sturm*. Bis jetzt hatte Stephens nur flüchtig gelesen. Dieses Kapitel las er von Anfang bis Ende:

Nach dem Sturm

Gegen Mittag waren die Überlebenden alle an der Küste. Von Espanta, de Courgil, Margineau und Kerati war nichts zu sehen, und wir zweifelten nicht daran, daß sie ertrunken waren. Ich bedauerte Margineau. Er war ein hämischer Bursche gewesen, aber die anderen drei waren eher eigensinnige Typen gewesen, und sie mögen meinetwegen in der Hölle braten für die Schwierigkeiten, die sie mir bereitet haben.
Um die Mannschaft zu befriedigen, werde ich wohl ein Gebet für ihre armen Seelen sprechen müssen, aber für den Augenblick stieß ich ein einfaches Kreuz in den Sand, murmelte einige wenige Worte und trieb sie zur Arbeit.
Es gab keine Zeit zu verlieren. Alonzo hatte in der näheren Umgebung einige Eingeborene entdeckt, und wir konnten nicht sicher sein, daß es sich um harmlose und dumme Typen handelte. Es war unvermeidlich, daß wir unsere Waffen von der sinkenden Almirante bergen mußten.
Gegen zwei Uhr bemerkte Cahunja, daß der Sturm abflaute, und deshalb schickte ich ihn mit zwölf Mann in zwei Booten los, um mit dem Entladen des Schiffes zu beginnen. Der Wind und die Wellen beruhigten sich zusehends, und am Abend lag die ruhige See vor uns. Um diese Zeit standen zwei Einpfünder an der Küste, und wir verfügten über eine große Anzahl Musketen. Jetzt konnten wir uns den Eingeborenen ohne weiteres zeigen. Am nächsten Morgen sandte

ich eine Gruppe aus, die nach den Eingeborenen suchen sollte, um mit ihnen über Lebensmittel zu verhandeln.
Wir waren an einer wilden Küste gelandet. Überall waren niedrige Hügel mit starkem Pflanzenwuchs, denn wir hatten Winter, und es hatte viel geregnet. Es existierten auch eine Menge Sümpfe in der Gegend. In ihnen wuchs Dikkicht, das von Vögeln bewohnt wurde, deren Quaken und Schreien den ganzen Tag lang nicht aufhörte. Unsere Leute schossen drei Tiere und brachten eine Reihe eßbarer Wurzeln mit. Mit den Lebensmitteln vom Schiff konnten wir es eine Zeitlang aushalten. Nicht einen Tag seit unserer Ankunft mußten wir befürchten, zu verhungern. In meinem ganzen Leben hatte ich kein Land gesehen, das so überaus reich war und gleichzeitig ein derart ausgeglichenes Klima besaß. Hier ist eine der schönsten Gartenlandschaften der Welt.
Am fünften Tag brachten die Leute einen Indianer ins Lager. Einen kleinen, häßlichen Mann, der ausgezeichnet Spanisch sprach. Er war sichtlich ein Schurke, und ich entschloß mich, ihm zuzuhören und ihn dann fortzujagen. Er war ein guter Erzähler, und außerdem brachte er gute Neuigkeiten. Er berichtete uns etwas, was wir bereits vermutet hatten, daß es nämlich im Norden eine Pueblo-Siedlung geben mußte. Der Große Häuptling, der in einem Haus auf einem Hügel lebte, hieß uns als seine Gäste willkommen, obwohl er unglücklicherweise einige Zeit nicht anwesend sein konnte und uns deshalb nicht persönlich empfangen konnte. Diese Nachricht wurde von den Frauen besonders freudig aufgenommen, die eine schreckliche Zeit durchgemacht hatten, aber ich gebe zu, daß ich Zweifel hegte. Warum sollte ein Mann, der klug genug war, um Häuptling zu sein, eine Gruppe Spanier in sein Haus einladen, wenn er ohnehin erkennen mußte, daß sein Besitztum vom Tage der Landung an in die Hände der Spanier übergehen würde.
Ich hegte keine Besorgnis. Mit unseren Waffen konnten wir uns leicht gegen einen Verrat verteidigen. Es wurde deutlich, daß sich der sogenannte Große Häuptling von seinem

Heim zurückzog und abwartete, bis er wieder zurückkehren konnte. Ich entschloß mich, ihn zu töten, falls er es riskieren sollte, jemals zurückzukommen. Solche Methoden bei einem Eingeborenen bedeuteten Gefahr für den neuen Besitzer, für mich selbst, falls ich siegreich sein sollte.
Die Eroberung gestaltete sich einfacher als erwartet. Wir besaßen acht Kanonen. Wir bauten sie rund um den Hügel auf der Höhe des Hauses auf und beherrschten so die Gegend. Nach einer Woche befanden wir uns in derart guter Position, daß uns nur schwerbewaffnete europäische Soldaten etwas hätten anhaben können. Es gab keinen Widerstand. Die Untertanen des abwesenden Großen Häuptlings nahmen unsere Ankunft schlicht zur Kenntnis, und keiner schien sich darüber Gedanken zu machen, daß ich auch das Schlafzimmer des früheren Besitzers mit Beschlag belegte.
Die Wochen verstrichen, und es wurde mir klar, daß wir seit langer Zeit überfällig waren. Da ich die Kapitäne meiner beiden anderen Schiffe kannte und mich an die Übereinkommen der Gewinnverteilung erinnerte, zweifelte ich keinen Augenblick daran, daß sie nie nach mir gesucht hatten, wenn sie der Zerstörung entronnen waren. Es war ziemlich sicher, daß sie sich nun bereits auf dem Weg nach Kap Hoorn und Spanien befanden, und daß wahrscheinlich Jahre vergingen, ehe ein anderes Schiff in diese Gegend kommen würde. Nach diesen Schlüssen entschied ich mich, das Leben der Mannschaft im Dorf zu normalisieren.
Ich begab mich selbst hinunter und ließ die Dorfbewohner in langen Reihen vor mir antreten, Männer, Frauen und Kinder. Es war eine einfache Sache, dreißig der besser aussehenden Frauen auszusuchen. Ihre Männer ließ ich zur sofortigen Exekution gefangennehmen und anschließend begraben. Von den Witwen und von einigen jungen Mädchen suchten sich die Mannschaftsmitglieder eine Frau aus. Ich verheiratete sie und übergab ihnen die Hütten der früheren Besitzer. Ich wußte, daß die Bastarde, die die Eingeborenen in die Welt gesetzt hatten, ein Problem bedeuteten, aber das mußten die Männer selbst lösen. Innerhalb eines Monats hatte sich das Leben im Dorf wieder normalisiert.

Das folgende Jahr war der Erforschung des Landes gewidmet. Um bei der Bebauung der Felder höchste Erträge zu erzielen, entschied ich mich gegen die Versklavung der Bevölkerung. Statt dessen ließ ich Patrouillen in die aufständischen Dörfer entsenden, um Gefangene zu bringen. Diese Gefangenen wurden dann von den Dorfbewohnern in ihre Arbeiten eingewiesen. Die Leute des Dorfes, das seit einiger Zeit Almirante hieß, waren sozusagen die Aufpasser. Es schien ihnen nie aufzufallen, daß die Arbeit der Gefangenen mehr meinem Reichtum diente als ihrem eigenen. Es gab zwar unglückliche Zwischenfälle, aber am Ende des Jahres war das Land dem neuen System untergeordnet.

Am Ende des zweiten Jahres ließ sich der frühere Besitzer des Hauses immer noch nicht blicken, und ich kam zu dem Schluß, daß er die Situation erfaßt haben mußte und daß er das Haus deshalb hergegeben hatte, damit wir es nicht zerstörten. Wir fanden keine Beweise für den Toltekischen Tempel, von dem die Legende sagte, er habe sich über dem Haus befunden. Wahrscheinlich war er niedergerissen worden, und sämtliche Hinweise auf ihn waren im Laufe der Zeit entfernt worden. Mir kam es vor, als sei das Haus selbst ein Beispiel der Maya-Architektur. Die Mauern, sowohl innen als auch außen, waren reich verziert. Trotzdem unterschied er sich von allem, was ich jemals in Zentralamerika gesehen habe.

Aber diese Dinge beschäftigten mich zu dieser Zeit kaum. Und sie schwanden mehr und mehr aus meinem Gehirn, als im dritten Jahr die Mordanschläge begannen. Was uns rettete, war das rasche Erkennen der Situation meinerseits. Was da vor sich ging, war nicht die Serie von unabhängigen Einzelfällen, sondern die verstärkte Anstrengung des früheren Besitzers, die Eindringlinge aus seinem Haus zu vertreiben. Das Messer, welches Tezlacodanal in meinen Rücken stieß, hätte mich töten können, wenn er anschließend die Kraft besessen hätte, mich zu überwältigen. Der Pfeil, der Cahunja traf, verfehlte seine rechte Lunge nur um Haaresbreite. Alonzo war einer der Unglücklichen. Seine Frau, eine Indianerin namens Gico Aine, erdolchte ihn.

> *Gico und Tezlacodanal (die Indianer, die als erste in unser Lager gekommen waren) flüchteten gemeinsam. Zwei weitere Indianer verließen uns, aber wir fingen einen von den beiden und richteten ihn hin, obwohl wir keinen Beweis gegen ihn hatten.*
> *Dies war der erste von vielen Mordanschlägen, über die ich in einem späteren Kapitel genau berichten werde, da sie einen nicht zu unterschätzenden Anteil zur zufälligen Entdeckung des Geheimnisses des »Grand Haus« beigetragen haben. Dieses Geheimnis, welches ...*

Die Seite war von dieser Zeile an quer zum Rücken eingerissen und am inneren Rand herausgerissen worden. Stephens sah nach, ob das Blatt vielleicht an anderer Stelle in das Buch gelegt worden war. Aber alles, was er entdeckte, war, daß weitere sieben Seiten fehlten. Ein rascher Blick ins Inhaltsverzeichnis zeigte ihm, daß sich auch dieses Kapitel mit dem Geheimnis des »Grand Haus« beschäftigte.

Stephens suchte nach anderen Hinweisen. Als er nichts fand, blätterte er zu jenem Kapitel zurück, das er gerade gelesen hatte und in dem der Name Tezlacodanal erwähnt worden war. Es war interessant für ihn, daß es Nachkommen gab. Er dachte immer noch darüber nach, als er plötzlich zusammenzuckte.

6

Schwaches Dämmerlicht durchzog den Raum. Es war so düster, daß er gerade noch zwei menschliche Gestalten ausmachen konnte, die neben ihm standen. Er starrte in die Dunkelheit, erfüllt von dem eigenartigen Gefühl eines Mannes, der zu nächtlicher Stunde von Einbrechern überrascht wird. Im ersten Augenblick erkannte er die beiden nicht wieder.

Eine Männerstimme erklang. »Keine Bewegung, Stephens!«

Der Tonfall ließ Stephens erstarren. Es lag eine unheimliche Drohung in ihm. Stephens schluckte und sah, nun, da sich seine Augen an das Licht gewöhnt hatten, daß mindestens ein Dutzend Leute in dem Zimmer waren.

Merkwürdigerweise verschaffte ihm das Erleichterung. Ursprünglich hatte er angenommen, zwei Menschen wollten ihn kurzerhand ermorden. Von mehreren erwartete er das nicht. Eine Begründung für seine Zuversicht gab es freilich nicht. Es war nur ein plötzlicher Gedanke, sonst nichts.

Er entspannte sich. Er dachte: Das ist die Gruppe, die Mistra ausgepeitscht hatte!

Die beiden Männer, die neben ihm gestanden hatten, zogen sich zu den nächsten Stühlen zurück. Der eine, der schon zuvor gesprochen hatte, sagte: »Stephens, machen Sie keine falsche Bewegung! Wir tragen Nachtgläser. Wir können Sie deutlich sehen.«

Eine Pause; dann: »Stephens, wer sind Sie?«

Stephens, der sich überlegte, was Nachtgläser seien, sagte völlig verwirrt: »Wer ich bin? Was meinen Sie damit?«

Er hatte vorgehabt, noch weiterzusprechen, aber er hielt inne. Die Außergewöhnlichkeit der Frage verblüffte ihn. Das flaue Gefühl in der Magengegend kam wieder. Die Bande hätte ihm eine solche Frage kaum gestellt. Sie wußten, wer er war.

Seine Gedanken erreichten diesen Punkt, und er sagte: »Wer sind *Sie?*«

Eine Frau hauchte aus der Dunkelheit: »Ich konnte seine Gedanken erkennen. Ich glaube, er ist unschuldig.«

Der Mann, der der Anführer der Gruppe zu sein schien, ignorierte die Unterbrechung. »Stephens, im Augenblick sind wir mit Ihrem Wissen über diese Affäre nicht einverstanden. Wenn Sie wirklich der sind, der Sie zu sein vorgeben, rate ich Ihnen dringend, unsere Fragen zu beantworten. Wenn Sie es nicht sind, dann werden Sie natürlich versuchen, uns hinters Licht zu führen.«

Stephens hörte mit nüchterner Wachsamkeit zu. Diese Sache führte zu – er wußte es nicht. Wieder beschlich ihn das Gefühl der Unwirklichkeit. Es kam ihm der Gedanke, daß er als Tannahills Anwalt Zugang zu einer Reihe von Informationen erhalten könnte. Beinahe ungehalten sagte er: »Ich weiß zwar nicht, worauf Sie hinauswollen, aber fahren Sie fort.«

Aus dem Hintergrund erklang das gedämpfte Lachen der Frau, die sich zuvor eingeschaltet hatte. »Er glaubt, er könne von uns etwas erfahren.«

Der Wortführer machte einen verwirrten Eindruck. »Meine Liebe, wir begrüßen deine Fähigkeit, Gedanken lesen zu können, aber enthalte dich bitte derart unnötiger Kommentare.«

»Jetzt ist er beunruhigt.« Sie brach ab. »Schon gut, ich bin still.«

Schweigen folgte. Es lastete schwer auf Stephens. Eine Gedankenleserin! Zuerst wollte er zynisch darauf reagieren, und doch spürte er, wie weit sich die Kreise zogen. Geld, Intelligenz und Brutalität spielten eine Rolle, und sie schlugen oder erschossen einen Menschen ohne Zögern.

Es durchrieselte ihn wieder, und er erhielt ein klares Bild seiner jetzigen Lage. »Nanu, ich werde ja verhört.«

Und er hatte keine Ahnung, wie die Anklage lautete.

Ehe er noch sprechen konnte, sagte der Mann: »Stephens, wir haben uns um Ihre Vergangenheit gekümmert. Es besteht kein Zweifel daran, daß es einen Allison Stephens gab, der vor einunddreißig Jahren in Nordkalifornien geboren wurde. Ein Knabe dieses Namens besuchte in einem Städtchen die Grundschule, dann die Hochschule in San Francisco. Neunzehnhundertzweiundvierzig ging er zur Marine.«

Der Sprecher hielt inne, und Stephens hatte bei jeder Beschreibung ein gedankliches Bild vor Augen gehabt – die Stadt, in der er seine Kindheit verbracht hatte, ein Erlebnis auf der Hochschule, jener Tag, an dem er bei der Marine eingerückt war. Er nickte abwesend und wartete. Das waren alles Dinge der Wirklichkeit. Die Stille lastete lange auf ihnen. Er erkannte, daß sie der Gedankenleserin Zeit gaben, seine Reaktionen zu studieren. Es beruhigte ihn etwas. Blitzartig kam ihm etwas in den Sinn, woran er zuvor nicht gedacht hatte. Verwundert fragte er: »Augenblick mal. Für wen halten Sie mich?«

Die Frau antwortete ihm: »Ich glaube, es hat keinen Sinn, diese Sache noch weiterzuführen. Ich sah, wie sich die Frage formte, und sie kam mit der gefühlsmäßigen Überraschung, die in seiner Stimme lag.«

Ein zweiter Mann meldete sich: »Aber warum hat er sich in Tezlas Wohnung geschlichen?«

»Stephens, beantworten Sie diese Frage zu unserer Zufriedenheit, und Sie haben nichts zu befürchten.«

Stephens' Lippen öffneten sich, um zu beschreiben, wie er Tezla vor dem Waldorf Arms gesehen hatte. Er hielt aber inne. Er hörte die Frau sagen: »Jetzt ist er verärgert. Es kam ihm plötzlich zu Bewußtsein, daß wir mit ungehöriger Frechheit hier eingedrungen sind, um ihn zu verhören, als hätten wir ein Recht dazu.«

Das Lachen aller dröhnte durch den Raum. Als es verklang, sagte der Wortführer in unergründlichem Tonfall: »Aber trotzdem, was veranlaßte ihn, hineinzugehen? Stephens, lassen Sie Ihren Verstand nicht von Ihrem Zorn überwältigen. Antworten Sie!«

Stephens zögerte. Die Ernsthaftigkeit des anderen beeindruckte ihn; und nebenbei, warum wollte er es nicht tun? Wenn ihm eine Antwort diese unangenehmen und gefährlichen Leute vom Halse schaffte, dann sollte er sie lieber geben. Gelassen tat er es.

»Ich hatte gerade mit Tannahill gesprochen, und er erwähnte, daß Mistra Lanett die Sekretärin seines Onkels gewesen sei. Das brachte sie mit euch in Verbindung, und als ich diesen – sah ...«, er zögerte, »... wie heißt er doch?«

Die Frau unterbrach ihn: »Ich erblicke dahinter tiefere Beweggründe als das. Ich glaube, er hoffte, Mistra wiederzufinden. Ich glaube, sie hat ihm den Kopf verdreht.«

Sie erhoben sich. Ein Mann sagte mit gesenkter Stimme: »Nehmt ihm die Bücher weg!«

Die Tür wurde geöffnet. Schritte waren zu hören, und dann das Geräusch startender Motoren. Das Motorengeräusch schwand bald in der Ferne.

Stephens besah sich die Tür. Zuerst war Mistra hier eingedrungen und nun diese Bande. Es war an der Zeit, ein neues Schloß zu montieren; allein die Tatsache, daß sie alle den richtigen Schlüssel besessen hatten, war eine Untersuchung wert. Er zog sich in eines der Schlafzimmer zurück. Zum ersten Male tauchte in ihm der Gedanke auf, daß die Gedankenleserin einen wichtigen Punkt übersehen haben mußte.

Sie hatte nicht bemerkt, daß er im Schreibtisch der Mexikanischen Import-Gesellschaft den Schlüssel zu Tezlas Residenz gefunden hatte. Dies erschien ihm als ein bedeutender Fehler ihrerseits. Somit blieb er im Besitz unzähliger Adressen, die er gleich morgen früh unter die Lupe nehmen konnte. Vielleicht war Mistras unter ihnen.

Diese Aussicht erregte ihn, und er schlief mit dem Gedanken ein: Sie ist schön, sie ist schön ... schön ...

Kurz nach neun am nächsten Morgen kam er bei einem Häuserblock, der ersten Adresse, an. Die gewünschte Hausnummer entpuppte sich als ein kleines Grundstück. Das Haus stand in einiger Entfernung von der Straße, und das Grundstück war von einem hohen eisernen Zaun umgeben. Ein kleiner Junge, der vorbeikam, meinte: »Oh, das ist das Haus von Richter Adams.«

Bestürzt dachte Stephens: Aber das ist doch lächerlich! Richter Adams würde niemals ...

Er konnte nicht sagen, was Richter Adams tat oder nicht tat.

Es dauerte bis elf Uhr, ehe er alle Adressen überprüft hatte, die auf seinem Zettel standen. Sie waren die Wohnstätten der bedeutendsten Leute der Stadt: Richter William Adams, Richter Alden Porter, John Carewell und Martin Grant, die Inhaber der beiden Tageszeitungen, die Leiter von drei Bauunternehmen, Madeleine Mallory, die Besitzerin der einzigen Privatbank des Ortes, zwei wohlbekannte Damen der Gesellschaft und ein prominenter Importeur.

Und schließlich noch J. Aswell Dordee, Besitzer der großen Stahlwerke im Osten, der sich trotz seiner jungen Jahre aus gesundheitlichen Gründen nach Almirante zurückgezogen hatte.

Die Liste war derart eindrucksvoll, daß in Stephens das Gefühl wuchs, er habe sich in ein Hornissennest gesetzt. Sein anfänglicher Eindruck, daß er den Mitgliedern drohen könnte, wenn sie weiterhin hinter Tannahill her waren, wich der unangenehmen Erkenntnis, daß die Stadt in fester Kontrolle war.

Er fuhr zur größeren der beiden Tageszeitungen und verbrachte über eine Stunde in der Bibliothek und studierte die Fotos prominenter Leute von Almirante. Er verlangte nicht nach besonderen Aufnahmen, und so konnte er nur sieben Personen ausfindig machen, die er identifiziert hatte.

Er studierte die Gesichter. Er versuchte sich vorzustellen, ob sich diese Gesichter mit Hilfe von Masken in die Gesichter der Bandenmitglieder umformen ließen. Er war sich nicht sicher. Er hätte sie persönlich sehen und ihre Stimmen zum Vergleich hören müssen. Sogar dann konnte er kein endgültiges Urteil fällen. Eine Stimme, so hatte ihm ein Schauspieler einst versichert, war leicht nachzuahmen. Was die äußere Erscheinung betraf, so sah — hatte man kein Gesicht zum Vergleich — der eine wie der andere aus, sofern die Figur halbwegs übereinstimmte.

Ungewiß darüber, wie sein nächster Schritt aussehen sollte, verließ Stephens das Verlagshaus. Es war der 24. Dezember, ein schlechter Tag für Nachforschungen. Die Geschäfte würden zwar bis neun Uhr geöffnet bleiben, aber die meisten Bürohäuser waren bereits verlassen. Es drängte ihn, die Suche nach Fingerabdrücken von Newton Tannahill zu beginnen. Er gestand sich ein, daß dies ohne Hilfe der Polizei recht schwierig werden konnte. Gleich nach den Feiertagen würde er Miss Chainer damit beauftragen, Dokumente herauszusuchen, die der alte Tannahill unterzeichnet hatte. Die Fingerabdrücke, die sich unweigerlich auf dem Papier befinden mußten, waren aber kein

Beweis. Und trotzdem war es einer jener Schritte, die er unternehmen mußte.

Widerwillig machte sich Stephens auf den Heimweg. Im letzten Augenblick entschloß er sich, den Weg an Waldorf Arms vorbei einzuschlagen.

Nachdem er diese schicksalsschwere Entscheidung gefaßt hatte, war es mehr als verständlich, daß er fünfzig Meter vor dem Eingang des Gebäudes parkte, um zu warten, ob jemand kam. Er hatte vielleicht zehn Minuten gewartet, als völlig unerwartet die Wagentür aufging. Mistra Lanett schwang sich auf den Sitz. Sie atmete schwer.

»Ich möchte, daß Sie mir helfen, in mein Apartment zu gelangen. Ich habe Angst davor, den Spießrutenlauf allein zu machen.«

7

Stephens antwortete nicht gleich. Er bewegte sich auch nicht. Ein eigenartiger verschwommener Gedanke haftete in einem Winkel seines Geistes, halb ärgerlich, halb freudig. Er war glücklich, sie wiederzusehen, und gleichzeitig ärgerte er sich, daß sie solch melodramatische Methoden wählte, um an ihn heranzukommen. Er mußte allerdings zugeben, daß sie in letzter Zeit keine andere Wahl gehabt hatte.

Er fand seine Stimme wieder. »Wie geht es deiner Wunde?« fragte er, so förmlich er nur konnte.

Mistra winkte ungeduldig ab. »Ach, das. Sie heilte über Nacht.«

Sie trug ein grünes Kostüm, das zur Farbe ihrer Augen paßte. Die Wirkung war erstaunlich; ihre Erscheinung war in einen eigenartigen Glanz getaucht.

Er verzichtete darauf, es auszusprechen. Statt dessen sagte er: »Ich hoffe, es ist dir klar, daß du mir eine Menge Erklärungen schuldig bist.«

Er merkte, daß sie ununterbrochen zum Eingang des Apartmenthauses hinübersah. Ohne ihn anzusehen, erwiderte sie: »Darüber können wir uns drinnen unterhalten. Bitte — wir wollen keine Zeit verschwenden.«

»Du meinst — irgend jemand könnte dich daran hindern, das Haus zu betreten?«

»Nicht in Begleitung eines Mannes.«

Mistra stieg aus. »Gehen wir!«

Niemand versuchte, sie aufzuhalten. Stephens, der vergangene Nacht zu beschäftigt gewesen war, fand nun Zeit und Gelegenheit, sich über das zu wundern, was er sah. Die Decken lagen hoch und waren reich verziert. Teppiche, die offensichtlich Tausende von Dollars wert waren, lagen auf dem Boden.

Der Aufzug hielt im dritten Stockwerk, und sie gingen einen geräumigen Korridor entlang. Er wurde von versteckten Lichtquellen erhellt, die einen kühlen bläulichen Schimmer verbreiteten. Mistra hielt vor einer Glastür an. Stephens sah durch sie hindurch eine zweite Tür, die aus Metall gefertigt sein mußte und lichtundurchlässig war. Ihr Schlüssel fuhr in ein beinahe unsichtbares Schloß an der Außentür. Sie schwang mit einem saugenden Geräusch auf.

Mistra ging hinein, und Stephens folgte ihr. Sie wartete im Vorzimmer, bis sich die erste Tür geschlossen hatte. Dann erst schloß sie die innere Tür auf. Sie führte in einen Korridor, dessen Decke ungewöhnlich hoch lag. Fünfzehn Fuß, schätzte Stephens.

Das Zimmer, in das sie ihn führte, besaß die gleiche Höhe. Mistra hatte ihre Stola und die Handtasche in einen Sessel geworfen und ging auf eine eingerichtete Hausbar zu.

Stephens nahm seine Nambu heraus. »Ich glaube, ich sehe mich besser einmal um.«

»Das ist nicht nötig«, sagte Mistra, ohne sich umzudrehen. »Hier sind wir sicher.«

Ihre Zusicherung beruhigte ihn keineswegs. Er ging in einen Korridor, der zu zwei Schlafzimmern führte, von denen jedes mit Bad ausgestattet war. Am Ende des Korridors führte eine Treppe zu einer verschlossenen Tür hinauf. Es überraschte ihn, daß sie aus Metall war und ziemlich fest zu sein schien.

Er kehrte ins Wohnzimmer zurück und folgte einem zweiten Korridor, der auf den ersten Blick in eine Art Musikzimmer zu führen schien. Hinter Glasbehältern stapelten sich vom Boden bis zur Decke Plattenalben.

Aber nur an der Wand, die der Tür gegenüberlag. Zu seiner Rechten befand sich etwas, was einer elektronischen Anlage glich. Stephens vermutete, daß es sich um einen Plattenspieler, einen Fernseher, ein Radio handelte. Als er näher hinsah, entdeckte er noch ein Sendegerät und dessen Kontrollpult. Er schüttelte den Kopf, wandte sich ab und entdeckte das Bücherregal.

Es standen eine Menge Bücher darin. Er wurde von eigenartiger Neugier in bezug auf Mistras Lesegeschmack gepackt. Die ersten Bretter waren in dieser Beziehung wenig ergiebig. Wie er feststellte, handelte es sich um Hunderte von technischen Büchern.

Er ging sie nun rascher durch und fand schließlich Geschichtswerke. Einige waren in spanischer Sprache. Einige englische Titel fielen ihm auf: *Die Geschichte der spanischen Zivilisation in Amerika, Popul Vuh, Spanische Einflüsse im alten Mexiko, Die Anfänge Almirantes, Tanequila der Verwegene, Die Geschichte des »Grand Haus«* ...

Das Klirren von Gläsern aus dem Wohnzimmer beendete sein Interesse an den Büchern. Das Geräusch erinnerte ihn daran, daß man eine schöne Frau nie zu lange allein lassen sollte, damit ihr Interesse sich nicht anderen Dingen zuwandte — und anderen Männern. Er fand sie hinter der Bar, wo sie einige Flaschen bereitstellte.

Sie begrüßte ihn mit einem Lächeln: »Willst du erst mit mir schlafen, oder ist dir ein Drink lieber?«

Stephens wurde von dieser offenen Einladung völlig überrumpelt. Schließlich fragte er mit bebender Stimme: »Fühlst du dich schon wieder in meiner Schuld?«

»Ich erkenne scharfsinnig«, meinte sie leichthin, »daß du

im Augenblick nicht mit Alkohol zu locken bist.« Gleichzeitig kam sie hinter der Bar hervor. »Na schön, wenn es das ist ... Aber ich hoffe, daß du das Weihnachtsfest mit mir gemeinsam verbringst und daß wir unseren Drink nachher bekommen.« Sie nahm seine Hand und zog ihn mit sich. »Zu meinem Schlafzimmer geht es hier entlang«, sagte sie.

Während sie in ihr Liebesspiel vertieft waren, flüsterte sie: »Du weißt ja, daß meine Wunden verheilt sind. Du brauchst nicht mehr mit mir umzugehen wie mit einem rohen Ei.«

Stephens wurde ärgerlich. »Warum spielst du zur Abwechslung nicht mal deine Rolle als Frau, anstatt dauernd herumzukommandieren? Ich bin überzeugt, daß du mittlerweile erkannt hast, daß man sich angemessen um dich kümmert.«

Sie schwieg, dann: »Du bist ein Experte«, gab sie zu. »Du mußt sehr viel Erfahrung haben.«

»Nicht so viel, wie ich gern hätte«, erwiderte Stephens.

»Ich bin unsagbar froh, daß du mir ausgerechnet jetzt über den Weg gelaufen bist.«

»Ich hoffe, daß dieser Zustand bei dir anhält.«

Plötzlich bekam ihre Stimme einen völlig anderen Klang, und sie wurde derart ernst, daß er dachte: Sie läßt mich mit ihr schlafen, weil sie mich ganz dringend in ihrer Nähe braucht. Im Grunde war das kein neuer Gedanke, nur schien er in diesem Moment weitaus einleuchtender als vorher. Er ertappte sich dabei, daß er sich fragte, ob ihre Einschätzung von ihm den Tatsachen entsprach. Hätte er ihr geholfen, wenn da in seinem Hinterkopf nicht die Erinnerung an ihre erste Affäre gewesen wäre und zugleich die Hoffnung, daß er noch einmal ein derartiges Erlebnis haben würde? Es war angenehm zu erkennen, daß er eine solche abgeschmackte Wahl nicht zu treffen brauchte.

Später bat sie ihn: »Zieh dich nicht an. Nimm diesen Morgenmantel.«

Sie selbst schlüpfte in ein hellblaues Negligé, das von ihrer Figur mehr enthüllte, als es verbarg. An der Bar, während sie zwei Gläser mit einer dunkelbraunen Flüssigkeit füllte, sagte sie: »Willst du mir weismachen, daß dich noch keine andere Frau in Almirante entdeckt hat — daß ich dich ganz für mich allein habe?«

Das stimmte zwar nicht ganz, jedoch entsprach das von diesem Moment an der Wahrheit. Da hatte es mal eine verheiratete Frau gegeben, die ihren Mann und ihre Kinder verlassen hatte, nachdem sie erfuhr, daß ihr Mann sich gelegentlich die Zeit mit einer Geliebten vertrieb. Sie wurde Stephens' Geliebte, kurz nachdem er nach Almirante gezogen war. Sie behandelte ihre Beziehung wie ein Geheimnis und redete, während sie miteinander schliefen, unaufhörlich von ihrer Familie. Zwei Wochen vor Weihnachten gestand sie Stephens unter Tränen, daß ihr Mann sie gebeten hatte, wieder zu ihm zurückzukommen, und daß sie es nicht mehr länger ertragen konnte, von ihren Kindern getrennt zu sein.

Anschließend hatte sie es eilig, in ihr Zuhause zurückzukehren. Stephens hatte das Gefühl, daß sie sich in den Monaten ihre Beziehung seiner nicht ein einziges Mal als Geliebter bewußt gewesen war.

Stephens sagte: »Keine andere Frau in Almirante hat diese Entdeckung gemacht.« Er war überzeugt, daß er damit nicht gelogen hatte.

Mistra nahm eines der Gläser und stellte es vor ihn.

»Versuche es einmal, du hast bestimmt noch nichts dergleichen getrunken.«

Stephens setzte sich und betrachtete das Getränk mißtrauisch. Es sah wie schmutziges Wasser aus.

»Was ist das?«

»Versuche es.«

Es war ihm, als habe er ein brennendes Streichholz in den Mund gehalten. Das Feuer brannte seine Kehle hinunter und wurde in seinem Magen zu einer wahren Höllenlohe. Nach Luft schnappend, setzte er das Glas ab. Tränen traten ihm in die Augen.

Er saß da und schämte sich. Allison Stephens, der schon eine Menge Alkohol getrunken hatte, war durch einen einzigen Drink außer Gefecht gesetzt worden. Er wischte sich die Tränen aus den Augen und sah das Mädchen an ihrem Drink nippen. Sie beobachtete ihn belustigt.

»Nicht aufgeben«, meinte sie ermutigend. »Der Geschmack ähnelt klassischer Musik. Umfassend und melodiös.« Sie lächelte. »Besser als irgendein anderes Getränk, finde ich.«

Stephens trank wieder. Das Brennen war noch genauso unvermindert da. Aber diesmal hustete er nicht.

Als er die Wirkungen überstanden hatte, sah er die junge Frau an.

»Ich frage noch einmal, was ist das?«

»Octli.«

Stephens mußte ziemlich dämlich ausgesehen haben.

»Ein altes Maya-Getränk«, erklärte Mistra. »Dieses ist allerdings meine Spezialversion.«

Der Hinweis auf die Mayas erinnerte Stephens an die Bücher in ihrem Bücherbrett. Er nahm noch einen Drink und sagte dann langsam: »Was hat das alles zu bedeuten? Wer sind die Leute, die dich ausgepeitscht haben?«

»Oh ...« Sie zuckte die Schultern. »Mitglieder eines Klubs.«

»Was für ein Klub?«

»Der exklusivste Klub der Welt«, sagte sie und lachte leise.

»Was sind die Voraussetzungen?« Stephens blieb hartnäckig, obwohl er wußte, daß sie ihn zum Narren hielt.

»Man muß unsterblich sein«, sagte Mistra. Sie lachte wieder. Ihre Augen leuchteten in sattem Grün. Ihr Gesicht lebte und drückte Freude aus.

Stephens wußte, daß er von ihr keine befriedigende Antwort erhalten würde, wenn er nicht selber aus sich herausging. »Sieh mal«, sagte er, »was ist mit den Büchern? Was ist das Geheimnis des ›Grand Haus‹?«

Eine ganze Weile starrte ihn Mistra unverwandt an. Sie war leicht rot geworden, und ihre Augen blitzten. Schließlich sagte sie: »Habe ich dich doch in der Bücherei gehört. Wieviel hast du gelesen?«

»Jetzt gar nichts.« Stephens erzählte ihr von den

Büchern, die er aus Tezlas Wohnung gestohlen hatte. Sie nickte und wurde nachdenklich.

»Jene Seiten fehlten auch in meinen Büchern, als ich sie erhielt.«

»Und die ausgestrichenen Wörter?«

Sie nickte. Einen Augenblick lang blieben sie stumm, und Stephens gewann den Eindruck, daß sie ihm mehr erzählen wollte.

Sie tat es.

»Zufällig kenne ich die Namen, die ausgestrichen wurden. Es sind alles Namen, die von unserem kleinen ...«, sie lachte, sah ihn fragend an und beendete dann den Satz, »... Kult übernommen wurden.«

Stephens nickte langsam. Das Denken fiel ihm schwer. »So ist das also«, sagte er schließlich. Seine Stimme klang müde.

»So ist das.«

Er sah, wie sie sein Glas neu füllte. Er beobachtete sie wie eine Eule und trank dann weiter.

»Was, zum Teufel«, sagte er unbestimmt, »ist nur mit Kalifornien los? Überall verrückte Kulte, wohin man schaut.« Ärger durchrieselte ihn. »Diese sogenannte frühmexikanische Zivilisation. Wenn jemals ein Volk die Seele verloren hat, dann dieses.«

Die Augen, die ihm zusahen, glichen zwei Edelsteinen. Stephens fuhr grimmig fort:

»Von allen blutrünstigen Zivilisationen schossen die alten Mexikaner den Vogel ab. Am Ende wurden mehr als fünfzigtausend Menschenopfer einer Handvoll Göttern und Göttinnen dargebracht. Blutige Teufel! Ausgeburt kranker Gehirne!«

Er bemerkte, daß er sein zweites Glas bereits ausgetrunken hatte. Er kam unsicher auf die Beine und lehnte sich an die Bar. »Sprechen wir nicht mehr darüber. Sprechen wir von dir. Und bitte nicht mehr nachschenken. Wenn ich noch einen Schluck trinke, dann bin ich betrunken.«

Er ging auf sie zu und nahm sie in die Arme. Sie bot seinem Kuß keinen Widerstand, und wenig später erwiderte sie ihn. Fast eine Minute standen sie umarmt da und küßten sich. Dann ließ er sie los und trat zurück.

»Du bist die hübscheste Frau, die mir je begegnet ist.«

Er sah, daß sie ihn wieder erwartungsvoll ansah. Es kam ihm wie eine Einladung vor. Wieder umarmte er sie, und sie erwiderte seine Zärtlichkeiten.

Als er sie diesmal losließ, drehte sich alles rund um ihn. Stephens hielt sich mit der Hand an der Bar fest und entschuldigte sich. »Ich bin betrunken!«

»Ich habe dich vergiftet«, sagte Mistra.

Stephens versuchte einen wütenden Schritt auf sie zu und sah den Fußboden auf sich zukommen. Der Aufschlag machte ihn einen Augenblick nüchtern.

»Aber warum? Was habe ...?«

Das war nicht das letzte, woran er sich erinnerte; aber es war das letzte, woran er sich klar erinnerte.

8

Als Stephens aufwachte, schien ihm die Sonne in die Augen. Lange starrte er benebelt an die Decke des fremden Zimmers und wußte dann plötzlich, wo er war. Er kletterte aus dem Bett und zögerte, als er sich erinnerte. Langsam entspannte er sich. Er lebte. Welchen Grund sie auch für seine Vergiftung gehabt haben mochte, gefährlich war ihr Gift nicht gewesen.

Seine Kleider lagen auf einem Sessel. Er zog sich rasch an und spähte dann aus der Tür seines Zimmers. Wie er sich erinnerte, gab es noch ein zweites Schlafzimmer. Er schlich hin, fand die Tür offen und sah hinein.

Sekundenlang starrte er auf die schlafende Mistra. Ihr Gesicht sah strahlend jung aus. Unter anderen Umständen hätte er sie bestimmt für jünger gehalten, als sie wirklich war. Mindestens fünf, sechs Jahre. Eher vierundzwanzig denn dreißig.

Er erinnerte sich daran, daß sie die ganze Nacht aufgewesen war und er sie gehört hatte. Er konnte nicht sagen, ob er im gleichen Raum oder im angrenzenden gewesen war. Sie hatte mehrmals laut aufgeschrien und hatte oft vom »Grand Haus« gesprochen.

Das meiste davon war verwirrend gewesen, aber dennoch erinnerte er sich an einiges. Es mußte sich in sein Gehirn gebrannt haben, wie der Octli in seine Kehle. Er fühlte sich erbärmlich, wenn er daran dachte. Er wollte sich zurückziehen, als er bemerkte, daß sie ihre Augen geöffnet hatte und ihn beobachtete.

Stephens trat automatisch einen Schritt zurück. Ihre Augen hatten sich verändert. Sie lagen tief und waren dunkel. Er erinnerte sich an den seltsamen, glimmenden Glanz der Augen. Später war er dann zu müde geworden, um irgend etwas wahrzunehmen.

Plötzlich wußte er, daß sie älter als fünfundzwanzig, ja älter als dreißig war. Sie hatte etwas von Unsterblichkeit gesagt. »Das Haus ist alt«, hatte sie im Dunkel der Nacht gesagt, mit seltsamer Erregung, so, als hätten sich Augenblicke ihres früheren Lebens aus der Erinnerung befreit und ihr eine tödliche Vision gezeigt. »Das Haus ist alt, sehr alt.«

Wie er so dastand, erkannte Stephens schließlich das Geheimnis des »Grand Haus«.

Er spürte einen kalten Schauer, als er bemerkte, daß sie wußte, was er wußte. Sie hatte ihre Lippen geöffnet. Sie richtete sich im Bett halb auf, als wolle sie ihm näher kommen. Die Decke schien von ihrem Körper hinwegzuschmelzen. Ihre Augen glichen flammenden Tümpeln im Licht der Sonne, das durch das Fenster hereinfiel. Die Züge waren hart wie die einer Steinskulptur, und ihr Körper war unschön, so verkrampft und steif.

Übergangslos entspannte sie sich und sank in die Kissen zurück. Sie lächelte. »Was ist los? Willst du dich an mich heranschleichen?«

Der Bann war gebrochen. Stephens schien aus der Tiefe phantastischer Vorstellungen heraufzukommen und wurde sich bewußt, wie erschüttert er war. Diese junge Frau war zu naturalistisch.

»Nein, ich wollte mich rasieren.«

»Du findest im großen Badezimmer Rasierzeug.«

Während des Rasierens erinnerte er sich daran, daß es der erste Weihnachtsfeiertag war. Er beschäftigte sich nicht lange damit. Seine Gedanken kehrten zu Mistra zurück. Er hörte sie jetzt nicht mehr, das ganze Apartment war still, nur seinen eigenen Atem hörte er. In dieser Stille kamen seine Gedanken wieder auf das eine Thema zurück.

Er fragte sich, ob eine solche Idee, war sie einmal in das Gehirn eines Menschen gedrungen, jemals wieder über Bord geworfen werden konnte. Er zog sich fertig an und ging zur Bibliothek hinüber.

Was ich brauche, dachte er, ist eine genaue Kenntnis dieser Bücher.

Die Geschichte des Grand Haus befand sich nicht am ursprünglichen Platz. Nach kurzem Suchen wußte er, daß er sich nirgends befand. Ebenso fehlten *Die Anfänge Almirantes* und *Tanequila der Verwegene*.

Überrascht wich Stephens zurück. Es schien ihm unverständlich, weshalb sie die Bücher entfernt hatte. Er stand immer noch da, als er ihre Dusche rauschen hörte.

Mistra war aufgestanden.

Stephens durchquerte das Wohnzimmer und den Gang, der zu ihrem Schlafzimmer führte. Sonnenlicht fiel durch die südlichen und östlichen Fenster herein, und bei diesem strahlenden Wetter konnten sich die Nebel in seinem Gehirn nicht lange halten. Er fühlte sich wie ein Narr. Das Märchen von der Unsterblichkeit entschwand. Aber andererseits gab es eine Menge Dinge, die er gern gewußt hätte.

Die Schlafzimmertür stand offen. Stephens klopfte, laut genug, um seine Gegenwart anzuzeigen, aber nicht lange genug, daß Mistra es im Lärm des fallenden Wassers hätte hören können. Drinnen glich die Brause einem donnernden Wasserfall. Er sah, daß die Badezimmertür ebenfalls offenstand. Ein Nebel strich hervor.

Das Rauschen des Wassers verstummte. Er vernahm das

Patschen nackter, nasser Füße. Dann kam Mistra, in einen riesigen Bademantel gehüllt, aus dem Badezimmer. Sie sah ihn gedankenvoll an, sagte aber nichts. Sie setzte sich vor den großen Spiegel und fing an, die Haare zu kämmen.

Stephens wartete. Sie war eine wunderschöne Frau, dachte er. Ihr blondes Haar, ihre strahlendgrünen Augen, ihr schmales und gutgezeichnetes Gesicht ließen sie jung und zugleich intelligent erscheinen. Er bezweifelte, ob ihre weiblichen Vorfahren immer nach rassischen Grundsätzen gewählt hatten. Diese Frau hatte ein wildes Blut in ihren Adern.

»Während der Nacht scheinst du dir wegen der Herkunft des Mamors des ›Grand Haus‹ Sorgen gemacht zu haben. Weiß es überhaupt jemand?«

Er sah ihr Gesicht im Spiegel. Die Augen hoben sich und starrten ihn unverwandt und fragend an. Er meinte schon, sie wolle ihm nicht antworten, als sie sagte: »Ich hatte also wieder einen dieser Octli-Alpträume.« Sie lachte hell auf. »Ich glaube fast, ich sollte dieses Zeug nicht mehr trinken.«

Stephens fiel auf, daß es nicht das Lachen eines amüsierten Menschen war. Außerdem hatte sie seine Frage nicht beantwortet. Er wartete, bis sie zu lachen aufhörte.

»Diese Steinquader ...«

»Woher soll ich das wissen?« fuhr sie dazwischen. »Der verdammte Ort ist älter als tausend Jahre.«

Stephens blieb beharrlich. »Ich las im ersten Teil des Buches über das ›Grand Haus‹, daß niemand weiß, wer das Haus gebaut hat, aber irgendwo müssen sich doch Hinweise finden lassen, woher die Quader kamen.«

Er merkte, daß ihn Mistras Augen aus dem Spiegel ansahen und sie ironisch lächelte. »Männer interessieren mich nicht mehr, wenn sie so sind, wie du jetzt. Du bist ein eigenartiger Mensch. Du suchst nach Hinweisen und wunderst dich nicht einmal darüber, daß ich dich eingeschläfert habe.«

»Ich sehe dir an, daß du meine Erklärungen für richtig hältst, und trotzdem kämpfst du weiter.«

Stephens hatte sich nach vorn gelehnt und ihre Antwort

mit Neugier erwartet. Jetzt kam er sich reichlich dumm vor. Es war nichts weiter als ein Kult, der eine alte blutrünstige Religion praktizierte. Seine Mitglieder lebten mit Namen von Leuten, die längst tot waren. Es war eine esoterische Gruppe, die amoralisch und vielleicht sogar kriminell war. Ohne sich dessen bewußt zu sein, hatte er sich selbst in diese unnatürliche Atmosphäre hineinziehen lassen, bis sein Gehirn vor einer halben Stunde die Unmöglichkeiten erkannte.

Langsam fing er zu sprechen an: »Warum hast du mich eingeschläfert?«

Sie antwortete ohne Zögern: »Ich habe dich nur willenlos gemacht, weil ich dachte, ich könnte von dir etwas erfahren.«

»Das verstehe ich nicht.«

Sie zuckte die Schultern. »Außerdem wollte ich wissen, ob du wirklich der Mensch bist, für den dich die anderen halten.«

»Für wen halten sie mich denn?«

Sie drehte sich um und blickte ihm ins Gesicht. »Hast du das noch nicht erkannt? Jemand hat das ›Grand Haus‹ erbaut. Wer? Darüber haben wir uns all die Jahre den Kopf zerbrochen.«

Die Antwort enttäuschte Stephens. Wieder dieser Unsinn. Er hatte kein Interesse mehr.

»Wenn du der Erbauer bist, dann hast du es mir gut verheimlicht. Wie es auch sei, es macht nichts aus, wenn sich die anderen darüber den Kopf zerbrechen.«

Das überraschte ihn. Ob alles verrückt war oder nicht, ein Mensch war getötet worden. Weshalb sollten sie dann nicht auch Allison Stephens umbringen, wenn er ihnen gefährlich erschien? Weil irgend so ein Wahnsinniger meinte, er sei tausend Jahre alt. Besorgt fragte er: »Wer hat John Ford, den Hausmeister, umgelegt? Das hängt doch mit euch zusammen, oder nicht?«

Sie schüttelte entschieden den Kopf. »Kein Mitglied unserer Gruppe ist dafür verantwortlich. Unser Gedankenleser überprüfte sämtliche dreiundfünfzig Leute.«

»Dreiundfünfzig!« stieß Stephens hervor. Er hatte keine derart genaue Information erwartet.

Mistra schien ihn nicht zu hören. »Es muß sich um einen normalen Mord handeln. Vielleicht kommt es meinen Absichten entgegen; ich weiß es jetzt noch nicht.«

Ihre Absichten! Dieser Hinweis zog Stephens' Aufmerksamkeit auf sich. Das hatte er wissen wollen. Er lehnte sich vor und fragte sie, ohne dabei eine Antwort zu erwarten: »Was sind deine Absichten?«

Lange herrschte Schweigen. Ihre Finger ordneten weiter die Haare. Das Spiegelbild ihres Gesichtes zeigte eine überlegende Miene. Schließlich griff sie nach unten, öffnete eine Lade und nahm ein einzelnes Blatt heraus. Ohne ihn anzusehen, sagte sie: »Das ist ein Ultimatum, das ich in Kürze über Funk der Regierung von Lorilla zukommen lassen werde. Die Zeitdauer bezieht sich auf den Zeitpunkt der Sendung. Ich wünschte, sie würden der Sache so weit glauben, daß sie das Industriegebiet räumen. Doch hör zu!«

Sie las langsam und mit klarer, fester Stimme:

An die Arbeiter des Atomprojektes, das als »Blackout« bekannt ist. In zwei Stunden wird das gesamte Fabrikgebiet mit Energieblitzen von einem Raumschiff aus zerstört werden. Dieser Angriff wurde beschlossen, da Eure Führer einen atomaren Überraschungsangriff auf die Vereinigten Staaten von Amerika planen.
Geht nach Hause. Laßt Euch von niemandem aufhalten. Bis zwölf Uhr müßt Ihr die Werkhallen verlassen haben. Es gibt keine Abwehr gegen uns.
Wir erlauben keinen Atomkrieg auf der Erde!

Sie sah auf. »Ich werde die Zeit ändern, aber der restliche Text bleibt. Was hältst du davon?«

Stephens hörte es kaum. Zuerst wirbelten seine Gedanken wild durcheinander, bis sie sich langsam sortierten. »Bist du verrückt?«

Sie blieb kalt. »Sehr normal, sehr entschlossen, und

irgendwie auf deine Hilfe angewiesen. Niemand kann eine gut verteidigte Festung bezwingen.«

Stephens fuhr wild dazwischen: »Wenn du Lorilla angreifst, dann werden sie es den Vereinigten Staaten zuschieben und sofort zurückschlagen.«

Sie sah ihn mit geschürzten Lippen an und schüttelte den Kopf. »Diese Menschen sind nicht verwegen, aber verschlagen. Sie planten einen Überraschungsangriff und hätten dann bestritten, daß sie es waren. Du scheinst nicht zu verstehen, wie hinterlistig sie sind.«

»Das würde ihnen nicht gelingen.«

»Doch. Sind die Hauptstädte der USA ausgelöscht, dann zerbricht auch ihr industrielles Rückgrat. Wer sollte den Krieg erklären, wenn die ersten Bomben Washington treffen, während der Kongreß tagt?« Mistra schüttelte den Kopf, und ihre Augen glitzerten. »Mein Freund, du bist zuwenig realistisch. Ich versichere dir, daß unsere Gruppe niemals erwogen hätte, die Erde zu verlassen, wenn diese Tatsachen nicht wären.«

Stephens zögerte, und dann dachte er: Ich benehme mich, als glaubte ich, sie hätten Raumschiffe ...

Sein Blick traf das Blatt Papier, das sie in der Hand hielt. »Zeige mir das Ultimatum.«

Sie hielt es ihm mit überlegenem Lächeln hin. Stephens nahm es und wußte im nächsten Augenblick, warum sie lächelte.

Der Aufruf war in fremder Sprache verfaßt. Er war zuwenig mit der Lorillasprache vertraut, um den Wortlaut genau zu erkennen, aber er meinte, es stimme, was sie gelesen hatte.

»Das ist der Grund des Zerwürfnisses zwischen mir und den anderen. Sie wollen das ›Grand Haus‹ abreißen und mitnehmen, bis der große Sturm vorüber ist. Ich bin der Meinung, daß wir der Erde verpflichtet sind — daß wir unsere Kenntnisse nicht wie bisher für private Zwecke verwenden dürfen.«

»Wohin wollen sie gehen?«

»Zum Mars«, sagte sie beiläufig. »Dort wäre das Haus sicher.«

»Geht ihr alle dorthin?«

»Während des Krieges, ja.«

Stephens schürzte die Lippen. »Seid ihr nicht etwas zu besorgt? Glaubt ihr wirklich, die Lorillaner würden eine Bombe für Almirante verschwenden?«

Sie lächelte grimmig. »Nein, aber die Radioaktivität würde uns hier genauso erreichen. Sie könnte die Macht des Marmors brechen. Sogar jene von uns, die sich gegen die Flucht stellen, sind der Meinung, daß wir dieses Risiko nicht auf uns nehmen dürfen.«

Stephens horchte auf. »Dann gibt es also noch andere, die genau wie du gegen die Flucht sind? Weshalb helfen sie dir nicht?«

»Tannahill war natürlich dagegen. Hier ist er der rechtliche Eigentümer des Hauses. Auf dem Mars wäre niemand, der sein Eigentum schützt. Er verlöre die Macht über uns.«

»Ich verstehe«, nickte Stephens. Er verstand Tannahills Befürchtungen. »Ich verstehe nicht, daß ihr ihn hinauswerfen wollt, es wird seinen Widerstand auch nicht brechen.«

»Das hat nichts damit zu tun.« Sie war leicht beunruhigt. »Der Beschluß lief auf etwas anderes hinaus. Die Gruppe bot an, sich seiner finanziellen Gunst auszuliefern. Jeder einzelne mußte sein gesamtes Eigentum der Tannahill-Besitzung überschreiben, und als Gegenleistung erhielt er dafür ein Einkommen. Jemand entdeckte später, daß die Anhäufung von Geld oder Besitz bestraft würde.«

»Aber was ist schon Geld«, protestierte Stephens. »Wenn das Haus zu dem imstande ist, was du sagtest, dann ist es unbezahlbar.«

»Vergiß nicht, daß der Plan zum Schutz des Hauses entwickelt wurde.« Mistra tat seine Argumente damit ab. »Oh, es funktioniert alles prächtig. Na ja, du kennst ja die Geschichte mit Tannahill. Zuerst wurde er erschossen, dann warteten wir, bis er außer Gefahr war, arrangierten das falsche Begräbnis und überschrieben unser Eigentum den Tannahill-Besitzungen. Sobald Tannahill das Bewußtsein erlangte, sollte er eine Verzichterklärung für das Haus schreiben.«

Stephens ging ein großes Licht auf. »Jetzt verstehe ich. Dann ist Tannahill und sein Onkel ein und derselbe? Als er zu sich kam, hatte er die Vergangenheit vergessen.«

»Das geht auf mein Konto«, sagte sie kühl. »Ich ging ins Spital und betäubte ihn.«

»Du hast Tannahill betäubt und seine Erinnerung zerstört!«

Es war keine Frage. Er glaubte ihr. Wenn er mit dieser willensstarken Frau sprach, hatte er das Gefühl der Unterlegenheit. Trotzdem dachte er: Ich bin ein legaler Vertreter Tannahills und höre ruhig zu.

Er dachte nicht daran, die Informationen gegen sie zu verwenden. Außerdem, wer sollte das alles glauben?

»Es ist eine Tatsache, daß der Vergessens-Mechanismus sehr leicht beeinflußt werden kann. Es kann schon durch reine Hypnose erreicht werden. Die Droge, die ich ihm eingab, hat natürlich längere Wirkungszeit. Ich könnte ihm das Gegenmittel jederzeit geben.«

»Warum geben es ihm die anderen nicht?«

»Weil sie nicht wissen, wie ich die Droge dosiert habe. Machen sie etwas falsch, könnte das sein Ende bedeuten.«

Stephens schüttelte sein Haupt verwundert. »Aber du hast nicht auf ihn geschossen, wer tat es?«

»Es muß ein Zufall gewesen sein. Die Gedankenleserin überprüfte jeden von uns und fand keinen Schuldigen.«

Stephens erinnerte sich an das teilweise Versagen der Gedankenleserin bei ihm. »Ihr scheint von der Frau ziemlich abhängig zu sein. Mir erscheint es trotz allem unwahrscheinlich, daß ein zufälliger Schuß den Besitzer des ›Grand Haus‹ niedergestreckt haben soll. War sonst niemand dagegen, die Erde zu verlassen?«

»Einer außer mir. Aber er änderte seine Ansicht, als es Tannahill tat.«

»Du meinst, er änderte die Ansicht ganz plötzlich.«

»Triselle überprüfte ihn.«

»Triselle — das ist die Telepathin?«

»Ja. Unterschätze nicht die Gefahr eines Unfalls. Unfälle sind unsere Alpträume. Zusammenstöße. Betrunkene Lenker. Feuer. Bandenüberfälle. Krieg.«

»Das Gespräch über Tannahill erinnert mich daran, daß ich meine Pflichten vernachlässige. Ich rufe ihn besser an, auch wenn heute Weihnachtsfeiertag ist.«

Mistra drehte sich um und starrte ihn an. Ihr Ausdruck zeigte Erstaunen. »Weihnachtsfeiertag«, wiederholte sie. »Die Droge hat dich wirklich stark betäubt. Heute ist der Sechsundzwanzigste. Erinnerst du dich nicht?«

»Was ist los?«

Nachdem der erste Schock vorüber war, strengte er sich an, sich zu erinnern. Ihm fiel nichts ein. Er erinnerte sich nur an die lange Nacht und an Mistras Schreie.

Er gab sich einen Ruck. »Ich glaube, ich rufe jetzt besser schnell an.«

Er lief ins Wohnzimmer, wo er einen Apparat entdeckt hatte. Er rief Tannahill an und überlegte sich bereits Entschuldigungen. Er brauchte keine. Tannahill sprach sofort:

»Ich wollte Sie soeben anrufen, Stephens. Ich komme mit jemandem zu Ihnen, den Sie kennenlernen sollen. Wir werden in einer Stunde bei Ihnen sein. Hoffentlich haben Sie die Feiertage gut verbracht.«

Stephens bejahte, erklärte, er sei nicht zu Hause, würde aber in Kürze dort sein. Er war froh, daß Tannahill nichts geschehen war.

Er fühlte sich nun wesentlich besser. Er wählte die Nummer seines Büros. Seine Sekretärin meldete sich: »Almirante 852.«

»Miss Chainer, ich ...«

Er wurde unterbrochen: »O Mr. Stephens, ich bin so froh, daß Sie anrufen. Es hat einen Mord gegeben. Mr. Jenkins, der Aufzugführer, ist am Weihnachtsabend ermordet worden.«

»Ermordet!« wiederholte Stephens. Dann schwieg er. Gab es da einen Zusammenhang? Indirekt war Jenkins ein Angestellter Tannahills. Wie er in das Bild paßte, das sich allmählich herauskristallisierte, war schwer nachzuvollziehen. Und dennoch — zuerst war ein Hausmeister getötet worden und nun ein Aufzugführer.

Irgend jemand arbeitete nach einem grausamen und genauen Plan. Wenn es nicht die Gruppe war, wer dann?

Er begann, gezielte Fragen zu stellen. Die Fakten, die dabei herauskamen, waren dürftig. Jenkins war mit einer Messerwunde im Rücken neben dem Aufzug gefunden worden. Da auch hinreichende Verdachtsmomente vorlagen, daß häusliche Eifersucht mit im Spiel war, hatte man seine Frau verhaftet und in Untersuchungshaft genommen. Nachdem Stephens alle Einzelheiten erfahren hatte, fühlte er sich bedrückt. Er hatte Jenkins gemocht.

»Also«, sagte er schließlich, »ich komme irgendwann später rein. Vorerst mal tschüs.«

Er hängte ein und saß stirnrunzelnd da. Es geschahen seltsame Dinge. Was sie zu bedeuten hatten, war nicht ersichtlich. Aber nach Mistras Worten maß die Gruppe der Ermordung des Hausmeisters keine Bedeutung zu, außer, daß der Vorfall Tannahill in irgendeiner Weise beeinflußte.

Vielleicht kam es ihnen nicht so vor, daß der Tod Jenkins' in irgendeiner Beziehung dazu stand. Möglicherweise tat er das nicht, aber das mußte erst bewiesen werden. Stephens hatte das unbestimmte Gefühl, daß er in der Schlüsselposition saß, dies zu beweisen — und vieles andere noch dazu.

Er kehrte zurück, klopfte an Mistras Tür und trat einen Augenblick später ein. Mistra sah ihn fragend an, und er erklärte ihr, daß er fort mußte, um mit Tannahill zu sprechen. Er endete mit einer besorgten Frage. »Was wird mit dir?«

»Es ist alles in Ordnung«, erklang es beiläufig.

»Du könntest mitkommen.«

»Nein.« Sie reagierte gelassen. »Die einzige Schwierigkeit war, hier hereinzukommen. Jetzt bin ich in Sicherheit.«

Stephens zögerte, als ihn die Erkenntnis traf, daß er noch immer nicht wußte, vor was sie eigentlich Angst gehabt hatte. »Weshalb war es so schwierig hereinzukommen?«

»Weil sie nicht wollen«, entgegnete Mistra, »daß ich ein Schiff besitze.«

Stephens öffnete den Mund, um etwas zu sagen, schloß ihn dann wieder. Doch dann entschied er sich anders. »Schiff!« meinte er. Er war verwirrt, und − seltsamerweise − widerstrebte es ihm, diese Angelegenheit weiterzuverfolgen. Er sagte: »Ich kann später zurückkommen und dich hinaus- und hineinbegleiten.«

»Danke«, entgegnete sie unbestimmt, »aber ich werde nicht mehr hier sein.«

Stephens kam es vor, als erhielte er den größten Korb seines Lebens. Er starrte sie verwundert an. »Hast du keine Angst, daß ich die Dinge ausplaudern könnte, die du mir erzählt hast?«

»Und daß die Leute dich dann für verrückt halten würden?« Sie lachte.

Er wollte noch nicht gehen. »Werde ich dich wiedersehen?«

»Vielleicht.«

Stephens verabschiedete sich und verließ das Schlafzimmer. Halb hoffte er dabei, sie würde ihn zurückrufen oder ihm wenigstens ein freundliches »Auf Wiedersehen« nachrufen. Sie tat es nicht. Danach öffnete er zwei Außentüren und schloß sie hinter sich. Der Aufzug brachte ihn ins Erdgeschoß, und wenig später stand er draußen und blinzelte in die frühe Nachmittagssonne.

Seine Uhr war stehengeblieben, aber er dachte, es sei gegen dreizehn Uhr.

Er gelangte ohne Zwischenfall zu seinem Bungalow.

Tannahill kam knapp zehn Minuten später, allein. Stephens öffnete ihm die Tür und begriff, daß dies das erste Mal war, daß er Tannahill bei Tag sah. Und dennoch hätte er den anderen jederzeit und überall erkannt. Ein blasser, schlanker junger Mann mit eingefallenen Wangen, der sich beim Gehen auf einen Stock stützte — das Bild aus der Zeitung kombiniert mit dem, was er in der düsteren Gruft gesehen hatte, machte die Identifikation einfach.

Stephens reichte ihm eine helfende Hand, doch Tannahill wies sie von sich. »Wir haben uns entschlossen, getrennt zu kommen«, sagte er, »deshalb bin ich so früh hier.«

Er sagte nicht, wer die Person war, die er mitbringen wollte. Er marschierte ins Wohnzimmer und setzte sich. Stephens beobachtete ihn so unauffällig wie möglich. Er versuchte, sich vorzustellen, wie er ausgesehen haben mochte, bevor man ihn niedergeschossen hatte. Tanequila der Verwegene, der stahlharte Kapitän des spanischen Schiffes, mehrere hunderte Jahre alt. Es kam ihm unwirklich vor, denn dieser Mensch sah bestürzt und unglücklich aus. Es konnte einfach nicht stimmen.

Tannahill blickte zu Boden, atmete tief durch und sagte schließlich: »Ich muß gestehen, Stephens, Sie haben neulich mehr aus mir herausgeholt, als ich irgend jemandem sagen wollte. Es zwingt mich irgendwie dazu, Ihnen den Rest zu erzählen.«

Er hielt inne und sah Stephens erwartungsvoll an. Dieser schüttelte den Kopf und versicherte: »Ich kann nur wiederholen: Ich stehe ganz auf Ihrer Seite.«

Tannahill fuhr fort: »Ich werde Ihnen etwas berichten, was ich eigentlich als strenges Geheimnis für mich behalten wollte.« Er verstummte erneut, dann: »Stephens, ich erinnere mich daran, in einem Sarg gewesen zu sein.«

Stephens wartete schweigend. Es kam ihm vor, als könne ein Wort von ihm den Zauber brechen. Tannahill meinte: »Ich beeile mich besser, sonst könnten wir unterbrochen werden.«

In knappen Worten erzählte er, wie er aus dem Krankenhaus geholt, mit einem Raumschiff über eine weite Strecke befördert, lebendig begraben und schließlich wieder ins Krankenhaus zurückgebracht worden war. Tannahills Stimme verstummte, und in dem großen Wohnzimmer von

Stephens' Bungalow herrschte einige Zeit tiefes Schweigen. Stephens zögerte, dann: »In welchem Stock befanden Sie sich? Im Hospital, meine ich?«

»Als ich aufwachte, befand ich mich im fünften. Wo ich vorher war, weiß ich nicht.«

Stephens nickte stirnrunzelnd. »Das läßt sich überprüfen«, sagte er. »Es wäre interessant, wenn Sie aus einem Fenster des fünften Stocks herausgeholt worden wären. Ich möchte wissen, wie sie das gemacht haben.«

Er hätte gerne bezüglich des Schiffes gefragt, aber das erschien ihm zu gefährlich. Eigenartigerweise fühlte er Widerwillen, wenn er an die Möglichkeit von Raumschiffen dachte, und doch konnte eine Gruppe von Unsterblichen technologisch so weit fortgeschritten sein, daß sie den Rest der Welt überflügelt hatte. Ihm wurde bewußt, daß er immer noch alles glaubte, was Mistra ihm erzählt hatte.

Das Motorgeräusch eines Wagens riß ihn aus seinen Gedanken. Das Fahrzeug bog in die Auffahrt ein, und es wurde deutlich hörbar ein niedriger Gang eingelegt, damit es die Anhöhe zum Haus schaffte. Stephens warf Tannahill einen fragenden Blick zu. Sein Besucher antwortete hastig: »Als ich in Los Angeles war, habe ich einen Detektiv angeheuert. Das muß er sein. Wieviel soll ich ihm erzählen?«

»Ein Detektiv!« entfuhr es Stephens. Das war das letzte, was er erwartet hatte, und er war enttäuscht. Es bewies, daß Tannahills Geschichte der Wahrheit entsprach, doch die Enttäuschung blieb. Er beantwortete Tannahills Frage vorsichtig, aber ohne Interesse.

»Kommt darauf an, wie er ist.«

Der Motor des Wagens draußen war verstummt. Schritte klangen auf dem Kies, stiegen dann die Treppe hoch. Die Türglocke läutete.

Wenig später wurde Stephens einem kleinen, kräftigen Mann vorgestellt.

»Bill Riggs?« wiederholte Stephens den Namen.

»Bill Riggs«, bekräftigte das sommersprossige Individuum.

Es war ein Name, den man nicht so schnell vergaß. Sie

standen einen Moment schweigend da, bis Riggs schließlich das Wort ergriff.

»Ihr beide werdet mir jetzt eine Minute zuhören, damit ihr euch ein Urteil über mich bilden könnt.«

Tannahill nickte, aber Stephens war nicht interessiert. Er hörte nur halb zu, als Riggs von sich erzählte. Er sah auf, als Tannahill ihn ansprach. »Nun, was denken Sie, Mr. Stephens?«

»Kannten Sie Mr. Riggs, bevor Sie ihn engagierten?«

»Ich hab' ihn nie zuvor gesehen.«

Das machte Riggs zu einem distanzierten, objektiven Beobachter, der nicht von lokalen Interessen beeinflußt war. Wenn er die Person finden könnte, die Howland die Notiz geschrieben hatte, könnte er sogar sehr wertvoll sein.

»Ich denke«, sagte Stephens, »Sie erzählen ihm am besten alles.«

Tannahill folgte dem Vorschlag. Nur einmal hielt er inne und bat Stephens, den Wortlaut der Mitteilung zu wiederholen, die ihm der Staatsanwalt gezeigt hatte. Und als er an den Punkt seiner jüngsten Entdeckung gelangte, daß nämlich das Datum von Newton Tannahills Bestattung mit dem seiner eigenen Abwesenheit aus dem Krankenhaus zusammenfiel, zögerte er. Doch auch dies berichtete er.

Als er schließlich geendet hatte, meinte Riggs: »Was ist mit Fingerabdrücken?«

Stephens zögerte. Wenn es stimmte, was Mistra gesagt hatte, dann würden sie wahrscheinlich übereinstimmen. »Bis jetzt sind keine aufgetaucht.«

Riggs nickte und sagte langsam: »Wenn der Fall vor Gericht kommt, dann verschweigen Sie möglichst den Gedächtnisschwund. Es ist zwar eine häufige Krankheit, aber in einem Mordfall klingt es ziemlich albern.« Er brach ab. »Nun, ich denke, es wird Zeit für mich, etwas zu unternehmen.«

Er ging auf die Tür zu, drehte sich aber noch einmal um. »Natürlich«, sagte er langsam, »habe ich in der Stadt einige Erkundigungen eingezogen, selbstverständlich mit aller gebotenen Vorsicht. Ich erfuhr, daß die Tannahills etwa ein

Viertel von Kalifornien besitzen, daß Sie aber in Almirante so gut wie unbekannt sind.«

Er hielt inne. Tannahill fragte: »Ja?«

»Nun, Sir, unbekannt zu sein, ist schlecht. Das erste, was die Leute für einen Mann mit Geld fühlen, ist Neid. Ich würde Ihnen raten, werfen Sie ein wenig von Ihrem Geld unter die Leute. Das läßt die Leute annehmen, sie würden von Ihrem Reichtum profitieren. Sollte es dann zu einer Verhandlung kommen, dann werden sie ihre Felle fortschwimmen sehen und sich wahrscheinlich auf Ihre Seite stellen.«

Tannahill blickte zu Stephens, der nickte. »Das ist ein guter Vorschlag. Ich würde sofort damit beginnen, Mr. Tannahill.«

Riggs öffnete die Tür und rief zurück: »Ich rufe Sie an, wenn ich die ersten Hinweise habe.«

Vom Fenster aus beobachtete Stephens, wie die alte Limousine des Detektivs auf der gepflasterten Auffahrt in Sicht kam, um eine Baumgruppe fuhr und verschwand. Das Gespräch hatte bei Stephens einen besseren Eindruck von Riggs hinterlassen, als er erwartet hatte. »Ich glaube, wir haben einen guten Mann gefunden.«

Er hatte den Satz längst ausgesprochen, als ihm klar wurde, daß er völlig unbewußt den Plural, »wir«, benutzt hatte. Es war eine gute Bemerkung, wie man sie von einem loyalen Anwalt erwarten konnte. Und doch zeigte dies, daß ein Teil seines Gehirns vorzugeben versuchte, daß das Leben so weitergehen könne wie zuvor.

Das konnte es natürlich nicht. Er hatte erfahren, daß es ein Haus gab, in dem Menschen ewig leben konnten. Stimmte das, so war der ursprüngliche Besitzanspruch auf das »Grand Haus« von entscheidender Bedeutung. Bei ihrem Angriff auf den eingetragenen Eigentümer hatte Mistra der Gruppe der Unsterblichen jegliche Existenzgrundlage entzogen.

Tannahill ergriff das Wort. »Stephens, würden Sie die Stellenvermittlung anrufen und fragen, ob sie bereits jemanden für mich gefunden haben?« Er wechselte abrupt das Thema. »Wo ist übrigens Ihre Küche? Ich brauche ein Glas frisches Wasser.«

Stephens zeigte sie ihm und rief dann die Vermittlung an. Die Stimme eines Mannes meldete sich, und Stephens sagte: »Ich spreche im Auftrag von Mr. Tannahill ...« Weiter kam er nicht.

»Aha, dann können Sie ihm sicherlich eine Botschaft übermitteln. Mein Name ist Ivers. Sagen Sie Mr. Tannahill, daß ich für ihn etwas Geeignetes gefunden habe.«

Stephens hörte sich die gesamte Nachricht an. Anscheinend sollten die Haushilfen sich am 28. zu einem Gespräch vorstellen.

Der Agent war überzeugt, daß sie den Ansprüchen genügten. Er habe besonders großes Glück gehabt, zwei derart erfahrene Bedienstete gefunden zu haben.

Stephens legte gerade auf, als Tannahill wieder hereinkam. Stephens teilte ihm in knappen Worten den Inhalt des Gesprächs mit. Tannahill nickte und meinte: »Ich werde in der Stadt essen und anschließend eine Sauforgie starten, bei der jeder Drink auf das Tannahill-Konto geht.« Seine eingefallenen Wangen röteten sich leicht. »Ehrlich gesagt, könnte auch ich so etwas gebrauchen. Kommen Sie mit?«

Stephens schüttelte den Kopf. »Ich bleibe lieber hier und versuche, Peeley zu erreichen. Wenn ich Verbindung mit ihm bekommen habe, dann werde ich Ihrer Flaschenspur folgen und nachsehen, wie es Ihnen geht.«

Er wartete, bis der andere sich verabschiedet hatte, schaute auf die Uhr, stöhnte auf – es war nach drei – und rief dann die Telefongesellschaft an. Nach einer längeren Wartezeit meldete sich der Telefonist. »Sie haben ein Ferngespräch angemeldet, Mr. Stephens. Wir hatten mehrmals Verbindung mit Mr. Peeleys Haus und seinem Büro, aber er selbst ist nicht zu erreichen. Möchten Sie mit jemand anderem sprechen?«

»Nun – ja!« sagte Stephens.

Eine halbe Minute verstrich, dann meldete sich ein Mann, der sich selbst als Hausdiener zu erkennen gab.

»Mr. Peeley ist über die Feiertage in die Wüste gefahren, Sir ... Nein, Sir, wir kennen seinen derzeitigen Aufenthaltsort noch nicht. Dieses Problem haben wir, seit Sie zum erstenmal hier anriefen ... Mr. Peeley sagte, er würde sich bei uns melden, doch bisher haben wir von ihm noch nichts gehört. Ihr Telegramm ist angekommen.«

Stephens hinterließ, daß der Rechtsanwalt »entweder Mr. Tannahill oder Mr. Stephens« — so drückte er es aus — so schnell wie möglich anrufen solle.

Der Himmel war wie blauer Samt, als Stephens in die Stadt fuhr, die Luft kühl aber frisch. Im Palms-Haus gab es einen neuen Aufzugführer, den Stephens als Schwiegervater des Hausmeisters erkannte. Der alte Mann war schon des öfteren für Jenkins eingesprungen.

Jenkins' Körper war kurz nachdem er gefunden worden war, entfernt worden. Doch Stephens ließ sich von dem Hausmeister zeigen, wo er gelegen hatte. Die Leiche war auf der Kellerstiege hinter dem Aufzug entdeckt worden. Stephens fand nicht einen Hinweis, der gezeigt hätte, daß Jenkins um sein Leben gekämpft hatte.

Enttäuscht, aber sich darüber im klaren, daß er erst am Anfang stand, ging Stephens hinauf in sein Büro. Er hielt sich gerade lange genug auf, um Jenkins' Hausnummer herauszusuchen. Er hatte eine ziemlich genaue Vorstellung von Jenkins' häuslicher Situation, und da Mrs. Jenkins im Gefängnis saß, war er gespannt, was er dort vorfand. Er fuhr auf dem kürzesten Weg zu der Adresse: ein heruntergekommener Bezirk der Stadt ... hohe Palmen ... ein Bungalow.

Er drückte auf den Klingelknopf und ging, als niemand aufmachte, um das Haus herum. Der eingezäunte Hinterhof war voller Abfall und von Gras überwuchert. Am fernen Ende befand sich eine Garage und unter einem Baum auf der nördlichen Seite des Grundstücks stand ein kleiner Wohnwagen. Ein dünner Rauchfaden kräuselte sich aus einem Metallrohr, das aus dem Dach des Wohnwagens herausragte, in den Himmel. Stephens näherte sich der Behausung und klopfte an der Tür.

Sie wurde von einer Frau geöffnet, die er als Madge, eine der Putzfrauen im Palms-Haus, erkannte.

Die Frau erschrak, als sie ihn sah. »Nanu, Mr. Stephens!« rief sie aus.

»Ich suche nach Mrs. Jenkins«, log er.

Das Gesicht der Frau nahm einen traurigen Ausdruck an. »Sie wurde verhaftet. Die Polizei glaubt, sie habe es ihrem Mann besorgt.«

Stephens betrachtete Madge nachdenklich. Er war hergekommen, um sich das Wissen der Frau zunutze zu machen und zu erfahren, was im Palms-Haus vorging. Er setzte sein gewinnendstes Lächeln auf.

»Nun, Madge, glauben Sie, daß sie es tat?«

Ihre scharfen Augen blinzelten ihn an. »Ach wo. Weshalb hätte sie ihn umbringen sollen? Sie ist nicht der Typ, der sich einen anderen Mann angelt. Wenn man so eine ist, dann muß man vorsichtig sein.« Es war offensichtlich, daß Madge solche Ängste nicht kannte.

Sie schien reden zu wollen, und da der klatschsüchtige Jenkins vor ihr sicherlich keine Geheimnisse hatte, war durchaus damit zu rechnen, daß sie etwas wußte.

»Madge«, sagte er, »ich möchte, daß Sie darüber nachdenken, was in den Tagen geschah, bevor Jenkins ermordet wurde. Versuchen Sie sich daran zu erinnern, was er zu Ihnen sagte. Ein einziger Punkt könnte der gesuchte Hinweis sein.«

Madge zuckte die Schultern. »Ich glaube, ich kann Ihnen auch nicht weiterhelfen, Mr. Stephens. Bill erzählte mir von dem Schrei, den sie aus dem Büro gehört haben.« Sie kicherte. »Und als Mr. Peeley spät am Abend kam, erwähnte er ...«

»Peeley!« stieß Stephens hervor.

Donner rollte betäubend durch sein Gehirn. Er fing sich wieder. »Meinen Sie Walter Peeley, den Anwalt aus Los Angeles?«

»Ja, genau den. Er gab Bill immer 'nen Zehner, wenn er reinkam. Er ist ein richtig netter Mensch.«

»Ja«, sagte Stephens geistesabwesend. »Das ist er wohl.«

In seinem Geist entstand ein Bild, vieldeutig und phantastisch, aber inwieweit entsprach es dem Geschehen?

Er erinnerte sich an die Nacht, in der Tezlacodanal die Tür der Mexikanischen Import-Gesellschaft zum erstenmal geöffnet und einen großen Mann erwartet hatte.

Er hatte nicht daran gedacht, daß Peeley einer von ihnen sein könnte, und zwar im wesentlichen wegen dem — wie ihm jetzt klar wurde —, was Mistra über Tanequilas besitzergreifende Art hinsichtlich des »Grand Haus« gesagt hatte. Offensichtlich hatte es dieser unbeugsamen Persönlichkeit genügt, daß die Eigentümerschaft auf ihn übergegangen war. Er hatte nichts dagegen, daß die anderen sich um die Einzelheiten der Verwaltung kümmerten.

»Hören Sie, Madge«, sagte Stephens langsam, »wenn Sie sich an irgend etwas erinnern sollten, dann erzählen Sie es zuerst mir. Ist das klar?«

»Sicher.«

Er ging und überlegte, warum Peeley Jenkins umgebracht hatte — wenn er es getan hatte. Es war unwahrscheinlich, daß er sich darüber Sorgen machte, jemand könnte wissen, daß er in der Stadt ist. Peeley brauchte weder Allison Stephens noch sonst irgendwem Rechenschaft über seine Aktivitäten abzulegen.

Stephens fuhr wieder in die Stadt zurück, sah auf die Uhr und merkte, daß es bereits nach fünf Uhr war.

Stephens aß in der Stadt und stand dann mit seinem Wagen über zwei Stunden vor dem Waldorf Arms. Er beobachtete, wer hinein- und hinausging. Er hatte sich bereits eine Theorie darüber zurechtgelegt, wer dieses Haus bewohnte. Es waren Angehörige der Gruppe, die sich im Augenblick nicht als ehrbare Bürger gaben und verkleideten. Und als solche würden sie wie Mistra schnell als das erkannt, was sie waren.

Die ganze Zeit über betraten oder verließen nur fünf Personen das Haus. Von den fünf konnte Stephens zwei etwas genauer in Augenschein nehmen. Es waren Männer, beide weiß, beide in ihrer Erscheinung sehr gepflegt, und er hatte keinen von ihnen jemals gesehen.

Er gab seinen Wachtposten kurz vor neun auf und fuhr zum Palms-Haus.

Er war zugleich enttäuscht und erleichtert, als er das Büro der Mexikanischen Import-Gesellschaft unbeleuchtet vorfand. Er horchte vor der Tür, bis er sicher sein konnte, dann sperrte er mit dem Nachschlüssel auf. Ermutigt drehte er einfach das Licht an, da er allein war. Rasch fand er das Buch mit den Adressen, bei denen keine Namen standen. Es handelte sich sicher um die Leute, mit denen die Gesellschaft in Geschäftsbeziehung stand. Er schrieb sich noch zwanzig Adressen zu denen, die er bereits besaß.

Als er damit fertig war, drehte er eine der Tonfiguren um und überlegte, wie er ihren Mechanismus durchschauen konnte. Er hörte das Geräusch hinter sich. Er sprang auf und drehte sich rasch um. Ein Mann stand in der Tür und sah ihm zu. Der Fremde war gut gebaut und kam ihm vertraut vor. Doch es dauerte einen Augenblick, bis er ihn erkannte.

Der Mann trug eine Maske mit dem Gesicht von Allison Stephens. Stephens hatte das Gefühl, in einen Spiegel zu blicken — und dann gingen die Lichter aus.

10

Er erwachte in der Dunkelheit. Es kam ihm vor, als liege er auf der bloßen Erde. Stephens tastete mit den Händen um sich. Es gab keinen Zweifel, er lag auf bloßem Boden.

Er erinnerte sich daran, daß er von hinten bewußtlos geschlagen worden sein mußte. Er betastete den Hinterkopf. Er fand keine Beule und nicht einmal eine schmerzempfindliche Stelle. Verwirrt erhob er sich und suchte nach seiner Automatic. Zu seiner Beruhigung war sie in der Tasche. Rasch durchsuchte er sämtliche Taschen und brachte schließlich ein Heft Streichhölzer hervor. Die erste Flamme flackerte und erlosch so rasch, daß er nichts erkennen konnte. Die nächste Flamme schützte er mit den Händen, und er sah im Dämmerlicht, daß die blanke Erde rund um ihn war. Vor ihm blieb es dunkel.

Eine Höhle.

Das Streichholz ging aus. Konzentriert dachte er nach: Ich kann nicht weit vom Palms-Haus entfernt sein.

Er entzündete ein drittes Streichholz und erkannte, daß sowohl vor ihm als auch hinter ihm Dunkelheit herrschte. Er sah auf die Uhr. Fünf Minuten vor zehn. Stephens ging in die Richtung, in die er zuerst gesehen hatte. Er bewegte sich langsam und tastete sich an der Wand entlang. Bei jedem Schritt setzte er die Beine vorsichtig auf, ehe er das ganze Gewicht auf die Füße verlegte. Er merkte, daß es bergauf ging.

Eine halbe Stunde verging, und er fragte sich, wo er wohl sein mochte, bis ihm schließlich die Erkenntnis kam, daß er sich auf den Hügel des »Grand Haus« zubewegte. Es mußte sich ungefähr eine halbe Meile vom Palms-Haus entfernt befinden.

Etwa eine Stunde später erkannte er, daß er nicht länger mehr in der Erdhöhle war. Er ging auf einem teppichbelegten Gang. Stephens blieb einen Augenblick stehen und lauschte. Kein Geräusch. Die Flamme des Streichholzes zeigte ihm, daß er sich in einem kleinen Zimmer befand.

In einer Nische war ein Sofa, und auf einem Wandbrett standen mehrere verrückt aussehende Petroleumlampen. Er versuchte, eine dieser Lampen zu öffnen, um sie anzuzünden, aber der Glaszylinder ließ sich nicht herausnehmen. Schließlich fanden seine Finger einen Knopf.

Er drückte ihn nieder und wich überrascht zurück, als plötzlich ein heller Schein von der Lampe ausging. Es war taghell geworden.

Stephens hätte die Lampe gerne genauer untersucht, um den Mechanismus zu finden, aber er war zu erregt, und er vergegenwärtigte sich die Tatsache, daß es einen bestimmten Grund haben mußte, weshalb man ihn hierhergebracht hatte.

Als er hinter einen Vorhang blickte, gewahrte er den

Korridor. Er nahm die Lampe und folgte ihm, bis er die Stufen erreichte. Am Ende der Stufen versperrte ihm eine blanke Metallwand den Weg.

Stephens stieß dagegen und suchte nach einer Verriegelung, aber schließlich kehrte er in den Raum zurück und überprüfte ihn diesmal sorgfältiger.

Es gab kein Anzeichen, daß er bewohnt wurde. Überall lag Staub. Auf dem Sofa entdeckte er eine Ausgabe der GESCHICHTE DES GRAND HAUS. Als Stephens es aufhob, fiel ein Blatt Papier heraus.

Es war mit phantastischen Mustern bedeckt, und darüber stand in verblaßter Schrift:

»*Muß übersetzt werden. Die Sprache entschwindet meinem Gedächtnis.*«

Verstört, doch voller Interesse ließ er sich auf das Sofa fallen. Das dritte Kapitel war aufgeschlagen: »*Die Rettung des Hauses.*«

Zu Anfang las er hastig und unkonzentriert, aber schließlich wurde er fasziniert. Die spanische Expedition, die eine Landreise von Mexiko bis San Francisco unternahm, hatte das »Grand Haus« übersehen. Tezlacodanal ging der Gruppe entgegen. Ohne Zögern beschuldigte er die Indianerführer der Gruppe als gefährliche Verbrecher und bot sich als Führer an. Die gute Kenntnis des Spanischen täuschte de Portala, der der neue Gouverneur Kaliforniens war, und dieser überaus dumme Mensch setzte derart viel Vertrauen in seinen neuen Führer, daß er nie die Wahrheit erfuhr. Die große Kolonne wurde landeinwärts geführt und dann, als das »Grand Haus« weit hinter ihnen lag, wieder zur Küste zurück.

Die Rückreise verlief auf der gleichen Route, und so gewannen die Bewohner des »Grand Haus«, genügend Zeit, um Pläne für die Zukunft zu schmieden.

Man hatte Bäume gepflanzt, und so war das Haus vom Meer aus nicht zu sehen. Aber jetzt mußten drastischere Maßnahmen ergriffen werden, um das Haus vor den spanischen Abenteurern und den immer zahlreicher werdenden Priestern zu schützen.

Es wurde beschlossen, daß das Haus einen zerstörten Eindruck machen mußte.

Starke Wachen wurden auf den Wegen zum Haus postiert. Die Indianer des Dorfes entdeckten plötzlich, daß man ihnen nicht mehr erlaubte, den Hügel hinaufzugehen. Hunderte von Arbeitern wurden aus dem Norden herbeigeschafft und lebten in bewachten Hütten. Während des Tages beobachteten die Männer und Frauen des Hauses, schwer bewaffnet, wie das Haus begraben wurde.

Es wurde vollständig begraben. Davor pflanzte man Bäume und verbarg die gesamte Aktion vor neugierigen Augen. Das Begräbnis dauerte ein Jahr und zwei Monate, und am Ende brachte man die Arbeiter wieder zurück in ihre Heimat. Sie waren kaum einen Tag zu Hause, als eine gut organisierte Armee wilder Indianer sie von den Hügeln aus angriff und jeden Mann niedermachte. Es fand sich kein Hinweis in dem Buch, daß das Massaker von den Tannahills angestiftet worden war, aber die zeitlichen Zusammenhänge waren mehr als deutlich. An einem einzigen Tag wurden sämtliche Mitwisser beseitigt.

Eine kleine spanische Hazienda wurde auf dem Hügel errichtet, und noch mehr Bäume wurden gepflanzt. Tanequila begab sich nach Mexico City und gab eine Reihe von Gesellschaftsabenden für die Beamten. Er sicherte sich schließlich einen riesigen Landstrich rund um das Haus. Ein Gouverneur, der sein Essen besonders liebte, half ihm dabei. Das Land wurde in Madrid eingetragen, und der Besitz wurde später von der amerikanischen Regierung bestätigt.

Stephens hielt inne und stellte sich den stahlharten Tannahill vor, der den Gastgeber für Leute gespielt hatte, die bereits zwei Jahrhunderte tot waren, bis er bemerkte, was er tat. Er saß hier und las. Nun, dachte er, ich ergebe mich in diese Situation. Rasch ging er in Gedanken das durch, was geschehen war, und entdeckte, was ihn entspannt hatte. Das Buch.

Es schien die Antwort zu sein. Das Buch bewies die Verbindung der Höhle mit dem »Grand Haus«. Aus irgendeinem Grund hatte ihn ein Mitglied der Gruppe in diese geheime Höhle gebracht und darauf gehofft, daß er diesen Raum entdecken werde. Warum wohl? Und wohin war der Mann gegangen?

An diesem Punkt scheiterten Stephens' Überlegungen. Er fand keinen ersichtlichen Grund. Plötzlich lauschte er. Überall war drückende Stille. Er verstaute das Buch in seiner Rocktasche, nahm die Lampe und stand unentschlossen da. Welchen Weg? dachte er.

Schließlich stieß er den Vorhang beiseite und folgte dem schmalen Gang. Er kam bei der Metallwand an, setzte die Lampe hin und stemmte sich gegen die Wand. Nach einer Minute schwang die Wand plötzlich nach oben.

Die Strahlen der Lampe beleuchteten einen langen Raum hinter der Öffnung. Auf den ersten Blick entdeckte Stephens Glasvitrinen und Tonfiguren, die jenen in der Mexikanischen Import-Gesellschaft glichen.

Stephens hob die Lampe auf und betrat vorsichtig den Raum. Der Raum war größer, als er gedacht hatte. Am anderen Ende führte eine Treppe nach oben. Er eilte auf sie zu, durch eine Gasse aus Glaskästen. Sie enthielten kleine Figuren und seltsam anmutenden Schmuck. Er mußte sich in einem Museum befinden, aber er verweilte nicht, um die Dinge näher zu betrachten.

Als er die Treppe hinaufstieg, formte sich in seinem Gehirn die Erkenntnis. Einen Augenblick später erreichte er die letzte Stufe und stand im matten Licht des Korridors des »Grand Haus«.

Stephens ging langsam weiter. Durch die Doppeltür erkannte er, daß es draußen immer noch dunkel war. Das beruhigte ihn außerordentlich. Er hatte schon befürchtet, daß es Morgen sein könnte und nicht Nacht. Augenscheinlich war er höchstens Minuten bewußtlos gewesen.

Er warf einen Blick ins Wohnzimmer, in die Bibliothek und ins Schlafzimmer. Es war niemand da, und nirgendwo hörte er ein Geräusch. Trotzdem war es zu gefährlich, im

»Grand Haus« zu bleiben. Stephens eilte die Stufen hinunter und durch das Museum. Er blieb stehen, um herauszufinden, wie der Eingang von der Hausseite aus funktionierte. Er schloß die Tür hinter sich und war wieder in der Höhle. Er blieb nicht mehr stehen. Rasch durchquerte er den kleinen Raum und gelangte bald darauf in den breiten Tunnel. Jetzt hatte er Zeit, die Höhle zu erforschen, und er tat es.

Er ging hinunter und erreichte schließlich eine Stelle, an der sich der Tunnel teilte. Stephens sah auf die Uhr. Viertel nach zwölf. Keine gute Zeit für Extratouren. Und doch ...

Er folgte dem Seitentunnel. Die Lampe gab ihm genügend Licht. Er bemerkte, daß der Tunnel in einem Bogen zum »Grand Haus« zurückführte. Nur befand er sich jetzt etwa hundert Meter unterhalb des Hauses.

Die Höhle endete an einem Kreuzungstunnel. Stephens blickte in den neuen unterirdischen Gang. Zuerst in eine Richtung, dann in die andere. Wieder war er vor die Frage gestellt, welche Richtung er einschlagen sollte. Unentschlossen stand er da, als die Wand gegenüber glänzte und seine Aufmerksamkeit auf sich zog. Er ging hin und berührte sie. Metall.

Es hatte ein dunkle Farbe. Er schritt etwa dreißig Meter hinunter. Dort endete das Metall, und die Wand bestand aus Fels.

Oft stieß Stephens gegen die Wand und kehrte immer wieder zu seinem Ausgangspunkt zurück, aber die Fläche gab nirgends nach. Er ging in die andere Richtung. Dort endete das Metall nach fünfzig Metern und ebenso der Gang.

Wieder kehrte er zum Kreuzungspunkt zurück und ging den Gang hinunter, den er als Haupttunnel betrachtete. Plötzlich stand er vor einer Metallwand und konnte nicht weiter. Er drückte dagegen, denn er war überzeugt, daß es einen Durchlaß geben mußte und daß er ihn an dieser kleinen Wand finden würde. Es dauerte nicht lange, da glitt ein Stück der Wand auf ihn zu und bewegte sich anschließend nach links. Eine breite Öffnung lag vor ihm.

Er ging hindurch und stand in einem Untergeschoß des Palms-Hauses.

Einige Zeit blieb Stephens stehen und lauschte. Dann schaltete er die elektrische Beleuchtung ein und die Lampe aus. Er untersuchte die Lampe sehr genau. Er drückte den Knopf noch einmal. Sie leuchtete auf. Befriedigt, daß sie sich so einfach bedienen ließ, löschte er sie und stellte sie im Tunnel auf den Erdboden.

Dann schloß er schnell die Metalltür. Er bemerkte, daß sie auf der Innenseite mit Beton verschmiert war, so daß sie perfekt zur übrigen Wand paßte. Er schloß und öffnete sie mehrmals und ging dann hinauf ins Büro der Mexikanischen Import-Gesellschaft.

Alles war so, wie er es verlassen hatte. Die Tür stand offen. Das Licht brannte. Die Tonfigur lag umgestürzt da.

11

Es war gegen ein Uhr, als sich Stephens auf die Suche nach Tannahill machte.

Er fand ihn mit einer großen Anzahl junger Menschen in einem Nachtklub namens Drink Haven. Ein Ober gab Stephens ein Glas in die Hand. »Es geht schon in Ordnung, es geht auf Rechnung der Tannahill-Millionen.« Als sich Stephens zu Tannahill durcharbeitete, der in einer Loge am anderen Ende des Raumes saß, schnappte er einige Gesprächsfetzen auf: »... weißt du, wie groß die Rechnung bei ...«, Stephens verstand den Namen der Bar nicht, »... achthundertundneunzig Dollar betrug ...«, »... Man sagt, daß die Tannahills wochenlange Feste geben ...«, »... ich hoffe, das wird wieder so ...«

Jemand stieß Stephens an. Er sah sich um. Es war Riggs. »Ich wollte Ihnen nur zeigen, daß ich hier bin. Wir sprechen uns noch.« Er entfernte sich.

Stephens ging mit Tannahill zur nächsten Bar. Der Besitzer empfing sie am Portal, und es war offensichtlich, daß er von der Ankunft unterrichtet worden war. Mit klarer Stimme führte er Tannahill in die größte und besteingerichtete Bar ein, die Stephens seit langer Zeit gesehen hatte. Nach dieser Einführung sprangen etwa ein Dutzend hübsche Mädchen auf Tannahill zu und küßten ihn.

Tannahill schien das zu gefallen. Stephens blieb im Hintergrund. Ein Mann, der so lange Zeit im Spital gelegen hatte, mußte eine Menge nachholen. Er entschloß sich, die unmittelbare Nähe seines Brotgebers zu meiden, aber trotzdem bei ihm zu bleiben, bis er keine Lust mehr hatte.

Etwa eine Stunde später erreichte er den Punkt, nach Hause zu gehen, als eine Frau mit tiefschwarzem Haar und einem vollen, aber nicht unhübschen Gesicht in die Nische trat. Sie war klein und trug ein flammendrotes Kleid. Von jedem Ohr hing ein riesiger Rubin. Ihre Finger zierten mehrere Brillantringe.

»Mr. Tannahill schickt mich. Er möchte, daß Sie die Abschlüsse tätigen.«

Stephens blinzelte sie an. Sie lachte schrill.

»Ich habe das Haus gesehen, und ich werde noch drei Mädchen brauchen. Wir werden sie außerhalb des Hauses unterbringen müssen. Ich werde im Haus schlafen. Ist das recht so?«

Die Haushälterin! Der Nebel des Alkohols lichtete sich ein wenig. Sie war die Frau, die der Mann der Stellenvermittlung erwähnt hatte. Er wunderte sich darüber, wie rasch Tannahill Diener zu brauchen schien.

»Wenn Mr. Tannahill zustimmt, sind Sie engagiert. Wann können Sie anfangen?«

»Mr. Tannahill wollte mich morgen schon haben, aber das geht nicht. Ich kann erst übermorgen anfangen.«

»Sie meinen den neunundzwanzigsten?«

Es war gegen zwei Uhr, als er ihren Namen erfuhr. Sie hieß Gico. Gico Aine.

Stephens brauchte einige Zeit, bis er dahinterkam, wo er den Namen zuvor gesehen hatte. In *Tanequila der Verwegene* stand ein Absatz, der so begann: »Alonzo war der Unglückliche. Seine Frau, eine Indianerin namens Gico Aine, stach ihn tot.«

Stephens dachte über diesen Zufall noch nach, als er gegen vier Uhr nach Hause fuhr. Also versuchte die Bande wieder in das Haus zu kommen, so oder so.

Er zog sich schläfrig im Wohnzimmer aus und betrat sein Schlafzimmer, ohne Licht zu machen. Als er unter die Decke glitt, berührten seine Schulter und sein Arm einen nackten Körper.

»Erschrick nicht«, sagte Mistra Lanetts Stimme.

»Donnerwetter!« stieß Stephens hervor.

»Du freust dich doch, daß ich hier bin, nicht wahr?« sagte sie. Zum erstenmal, seit er sie kannte, schien sie eine Verteidigungshaltung einzunehmen.

Er mußte sich eingestehen, daß er sich wirklich freute. Er nahm ihren willigen Körper in die Arme, zog ihn an sich, und dann fiel ihm etwas ein. »Welche Schuld bezahlst du denn diesmal ab?« wollte er wissen.

»Hör damit auf«, bat sie ihn. »Du bist der einzige Mann, den ich habe, und ich bin mit dir ganz zufrieden. Leider muß ich dir sagen, daß dieser Zustand nur vorübergehend ist, also genieße ihn, solange du es kannst.« Sie lachte leise. »Vielleicht richte ich mir ein kleines Guthaben ein.«

Seine Erschöpfung war so schnell und vollständig verflogen, als hätte es sie niemals gegeben. Er fühlte sich lebendig und erregt und außer sich vor Freude, daß sie wieder zu ihm gekommen war. Und er genoß die totale Hingabe ihres Körpers in seinen Armen. Was immer ihre Gründe sein mochten, ausgerechnet ihn als ihren Geliebten zu akzeptieren, es war schon jetzt völlig klar, daß er in ihr eine Frau von hoher Intelligenz kennengelernt hatte, die den starken Sexualtrieb des Mannes kannte, ihn ernst nahm und gewillt war, ihn in jeder Hinsicht zu befriedigen. Möglicherweise erntete er auch die Früchte ihrer erzwungenen Trennung von der Gruppe, zu der sie gehörte. Er vermutete, daß Cahunja ihr Geliebter gewesen war. Sie hatte während ihrer ersten Nacht eine derartige Bemerkung gemacht ...

Ein Gefühl der Eifersucht erfüllte ihn. Er kämpfte dagegen an und vergaß ihre Vergangenheit angesichts seiner Konzentration auf den gegenwärtigen Liebesakt. Als der Sturm der Leidenschaft sich schließlich beruhigt hatte, lag sie in der Dunkelheit zuerst schweigend neben ihm. Dann sagte sie: »Es heißt doch, daß ein Mann und eine Frau, die ausschließlich sexuelles Interesse aneinander haben, nicht glücklich sein können. Im Augenblick bin ich gewillt, diese Behauptung in Frage zu stellen.«

Stephens war plötzlich zu erschöpft, um eine Unterhaltung zu führen. »Verzeih mir«, murmelte er, »aber ich kann kaum noch die Augen offenhalten.« Er drehte sich um. Er mußte sofort eingeschlafen sein.

Es war bereits heller Tag, als Stephens vom Geklapper des Geschirrs in der Küche erwachte. Er blinzelte, dachte, es sei seine Haushälterin, erkannte aber, daß sie es nicht sein konnte. Er kletterte aus dem Bett und warf sich den Morgenrock über.

Mistra Lanett stand auf einer Fußbank vor einer offenen Kastentür. Sie drehte den Kopf und sah ihn unbesorgt an.

»Ich mache Frühstück.«

Stephens' Puls begann wild zu schlagen. Er stand einige Sekunden so da und zitterte vor Erregung. Dann gewann er die Kontrolle wieder.

Diese Frau besaß mehr Macht über ihn, als er sich bewußt wurde, obwohl es von ihrem Standpunkt aus nur eine beiläufige Freundschaft sein mochte. Er schritt langsam vor.

»Das ist ein ziemlich baldiges Auftauchen einer Dame, die sagte, sie würde mich *vielleicht* wiedersehen. Was hast du jetzt im Sinn?«

Sie langte ins oberste Fach hinauf. Während er ihr zusah, brachte sie einige Tassen zum Vorschein und wandte sich ihm dann mit einem feinen Lächeln zu: »Was ist los? Wolltest du mich denn nicht wiedersehen?«

Er war zu erfahren, um sich von einer Frau mit solchen Methoden ablenken zu lassen. Er schritt zu ihr und faßte sie mit den Armen um die Hüfte. Er spürte ihren zarten

Körper durch den dünnen Flanell seines Schlafanzuges. Ihre Lippen erwarteten seine, aber sie erwiderten den Druck nicht. Er ließ sie schließlich los und sagte förmlich: »Du hast das Waldorf Arms ohne Schwierigkeiten verlassen können?«

Sie nickte. »Ich flog das Schiff einige hundert Meilen hinauf und kehrte mit dem Rettungsboot zurück.«

Das war eine unerwartete Antwort.

»Ihr habt Raumschiffe?«

Mistra deckte den Tisch. »Du warst in einem«, sagte sie, ohne ihn anzusehen.

Wieder einmal waren ihre Worte zu hoch für ihn, um sie gleich zu begreifen. Er starrte sie an und war irritiert. Sein Gehirn arbeitete wie wild, um die Tatsachen zu verarbeiten. Ihre Wohnung war ungewöhnlich konstruiert. Das Gebäude selbst mit seiner Kuppel war ein eigenartiges Gebilde.

»Wie geht das vor sich?« fragte er schließlich. »Öffnet sich die Kuppel in einer nebligen Nacht, und fliegst du mit deinem Schiff in der Dunkelheit hinauf?«

»Es geht seltsam genug vor sich, mehr kann ich dir nicht sagen. Aber ziehe dich jetzt an. Wir können uns beim Essen darüber unterhalten. Es ist sehr dringend.«

Stephens rasierte sich und zog sich an. Er spürte den inneren Konflikt. Erst beim Frühstück legte sich die innere Unruhe wieder. Mit weit geöffneten Augen sah er zu Mistra Lanett. Ihre grünen Augen waren wundervoll, ihre Haare, ihr Gesicht ...

Er hielt inne und erinnerte sich der Maske, die er in ihrer Handtasche gefunden hatte. Die Tatsache, daß sie ein anderes »Gesicht« bei sich getragen hatte, schien zu bestätigen, daß Mistra Lanett ihre wahre Persönlichkeit war. Er sah, daß sie ihn beobachtete, und ihre Züge formten sich zu einem Lächeln. Es schien unmöglich, daß sich eine Maske jedem wechselnden Gesichtsausdruck anpassen konnte.

»Was ist das Geheimnis der Unsterblichkeit?«

Mistra zuckte die Schultern. »Das ›Grand Haus‹.«

Stephens blieb beharrlich. »Aber wie beeinflußt es den Körper?«

»Die Hautzellen regenerieren.«

Stephens sah sie verständnislos an. Sie erklärte:

»Die Hautzellen erhalten ihre Jugendfrische wieder. Das beeinflußt den ganzen Körper, die Organe, alles. Nun ...«, sie zögerte, »... sie werden fast wieder so jung. Wir altern, wenn auch sehr langsam.«

Stephens schüttelte den Kopf. »Was meinst du mit: sie werden wieder jung? Was ist mit dem Rest des Körpers?«

»Das Geheimnis der Jugend liegt in der Haut. Halte die Haut jung, und die Zeit ist besiegt.«

»Meinst du damit, daß die Kosmetiker mit ihren Hautkuren einiges erreicht hätten?«

Sie zuckte die Schultern. »Jede Behandlung der Haut ist gut. Aber der Prozeß der Regenerierung ist tiefgreifender als eine oberflächliche Behandlung. Hast du von den Lebensformen gehört, die neue Arme und Beine formen können? Das ist Regeneration, und die Haut vollbringt es.«

Sie unterbrach sich. »Darüber kann ich dir ein andermal erzählen. Im Augenblick bin ich unter Zeitdruck. Ich brauche einen Anwalt.«

Ihre Miene wurde plötzlich ernst, und ihre Augen waren zu schmalen Schlitzen verengt. Sie beugte sich zu ihm hinüber. »Mr. Howland rief mich gestern nachmittag an. Er wünscht, daß ich bis Mittag in sein Büro komme. Er will eine Zeugenaussage von mir, wegen des Mordes an John Ford. Ich muß unbedingt einen Anwalt bei mir haben.«

Ihre Erklärung schlug einen Akkord der Erregung in Stephens an. Schärfer als zuvor umriß er das Bild der schlimmen Lage dieser Leute. Zuerst wurde die Gruppe von der Tatsache überrascht, daß Tannahill der Besitzer des Hauses war. Nun mußte Mistra einem Richter eine Geschichte erzählen, irgendeine. Theoretisch könnte sie entfliehen, indem sie ihre Maske aufsetzte. Aber das würde eine Menge Unannehmlichkeiten mit sich bringen.

»Wirst du mich vertreten?«

»Warum? Natürlich. Aber warte!«

Er saß mit gerunzelter Stirn da. Da er im Dienste der Besitzung stand, konnte er in diesem Fall jemanden vertreten, ohne Tannahill vorher zu fragen? Nebenbei sagte er: »Wie bist du in den Mord verwickelt?« Rasch fügte er hinzu: »Ich kenne einige Einzelheiten ungenau, aber erzähle von Anfang an.«

»Ich war die Sekretärin von Newton Tannahill. Ich hielt mich im Haus bis vor wenigen Wochen auf. Ich kündigte aus persönlichen Gründen. Das ist alles.«

»Sahst du John Ford damals zum letztenmal?«

»Ich sah ihn vor einer Woche auf der Straße.«

»Ich verstehe«, sagte Stephens. »Ich werde dich bei der Befragung vertreten, aber ich garantiere dir nicht, dich bei dem Prozeß zu vertreten. Wir müssen uns eine gute Geschichte überlegen, die du Howland erzählen kannst. Die Hintergründe verschweigst du besser.«

»Ich werde dir von mir berichten.«

Stephens hörte aufmerksam zu. Sie begann fünf Jahre zurück, als sie die Stelle bei Tannahill annahm. Sie zählte ihre früheren Pflichten auf. Sie war angestellt worden, um die Kunstsammlung ihres Arbeitgebers zu katalogisieren und zu ordnen, aber später wurden die Arbeiten allgemeinerer Art, und schließlich wurde ihr die Verwaltung des gesamten Hauses übertragen.

Aber sie hatte in ihrer Erzählung eines nicht erwähnt, nämlich wie es kam, daß ein Mädchen, das noch einige Jahre auf einen Job angewiesen war, nun auf einmal einen Nerzmantel trug und einen teuren Wagen fuhr. Und außerdem gab sie keinen wirklichen Grund für die Quittierung ihrer Stelle an. Das waren Dinge, nach denen Howland bestimmt fragen würde.

Stephens fragte sie auch danach.

»Mein Geld!« sagte Mistra, als sei dies ein abwegiger Gedanke. »Oh, ich investierte mein Geld auf Mr. Tannahills Rat in Wertpapieren. Er war ein guter Spekulant.«

»Und warum hast du deine Stelle aufgegeben?«

»Ich bin nur wegen Mr. Newton Tannahill geblieben. Natürlich klingt das ziemlich fadenscheinig.«

Stephens dachte kurz nach und nickte dann. »Klingt gut. Bist du sicher, daß es nichts gibt, was dir schaden könnte?«

Sie zögerte, bevor sie den Kopf schüttelte. »Nichts, was Howland herausfinden könnte.«

»Ich werde den Staatsanwalt anrufen, und vielleicht kann ich einen Aufschub erreichen.«

»Ich wasche inzwischen das Geschirr«, meinte Mistra.

Stephens sah ihr einen Augenblick zu, wie sie den Tisch abräumte. Ihm gefiel die Vertraulichkeit dieser Szene. Impulsiv ergriff er ihren Arm, als sie vorbeikam. Sie entwand sich ihm. »Du rufst jetzt an«, sagte sie leicht abweisend.

Stephens lachte auf und wählte wenig später die Nummer Howlands. Die Sekretärin verband ihn, und es wurde ihm augenblicklich klar, daß es keinen Aufschub geben würde.

»Sie muß unbedingt noch heute morgen herkommen. Ich spaße nicht, Stephens.«

»Ist das nicht alles ein bißchen übertrieben?« sagte Stephens langsam. »Schließlich steht die Dame jederzeit zur Verfügung.«

Howland blieb eiskalt. »Wenn sie nicht bis spätestens Mittag eintrifft, werde ich Haftbefehl gegen sie erlassen.«

Stephens versuchte gar nicht, seine Verwunderung zu verbergen. »Ich verbitte mir derart krasse Maßnahmen. Aber wenn Sie darauf bestehen, werden wir kommen.«

»Ich bestehe darauf. Aber jetzt möchte ich Sie etwas fragen.« Seine Stimme wurde etwas freundlicher. »Wegen des Mordes an John Ford, Stephens.«

»Ja?«

»Ist Miss Lanett Ihre einzige Verbindung zu dem Fall?«

Ach nein, so was, dachte Stephens. Aus mir bringst du nichts heraus, mein Freundchen. »Was soll das heißen?«

»Hat sich sonst niemand an Sie gewandt?«

»Noch nicht. Haben Sie mich etwa empfohlen?«

Das brachte ihm Lachen ein. »Wohl kaum.« Das Lachen verstummte. »Allen Ernstes, Stephens, jemand wird für den Mord an dem Neger hingerichtet werden. Es sieht nach einem großen Spiel aus. Ich habe allen Grund anzunehmen, daß der Mörder alarmiert wurde und sich einen Anwalt genommen hat.«

Aufgebracht sagte Stephens: »Gut, dann scheinen Sie ja zu wissen, wer es war, oder?«

»Nun ja, ich glaube schon. Das Problem ist, die nötigen Beweise und das Motiv herbeizuschaffen, und dann gibt es noch etwas, aber darüber sage ich nichts. Nun gut, Stephens, bringen Sie die junge Dame noch heute morgen und alles ist in Ordnung. Auf Wiederhören.«

Stephens legte den Hörer auf und begann die Nummer des »Grand Haus« zu wählen, legte dann aber wieder auf.

Warten wir bis nach dem Verhör, dachte er. Dann kann ich ihm einiges erzählen.

Mistra trat ein, als er zu diesem Entschluß gekommen war. »Wir nehmen meinen Wagen. Ich bin heute dein Chauffeur, wo immer du hinwillst.«

Ihr Wagen war ein neuer Cadillac Convertible. Stephens sah das glänzende Ding an und stieg dann neben ihr ein. Er betrachtete ihr Profil, als sie den Wagen auf den Highway lenkte. Vor fünf Jahren noch Sekretärin und nun das. Das wird schwer zu erklären sein.

Sie erreichten das Gerichtsgebäude ohne Zwischenfall und wurden sofort in Howlands Büro vorgelassen. Der Staatsanwalt erhob sich und betrachtete Mistra abschätzend. Sein Blick glitt ihren gutgekleideten Körper hinab zu den teuren Schuhen und kehrte zu dem kostbaren Nerzkragen zurück. Ein befriedigtes Lächeln überzog sein Gesicht. Dann änderte sich seine Stimmung. Abrupt sagte er: »Miss Lanett, waren Sie die Frau von Newton Tannahill?«

Mistra sah überrascht auf. »Nein!« sagte sie förmlich.

»Wenn das so ist«, sagte Howland grimmig, »wie erklären Sie sich dann die Tatsache, daß Sie jeden Monat, seit Sie angestellt waren, zwölftausend Dollar erhielten? Das sind hundertvierundvierzigtausend Dollar im Jahr, und das fünf Jahre lang? Ein ganz beträchtliches Gehalt für eine Sekretärin, die ursprünglich dazu ausersehen war, eine Kunstsammlung zu ordnen.«

Stephens wandte sich halb zu ihr, um ihre Reaktion zu sehen. Ja, wie erklärst du das? dachte er. Dann kamen ihm die Zahlen erst zu Bewußtsein.

Seine Ruhe verschwand. Er hatte einem Mann geglichen, der über einem Abgrund hing. Er war sich seiner Stellung nicht klargewesen, hatte sich begierig an das gehalten, was er hatte, und hatte sich durch eine komplexe Situation balanciert. Eigenartigerweise hatte er alles geglaubt. Die Überzeugung, daß eine Gruppe Unsterblicher seit Jahrhunderten in einem zeitlosen Haus gelebt hatte, das auf einem Hügel stand und auf den weiten Ozean hinausblickte. Er wußte, daß sie eine fortgeschrittene Technik besaßen und reich waren.

Die Erwähnung ihres Einkommens hatte ihn schwer getroffen. Einhundertvierundvierzigtausend Dollar pro Jahr! Er war kein Mensch, der in Geld dachte, aber das traf ihn hart.

Wie aus weiter Ferne nahm er wahr, daß Howland zu Mistra sagte: »... Miss Lanett wird bemerken, daß sie mit den Behörden zusammenarbeiten muß. Ich bin sicher, daß sie sich nicht träumen ließ, daß das, was als einzigartiger Fall des Betrugs begann, bei einem Mord enden würde. Natürlich weiß sie, worauf ich hinauswill. Nicht wahr, Miss Lanett?«

»Ich habe nicht die leiseste Ahnung, wovon Sie sprechen. Und ich bestreite alle Ihre Angriffe und Vermutungen. Ich weiß nichts vom Tod John Fords.«

Howland wurde ungeduldig. »Na, kommen Sie, Miss Lanett. Sie sollten sich Ihre Situation vor Augen halten. Noch bin ich Ihnen freundlich gesinnt. Ich schlage Ihnen sogar einen Handel vor. Sie werden aus der Sache herausgehalten werden, wenn Sie sagen, was Sie wissen.«

Stephens merkte, daß es für ihn Zeit wurde, etwas zu sagen. »Was wollen Sie von Mistra Lanett? In Hinsicht auf Ihre Fragen möchte ich eines wissen: Wie starb Newton Tannahill?«

Howland sah Mistra zynisch an. »Ja, Miss Lanett, wie starb er?«

Mistra war erregt, sprach aber ruhig: »Herzdefekt. Doktor de las Ciengas wird Ihnen das besser sagen können als ich. Er untersuchte die Leiche, bevor sie zum Begräbnis freigegeben wurde. Und da das alles ist, was man mir sagte, nehme ich auch an, daß die Fakten des New Yorker Totenscheines stimmen.«

»O ja, der New Yorker Totenschein. Weiß jemand, wo er ist? Hat ihn irgend jemand schon zu Gesicht bekommen?« Er unterbrach sich mit einer Handbewegung. »Das zieht bei mir nicht, Miss Lanett!«

Es war eine Bestimmtheit in seiner Stimme, die Stephens wachrüttelte. Er merkte, daß auch Mistra die Wendung bemerkt hatte.

»Haben Sie etwas dagegen, Arthur Tannahill, den Erben des Besitzes, zu treffen?«

Mistra zögerte. »Ich wüßte nicht, weshalb ich ihn treffen sollte«, sagte sie schließlich.

Howland erhob sich. »Ist es vielleicht möglich, daß Ihre Abneigung, ihn von Angesicht zu Angesicht zu sehen, damit im Zusammenhang steht, daß wir den Sarg von Newton Tannahill bei der heute morgen stattgefundenen Exhumierung leer fanden?«

Er ging um den Tisch herum. »Wenn es Ihnen nicht zuviel ausmacht«, sagte er zynisch, »dann werden wir jetzt zum ›Grand Haus‹ fahren, und ich werde Sie Mr. Tannahill vorstellen.«

Stephens warf rasch ein: »Ich werde Mr. Tannahill anrufen und ihm die Situation erklären.«

»Sie werden nichts dergleichen tun. Sie werden ihn nicht warnen.« Er grinste. »Ich möchte ihn gern überraschen.«

Stephens war ziemlich aufgebracht. »Das ist das Ungewöhnlichste, was ich je hörte. Sind Sie sicher, daß Sie wissen, was Sie tun?«

»Ich war noch nie so sicher«, sagte er ruhig.

»Um Himmels willen, denken Sie doch einmal nach. Sie wollen einen Tannahill in diese Affäre hineinziehen. Was ist mit Fingerabdrücken? Bestimmt können sie überprüft werden, und die ganze Angelegenheit ist erledigt.«

Er fühlte sich nicht sonderlich wohl dabei. Wenn es stimmte, was Mistra gesagt hatte, dann mußten die Abdrücke des Onkels und des Neffen übereinstimmen.

»Wir haben uns mit sämtlichen Behörden in Verbindung gesetzt, aber keine besitzt Fingerabdrücke von Newton Tannahill. Da nur Abdrücke offizieller Stellen Beweiskraft haben, ist die Sache für uns erledigt.«

Stephens war sich nicht klar, ob ihn diese Nachricht beruhigte. »Trotzdem«, sagte er bestimmt, »werde ich jetzt Tannahill anrufen und uns anmelden. Ich bin sicher, daß wir diese ganze Angelegenheit ohne unnötige rüde Methoden beenden können.«

Howland schüttelte den Kopf. »Zum Teufel damit! Jeder ist vor dem Gesetz gleich. Es gibt keine Bevorzugten. Kommen Sie jetzt, oder soll ich Sie von einem Polizisten hier festhalten lassen, bis ich mit Miss Lanett im ›Grand Haus‹ bin?«

Als er dem Mann wenige Augenblicke später die Treppe hinunter folgte, dachte er nach. Das ist der Dank dafür, daß Howland die Vertretung der Besitzung verloren hat. Er schlägt so hart er kann zurück.

12

Es war ein imposantes einstöckiges Haus, und es stand auf einem hohen Hügel. Stephens hatte oft daran gedacht, daß die Blicke der Leute, die unten auf der Straße vorbeifuhren, nicht durch die Barriere der Bäume dringen konnten, hinter der das Haus stand. Schon vor Jahren hatte er die Stufen zum Haus einmal gesehen, aber er war erneut beeindruckt.

Der Wagen kletterte höher, und er sah zurück. Die Sonne warf ihre Strahlen auf das Wasser des Meeres, das im Westen, wo die Stadt aufhörte, begann. Rechts und links lagen die Vororte von Almirante auf unzähligen grünenden Hügeln. Weit im Süden sah er die Spur der Eisenbahn, die sich durch die Hügel zum Pazifik schlängelte.

Der Wagen fuhr um eine scharfe Kurve und blieb vor dem Haus stehen.

Der erste Blick ließ Stephens hochfahren. Er hatte den Eindruck vergessen, den diese Stufen hervorriefen. Oder hatte ihm das Haus damals nicht so viel bedeutet?

Sein Blick fiel auf die Stufen. Es waren bloß fünfundzwanzig, die in der ganzen Breite der Vorderfront zu einer Marmorterrasse hinaufführten. Auch die Stufen waren aus Marmor, so wie das Haus.

Stephens verließ mit Mistra und Howland den Wagen, erklomm mit beiden die Terrasse und wartete dann mit ihnen, nachdem Howland die Klingel betätigt hatte.

Eine Minute später öffnete ihnen immer noch niemand.

Stephens war der erste, der von der Tür wegging. Er schritt die Terrasse entlang und wurde sich der Stille bewußt, die auf dem Haus ruhte. Eine schwache Brise strich über seine Wangen und brachte die Erinnerung an den Schock, den er in Howlands Büro erlitten hatte, und brachte die Gedanken darüber, ob vor tausend Jahren eine Frau, die immer noch lebte, auf diesen Stufen gestanden hatte, auf dem unsterblichen Marmor, und die Brise eines Winternachmittags verspürt hatte, die von der Küste Kaliforniens heraufgekommen war.

Damals hatte der Landstrich bestimmt nicht Kalifornien geheißen.

Es war früher, viel früher, damals, als noch keine Azteken und vielleicht nicht einmal die sagenhaften Tolteken hiergewesen waren.

Stephens blickte hinaus in die Ferne, wo die grünen Hügel die strahlend weite See berührten. Über mehr als fünfzig Generationen hatte das Haus von seiner Höhe in die Tiefe geblickt und fremde Männer und Frauen gesehen, die aus den unsichtbaren Ländern jenseits des Horizontes gekommen waren. Stephens spürte die plötzliche Melancholie, einen tödlichen Neid, einen Widerstand gegen das Altern und das Sterben, während das Haus seine Jugend beibehielt, hier, unter dem ewig warmen Himmel Kaliforniens.

Er blickte über den Rand der Terrasse hinunter. Die Seiten der Stufen waren ebenso poliert wie ihre Oberfläche. Aber hier und dort waren kleine Splitter herausgebrochen. Er überlegte, ob es Zeugen vergangener Kämpfe waren, geschleuderter Steine, aufprallender Pfeile.

Er verwarf die Gedanken. Was hatte es mit dem Ort auf sich? Wie half das Haus den Leuten, ewig zu leben? Er kniete nieder und griff nach einem der Marmorsplitter. Er steckte ihn in die Tasche, um ihn später analysieren zu lassen. Er drehte sich um und entdeckte Mistra keine drei Meter von ihm. Ihre Blicke trafen sich. Stephens blickte beschämt zur Seite, trotzdem hatte er ihren amüsierten Ausdruck noch erkannt.

Als die Tür geöffnet wurde und Tannahill zu Howland sprach, war die Situation gerettet. Stephens eilte zu ihnen. »Mr. Tannahill«, sagte er grimmig, »ich wollte Sie anrufen, aber mir wurde Arrest angedroht, falls ich es täte.«

Tannahill sah ihn mit zusammengekniffenen Augen an.

»Kommt besser alle mit herein«, sagte er schließlich. »Ich habe ein Nickerchen gemacht, und ich habe noch keine Diener. Hier entlang, bitte.«

Stephens trat als letzter ein. Er fand sich in einem großen Empfangssaal wieder. Der Boden war auf Hochglanz poliert. Ein Dutzend Eichentüren führten vom Raum weg, auf jeder Seite sechs. Durch die nächstgelegene führte sie Tannahill.

Stephens blieb lange genug hinter den anderen zurück, um Tannahill zuzuraunen: »Die Dinge stehen schlecht.«

Tannahill nickte. »Das habe ich erwartet.«

Im Wohnzimmer setzten sich alle, bis auf Tannahill. Sein Blick fiel auf Mistra. »Ah, die Sekretärin meines Onkels. Mistra Lanett – jene junge Dame, die die Stelle aufgab, bevor ich kam. Warum taten Sie das?«

Howland unterbrach: »Ich kann eine mögliche Erklärung dafür geben. Ich glaube, es gibt Grund genug, anzunehmen, daß Mistra Lanett die Frau Ihres Onkels war. Vor einigen Jahren begeisterte sie sich für ihn, und dann ...«

»Ach, hören Sie auf damit. Haben Sie das Grab geöffnet?«

»Ja.«

»Was haben Sie gefunden?«

»Einen leeren Sarg.«

»Wollen Sie die Mordanklage gegen mich erheben?«

»Ja«, sagte Howland, »ja, das will ich.«

»Sie Narr!« Aber Stephens bemerkte, daß er blasser geworden war.

Es herrschte eisiges Schweigen.

Stephens bewegte sich weder, noch sprach er. Er hatte nicht das Gefühl, daß Tannahill einen Fehler gemacht hatte, die Sache offen zu besprechen. Er beobachtete Tannahill, wie er sich in einen Sessel fallen ließ. Ihm gegenüber lehnte sich Howland zurück, sah Mistra an und sagte: »Nun, arbeiten Sie jetzt mit mir zusammen?«

Tannahill blickte auf, und die Farbe kehrte in seine Wangen zurück. »Ich möchte Miss Lanett einige Fragen stellen.«

Howland fuhr barsch dazwischen: »Sie können sie im Zeugenstand befragen. Alles, was ich jetzt von ihr will ...«

Stephens unterbrach ihn: »Howland!« Er sprach sehr deutlich. »Ich möchte genau wissen, welche Anklage Sie gegen Mr. Tannahill erheben. Klagen Sie ihn des Mordes an seinem Onkel und an John Ford an? Oder nur des Mordes an John Ford?«

Howland wich aus: »Wir werden die Anklage während der Untersuchungshaft erheben.«

»Ich hoffe«, sagte Stephens grimmig, »daß die Motive des früheren Anwaltes der Tannahill-Besitzungen nicht mißverstanden werden, wenn er als Staatsanwalt eine Anklage gegen seinen ehemaligen Klienten einbringt. Sind Sie darauf vorbereitet?«

Es war offensichtlich, daß Howland kein Mensch war, der sich über seine Zukunft Gedanken machte. Er winkte ungeduldig ab. »Natürlich wird er nicht inhaftiert, bis unser Beweisverfahren gegen Mr. Tannahill endgültig abgeschlossen ist. Wir warten auf die Nachricht des Spitals, aus dem er angeblich am dritten Mai dieses Jahres verschwand. Und so gibt es noch ein paar Dinge. Ich warne Mr. Tannahill, die Stadt zu verlassen.«

Tannahill stand auf. Er sah müde aus. »Es scheint mir, daß Mr. Howland einen Fehler macht, wenn er versucht, alles auf die Spitze zu treiben, ohne die lokalen finanziellen Interessen zu beachten. Eines kann ich ihm sagen.« Seine Augen starrten geradewegs in die von Howland. »Wenn er den entscheidenden Schritt tut und diesen ...«, er zögerte, »... diesen lächerlichen Fall gegen mich eröffnet, dann wird er sich in einem Kampf wiederfinden, in dem keine Mittel unerlaubt sind.«

Ruhig vollendete er: »Und nun, auf Wiedersehen, Mr. Howland. Ich zweifle nicht daran, Sie wiederzusehen.«

Howland verbeugte sich ironisch. »Dessen bin ich sicher.« Er stand auf und blickte zu Mistra. »Kommen Sie, Mistra Lanett?«

Die Frau kam rasch zu Stephens. »Ich fahre Howland hinunter, dann komme ich zurück und hole dich ab.«

Sie wartete nicht auf Stephens' Zustimmung. Sie drehte sich um und ging zur Tür. Sie und Howland gingen hinaus. Stephens sah sich um und bemerkte, daß Tannahill ihn beobachtete.

Tannahill und er und das Haus — für Stephens war das Haus im Augenblick ein ebenso großer Faktor, wie die Menschen. Er setzte sich und ließ sich von seinen Gefühlen leiten. Er hörte kein Geräusch. Das Marmorhaus stand einen weiteren Tag seiner Existenz, still, ungestört vom Atmen und Leben seiner Bewohner. In tausend Jahren hatte es bewiesen, daß es gegen solche Dinge immun war.

Tannahill brach das Schweigen. »Wie war das mit Howland und dem früheren Anwalt der Besitzung?«

Als Stephens es erklärt hatte, saß Tannahill lange mit zusammengepreßten Lippen da. »Männer haben es normalerweise nicht gerne, zu spüren, daß sie gekauft werden. Seien Sie nicht bestürzt, wenn ich Howland den Vorschlag mache, die lokale Agentur wieder zu übernehmen. Er wird ohnehin nicht zustimmen, verstehen Sie? Weder Howland noch ich werden einander nach diesem Zwischenfall je wieder trauen. Aber die Möglichkeit, ein relativ hohes Einkommen wiederzuerlangen, könnte einigen Einfluß auf ihn haben. Ein anderes Angebot würde er strikt ablehnen.«

Stephens gab keinen Kommentar. Er war sich nicht so sicher, daß Howland ein außergesetzliches Angebot nicht annehmen würde. »Mr. Tannahill«, sagte er ruhig, »haben Sie eine Ahnung, warum ein Mann vorzugeben wünscht, gestorben zu sein, eine Erbschaftssteuer zahlt und seinen Besitz zurücknimmt und vorgibt, sein Neffe zu sein?«

»Reden Sie keinen Unsinn! Ich habe eine Theorie, wenn es das ist, was Sie meinen. Es scheint offensichtlich zu sein, daß ich in den Sarg gelegt wurde, weil der Körper meines Onkels nicht zur Hand war.« Er beugte sich vor. »Welche logischen Argumente gäbe es sonst noch? Sein Mörder leitete alle diese Aktionen ein. Wer immer es getan hat, er mußte ihn legal begraben lassen, ohne den Verdacht auf Mord aufkommen zu lassen. Deshalb holten sie meinen bewußtlosen Körper aus dem Spital und richteten ihn dafür her. Irgendwas muß schiefgegangen sein. Da ich bewußtlos war, hatten sie nicht erwartet, daß ich mich an diesen Zwischenfall erinnere.«

Es war durchaus verständlich. Stephens sagte ruhig und vorsichtig: »Wir könnten auf dieser Basis einen Plan aufbauen. Wir sollten es versuchen.«

»Was ist mit dieser Miss Lanett?«

Stephens zögerte. »Als Sekretärin Ihres Onkels wird sie wahrscheinlich als Kronzeugin auftreten. Ich mache mir weniger Gedanken darüber, was sie sagen wird, als vielmehr darüber, was in diesem Zusammenhang über ihre Stellung im Haus, ihren unglaublichen Wohlstand und so weiter zutage treten wird.«

»Ich verstehe«, sagte Tannahill gedankenverloren.

»Es tut mir leid. Die Dinge entwickeln sich wahrscheinlich gegen Sie.«

»Ich habe eine Idee, was diese Lanett will, und ich werde es tun, wenn es nötig sein sollte.« Seine Stimme wurde schärfer. »Ich möchte Ihnen klarmachen, Stephens, daß es nichts gibt, worauf ich nicht vorbereitet wäre. Ich erfuhr beim Lesen der Geschichte meiner Vorfahren, daß ein verwegener Mann seinen Aktionen in einer Krise keine Grenzen setzt.«

Stephens überlegte, wie viele Familienbücher Tannahill gelesen haben mochte, aber er fragte nicht nach Details. Er hörte ein Auto den Berg heraufkommen und meinte, es müsse Mistra sein. »Mr. Tannahill, so wie ich das Problem sehe, müssen wir zuerst versuchen, die Inhaftierung zu vermeiden. Letzten Endes, glaube ich, sind wir berechtigt, uns auf den guten Ruf der Familie Tannahill zu stützen.«

Er erklärte, was er im Sinn hatte. »Wir müssen uns darauf verlassen können, daß die Zeitungen auf unserer Seite sind und daß sie nichts bringen, was wir ihnen nicht sagen. Sie müssen gewarnt werden, und zwar von uns.«

Tannahill, der dem Ganzen mit einem ungutem Gefühl gefolgt war, sagte schließlich: »Sie glauben also, daß wir direkte Schritte unternehmen müssen?«

»Ich werde außerdem noch Richter Porter und Richter Adams anrufen. Ich habe das Gefühl, daß sie gar nicht wissen, was Howland vorhat.«

Es war möglich, daß die Gruppe als Ganzes gar nicht wußte, was sich zusammenbraute. In diesem Punkt konnte er Mistra nicht trauen. Ihr Vorurteil gegen Tanequila könnte sie davon abhalten, etwas zu seiner Rettung zu tun. Nebenbei hatte sie ihre eigenen Pläne.

Tannahill streckte ihm die Hand hin. »Bei Gott, Stephens, mir beginnt die Sache Spaß zu machen.«

Als sie die Hände schüttelten, sagte Stephens: »Unsere beste Verteidigung wird es sein, den Mörder selbst zu finden, falls es sein muß. Ich werde Sie anrufen, sobald ich etwas zu berichten habe.«

Stephens blieb vor den Stufen des »Grand Haus« stehen und blickte um sich. Mistra bog gerade in die Auffahrt ein. Die Brise war stärker geworden, und die weite Sicht ließ ihn atemlos verharren.

Der frühe Nachmittagshimmel war völlig klar. Der Pazifik war ruhig, und nur leichte Wellen tanzten im Licht der Sonne. Die Stadt unten trug ihr grünstes Kleid; Häuser und Gebäude lugten aus dem Pflanzenteppich hervor.

Mistra blieb unter ihm stehen, und er begann hinunterzugehen. Als er auf gleicher Höhe war, langte sie hinüber und öffnete ihm die Tür. »Beeile dich!« sagte sie.

Von der Dringlichkeit ihrer Stimme und von dem Ausdruck ihres Gesichtes verwirrt, warf sich Stephens auf den Sitz neben ihr. »Was ist los?«

Sie gab keine Antwort. Der Wagen schoß nach vorn. Sie drückte einen Knopf, und das Dach glitt über seinen Kopf. Die Fenster glitten nach oben.

Anstatt den Wagen zu wenden, als sie das Ende des Hauptfahrweges erreichte, lenkte sie das Fahrzeug um eine Baumgruppe herum in eine schmale Straße. Die Geschwindigkeit des Fahrzeuges nahm rasch zu, daß Stephens aufschrie: »Mistra, um Himmels willen ...«

Er schluckte. Die Straße hörte etwa hundert Meter weiter vorne auf, und es sah aus, als sei dort eine Felsenklippe. Stephens wandte sich Mistra zu und bemerkte, daß sie ein durchsichtiges Schild über Mund und Nase hielt. Fast gleichzeitig wurde er sich des Geruchs im Wagen bewußt.

Gas!

Er dachte noch vage und suchte nach der Bremse, als er leicht gegen das Instrumentenbord stieß. Das Gefühl blieb nur einen Augenblick, dann verschwand es.

13

Stephens blinzelte und hörte Mistra sagen: »... Du kannst Tannahill anrufen, wenn du ihn warnen willst.«

Die Worte schienen bedeutungslos zu sein; und plötzlich erinnerte sich Stephens blitzartig an die Situation, als das Auto auf das Ende der Klippe zugerast war.

Verwundert blickte er sich um und erkannte, daß er in

Mistras Wohnung war. Zu seiner Rechten stand die Bar. Zu seiner Linken war der Gang, der zu den Schlafzimmern führte. Dort drüben war auch das Fenster, durch das die Sonne hereinschien. In einer Ecke spielte leise ein Radio, und Mistra, die sich hinter die Bar gebeugt hatte, kam mit zwei Gläsern zum Vorschein.

Sie starrte Stephens an. »Ich versichere dir, du kannst von hier anrufen. Dieser Apparat ist mit einer Relaisstation verbunden und somit mit dem Telefonnetz.«

Stephens blickte zum Telefon und schüttelte den Kopf. Er wollte nicht zugeben, daß er nicht wußte, wovon sie sprach. Zweimal ging er in Gedanken alles durch, was geschehen war, und jedesmal langte er bei dem Punkt an, wo der Wagen auf die Klippe zuschoß, und dann ...

Dies!

Er sah sie anklagend an. »Was hast du genommen, um mich auszuschalten?«

Mistra lächelte. »Es tut mir leid, aber es war keine Zeit, etwas zu erklären, und ich hatte Angst, du würdest mit mir kämpfen.«

»Wenn ich mich recht entsinne, dann wolltest du Howland ins Büro zurückbringen, und ...«

Mistra unterbrach ihn sanft: »Ich trat mit der Gruppe in Kontakt und teilte ihr mit, was Howland vorhat. Es wurde beschlossen, daß nur mehr eine Möglichkeit besteht. Howland wird unter Druck gesetzt werden. Aber wir fürchten, daß es nicht funktioniert.«

Stephens dachte an alle einflußreichen Persönlichkeiten der Stadt, von denen er glaubte, daß sie der Gruppe angehörten, und denen es wohl gelingen würde, Howland unter Druck zu setzen. »Warum nicht?« sagte er scharf.

Mistra schüttelte den Kopf. »Mein Lieber, du verstehst das nicht. Howland hat politische Ambitionen. Wenn ihn seine Freunde zu arg bedrängen, dann wird er sich gegen sie stellen. Das geschah schon einmal in unserer Geschichte, und wir verloren für mehrere Jahre die Kontrolle über die Stadt. Wir möchten das nicht noch einmal erleben.«

»Was hat die Gruppe vor?«

»Zuerst wird man versuchen, Howland davon abzubringen. Wenn das nicht gelingt, dann lassen wir ihn gewähren. In diesem Fall werden wir alles unternehmen, um ihn zu ruinieren.«

»Du meinst, ihr laßt ihn Tannahill verhaften?« Stephens schüttelte ungläubig den Kopf. »Es tut mir leid, aber das werde ich immer noch zu verhindern suchen, wenn ich kann.«

»Warum?«

»Ich kann mir nicht vorstellen, daß der Frau, die Tannahill betäubte, seine Interessen am Herzen lagen. Und wenn die Gruppe als Ganzes ihm ebenfalls schlecht gesinnt ist, dann ist das, was wir vor uns haben, keineswegs eine Rettung, sondern eher eine Art legaler Lynchjustiz. Nun, ich werde das nicht mitmachen.«

»Die Gruppe mag ihn verachten«, erwiderte Mistra, »aber das hat ihre Urteilskraft nicht beeinflußt. Sie haben das Gefühl, daß der Besitzwechsel ein zu komplexer Prozeß ist. Es gibt keine gesetzlichen Erben, und es besteht sogar die Möglichkeit, daß wir das Haus verlieren könnten. Ich hatte das Gefühl, daß ich die Chance wahrnehmen mußte, um die Gruppe davon abzuhalten, die Erde zu verlassen, aber ich bin nicht glücklich darüber.«

»Irgendwo ist da ein Haken. Du hast zugegeben, daß die Gruppe darauf bedacht ist, alles im dunkeln zu halten. Kannst du schwören, daß sie Tannahill nicht opfern wollen?«

Sie antwortete sofort: »Ich kann es nicht schwören, aber ich glaube, sie zu kennen.«

Er mußte zugeben, es war eine ehrlich klingende Antwort. Sie konnte natürlich nicht für die Menschen ihrer Gruppe sprechen, deren geheime Gedanken nur ihnen selbst und vielleicht dem Gedankenleser unter ihnen bekannt waren.

»Ich denke, wir sollten versuchen, die Inhaftierung zu verhindern. Ich glaube, daß wir in der Lage wären, Tannahill durch seinen Rechtsanwalt der Polizei zu übergeben und so rasch wie möglich eine Kaution zu stellen.«

»Dann rufst du Tannahill besser an. Howland wird bereits unter Druck gesetzt. Wenn er so reagiert, wie wir erwarten, dann wird er den Haftbefehl in einer Stunde erlassen.«

»Was?«

Er sprang auf, und eine Minute später sprach er mit Tannahill. Er erzählte, was vor sich ging, ohne die Informationsquelle zu nennen, und legte dann seinen Plan vor. »Auf Ihrem Besitz müssen Sie doch irgendwo einen Wagen haben, den man nicht so leicht identifizieren kann. Nehmen Sie ihn. Wenn möglich, lassen Sie Ihren Stock zurück, wenn Sie den Wagen verlassen — lassen Sie sich einen Schnurrbart wachsen. Und wir treffen uns wie vereinbart.«

Tannahill schien völlig ruhig zu sein. »Das ist ein guter Rat.«

Stephens hängte beruhigt ein.

So nebenbei sagte Mistra: »So, und jetzt schaust du am besten einmal zum Fenster hinaus.«

Stephens runzelte die Stirn. »Fenster!«

Der Verdacht, der in ihm aufkam, ließ ihn aufspringen. Die Jalousien wurden hochgezogen, und das Sonnenlicht fiel ins Zimmer. »O mein Gott!« hauchte er.

Der Himmel war dunkel. Unter ihm tat sich das Nichts auf.

Der erste Schock ließ nach. Er sah, daß die Welt unter ihm formlos und ohne Leben war.

Er wirbelte vom Fenster weg, sauste an Mistra vorbei und rannte den Gang entlang, der in den Musikraum führte. Es war alles so wie damals. Als er näher trat, bemerkte er auf den ersten schnellen Blick, daß die Metalltür — die damals verschlossen gewesen war — offenstand. Er kletterte hinauf in das, was unmißverständlich der Kontrollraum eines Raumschiffes war.

Vier Sessel standen vor ihm, die im Boden verankert waren. Sie standen in einer Reihe vor einem langen Kontrollpult. Durch das Fenster konnte er in jede Richtung schauen, und er sah die gekrümmte Metallhülle eines stromlinienförmigen, aber beinahe kubischen Raumschiffes. Über dem Fenster und direkt vor den Kontrollsitzen befanden sich mehrere Fernsehschirme, von denen einer das Bild der Erde unter ihnen zeigte.

Das Schiff schien zu schweben. Er spürte keine Bewegung und hörte keinen Motor. Stephens wollte sich in einen der Sessel setzen, fuhr aber wieder hoch. Das ist ihre Wohnung. Diese Kuppel auf dem Waldorf Arms ist nötig, weil darunter der Hangar für die Schiffe liegt. Sie hat mich nicht zum Narren gehalten, dachte er.

Er war verwundert, daß er sich so lange gegen diese Idee gewehrt hatte, obwohl er genug Informationen besaß. Aber Worte hatten eben nicht genügt, ihn zu überzeugen. Und nun war ihm alles gezeigt worden!

Und mit diesen Worten kehrte seine Erinnerung zurück – zu all den Dingen, die sie über die bevorstehende Attacke auf Lorilla gesagt hatte ... Langsamen Schrittes ging er ins Wohnzimmer zurück. Mistra saß auf dem Sofa mit dem Glas in der Hand. Seines stand auf einem Tisch vor ihr. Sie sah ihn fragend an, als er eintrat, und schüttelte dann den Kopf.

»Du willst mir immer noch nicht helfen?« fragte sie.

»Ich kann nicht.«

»Warum nicht?«

Er fühlte eigenartigerweise die Notwendigkeit, seine Ablehnung zu rechtfertigen. Und noch hatte er keine klare Antwort.

»Warum glaubst du, mich zu brauchen?«

»Im letzten Krieg hatten die Bomber eine beträchtliche Mannschaft, jeder hatte eine andere Aufgabe. Ich habe zwar Relais installiert, die mich in die Lage versetzen, es auch allein zu schaffen, aber im Ernstfall kann ich mich darauf nicht verlassen, besonders dann nicht, wenn ich mit starkem Abwehrfeuer rechnen muß.«

»Mußt du denn so tief hinuntergehen?«

Mistra nickte. »Wir werden für kurze Zeit in Reichweite der stärksten Flugzeugabwehr der Welt sein. Mein Schiff ist aber nicht für den Krieg gebaut worden. Deshalb haben sie es mir auch überlassen. So sagten sie mir jedenfalls heute. Sie bilden sich ein, daß kein Mitglied den Tod riskieren würde.«

»Und du willst es?«

»Allison, wir müssen diese Chance wahrnehmen. Es gibt keine andere Möglichkeit.«

Stephens suchte nach einer passenden Antwort, fand keine und sagte schließlich verwirrt: »Was ich nicht verstehe, ist die Eile.«

»Ich erhielt besorgniserregende Nachrichten. Die Attacke auf die USA ist für Oktober angesetzt.«

»Das sind noch acht Monate, und du bist erregt.« Stephens spürte, wie der Druck in ihm nachließ.

»Du verstehst immer noch nicht. Die Bomben, die sie verwenden werden, sind noch alle an einem Ort gelagert. Aber innerhalb der nächsten Wochen werden sie aufgeteilt werden. Sie gelangen in Flugzeug- und U-Boot-Depots. Ist es einmal soweit, dann kann nur noch psychologischer Druck angewendet werden.«

Sie sah ihn eine Zeitlang an und fuhr dann fort: »Du mußt mir in bezug auf den Angriff und die Gefahr glauben.« Sie hielt inne und sagte dann: »Allison, dies ist dein Eintritt in das Haus.«

Das Angebot kam für ihn viel zu überraschend. Stephens war sehr still geworden, seine Gedanken schienen durch den Schock nur noch zu kriechen. Es kam ihm vor, als hätte er wissen müssen, daß sie eventuell mit solch einem Angebot kommen würde. So wie es aussah, nach allen Informationen, die er erhalten hatte, konnte die Gruppe nur noch zwei Dinge mit ihm tun: Entweder wurde er ins »Grand Haus« aufgenommen – oder getötet! Mistra meinte nun, daß sie ihn gegen einen bestimmten Preis ins Haus zu bringen versuchen würde.

Er hätte gerne geglaubt, daß sie dazu in der Lage sei, aber die Ereignisse und die Tatsache, daß sie selbst in Gefahr war, ließen ihr Angebot unwirklich erscheinen. Niedergeschlagen meinte er: »Ich bezweifle, daß du allein mich ins ›Grand Haus‹ bringen kannst.«

»Ich glaube doch, daß ich es kann.« Ohne ihn anzusehen, fuhr sie fort: »Mein Lieber, langes Leben hat seine Schattenseiten. Die Gedanken werden furchtbar sein: Was hat das alles für einen Sinn? Wohin führt das alles? Allison, ich habe mit kleinen Kindern gespielt, und neunzig Jahre später stand ich, von der Zeit unberührt, dabei, wie ihre verwelkten Körper zur ewigen Ruhe in die Erde gesenkt wurden. Es ist schwer, kann ich sagen. Einige andere haben eine Mauer aus Zynismus und Gleichgültigkeit zwischen sich und dem Leben-Tod-Zyklus aufgebaut. Auch ich tat es. Ich lebte für den Augenblick. Ich besaß unzählige Liebhaber, einen nach dem anderen, und ich verließ sie beim ersten Anzeichen des Alterns.

Diese Phase ging vorbei, und eine Zeitlang lebte ich beinahe wie eine Nonne. Aber das war nur die Reaktion darauf. Langsam entdeckte ich eine gesündere Lebensphilosophie — eine für das lange Leben. Und eigenartigerweise war diese Philosophie auf einfachen Dingen aufgebaut. Das Gefühl, daß alles gut ist, was mit Gesundheit zusammenhängt; das Wissen darum, daß die Bedürfnisse des Körpers sich mit den geistigen die Waage halten müssen; oh, und eine Menge anderer Dinge, die eigenartig klingen, wenn man sie aufzählt. Aber ich erfuhr, daß es ein Bedürfnis gibt, das einer Frau mehr bedeutet als alle anderen zusammen; ein Bedürfnis, das ich bisher unbefriedigt ließ. Weißt du, welches?«

Stephens sah sie ernüchtert an. Er war berührt von der Wärme und Ernsthaftigkeit ihrer Stimme. Dann ließ ihn die plötzliche Erkenntnis über das, was sie gemeint hatte, hochfahren. »Du hast nie ein Kind gehabt. Ist es das?«

Mistra nickte. »Die Regel der Gruppe lautet: Keine Kinder. Es wurden mehrere zur Welt gebracht, aber sie wurden zu Pflegeeltern gegeben. Damals erkannte ich die Notwendigkeit als richtig an.

Heute ist das anders. Seit zehn Jahren suche ich nach einem Mann, der der Vater meines Kindes sein könnte.«

Sie hielt inne und seufzte. »Allison, ich glaube, du hast bereits gemerkt, daß ich wünsche, daß du dieser Mann bist.«

Als sie sprach, spürte er, wie ihre Finger sein Handgelenk sanft berührten. Er hatte ihr Näherkommen nicht bemerkt, und deshalb war der plötzliche Kontakt für ihn, als springe ein Funke über. Das Gefühl durchraste den ganzen Körper. Er nahm ihre Hand, hielt sie sanft und küßte sie.

Ohne ein Wort zu sagen, begannen sie sich auszuziehen. Wenige Augenblicke später nahm er sie in die Arme, hob sie hoch, trug sie in ihr Schlafzimmer und legte sie sanft auf ihr Bett. Sie streckte ihm ihre Arme entgegen. Er gestattete ihr, ihn neben sich zu ziehen.

Als sie sich umarmten, kam Stephens ein bohrender Gedanke. Versucht sie jetzt, meine Hilfe mit ihrem Körper zu erkaufen? Diese Vorstellung hielt er nur einen kurzen Moment fest, ehe er sie als irrelevant beiseite schob. In gewisser Hinsicht stimmte es. Tatsache war aber, wenn auch nur vorübergehend, daß diese Frau ohne irgendwelche Einschränkungen ihm gehörte. Offensichtlich war sie liebesdurstig, und er war ihr gesuchter Partner. Er konnte sogar glauben, daß sie seit Jahren nicht mehr so reagiert hatte wie bei ihm.

Für eine Weile war er nicht mehr fähig zu denken, sondern spürte nur ihre körperliche Nähe und das anschwellende Gefühl der Erregung. Irgendwann fragte er sich, ob ein sterblicher Mann überhaupt eine unsterbliche Frau lieben kann. Doch darüber wollte er im Augenblick nicht nachdenken. Er befand sich jetzt in der Gegenwart und nicht in irgendeiner Zukunft, in der er alt und verbraucht wäre und sie immer noch bildhübsch, jung und begehrenswert. Hier und jetzt fand ein Akt der Liebe zwischen einem virilen Mann und einer gesunden Frau statt, die sich bei jedem Zusammentreffen immer aufs neue bestätigen mußten, daß sie aneinander Gefallen gefunden hatten und dies auch voll auslebten. Es war geradezu beglückend feststellen zu können, daß zwischen ihnen nie eine prüde Verklemmtheit geherrscht hatte.

Nachdem sie sich wieder angezogen hatten, ging sie mit ihm schweigend zur Bar. Ohne eine vorherige Andeutung drehte sie sich um und lag wieder in seinen Armen. »Allison, ich glaube, ich erlebe zum erstenmal die wahre Liebe.«

Ihre Stimme war sanft. Stephens küßte sie, obwohl er es immer noch nicht glauben konnte. Ihre Lippen suchten die seinen mit einer Intensität, die keinen Zweifel mehr erlaubte.

»Mistra, du bist hübsch.«

Sie lachte. »Und es ist für immer garantiert, vergiß das nicht.«

Er hatte es vergessen. Er versuchte, den Gedanken zu verdrängen. Einen Augenblick lang hielt er sie so fest, daß sie lachte und nach Luft schnappte. »Luft, mein Lieber, Luft!«

Stephens ließ sie los. »Du sprichst davon, ein neues Leben in die Welt zu setzen. Was ist mit den Tausenden, die ihr Leben verlieren werden, wenn du deinen Angriff durchführst?«

Sie sah ihn an und schüttelte verwundert den Kopf. »Ich habe dir die Warnung gezeigt, oder nicht?«

Sie beugte sich zu ihm. »Allison, dieser Angriff muß ganz einfach stattfinden. Du mußt mir dabei helfen.«

Rasch fuhr sie fort: »Bestimmt wirst du die Chance nicht wegwerfen, ins Haus zu gelangen – die Chance unserer Liebe –, ich schwöre dir, wir werden ihnen genügend Fluchtmöglichkeiten geben.«

»Ich bemerke, daß du nicht von dir selbst sprichst.«

»Es gibt keinen Preis für mich. Nur Liebe kann Liebe kaufen.«

Für einen Augenblick hielt ihn das wieder gefangen, aber dann schüttelte er stumm den Kopf. »Es tut mir leid, meine Liebe, ich würde alles geben ...« Er brach ab und breitete die Arme hilflos aus.

»Aber du hast nichts, was du geben könntest.«

Stephens antwortete nicht gleich. Tat er diesen Schritt, dann war er nicht mehr länger ein freier Mensch. Mit scharfer Deutlichkeit seiner Gefühle erkannte er, daß er bald zum Sklaven dieser Frau würde. Und dann würde er sich nicht mehr befreien wollen. Hier und jetzt war der Wendepunkt. Er mußte zurück oder nach vorn.

Er glaubte an ihre Beweggründe. Dieses Problem war ganz und gar in ihm selbst. Es würden Tausende Menschen in den Fabriken sein, die sie bombardieren wollte. Sie würden trotz der Warnung dort sein, und er war nicht fähig, sie der Gefahr zu entziehen. Er erklärte ihr stockend seine Gefühle, da er sich wie ein Narr vorkam.

Aber es gab keinen Zweifel. Eine Frau und ein Mann konnten keinen Krieg gegen eine Nation führen. Als er seine Erklärung beendet hatte, nickte Mistra gedankenverloren. »Ich bringe dich nach Almirante zurück, sobald es dunkel ist.«

14

Die Nacht war dunkel, und außer der Meeresbrise gab es kein Geräusch auf dem Friedhof. Als Tannahill mehr als eine Stunde überfällig war, bewegte sich Mistra neben Stephens und sagte leise:

»Vielleicht hat ihn die Polizei geholt.«

Stephens erwiderte nichts, aber er gab zu, daß es nicht unmöglich war. Howland hatte einen Schritt getan, bei dem es kein Zurück mehr gab, als er Tannahills Haftbefehl erlassen hatte.

Eine halbe Stunde später — knapp vor Mitternacht — sprach Mistra wieder: »Wenn ich vielleicht hierbleibe und du von irgendwo anrufst, ob sie ihn geschnappt haben ...«

»Noch nicht. Eine Menge Dinge können ihn aufgehalten haben.«

Für einige Zeit herrschte wieder Schweigen. Er hatte den Friedhof als Treffpunkt vorgeschlagen, weil es ein Ort war, mit dem Tannahill und er vertraut waren.

Schließlich meldete sich Stephens wieder. »Ich habe viel über deine Gruppe nachgedacht. Hat es schon früher unter euch Streitigkeiten gegeben?«

»Nicht eher, bis wir vor zweihundert Jahren den Gedankenleser aufnahmen.«

»Ich wollte schon fragen, warum es nur einen gibt. Ich dachte, Gedankenlesen könne das Ergebnis eines langen Lebens sein.«

»Nein«, kam ihre rasche Antwort. »Eines unserer Mitglieder traf eine Familie in Europa, die in dieser Richtung beachtliche Fähigkeiten entwickelt hatte. Innerhalb zweier Generationen versuchten wir, die Fähigkeit fortzupflanzen. Schließlich wählten wir einen Enkel aus.«

»Tatet ihr das in Übereinstimmung?«

Er bemerkte, daß sie sich ihm zuwandte und ihn ansah. »Was meinst du damit?«

»Ich weiß es nicht.«

Das stimmte. Er versuchte, die Dinge zusammenzufügen, die bisher nicht erklärt worden waren. Warum hatte man ihm die unterirdische Höhle gezeigt, und wer war der Mann, der ihn dorthin gebracht hatte? — Mistras Motiv, seinen Beistand zu suchen, schien klar genug zu sein. Und sie hatte den Gedankenleser offensichtlich damit entwaffnet, daß sie ganz einfach und offen erklärt hatte, daß sie sich gegen die Pläne der Gruppe stellte.

Offensichtlich war es unmöglich, daß jemand für längere Zeit seine Gedanken vor dem Telepathen geheimhalten konnte. Es würde bedeuten, daß jemand ganz bestimmte Gedanken zurückhielt und dafür andere um so offener zutage treten ließ; eine Sache der Selbstdisziplin, die aber an sich unmöglich war. Die Morde mußten doch von einem Außenseiter begangen worden sein.

Und doch hatte er selbst bewiesen, daß man dem weiblichen Telepathen einen entscheidenden Gedanken vorenthalten konnte. Sie hatte nicht bemerkt, daß er bedeutende Informationen aus dem Büro der Mexikanischen Import-Gesellschaft geholt hatte. Sie hatte dabei eine Unsicherheit bewiesen, die einer aus der Gruppe eigentlich schon früher hätte bemerken müssen.

»Hat sich eigentlich jemand dagegen gewehrt, daß der Gedankenleser in die Gruppe aufgenommen wurde?«

»Ja ...«, sagte sie leicht ironisch, »... jeder, außer jener Person, die den Telepathen entdeckt hatte.«

»Wer war das?«

»Tannahill.«

»Hinsichtlich seiner Kontrolle über das Haus hatte er sicher seine Gründe.«

»Natürlich, er hatte einen Grund dazu. Er vermutete eine gewisse Unzufriedenheit bezüglich seiner Führung, und er wollte seinen Gegnern die Hoffnung schon von vornherein nehmen.«

Stephens nickte. »Wer hielt es am längsten aus?«

»Es funktionierte nicht so, wie du glaubst. Du mußt wissen, daß die meisten von uns Konservative sind. Wir wünschten, daß das Haus als eine Art Stiftung betrachtet würde, bei der wir als Direktorenkonsortium auftraten. Aber wenn das nicht gelingt, dann ziehen wir es unter normalen Umständen vor, daß es in Tannahills Kontrolle bleibt. Sosehr er uns auch unsympathisch ist, wissen wir doch, woran wir mit ihm sind. Ein anderer Besitzer wäre ein unbekannter Faktor. Vielleicht siehst du jetzt ein, daß es für uns nicht schwer zu erkennen war, daß der Gedankenleser einen ausgleichenden Faktor darstellte. Wir fragten einfach die Widerspenstigen, was sie zu verbergen hätten, und als die Angelegenheit schließlich mit einer Abstimmung beendet wurde, herrschte Einstimmigkeit. Nun, das war kaum überraschend.« Sie lachte grimmig.

»Gab es noch Versuche, Tannahill die Kontrolle über das Haus zu entreißen? Vor deinem Versuch, meine ich.«

»Du denkst an den mysteriösen Häuptling, der das Haus bewohnte, bevor Tanequila zum erstenmal auftauchte?«

»Ja, hatte er Erfolg? Kam er zurück?«

»Ja, das tat er, und eine ganze Reihe unserer Leute kam mit ihm.«

»Du warst unter ihnen?« Das war die zweite Überraschung. »Du — hast schon vor Tannahill gelebt?«

Sie schwieg. »Allison, du scheinst nicht fähig zu sein, dir vorzustellen, wieviel Zeit inzwischen vergangen ist. Ich war auf einem Schiff, auf dem sich die Passagiere gegen die

Mannschaft und gegen die Sklaven verteidigen mußten. Die Passagiere siegten, aber wir kamen in einen Sturm, und niemand wußte, wie man navigierte. Wir sahen mehrmals Land; einmal, glaube ich, Äquatorialafrika, dann – soweit ich mich erinnere – Südamerika; und schließlich völlig verloren im Meer; obwohl wir immer noch versuchten, unseren Bestimmungsort zu erreichen, wurden wir bei Kap Hoorn an Land gespült.«

»Aber weshalb warst du auf diesem Schiff? Wohin wolltest du?« Stephens wartete mit begierigem Interesse.

Sie zögerte einen Augenblick. »Damals war ich die Tochter eines römischen Beamten in Britannien.«

Stephens schluckte. »Welches Jahr schrieb man damals?«

»Ungefähr 300 n. Chr.«

»So alt ist das Haus schon?«

»Ach, noch viel älter. Als wir an der Küste landeten, wurden die Männer unserer Besatzung von den Besitzern ermordet. Sie waren bereits seit Jahrhunderten hier.«

»Aber wer erbaute es?«

»Das möchten wir auch gern wissen«, meinte sie. »Wir dachten schon, du könntest es gewesen sein. Erinnerst du dich?«

Stephens hielt inne. »Mistra, war Peeley der große Häuptling, bevor Tanequila ankam?«

»Ja.«

»Wie lange war er in der Gruppe?«

Stille.

»Mistra!«

»Ich denke nach«, sagte sie sanft. »Warte.«

»Wie gut ist deine Erinnerung?«

»Perfekt. Aber – pst.« Wieder Stille. Schließlich meldete sie sich seufzend: »Peeley beteiligte sich an den Experimenten, die zur Wahl des Gedankenlesers führten. Er war einer der ersten, der Tannahill beipflichtete, daß sie solch eine Person dringend benötigten. Ich glaube, du bist auf der falschen Spur, mein Lieber.«

»Es sei denn, er hat eine Methode entwickelt, um seine Gedanken abzuschirmen.«

Mistra zögerte wieder. »Er hat keine einflußreiche Position.«

»Er ist immerhin der Rechtsberater des offiziellen Besitzers.«

»Das ist bedeutend, aber nicht entscheidend. Wir sind vorsichtig genug. Ich kann nicht in Details gehen, aber ein weiteres Büro unter Leitung eines Außenseiters war die Sicherung. Howland, du, und viele andere vor euch.«

»Warum wurde Howland aus dieser Position gedrängt?«

»Er bemerkte zufällig, daß die Unterschrift eines Dokumentes, das einige hundert Jahre alt war, mit einer neueren Datums übereinstimmte.«

Stephens lachte ironisch auf. »Somit wurde er jetzt durch einen Mann ersetzt, der alles bis ins kleinste erfahren hat.«

»Von mir. Niemand von der Gruppe würde es gutheißen.« Sie wechselte das Thema. »Allison, es ist ein Uhr. Wenn du jetzt nicht anrufen gehst, dann tue ich es. Es macht mir keinen Spaß, die ganze Nacht auf einem Friedhof zu verbringen.«

Widerwillig kletterte Stephens aus dem Wagen. »Ich denke, du hast recht.« Er blickte auf ihre Gestalt, die im Dunkel hinter dem Lenkrad saß. »Ich werde zuerst zu einem Drugstore gehen, der etwa zwei Blocks von hier entfernt ist. Wenn dort zu ist, gehe ich weiter, wenn nötig, bis in die Stadt.«

Es kam ihm vor, als nicke Mistra, aber sie sagte kein Wort. Er beugte sich zu ihr hinab und küßte sie. Zuerst blieben ihre Lippen geschlossen, aber dann schlang sie ihre Arme um seinen Hals. Stephens trat zurück und sagte: »Vielleicht wäre es besser, wenn du den Wagen verläßt und im Schatten wartest. Auf diese Weise kannst du jeden sehen, der näher kommt.«

»Mach dir keine Gedanken über mich, ich habe eine Pistole.« Metall glitzerte in ihrer Hand. »Merke dir, daß die Rettung der Erde wichtiger ist, als alles andere — uns eingeschlossen.«

Stephens schritt rasch den Weg zum Tor hinunter. Beim Tor blieb er stehen und blickte auf die Straße hinüber. Der erste Drugstore war, wie er vermutet hatte, geschlossen. Ebenso der zweite. Es war zehn Minuten vor zwei, als er ein durchgehend geöffnetes Café in der Vorstadt betrat und die Polizei anrief. Die Antwort war barsch, aber genau: »Arthur Tannahill ist noch nicht verhaftet worden.«

Er hatte das Gefühl, sich beeilen zu müssen, und ging deshalb rasch auf den nächsten Taxistand zu. Zwei Blocks vom Eingang des Friedhofes stieg er aus und bezahlte. Er rannte die ganze Strecke. Das Klappern seiner Absätze auf der harten Straße verwandelte seine Ungeduld in Töne. Überrascht verlangsamte er die Schritte. Der Wagen stand doch auf dieser Seite der Tannahillgruft, dachte er.

Er ging noch ein Stück weiter und blieb dann endgültig stehen. Obwohl es dunkel war, erkannte er das Gitter der Grufteinzäunung. Sie befand sich einige Schritte hinter ihm auf der rechten Seite. Er stand still. Die Straße vor und hinter ihm war verlassen. Mistra konnte den Wagen irgendwo unter die Bäume gefahren haben, aber das kam ihm recht zweifelhaft vor.

»Mistra!« rief er. »Mistra!«

Keine Antwort. Und nirgends ein Geräusch, außer dem Pochen seines Herzens. Mit grimmiger, aber hoffnungsloser Ruhe durchsuchte er das gesamte Gebiet. Nach fünfzehn Minuten war er überzeugt.

Mistra und ihr Wagen befanden sich nicht mehr auf dem Friedhof, und nirgends fand er eine Spur von Tannahill.

Stephens fuhr mit einem Taxi zu ihrer Wohnung und versicherte sich, daß sie nicht dort war. Auch in seiner Wohnung war sie nicht. Von dort rief er im »Grand Haus« an, aber niemand meldete sich. Er holte seinen Wagen aus der Garage und fuhr in die Stadt hinunter. Es war einige Minuten nach halb vier Uhr morgens, als er das Palms-Haus erreichte.

Innen im Vorraum brannte ein einziges Licht über der Aufzugstür. Die Tore waren verschlossen. Das bedeutete nichts. Peeley hatte Schlüssel besessen — und war mit ihm und dem Aufzugführer der einzige Mensch, der sie zu Recht besessen hatte.

Stephens steckte den Schlüssel ins Schloß und wich unentschlossen zurück. Was hatte er eigentlich vor? Er hatte seine Waffe bei sich. Sie würde ihn vor einem Angriff schützen. Aber wollte er wirklich, daß Peeley wußte, daß er entdeckt worden war?

Die Antwort war nein. Aber wenn Mistra gefangengehalten wurde ...

Leise schlich Stephens ins Innere des Gebäudes. Er ging nach hinten und stieg die Stufen bis ins dritte Stockwerk hinauf. Im Büro der Mexikanischen Import-Gesellschaft war es finster. Mehrere Minuten lauschte er vor der Tür, dann schlich er leise in das Untergeschoß hinab.

Er benötigte mehrere Minuten, ehe er die verborgene Tür aufbrachte und in der Höhle verschwinden konnte. Stephens fand die Lampe, wo er sie stehengelassen hatte, schloß die Geheimtür hinter sich und starrte schließlich zögernd in das Dämmerlicht vor sich. Die Höhle war der einzige Ort, den er noch untersuchen mußte, ehe er damit beginnen konnte, die Wohnungen der einzelnen Mitglieder der Reihe nach abzusuchen.

Schulterzuckend gab er sich einen Ruck und marschierte los. Der Tunnel verbreiterte sich, je tiefer er hinunterstieg. Bis Stephens etwa dreihundert Meter von der Stelle entfernt war, die genau unter dem Hügel lag, auf dem das »Grand Haus« stand, bewegte er sich rasch vorwärts. Nach zwanzig Minuten erreichte er den zweiten Tunnel, der von jenem wegführte, den er gerade gekommen war. Ohne Zögern schlug er die neue Richtung ein. Als er zu der Metallwand kam, sah er, daß ein großer Teil davon zur Seite geschoben worden war und daß dahinter ein metallener Korridor begann.

Er zog sich überstürzt zurück und löschte das Licht. Mit pochendem Herzen wartete er in der Dunkelheit. Die Minuten vergingen, und kein Geräusch drang an sein Ohr.

Er schlich nach vorne, bis er die Tür erreichte. Er preßte sich an die Tür und spähte vorsichtig ins Innere. Er sah ein schwaches Licht.

Er konnte nicht mehr warten. Mistra könnte in Gefahr

sein. Stephens drehte das Licht wieder an, nahm die Nambu zur Hand und ging hinein.

Er fand sich in einem hellen Korridor wieder, der aus durchscheinendem Glas zu bestehen schien. Er blieb mehrmals stehen, um das Material zu untersuchen, aber es gab keine Öffnung im Material. Das »Glas« schien aus einem Stück zu bestehen.

Er kam in eine weite, kuppelartige Kammer, und nun sah er, woher das reflektierte Licht gekommen war. In einer Ecke, fast verborgen hinter mehreren Schichten schimmernden Glases, stand eine Kugel, die in schwachem, grünlichem Licht glitzerte.

Stephens sah sich verwundert um. Er hatte das Gefühl, daß ihn Geräusche erreichten, die aber jenseits seines Hörbereiches lagen. Er spürte die schwache Vibration, als pulsierten verborgene Maschinen, die sich bei seiner Ankunft eingeschaltet hatten. Der ganze Effekt war eigentümlich und unnatürlich.

Er erkannte, daß von diesem Zentralraum noch andere Gänge wegführten, aber er verspürte keine Lust, sie sofort zu erforschen. Statt dessen trat er vorsichtig näher zu der Kugel hin. Sie flackerte, und das Licht änderte sich zeitweise. Das Glühen blieb keinen Augenblick lang gleich. Stephens befand sich vielleicht noch fünf Schritte von der ersten Glaswand entfernt, als sich auf der Kugel plötzlich eine quadratische Fläche veränderte. Sie wurde cremefarben und dann weiß.

Als er gespannt wartete, formte sich ein Bild. Es zeigte eine strahlende Kugel auf schwarzem Hintergrund, in dem eine Menge Lichtpunkte sichtbar waren.

Die strahlende Kugel wurde rasch größer, und plötzlich erkannte Stephens, daß sie ganz bestimmte Merkmale trug. Er machte die vertrauten Linien des nord- und südamerikanischen Kontinents aus und einen Teil der Iberischen Halbinsel.

Die Erde! Ihm wurde eine Szene gezeigt, die von einem Raumschiff aufgenommen worden war, das aus dem Weltraum kam.

Der Planet nahm bald das gesamte Gesichtsfeld ein. Stephens sah den langgestreckten Arm der kalifornischen Halbinsel, dann wurde auch sie zu groß für den Bildschirm.

Zum erstenmal bemerkte er, daß die Maschine halb unkontrolliert herunterkam. Er erhaschte einen Blick auf das Meer, einen auf das Gebirge, und dann – Aufprall!

Das alles war um so bedrückender, weil es in völliger Stille vor sich ging. Eine Minute lang raste das Schiff auf den Hang eines Berges zu, und im nächsten Augenblick war es finster.

Stephens dachte laut: »Nun ja. Das Schiff muß vor Tausenden von Jahren hier abgestürzt sein. Aber wer steuerte es?«

Er bemerkte, daß sich ein anderes Bild auf der Kugel formte. Zwei Stunden lang sah Stephens zu. Ganze Serien von Bildern wurden mehrmals wiederholt, wahrscheinlich, damit er sie sich einpräge. Schließlich kam eine halbwegs verständliche Geschichte, denn bisher hatte man ihm recht verworrene und unbegreifliche Dinge gezeigt.

Vor langer Zeit, weit zurück in der Vergangenheit, war ein robotgesteuertes Schiff durch einen Unfall vom Kurs geschleudert worden, und es krachte in die Felsklippe. Der Zwischenfall hatte einen Bergrutsch zur Folge, und das Schiff wurde unter einer mehr als hundert Meter dicken Schicht aus Stein und Erde verschüttet.

Der Roboter überlebte den Unfall. Und da er fähig war, Gedanken zu lesen und seine eigenen Gedanken anderen mitzuteilen, nahm er schließlich Kontakt mit einem kleinen Häufchen Eingeborener auf. Er fand heraus, daß ihre Gedanken hauptsächlich vom Aberglauben durchsetzt waren. Er pflanzte ihnen den Befehl ein, einen Tunnel zum Eingang des Schiffes zu graben.

Aber sie waren unfähig, das Schiff zu reparieren oder herzustellen, was nötig gewesen wäre. Der Roboter projizierte in ihre Gedanken, sie sollten einen Tempel errichten. Jeder Stein mußte zuerst in das Schiff zur Sonderbehandlung gebracht werden.

Um die Eingeborenen zu beeindrucken, wurde diese Behandlung mit Funken und flammenden Blitzen verziert. Die wirkliche Behandlung war allerdings nichts anderes, als der Beschuß des Materials mit subatomaren Partikeln, wie sie nur sehr schwere künstliche Elemente abstrahlten. Der Grund dafür war die Verlängerung des Lebens derer, die dem Roboter helfen würden, das Schiff zu reparieren.

Von der ersten Gruppe Primitiver, die lange lebten, wurden alle bis auf einen durch Gewalttaten ums Leben gebracht. Von den Neubewohnern, die die Toten ersetzten, erregte ein hellhäutiger Mann seine Aufmerksamkeit, der untrüglich Walter Peeley war.

Es waren Peeley und der kleinere Mann – der einzige Überlebende der ersten Gruppe –, deren Geist erwachte, und die die Möglichkeit in Betracht zogen, daß das Schiff kein Gott war. Das Roboter-Gehirn hieß sie willkommen und fing an, ihnen eine geheime wissenschaftliche Ausbildung zuteil werden zu lassen. Sie fanden heraus, welcher Teil des Roboter-Gehirns der Gedankenempfänger und welcher der Gedankensender war. Der Roboter entdeckte schließlich, daß einige der neueren Priester seine Gedanken auffingen. Als Schutz gegen eine eventuelle Entdeckung zeigte er den beiden Bevorzugten, wie sie den Gedankensender einstellen mußten, damit die Reichweite auf das Schiff beschränkt blieb.

Sie schalteten ihn völlig aus.

Es war ein plötzlicher Impuls. Die Feindseligkeit hinter dem Gedanken entsprang tiefem Haß und tiefer Angst im Unterbewußtsein des kleineren Mannes.

Beide Männer waren von einem Augenblick zum anderen in hellster Aufregung. Sie verwendeten die Waffen, die sie im Lagerraum gefunden hatten, und zerstörten den Gedankensender.

In automatischer Selbstverteidigung blies der Roboter ein Gas in den Raum. Hustend und mit rasenden Schmerzen flüchteten die beiden. Das Tor schloß sich hinter ihnen.

Sie wurden nie wieder eingelassen. Als die Zeit verging, wurde es beiden klar, was wirklich geschehen war, und mit der wissenschaftlichen Kenntnis, die sie besaßen, vermuteten sie ein großes Geschäft. Sie ermordeten den Rest der zweiten Gruppe, verschlossen den Eingang des Tunnels und gruben die Höhlen. Sie planten, wieder in das Schiff zu gelangen und die Ladung herauszuholen.

Der Roboter wollte nur, daß man sein Schiff reparierte, damit er seine Reise fortsetzen konnte. Es wurde ihm klar, daß eine Menge Pläne existierten, und er beschloß, ein Risiko einzugehen. Eines Tages kamen die beiden Männer mit Bohrgeräten in die Höhle zurück. Aber die Wände des Schiffes waren mit den diamantharten Schneidegeräten einfach nicht zu zerstören. Während dieses Besuches fand der Roboter heraus, daß der kleine Mann etwas gegen die anderen der Gruppe unternehmen wollte, aber dieser Peeley hinderte ihn daran.

Die Atomkriegskrise stiftete den kleinen Mann zu einem letzten, entscheidenden Plan an. Wie er im Detail sein würde, konnte der Roboter nicht sagen. Der Aufwiegler hielt sich sorgfältig außerhalb der Reichweite des Gedankenempfängers.

Er schoß Tannahill an und glaubte, er habe ihn getötet. Außerdem nahm er an, daß Peeley als Anwalt der Besitzung die Kontrolle über alles behalten würde. Seine unbeherrschte Besessenheit schloß sogar die Beherrschung der Welt mit ein ... Aber sein Gesicht hatte Stephens noch nie zuvor gesehen. Wenn er noch in der Gegend weilte, dann mußte er eine Maske tragen.

Als der Bildschirm verblaßte, verbrachte Stephens einige Minuten damit, den Lagerraum des Schiffes zu inspizieren. Nach dem Film zu schließen – er nahm an, daß man ihm eine Filmaufnahme gezeigt hatte –, befanden sich in den kleinen Kapseln auf den Brettern kleine Mengen künstlicher Elemente in reinster Form.

Es waren Elemente, die es auf der Erde nicht gab. Elemente, die in der Periodischen Tabelle so weit hinter dem Uran rangierten, daß sie, wenn es sie jemals in natürlicher Form gegeben haben sollte, nur einen kurzen Augenblick in der Geschichte des Universums existiert hatten.

Stephens hatte keine Ahnung, was er mit ihnen anfangen sollte. In der gegenwärtigen Situation schienen sie keinen Wert zu haben. Es war sogar zu bezweifeln, ob er einen Käufer finden würde — es sei denn, er verkaufte sie der Gruppe ...

Es war Viertel nach fünf, als Stephens das Untergeschoß des Palms-Hauses wieder betrat und die Stiegen hinaufzusteigen begann. Eines stimmte ihn bereits nachdenklich: Es gab kein Anzeichen, wer der mörderische Gefährte Peeleys sein konnte.

Es erschien ihm wichtig, daß er vor der Gruppe identifiziert wurde.

Stephens erreichte den Hauptgang des Palms-Hauses und blieb einen Augenblick in der Nische unter dem Aufzug stehen. Er starrte zu seinem Büro hinauf. Als er den letzten Absatz erreichte und gerade die Stufen hinaufgehen wollte, kamen die Beine eines Mannes in Sicht. Stephens' Hand fuhr in die Tasche. Seine Finger schlossen sich um die Waffe; dann brachte er sie langsam wieder zum Vorschein. Sie waren leer.

»Hallo«, sagte er. »Bill Riggs.«

15

In Stephens' Büro begann Riggs zu sprechen. »Nun, Mr. Stephens, ich habe Neuigkeiten von Newton Tannahills Begräbnis. Der Unternehmer war das Almirante-Begräbnisinstitut, das von einem gewissen Norman Moxley geführt wurde, der das Geschäft erst drei Monate zuvor übernommen hatte und es gleich nach dem Begräbnis weiterveräußert hat.«

Er machte eine Pause, und Stephens nickte. Das war eine trübe Information gegen das, was er im Schiff in Erfahrung gebracht hatte. Und doch war sie nicht weniger bedeutend. Da er die ganze Vorgeschichte kannte, konnte er sich ein schärferes Bild der Situation machen. Vielleicht stärkte es sogar seine Verhandlungsposition. Aber trotzdem, hier in Almirante war er doch über die Anklage gegen Tannahill besorgt.

Er bezweifelte, daß Moxley die Stadt verlassen hatte. Eine Maske hatte sein Gesicht verändert, und anschließend war sie verbrannt worden. Es wäre bestimmt möglich, herauszufinden, welche bedeutende Persönlichkeit die Stadt verlassen hatte, bevor dieser Moxley auftauchte. Aber es würde schwierig sein, die nötigen Beweise herbeizuschaffen, daß eine derartige Maskerade stattgefunden hatte.

Er bemerkte, daß er etwas dazu sagen mußte. »Das klingt schlimm. Der Staatsanwalt könnte das gegen Mr. Tannahill verwenden.«

»Nun, es ist nicht gut«, stimmte Riggs zu. »Und der Hinweis, den ich über den Doktor erhielt, ist auch nicht der beste. Sein Name ist Doktor Jaime de las Ciengas. Er promovierte auf der UCLA, vor fünfzehn Jahren. Er hat nie zuvor praktiziert, bis er sich dann vor einem Jahr in Almirante niederließ. Er verkaufte die Einrichtung seiner Praxis für einige hundert Dollar am fünfzehnten Mai dieses Jahres und verließ die Stadt am nächsten Tag. Ein richtiger Hundesohn, wenn Sie mich fragen.«

Stephens wunderte sich. »Woher haben Sie diese Informationen?«

»Ich verglich das neue Telefonbuch mit jenem, das zur damaligen Zeit Gültigkeit hatte. Dr. de las Ciengas' Name stand im alten, aber nicht mehr im neuen, und das Almirante-Begräbnisinstitut heißt jetzt ›Bensons Bestattungen‹. Ich rief sie an und erfuhr jene Dinge, die ich Ihnen erzählte. Ich hörte, daß sämtliche Geldgeschäfte beim Kauf des Unternehmens über die örtliche Zweigstelle der Bank von Amerika liefen. Vom Direktor der Bank erfuhr ich, wieviel Moxley für das Unternehmen bezahlt hatte.

Beide, Benson und der Bankdirektor, beschrieben Moxley als einen großen, reservierten Engländer, der sehr höflich gewesen sei. Sie hätten auch gehört, daß er eine Vorliebe für Spiele habe, aber keine wirkliche Kenntnis. Sie schätzten ihn auf etwa vierzig Jahre.«

»Und was ist mit dem Doktor?« fragte Stephens, während er überlegte, wie er die Information gegen Peeley auswerten konnte.

»Über ihn erfuhr ich einiges vom Sekretär der hiesigen Abteilung der Ärztevereinigung. Er muß eine freundliche Ente gewesen sein, ziemlich ulkig in seinem Äußeren, aber offensichtlich war er bei seinen Kollegen sehr beliebt. Sein Hobby waren Gifte. Er besaß eine schreckliche Bibliothek über Gifte; aber da Gift in diesem Fall keine Rolle spielt, hat es nichts zu bedeuten.«

Er hielt inne und sah Stephens fragend an. Seine Augen waren zu schmalen Schlitzen zusammengepreßt, und Stephens hatte den Eindruck, daß der Detektiv seine Reaktionen ganz genau beobachtete und daß er mehr wußte, als er erzählen wollte.

Er war nicht so sicher, daß Gifte in diesem Fall keine Rolle spielten. Diese Leute verwendeten Gifte für besondere Gelegenheiten, wie zum Beispiel die künstliche Herbeiführung eines Gedächtnisschwundes. Darüber konnte er sich später Gedanken machen.

Jetzt sah er ganz klar, daß sein Zusammentreffen mit Riggs mehr als eigenartig gewesen war und daß sein Gegenüber sich wahrscheinlich Gedanken darüber machte, was er zu so früher Stunde hier zu suchen hatte. Er mußte eine Erklärung dafür abgeben. Nebenbei wäre es kein Schaden, dachte er, wenn er den Detektiv auf seine Seite brächte.

»Mr. Riggs«, begann er, »Mr. Tannahill und ich kamen zu der Ansicht, daß eine große Gruppe in diese Angelegenheit verwickelt ist und daß eine immense Summe Geld aufgewendet wurde. Meine eigenen Nachforschungen haben ergeben, daß die Situation reichlich verfahren und schwierig ist.«

Er erzählte, was Howland über Mistras Einkommen gesagt hatte, und erwähnte nochmals den Brief, den Tannahill zu unterschreiben gezwungen worden war. Er sagte nichts davon, daß Mistra seine Informationsquelle war. Er sagte, es sei seine Ansicht, daß die Gruppe nun finanziell abgängig von Tannahill war. Er erzählte von der Höhle, aber er gab nicht die wahren Umstände an, wie er auf sie gestoßen war.

Er erwähnte nichts von dem Schiff, von der Unsterblichkeit, vom Kult, von Masken und davon, wie er mit der Gruppe in Kontakt gekommen war. »Mein Problem unterscheidet sich ziemlich klar von dem Ihren, Mr. Riggs. Beide sind aber ziemlich schwierig zu lösen. Und sie haben trotzdem etwas Gemeinsames. Auf der einen Seite sollen wir die Gruppe in die Öffentlichkeit ziehen, und auf der anderen Seite müssen wir überlegen, ob wir damit unserem Brötchengeber nicht schaden. Wir müssen vorsichtig zu Werke gehen und achtgeben, daß wir Mr. Tannahill nicht noch mehr Feinde schaffen, als er ohnehin schon hat. Es ist möglich, daß wir den wahren Mörder suchen müssen.«

Riggs nickte und schien in Gedanken versunken zu sein. »Diese Höhle«, meinte er schließlich, »glauben Sie, daß sie irgend etwas mit dem Fall zu tun hat?«

Stephens überlegte kurz. »Ich bezweifle es«, log er.

»Dann wollen wir sie vergessen«, fuhr Riggs ernst fort. »Ich sage Ihnen, Mr. Stephens, diese Hinweise auf Gedächtnisschwund, auf geheime Höhlen und Banden stimmen mich nachdenklich. Ich denke, wir sollten solche Dinge nicht an die Öffentlichkeit bringen.« Er unterbrach sich. »Nun möchte ich ehrlich sein und zugeben, daß ich Ihnen den ganzen Tag über gefolgt bin.«

»Mir gefolgt!« wiederholte Stephens. Er fühlte sich plötzlich nicht mehr wohl in seiner Haut und verspürte Ärger. Schnell überflog er noch einmal die Ereignisse der letzten Nacht. Außer dem Zwischenfall in der Höhle gab es eigentlich nichts, was Riggs nicht wissen durfte; und es hatte nicht den Anschein, als wisse er davon. Beruhigt sagte Stephens: »Das verwundert mich.«

Riggs fuhr fort: »Woher hätte ich wissen sollen, ob Sie nicht in die Sache gegen den Knaben verwickelt sind, der mich engagiert hat? Ich dachte, es sei besser, Sie zu beschatten. Auf dem Friedhof war es recht langweilig. Da saßen wir vier herum und taten nichts.«

Das riß Stephens aus der Ruhe. Er hob sich halb aus dem Sessel und sank dann matt wieder zurück. »Vier?« sagte er schließlich.

»Ich weiß nicht, ob Ihnen das gefallen wird, aber er wartete ein paar Stunden darauf, daß Sie gingen ...«

»Wer?«

»Tannahill.« Riggs machte eine Pause. »Ich gewann den Eindruck, daß er und das Mädchen schon früher miteinander gesprochen hatten. Als Sie dann fort waren, ging er zu ihr. Er murmelte etwas, was so klang: ›Kann ich sichergehen, daß das stimmt, was Sie sagten?‹ Und sie antwortete: ›Ja, ich werde Sie heiraten.‹« Riggs hielt inne. »Dann stieg er in den Wagen, und sie fuhren nach Las Vegas.«

Er unterbrach sich, und seine Augen zeigten Mitgefühl, als er weitersprach: »Wie ich sehe, trifft Sie das ziemlich hart. Es tut mir leid!«

Stephens saß verkrampft im Sessel. Er schluckte mehrmals, und jedesmal tat es in seiner Kehle weh.

Mit großer Anstrengung schob er seine Gefühle beiseite und sagte förmlich: »Was geschah weiter?«

»Sie kamen zurück, und ich folgte Ihnen in die Stadt hinunter. Als Sie das Palms-Haus betraten, schlossen Sie die Tür hinter sich ab. Es dauerte zwei Stunden, bis ich durch ein Fenster im dritten Stock einsteigen konnte. Etwa zu dieser Zeit trafen wir uns auf dem Gang. Das ist alles.«

Stephens nickte. »Ich glaube, es ist besser, wenn wir jetzt schlafen gehen.«

Unzählige Dinge waren noch zu tun. Die Kaution vorzubereiten, falls sie gebraucht wurde. Einzelheiten für die Verteidigung. Dokumente herbeischaffen. Das betraf seine offenen Aktionen. Die anderen Dinge hingen mit der Gruppe zusammen. Er mußte zusehen, in die stärkstmögliche Position zu gelangen.

Als er Riggs gute Nacht wünschte, dachte er an Mistras Reaktion auf seine Ablehnung. Da sie seine Hilfe nicht erlangen konnte, hatte sie einen entschlossenen Schritt getan. Er erinnerte sich an ihre Worte — ihre letzten Worte: Die Rettung der Erde sei wichtiger als ihre Liebe.

Sie hatte Tannahill. Nun konnte sie der Gruppe mit ihm entgegentreten.

Müde streckte Stephens sich auf der Liege im Ruheraum aus, der neben seinem Büro lag.

Er hatte noch kein Auge zugetan, als Miss Chainer gegen halb neun erschien. Er ging hinunter zum Friseur im Nebengebäude, ließ sich rasieren und überquerte die Straße, um zu frühstücken. Er kehrte zu seinem Büro zurück, als er einen halben Block entfernt das Schild eines Labors für Materialanalysen entdeckte. Er sah dieses Schild nicht zum erstenmal, jedoch war ihm vorher nie in den Sinn gekommen, daß es für ihn irgendwann einmal eine Bedeutung haben würde.

Unwillkürlich tasteten seine Finger in seiner Tasche nach den Marmorbröckchen, die er auf der Treppe des »Grand Haus« aufgesammelt hatte. Er betrat den Kundenraum des Labors und reichte dem Mann hinter der Kundentheke die Steinbrocken. Dabei erkundigte er sich: »Wie lange dauert es, bis Sie mir davon eine gründliche Analyse anfertigen können?«

Der Chemiker war ein hagerer, älterer Mann, der eine goldgerändete Brille trug. Er beantwortete Stephens' Frage mit einer Gegenfrage. »Wie bald brauchen Sie die Analyse?« Danach murmelte er irgend etwas von Urlaubszeit.

Stephens unterbrach ihn: »Passen Sie auf, ich zahle Ihnen den doppelten Preis, wenn ich die Analyse schon morgen bekommen kann.«

Eilfertig händigte der Mann ihm einen Zettel aus. »Kommen Sie gegen zehn«, meinte er.

Als Stephens aus dem Labor wieder auf die Straße trat, hörte er einen Zeitungsjungen rufen: »Lesen Sie alles über den Lorilla-Angriff!«

16

Stephens hielt die Zeitung in der Hand und las die Überschrift:

LORILLA BESCHULDIGT USA DES ANGRIFFS.

Die Regierung der Vereinigten Staaten bestritt heute, daß es US-Kampfflugzeuge gewesen seien, die in Lorilla Fabriken und andere Einrichtungen angegriffen hätten ...
Stephens suchte nach Mitteilungen, die nähere Einzelheiten enthielten. Er fand einen Absatz:
»Diplomatische Beobachter waren über die lorillanische Beschuldigung äußerst erstaunt. Nach Funksprüchen, die eingefangen wurden, sollen die Abfangjäger nicht in der Lage gewesen sein, den Angreifern zu folgen. Die Angreifer hätten sich in eine Höhe zurückgezogen, die die Jäger nicht erreichen konnten. Einige Jäger sollen abgeschossen worden sein ...«
Stephens schluckte, als er das las. Er stellte sich die Szene vor: Mistra lenkte das Schiff durch eine Hölle von explodierenden Abwehrgeschossen. Dem Artikel nach zu urteilen, mußte sie mitten in das heftige Abwehrfeuer geraten sein. Sie hatte ihren unsterblichen Körper aufs Spiel gesetzt — wofür? Für eine Welt, die wahrscheinlich nie wissen würde, daß sie in Gefahr gewesen war.

Es schien kein Zweifel zu bestehen, daß mehrere Schiffe am Angriff beteiligt gewesen waren. Die Gruppe hatte aus Angst kapituliert. Konfrontiert mit der tödlichen Drohung Tannahills und alarmiert von den möglichen Komplikationen, hatten sie schließlich doch noch mitgeholfen, Mistras Plan auszuführen.

Das bedeutete eine gewaltige Änderung der Politik. Das »Grand Haus« würde bleiben, wo es war. Die Gruppe würde auf der Erde bleiben. Und es würde keinen Krieg mehr geben.

Kurz vor Mittag rief Stephens das Büro des Staatsanwaltes an und sprach mit Howland, der kalt sagte: »Mr. Tannahills Flucht ist der Beweis seiner Schuld. Das beweist, daß ich mit meinem Haftbefehl recht hatte, Stephens.«

»Nicht ganz«, sagte er überlegen. »Ein Mann, der nicht einmal weiß, daß er verhaftet werden soll, kann kaum wegen seines Fortlaufens angeklagt werden.«

»Jetzt hören Sie einmal zu, Stephens ...«, begann Howland.

»Es ist möglich, daß Mr. Tannahill den Neujahrsabend in San Francisco verbringt. Er sagte mir, er wolle sich vergnügen«, log Stephens. »Sobald ich wieder von ihm höre, unterrichte ich ihn von Ihren Aktionen. In der Zwischenzeit verhandle ich mit Richter Adams wegen einer Kaution.«

Als er nach dem Essen in sein Büro zurückkehren wollte, betrat er unterwegs den Downtown-Buchladen. Dort fragte er den Verkäufer: »Haben Sie irgendwelche Literatur über das Problem der Langlebigkeit?«

Der Mann verbesserte ihn: »Oh, Sie meinen Bücher über Geriatrie.«

Stephens nickte, obgleich dieser Begriff ihm völlig neu war. Er folgte dem Mann an einem Regal entlang und schaute zu, wie er einige Bücher heraussuchte.

»Aha!« Der Verkäufer zog ein dünnes Buch heraus. »›Die Verlängerung des Lebens‹ von einem Russen namens Bogomolets. Er rät Ihnen, bulgarischen Joghurt zu essen, der irgendwelche Bakterien enthält, die wiederum die giftigen Bakterien in Ihrem Organismus vernichten. Ich selbst esse das Zeug regelmäßig, jedoch ist es noch zu früh, um sagen zu können, daß es tatsächlich wirkt.« Er lachte.

Dann fuhr der Verkäufer fort. »Nun, dann wäre hier die Schrift ›Hohes Alter und Lebensfreude‹, die vom Amt für Gesundheitspflege der Stadt New York herausgegeben wird. Dort wird einem geraten, sich regelmäßig einer Generaluntersuchung durch den Arzt zu unterziehen. Stimmt etwas nicht, dann soll man keine Mühen und Kosten scheuen, das wieder in Ordnung bringen zu lassen. Man sei schließlich so alt wie das älteste Organ im Körper, so lautete die Theorie. Was soll gut daran sein, ein vierzigjähriges Herz und gleichzeitig eine neunzig Jahre alte Leber zu haben?«

Stephens blätterte das Heft durch und nickte schließlich. Ja, das nehme er. Dann meinte er zögernd: »Haben Sie auch etwas über ...«, er stolperte über das Wort, »De-Differenzierung?«

Er erklärte schließlich, was er meinte, und der Verkäufer schüttelte den Kopf skeptisch. »Wir haben da wohl ein Buch über Chamäleons — faszinierend.«

Stephens nahm außer dem Heft der Gesundheitsbehörde und dem Buch von Bogomolets auch dieses Werk. Er kehrte in sein Büro zurück, und zum erstenmal wurde ihm bewußt, wie groß der Druck war, der auf ihm lastete.

Stephens nahm hinter seinem Schreibtisch Platz und dachte nach.

In ganz Almirante gab es nur einen Menschen, der genügend Macht besaß — und die Motive —, um gegen die Gruppe vorzugehen: Frank Howland. Howland konnte verhaften, Beschlüsse an höhere Gerichte weiterleiten, Steckbriefe ausstellen. Das Problem bestand darin, Howland genügend Informationen zu liefern, um ihn anzuspornen, aber nicht so viele, daß er in der Lage sein würde, die Wahrheit herauszufinden.

Frank Howland — als Partner. Er würde ihn morgen anrufen.

Er nahm den Hörer und wählte die Nummer des Flughafens. Er charterte eine Maschine, die ihn gegen Mitternacht nach Los Angeles bringen sollte.

Er verließ das Büro, kaufte einen Spaten und eine Spitzhacke und legte sie in den Wagen. Heute abend mußte er einen Punkt in dieser Angelegenheit überprüfen, von dem er keine Gewißheit hatte. Die Leute mochten unsterblich sein, aber er besaß nur die Angaben eines einzigen darüber.

Die Tode des Negers und Jenkins' mußten außerdem noch eine Erklärung finden, ebenso wie die Mitteilung, die an Howland geschrieben worden war. Und Peeleys Rolle als Mithelfer des unbekannten Indianers blieb ebenfalls undurchsichtig.

Was war der Plan dieser beiden? Warum hatte sich der Kleine dagegen gewehrt, die Erde zu verlassen und schließlich versucht, Tannahill zu ermorden, als dieser der Verlegung des »Grand Haus« zugestimmt hatte? Und wie stellte er sich vor, daß Allison Stephens das Robotergehirn dazu bringen würde zu kapitulieren?

Er sah auf die Uhr. Es war fünf vor vier. Noch fünf Stunden, bis er etwas unternehmen konnte.

Er fuhr zum Friedhof und vergewisserte sich, daß Ford an einer Kugelwunde gestorben und Jenkins erstochen worden war.

»Komische Sache, diese Messerwunde«, sagte der Angestellte. »Man müßte meinen, er sei von einem glühendheißen Messer durchbohrt worden, die Wunde war total verbrannt.«

Nadelstrahl!

Stephens fühlte einen eisigen Schauer. Den Rest des Nachmittags und einen Teil des Abends verbrachte er damit, die Adressen zu überprüfen, die er sich herausgeschrieben hatte. Die Leute, deren Namen er besaß, repräsentierten einen Gutteil der wirtschaftlichen Macht dieses Teiles des Staates. Mehr als sonst spürte er die Schwierigkeiten eines einzelnen Mannes, der gegen diese konzentrierte Macht anzukämpfen gedachte.

Kurz vor neun fuhr er nach Hause und zog sich ein Paar alte Hosen und einen Regenmantel an. Der Himmel war wolkenverhangen, und das erleichterte es ihm, auf den Friedhof bis direkt vor das Grab der Tannahills zu fahren. Er wartete einige Minuten, ob ihn jemand gesehen hatte. Dann kletterte er aus dem Wagen. Er wollte zwei Gräber öffnen: das des Francisco Tanequila, der 1770 gestorben war, und noch irgendein anderes. Nach einer Stunde hatte er bereits den ersten Sarg ausgegraben. Er räumte einige Stücke morschen Holz und eine Menge Steine beiseite.

Im ganzen fand er ein Dutzend von ihnen, und sie hatten zusammen etwa ein Gewicht von neunzig Kilo. Stephens vergewisserte sich, daß der Sarg sonst nichts enthielt, und füllte dann das Grab wieder an. Er mußte also ein zweites Grab öffnen.

Er stach eine Schaufel in einige und wählte das mit der lockersten Erde. Nach einem Viertelmeter stieß er auf etwas. Er beugte sich hinunter und leuchtete mit seiner Lampe. Menschliche Kleidung.

Nach wenigen Minuten hatte er den Kopf des Menschen ausgegraben. Das Gesicht war bis zur Unkenntlichkeit entstellt. Stephens überlegte einen Augenblick, nahm dann seine Brille aus dem Etui und drückte den Zeigefinger und den Daumen einer Hand des Toten auf die Innenseiten der Gläser. Dann steckte er die Brille ein.

Sehr sorgfältig deckte Stephens den Körper wieder mit Erde zu und fuhr schließlich nach Hause. Es war bereits nach Mitternacht, und er mußte zum Flughafen. Er rief an und teilte mit, der Pilot solle warten. Dann badete er und zog sich an.

Gegen ein Uhr erhob sich das Flugzeug vom Boden, und eine halbe Stunde später landete es in der Nähe der Western Avenue. Ein Taxi brachte ihn zum Sunset Strip, wo Peeley sein Büro hatte. Das Haus lag im Dunkel, und sämtliche Geschäfte in der Nähe waren zu dieser Nachtstunde leer. Er war darauf vorbereitet, einzubrechen, aber einer von Mistras Schlüsseln paßte. Er hatte den Brief, den Tannahill unterzeichnet hatte, bald gefunden.

Stephens schlief auf dem Rückweg nach Almirante und ging sofort zu Bett, als sie zurück waren.

Gegen Nachmittag fuhr er wieder in die Stadt.

Er hatte sich noch in der Nacht die Sonnenbrille angesehen. Die Fingerabdrücke des Toten waren klar zu erkennen. Auch jetzt bei Tageslicht blieben sie gestochen scharf.

Stephens betrachtete sie, nahm sein Taschentuch heraus und verwischte den Abdruck des Zeigefingers. Es war nicht gut, wenn beide Abdrücke so scharf waren. Er betrat die Polizeistation und händigte dem Polizisten die Brille aus.

»Vor einigen Tagen meldete ich, daß jemand meine Telefonleitung zerschnitten habe. Heute morgen fand ich diese Gläser im Gras. Vielleicht können Sie die Fingerabdrücke fotografieren und den Besitzer identifizieren.«

Der Lieutnant betrachtete die Gläser interessiert. »Das läßt sich machen. Wir werden Sie anrufen, Mr. Stephens.«

»Wie lange wird es dauern, bis Sie die Auskunft hier haben?«

»Im äußersten Fall eine Woche.«

Stephens dachte, daß es zwei Wochen dauern würde. »Können Sie nicht telegrafieren?«

»Wegen dieses kleinen Vergehens?«

Stephens rechtfertigte sich. »Ich bin eben neugierig, und außerdem bin ich nicht bereit, diesen Vorfall als belanglos abzutun. Deshalb bin ich sogar bereit, die Kosten für eine telegrafische Anfrage zu übernehmen. Was halten Sie davon, wenn Sie mir jetzt irgendein offizielles Schriftstück, eine Vollmacht, unterschreiben würden?«

Danach suchte Stephens das Analyse-Labor auf. Der alte Mann kam aus seinem Arbeitsraum und blinzelte kurzsichtig. »Sie sind mir vielleicht ein feiner Kunde«, brummte er. »Erst bieten Sie mir die doppelte Bezahlung, wenn ich bis zehn fertig bin, und dann erscheinen Sie gar nicht.«

»Ich bezahle trotzdem, was ich versprochen habe«, besänftigte Stephens ihn.

Der alte Mann atmete sichtlich auf. Er begann mit seiner Erklärung. »Rein chemisch betrachtet, war an dieser Probe nichts Ungewöhnliches festzustellen. Es handelt sich um ordinäres Kalziumkarbonat in Gestalt von Marmor.«

»Verdammt!« fluchte Stephens enttäuscht.

»Nicht so eilig.« Der alte Mann grinste jetzt. »Ich bin noch nicht fertig.«

Stephens wartete.

»Da in letzter Zeit alle Welt auf Pechblende scharf zu sein scheint, haben wir auch noch einen Test mit dem Elektroskopen durchgeführt, und überraschenderweise war Ihre Gesteinsprobe radioaktiv.«

Er starrte Stephens triumphierend an und wiederholte das Gesagte. »Radioaktiv ... Sehr schwach nur. Irgendwelche Rückstände konnte ich nicht feststellen. Und, nachdem die Elemente getrennt waren — Kalzium, Kohlenstoff und Sauerstoff —, waren diese für sich nicht radioaktiv. Sehr interessant. Falls Sie in dieser Richtung noch mehr zu tun haben sollten, wie wäre es, wenn Sie uns damit betrauten?«

»Wenn Sie einstweilen die ganze Angelegenheit vertraulich behandeln, ließe sich darüber reden«, entgegnete Stephens.

»Was halten Sie eigentlich von mir?« lautete die bissige Gegenbemerkung.

Draußen auf der Straße ließ Stephens sich das Gehörte durch den Kopf gehen: Radioaktivität. Das erklärte alles, und es erklärte nichts. Das war ein Phänomen der Natur, das der Mensch vollkommen erforscht hatte.

Er hatte eine plötzliche Vision von Menschen, die in Häusern im Einfluß genau berechneter radioaktiver Strahlung lebten und dadurch unsterblich wurden. Er fragte sich, ob der Roboter hinsichtlich seiner Operationen Grenzen hatte. Oder konnte der Prozeß ausgeweitet werden, so daß mehr als nur ein paar wenige Privilegierte in seinen Genuß kommen konnten, oder konnte der Prozeß sogar vervielfältigt werden, um die gesamte Menschheit zu erfassen?

17

Er fuhr zur Redaktion des *Almirante Herald*. Aber Carewell, der Chefredakteur, war nicht in der Stadt. Er rief Richter Porter und Adams und ein Dutzend anderer der Gruppe an. Sie waren alle fort.

Stephens hinterließ jedesmal eine Nachricht, die besagte, daß sich die Leute sofort bei ihm melden sollten, sobald sie zurück waren.

Er aß eine Kleinigkeit, kehrte dann in sein Büro zurück

und dachte darüber nach, was er getan hatte. Die Telefongespräche ließen sich nicht mehr rückgängig machen. Die Mitglieder der Gruppe würden seine Nachricht finden. Wenn sie sich miteinander in Verbindung setzten, würden sie herausfinden, daß er alles über sie wußte.

Von ihrer Warte aus würde er ein Eindringling sein — einer, der zuviel wußte.

Er mußte seine Position festigen. Er mußte sie in die Enge treiben, wo er sie nötigenfalls angreifen konnte.

Er überlegte, wie er das zuwege bringen sollte, als ihn Miss Chainer rief: »Mr. Stephens, Mr. Howland ist am Apparat.«

»Ich wünsche, daß Sie heute nachmittag in mein Büro kommen. Läßt sich das machen?«

»Wie wäre es mit jetzt?«

»Sehr gut.«

Er hängte ein. Nur langsam ließ seine Spannung nach. Erst dann kam es ihm in den Sinn, daß er so darauf bedacht war, mit Howland zu sprechen, daß er gar nicht gefragt hatte, was er von ihm wollte.

Er seufzte, weil es kein Zurück gab. Er fuhr zum Gerichtsgebäude und wurde gleich vorgelassen. Howland kam hinter seinem Tisch hervor und bot ihm einen Platz an.

Howland kehrte zu seinem eigenen Sessel zurück. »Stephens, letzten Endes haben wir nun doch die Fingerabdrücke von Newton Tannahill ausfindig gemacht. Sie stimmten nicht mit jenen seines Neffen Arthur überein. Mit dem Haftbefehl gegen Tannahill habe ich einen großen Fehler gemacht.«

Er hielt inne und schien Stephens' Reaktion zu studieren. Stephens bemühte sich, so unbeteiligt wie möglich auszusehen. »Ich sagte Ihnen doch, Sie hätten überstürzt gehandelt.«

»Verdammt auch, warum haben wir die Prints nicht eher gefunden? Ich brauche Ihre Hilfe, Stephens.«

Stephens hörte es kaum. Die Gruppe hatte also das Problem gelöst, die Fingerabdrücke zu verändern. Er konnte nur raten, aber es mußte mit der Regeneration zusammenhängen. Wenn die Zellen ihre Jugend zurückerhielten, dann mußte dieser Eingriff vorgenommen werden. Es war kaum zu glauben, daß es eine andere Erklärung geben sollte.

Er konzentrierte sich auf das, was Howland gesagt hatte, und bemerkte, daß es die Situation in keiner Weise veränderte.

Howland beugte sich vor: »Stephens, ich bin bereit, die Vergangenheit zu vergessen. Es ist vorbei, und ich habe mich wieder gefunden. Aber trotzdem bin ich ruiniert, wenn ich die Sache zurückziehe. Vielleicht wissen Sie eine Möglichkeit.«

Jetzt hatte Stephens endlich die Gelegenheit, die er sich gewünscht hatte. »Ich werde Ihnen sagen, wie wir die Tannahill-Sache bereinigen können.«

»Erzählen Sie!« sagte Howland leise.

Stephens beschrieb die Auspeitschung Mistras, ohne aber anzugeben, wer die Leute gewesen waren. Er sagte nichts von Raumschiffen, von der Höhle, von der Unsterblichkeit oder vom Schiff unter dem Berg. Statt dessen konzentrierte er sich darauf, daß eine Anzahl Leute, die einem Kult angehörten, von der Tannahill-Besitzung Geld erhielten. Und das allein erklärte die Ermordung der beiden Leute und sämtliche Begleiterscheinungen.

Als er das Büro des Staatsanwaltes verließ, schien es ihm, als habe er einen weiteren Schritt in das Dunkel getan.

Er fuhr zum »Grand Haus«. Er läutete an der Tür, aber niemand öffnete ihm. Er hätte mit Mistras Schlüsseln aufsperren können, aber statt dessen ging er zum Ende der Terrasse, sprang ins Gras und ging um das Haus herum.

Von hinten sah das Haus düster und irgendwie irreal aus, wie es dastand als scharf umrissene Silhouette gegen den hellblauen Himmel und die dunkelblaue, funkelnde See. Das Schweigen der Einsamkeit lastete auf dem Bauwerk, und das Gewicht eines unvorstellbaren Alters schien das Land ringsum ebenso niederzudrücken wie das Gebäude selbst.

Das Haus stand in der Sonne. Und es stand außer Frage, daß für das Bauwerk Mord eine uralte Sache war, daß Gewalt zum Alltag gehörte und daß Intrigen so selbstverständlich waren wie das Leben und die Todeszyklen, die in sich aufzunehmen es gebaut worden war. Das Haus, das so alt war, war gleichzeitig erfüllt von den Geheimnissen seiner Jahre, und seine Mauern bargen eine blutige Geschichte ...

Sämtliche Nebengebäude waren von dem Haus ein gutes Stück entfernt und wurden durch Blumengärten und zwei Reihen hoher Büsche abgeschirmt. Bäume waren geschickt vor jedem der Gebäude angepflanzt worden, um den häßlichen Anblick vor denen zu verhüllen, die in dem Haus wohnten.

Er kam zur östlichen Kante des Hügels. Ein weites Tal breitete sich vor ihm aus, und in der Ferne, versteckt zwischen Bäumen, erblickte er das bemooste Dach eines Farmhauses.

Stephens ging an der Kante entlang und erreichte schließlich die Straße, die zu der Klippe führte; jene Klippe, auf die Mistras Wagen zugeschossen war.

Nach einiger Zeit kehrte er zurück. Zum erstenmal hatte er ein Gesamtbild des Hauses und seiner näheren Umgebung gewonnen. Die Sonne stand schon tief am westlichen Himmel, und das Wasser war eine endlose, glitzernde Fläche. Er schenkte den kleinen Gebäuden rund um das Haus keine Beachtung, denn nur das Haus war wichtig.

Er öffnete die Tür und durchforschte jeden Raum. Er fand acht Schlafzimmer, eine geräumige Bibliothek, einen Speiseraum, das Wohnzimmer und eine riesige Küche.

Er hielt sich noch einige Zeit auf und betrachtete die Verzierungen der Wände. Es wurde bereits dunkel, als er den Hügel hinunterfuhr. Er war irgendwie deprimiert. Er besaß immer noch keinen Hinweis, wer der Indianer sein könnte, der der einzige Überlebende jener ersten Gruppe gewesen war, die das Haus bewohnt hatte.

Er aß in der Stadt und fuhr anschließend nach Hause. Er stellte den Wagen ab, und er ging auf sein Haus zu, als sich eine Seilschlinge von hinten über seine Schultern legte. Ein starker Ruck riß ihn von den Beinen.

Der Aufschlag erschütterte ihn derart, daß er sich gar nicht wehrte, als das Seil um seinen Körper gewunden wurde und man ihm einen Knebel in den Mund schob.

18

»In Ordnung, Stephens, stehen Sie auf und kommen Sie!«

Stephens! Beim Hören seines Namens wußte er, daß er keinen Gangstern in die Hände gefallen war. Stephens rappelte sich auf. Er stolperte, als starke Hände seinen Rock packten und ihn zerrissen. Halbnackt wurde er zu einem Baumstamm gezerrt und angebunden.

Sekunden später pfiff etwas durch die Luft, und der Riemen einer Peitsche fetzte über seine Schultern. Stephens rang nach Luft. Der zweite Schlag raubte ihm den Atem und brachte die Angst mit sich, daß sie sein Gesicht und seine Augen treffen konnten. Mit zusammengepreßten Lippen legte er das Gesicht an den Stamm. Mein Gott, dachte er, dafür werden sie mir bezahlen!

Das hielt ihn aufrecht, als die Peitsche wieder und wieder durch die Luft sauste. Der Schmerz verlor sich allmählich, da sein Rücken bereits völlig gefühllos war. Seine Knie gaben nach, und ein dichter Nebel legte sich über seinen Geist. Auch dann, als ihn die Peitsche nicht mehr traf, blieb der Nebel, durch den er die Stimme hörte:

»Wir hätten dich auch töten können. Das sei dir eine Warnung. Wenn du dich noch ein einziges Mal in unsere Angelegenheiten einmischst, werden wir dich fürs ganze Leben zeichnen. Wir blenden dich. Wir schneiden dir das Gesicht in Streifen.«

Sie mußten gegangen sein, denn es herrschte Stille, als er gegen den Baum fiel. Langsam nur kamen seine Kräfte zurück, und das erste Licht des Morgens kam im Osten auf, als er bemerkte, daß ihn seine Beine wieder trugen. Er schlang seine Arme um den Stamm und öffnete die Schlinge. Er stürzte ins Gras und blieb schwer atmend liegen. Schließlich schaffte er es bis zum Haus. Er schloß auf, stolperte hinein und stürzte auf das Sofa.

Einige Zeit später ging er ins Schlafzimmer, legte die zerfetzte Kleidung ab und strich eine heilende Salbe auf das gemarterte Fleisch. Dann machte er sich Kaffee. Nach der ersten Tasse fühlte er sich schon wesentlich besser.

Er lag den ganzen Vormittag und einen Teil des Nachmittages. Sein Mut kehrte wieder zurück, und er bemerkte, daß die Gruppe nicht wußte, wieviel ihm bekannt war. Andererseits war es undenkbar, daß sie glaubten, er würde aufgeben.

Eine Gruppe Unsterblicher, die geheim im land von Sterblichen lebte, war durch die Aktionen einer oder mehrerer Mitglieder in die Öffentlichkeit gezerrt worden. Nun wollten sie die Öffnung wieder schließen, wobei sie aber nicht wußten, daß der geheimnisvolle Indianer gegen sie arbeitete. Wenn sie siegreich sein sollten, dann würde sich der Nebel wieder über sie senken; Allison Stephens würde genauso in der Versenkung verschwinden wie die Ermordeten Jenkins und Ford. Ein neuer Name würde auf die Totenlisten gesetzt werden. Einige wenige Jahre, einige Jahrhunderte, ein Augenblick der Ewigkeit.

Gegen halb drei ging es Stephens wieder so weit gut, daß er aufstand, sich rasierte und anzog und sich sein Essen zurechtmachte. Dann rief er im »Grand Haus« an. Eine weibliche Stimme meldete sich: »Hier ist die Hausmeisterin. Wer spricht, bitte?«

Es war die Stimme von Gico Aine. Die Gruppe war zurück.

Stephens sagte seinen Namen.

»Mr. Tannahill teilte mir mit, daß ich Ihnen nur sagen soll, daß ein Brief an Sie unterwegs ist.«

»Brief?« fragte Stephens verwirrt.

Er fing sich. »Ist Miss Lanett bei Ihnen?«

»Miss Lanett ist ebenfalls nicht für Sie zu sprechen.«

Sie hängte ein.

Stephens legte den Hörer langsam auf. Wenig später fuhr er ins Büro. Der Brief lag auf seinem Schreibtisch. Er riß ihn auf.

»*Sehr geehrter Mr. Stephens!*
Ich teile Ihnen hiermit mit, daß Ihr Vertrag mit der Besitzung gelöst ist. Sie werden die Schlüssel mit der Post zurückschicken und Ihr Büro innerhalb einer Stunde verlassen. Halten Sie sich nicht daran, dann werden entsprechende Schritte gegen Sie eingeleitet.

Hochachtungsvoll
Arthur Tannahill«

Stephens faltete den Brief und steckte ihn in die Brusttasche. Man hatte ihn einfach hinausgeworfen. Wenn er zustimmte, Almirante zu verlassen, würden sie ihm vielleicht eine beträchtliche Abfindung geben.

Er rief Riggs im Hotel an.

»Es tut mir leid, Mr. Stephens. Ich erhielt einen Brief von Tannahill, der besagt, daß Sie nichts mehr mit dem Fall zu schaffen haben.«

»Sie erhielten nur einen Brief? Kein persönlicher Kontakt?«

»Nein.«

»Nicht einmal per Telefon?«

»Was soll das?« Riggs schien alarmiert zu sein.

»Schauen Sie, Bill, ich habe allen Grund, anzunehmen, daß Tannahill ein Gefangener ist. Hat man Sie ebenfalls hinausgefeuert?«

»Nun – im Brief stand, daß ich nicht mehr benötigt würde, und ich solle meine Rechnung übersenden. Glauben Sie vielleicht, daß wir hereingelegt wurden? Ich habe bereits gepackt.«

»Packen Sie wieder aus! Außer, Sie wollen mit dem Fall nichts mehr zu tun haben.«

»Ich bleibe. Wo treffen wir uns?«

»Nirgends. Ich habe einen entscheidenden Kampf mit ziemlich gefährlichen Leuten, und Sie müssen mir dabei helfen ...«

Er rief bei den Zeitungen an. Weder Carawell noch Grant standen zur Verfügung. In beiden Fällen sprach er mit dem geschäftsführenden Manager. Er sagte beiden: »Sagen Sie Ihrem Chefredakteur, daß heute nacht einiges passieren wird. Er weiß, wo es geschieht. Er ist der einzige Vertreter der Presse, der eingeladen wird, und er muß persönlich kommen. Sagen Sie ihm, jeder der Gruppe muß anwesend sein.«

Dann rief er noch bei Porter und Adams an und hinterließ eine ähnliche Nachricht. Der Rest der Gruppe mußte uneingeladen kommen, aber er wußte, daß sie alle dasein würden. Auch der Mörder und sein nächstes Opfer. Jener Mann, der den Planeten beherrschen wollte und alle aus dem Weg räumte, die ihn daran zu hindern versuchten.

Das war die Antwort. Der Mann ging ein zu großes Risiko ein. Noch heute sollten die anderen Mitglieder erfahren, daß einer unter ihnen war, der sie betrog. Und das mußte in ihren Augen ein unverzeihliches Verbrechen sein.

Er müßte sie töten, um sich selbst zu retten.

Der Gedanke ans Töten erinnerte Stephens an den toten Mann im Tannahill-Grab. Er rief bei der Polizei an und erfuhr, daß die Identifikation noch nicht eingetroffen war. Die Entscheidung nahte, und er besaß dieses Beweisstück immer noch nicht.

Er begann zu überlegen: Wer konnte der Tote sein? Er war ungefähr so groß wie er selbst. Wer war so groß wie er selbst und in diesen Fall verwickelt? – Walter Peeley!

Es traf ihn wie ein Blitz. Peeley wurde seit mehr als einer Woche vermißt. Jenkins hatte ihn in jener Nacht, als Mistra ausgepeitscht worden war, erkannt. Danach war er von niemandem mehr gesehen worden.

Das Robotergehirn hatte gemeint, daß Peeley sich gegen die Pläne seines Gefährten gestellt habe. Es war eine plausible Erklärung, daß ihn der blutrünstige Kollege jetzt – mitten in der Krise – umgebracht hatte.

Stärker denn je spürte Stephens, daß er vor der entscheidenden Stunde stand. Genauso überzeugend war die Tatsache, daß der Mörder wahrscheinlich damit rechnete, daß Stephens sein Wissen über das Schiff der Gruppe preisgeben würde. Und doch war es mehr als tausend Jahre geheimgehalten worden.

Entweder war ihm das jetzt egal, oder — was viel wahrscheinlicher war — er rechnete mit seinem Erfolg.

Stephens dachte immer noch darüber nach, als einen Augenblick später Miss Chainer hereinkam. »Eine Miss Lanett möchte Sie sprechen.«

Die Tür schloß sich, und Stephens starrte Mistra mit geweiteten Augen an.

Seine Erregung legte sich beinahe augenblicklich. Sie erwiderte seinen Blick gelassen und setzte sich.

Stephens studierte sie. Er erwartete einen weiteren Hieb von ihr. »Wie ich sehe, hast du den Kampf um den Angriff auf Lorilla gewonnen.«

Sie nickte. »Hat es dich schockiert?«

Er schüttelte den Kopf. »Ich bin immer noch der Meinung, daß es mich nichts anging, aber wenn du glaubst, daß du recht hattest ... Hast du Tannahill geheiratet?«

Lange Zeit sah sie ihn schweigend an. »Woher hast du diese Information?« fragte sie gedehnt.

Stephens hatte kein Interesse, Riggs zu verraten, noch dazu, wo er eine bedeutende Rolle beim heutigen Entscheidungskampf zu spielen hatte. »Es war die logische Folgerung, Tannahill zu heiraten. Und automatisch kamst du in den Besitz seines halben Vermögens.«

Nach drückendem Schweigen sagte sie: »Ich möchte meine Handtasche. Jene, die ich damals vergaß.«

Die Tatsache, daß sie keinerlei Versuche machte, zu bejahen oder zu verneinen, entmutigte ihn. Stephens öffnete die unterste Lade seines Tisches und reichte ihr, ohne ein Wort zu sagen, die Tasche. Sie leerte sie auf den Tisch und räumte sie Stück für Stück wieder ein. »Wo sind die Schlüssel?«

»Oh!« Er langte in die Tasche und hielt sie hin. Sie nahm sie, und er sagte: »Ich komme heute abend zu euch hinauf. Du hast es wahrscheinlich schon gehört.«

Sie sah ihn sonderbar an. »Es wird dich interessieren, daß Tannahill sein Gedächtnis wiedererlangt hat. Damit hast du keinen einzigen Freund mehr in der Gruppe.«

Stephens sah sie einen Augenblick lang starr an. »Keinen?« fragte er.

»Keinen.«

Stephens lächelte grimmig. Er war auf der ganzen Linie hinausgefeuert worden. Nur wußten sie nicht, daß er sich nicht abschütteln ließ, solange Leben in ihm war. »Du kannst Mr. Tannahill benachrichtigen, daß er mich nicht hinauswerfen kann. Ich bin ein Angestellter Walter Peeleys. Sobald mich Mr. Peeley entläßt, ist alles in Ordnung.«

Die Ironie ließ ihn innerlich lachen. Wenn es wirklich Peeley war, der im Grab lag, dann würde es einige Schwierigkeiten bereiten, ihn loszuwerden.

»Gut, wir werden Mr. Peeley unterrichten, dich persönlich zu entlassen.«

»Was ist mit uns beiden? Als du sagtest, du liebst mich — war das ein Teil deiner Strategie?«

»Nein«, sagte sie, aber ihr Gesicht blieb hart. »Aber ich werde darüber hinwegkommen. Ich habe viel Zeit dazu. Und eines Tages kommt vielleicht ein anderer.«

Die Kälte in ihrer Stimme ließ ihn zusammenfahren. Er bemerkte, daß er sie stärker beeindrucken mußte. »Ist die Gedankenleserin immer noch bei euch?«

Sie nickte fragend.

»Werft sie hinaus. Sie kann nichts.«

»Du glaubst also immer noch an Peeleys Meinung?«

Stephens zögerte. »Wo ist Peeley? Ist er schon zurückgekommen?«

»Noch nicht«, sagte sie schließlich zögernd. »Aber mach dir keine Gedanken. Wenn er sich gegen uns stellt ...«

»Das tut er nicht. Das weiß ich genau.«

»Wer dann?«

»Das weiß ich nicht.« Er beugte sich ernst nach vorn. »Mistra, ihr seid alle in Gefahr, ermordet zu werden.«

Mistra schüttelte den Kopf und lächelte ironisch. »Allison, jetzt wirst du dramatisch. Du versuchst, die Gruppe zu ängstigen, um von ihr aufgenommen zu werden. Das gelingt dir nicht. Ich versichere dir, daß wir nicht in Gefahr sind. Wir waren noch nie so sicher.«

Sie nahm ihre Handschuhe.

»Mistra ... Warte!«

Sie setzte sich wieder. Ihre grünen Augen sahen ihn fragend an. »Siehst du denn nicht ein, daß ich euch helfen will? Ich besitze Informationen.«

»Welche?«

»Mistra, gibt es eine Möglichkeit, das ›Grand Haus‹ zu zerstören?«

Sie lachte. »Du glaubst doch wohl nicht, daß ich das jemandem auf die Nase binden werde?«

»Es geht um euer Leben, überlege dir die Antwort gut.«

Ihre Augen weiteten sich. »Aber das ist doch lächerlich. Glaubst du, ein Mitglied unserer Gruppe könnte so dumm sein? Wir haben das Haus und sonst nichts.«

Stephens grinste grimmig. »Nach dem, was ich weiß, ist der Plan eures Gegners darauf aufgebaut. Aus diesem Grund — gibt es ein Mittel, es so zu zerstören, daß es euch nie mehr nützen kann? Ich denke dabei an etwas, was ein Mensch in einer Tasche mitnehmen kann. Ich glaube, ich habe damit genug gesagt.«

Sie nickte. »Ich glaube, ich kann es dir sagen, weil du die Kenntnis ohnehin nicht gegen uns verwenden kannst. Element 167 zerstört es. In feiner Pulverform verstreut, zersetzt es den Marmor, und wir könnten das Haus nie wieder aufbauen.«

»Element 167? Nur dieses eine Mittel?«

»Nur dieses, soweit wir informiert sind.«

»Danke.« Er verstummte kurz. »Es tut mir leid, daß ich nicht sagen kann: Das ist der Mann! Vielleicht kannst du mir über die Leute einiges erzählen. Wie viele sind derzeit in der Stadt?«

»Einundvierzig.«

»Von dreiundfünfzig. Sie müssen alle kommen. Er muß denken, daß es seine einzige Chance ist. Es ist die einzige Möglichkeit, ihn ans Licht zu zerren. Verstehst du das?«

Mistra stand auf und zog ihre Handschuhe an. »Ich denke, ich kann dir dieses Treffen heute abend garantieren.« Sie zögerte. »Aber wenn du ihn nicht aufdeckst, dann bist du ein toter Mann.« Ihre Stimme war ernst und leise. »Ich kann dir nicht helfen, du bist allein.«

Sie stand auf und ging zur Tür. Fast reflexartig sagte Stephens: »Mistra.«

In seiner Stimme mußte ein Ausdruck des Gefühls mitgeschwungen haben, denn sie wandte sich um und sagte: »Mach es bitte nicht noch schwieriger.«

»Ist das alles, was du dem einzigen Mann zu sagen hast, den du jemals wirklich geliebt hast?«

Sie erhob anklagend die Stimme. »Du hast mich abgewiesen, erinnerst du dich? Ich mußte eine andere Lösung finden. Du hast auf eine Zukunft mit mir verzichtet – weißt du noch?«

Er stand einfach da und sah sie an. Sie kam in das Zimmer zurück, und ihr Blick glitt zur Bürocouch, wo er sich manchmal hinlegte, wenn er länger arbeitete. Sie schaute ihn vielsagend an, und dann wandte ihr Blick sich zur Tür. »Kann man die abschließen?« fragte sie.

»Um Himmels willen, Mistra, bist du verrückt?«

»Natürlich bin ich das. Du nicht?«

Es war ein langer, langer Schritt seit der kalten Begrüßung, mit der sie ihn bei ihrer Ankunft abgespeist hatte. Als sie in leidenschaftlicher Umarmung auf der schmalen Couch lagen und sie die halberstickten, kleinen Schreie ausstieß, die Teil ihrer Reaktion auf die sexuelle Erregung des Liebesaktes waren, hielt sie plötzlich inne, lachte leise und flüsterte dann: »Ich frage mich, was Miss Chainer davon hielte. Sie ist verliebt in dich, wußtest du das?«

»Die Chainer?« fragte Stephens ungläubig.

Er weigerte sich, diesen Gedanken weiterzuspinnen. Doch während sie sich anzogen, fragte er: »Meinst du, sie hat uns gehört?«

»Natürlich hat sie das. Der Paarungsschrei, den ich ausgestoßen habe, wird von keiner Frau überhört, und jede erkennt ihn sofort.«

Zum erstenmal im Verlauf ihrer Beziehung wurde Stephens verlegen. »Mistra, du schockierst mich.«

Sie legte gerade Lippenrouge auf. Dabei verharrte sie kurz, um sich seine Worte durch den Kopf gehen zu lassen, dann meinte sie: »Vielleicht ist das genau das richtige Gefühl, die richtige Stimmung, in der wir uns trennen sollten.« Ernst fügte sie hinzu: »Dies ist das letzte Mal, Allison.«

»Wirklich?« fragte Stephens unverbindlich.

Er fühlte sich überraschend aufgekratzt, und das trotz der unbekannten Gefahren, die vor ihm lagen. Dieser Liebesakt soeben war tatsächlich einmalig. Sie hatte damit keine Schuld abbezahlt. Sie hatte keinen Grund, sich bei ihm ein Guthaben zu verschaffen. Sie hatte sich ihm ganz einfach hingegeben, und es hatte ihn mit tiefer Freude erfüllt, das zu wissen.

Die Frau sagte nichts mehr, sondern beendete ihr Makeup. Stephens schloß die Tür auf, und sie traten in den Vorraum. Miss Chainer saß an ihrem Schreibtisch, aber sie schaute nicht von dem Schriftstück auf, in das sie vertieft zu sein schien. Die Flächen ihres Halses und ihres Gesichtes, die Stephens sehen konnte, waren scharlachrot.

Stephens öffnete für Mistra die äußere Tür. Sie ging, ohne sich noch einmal umzudrehen. Stephens schloß langsam die Tür, dann sagte er zu Miss Chainer, ohne sich zu ihr umzuwenden: »Falls jemand kommen sollte, ehe Sie gegangen sind, bestellen Sie ihm, ich bin um sechs zurück.«

Er ging nach unten, wartete auf einen günstigen Augenblick und eilte dann ungesehen in den Keller hinunter. In der Höhle fühlte er sich sicher und eilte so schnell wie möglich dem Roboterschiff entgegen. Nichtsdestoweniger steigerte sich seine innere Anspannung, als er sich dem Schiff näherte. Würde das Robotergehirn ihm den Zutritt gewähren?

Seine Erleichterung war grenzenlos, als er die Tür offen fand. Er war also noch immer vertrauenswürdig. Sein Plan mußte also akzeptabel sein.

Als er zum grünen Globus kam, war ein Bild darauf. Man zeigte ihm genau, auf welchem Brett er Element 167 fand, und wo die anderen Elemente lagen, die die Wirkung des zerstörenden Elementes aufhoben. Der Roboter glaubte, daß sich Element 221, ein Gas, am besten für Stephens' Zwecke eignete.

Stephens nahm eine Phiole beider Elemente und kehrte zu der grünen Kugel zurück. Sie war leer und zeigte kein Bild. Das Roboter-Gehirn konnte ihm also keine weitere Hilfe mehr geben. Wenn es Peeley war, der im Tannahill-Grab lag, dann war der Roboter nicht in der Lage, dies zu bestätigen.

Trübsinnig kehrte Stephens zum Palms-Haus zurück. Miss Chainer war bereits gegangen. Als er sein Privatbüro betrat, bemerkte er den Besucher.

Walter Peeley saß auf dem Stuhl hinter seinem Schreibtisch.

19

Sie begrüßten sich, und Stephens beobachtete den anderen. Wenn es nicht Peeley war, der im Grab lag, wer dann?

Peeley hatte nie zuvor so blühend ausgesehen, erschien es Stephens. Sein Blick zeigte jenen merkwürdigen indianischen Blick, und seine Wangen waren gesund gerötet.

»Ich habe gerade mit Frank Howland gesprochen. Er teilte mir mit, daß Sie beide einen Plan hätten, um den Großteil der Gruppenmitglieder zu verhaften, die jahrelang auf Kosten der Tannahill-Besitzung gelebt hatten.«

Der Schock dieser Eröffnung ließ Stephens für einige Sekunden verstummen. Er wunderte sich darüber, daß der Staatsanwalt so indiskret hatte sein können. »Wieviel hat Howland Ihnen erzählt?«

Er merkte sofort, daß seine Frage Howland kritisierte, und er beeilte sich, hinzuzufügen: »Ich meine, wenn Sie mir sagen, was Sie wissen, dann kann ich die Lücken ausfüllen.«

Er hörte zu und erfuhr, daß Howland alles erzählt hatte. Nachdem Peeley geendet hatte, war sich Stephens sicher, daß er verraten worden war. Aber was machte das schon? Das Vorhaben, die Gruppe zu verhaften, weil sie unerlaubt Waffen besaß, und ihnen die Masken vom Gesicht zu reißen, war nie etwas anderes gewesen als eine Irreführung. Es hätte den Druck von Tannahill genommen. Für einige Zeit wären sie mit dem Gesetz in Konflikt geraten.

Aber es hätte die Gruppe nicht zersplittert. Es hätte den Mörder nicht zutage gefördert. Und es hätte in keiner Weise zu seinem Plan gepaßt, bei dem selbst Peeley eine unangenehme Überraschung erleben sollte.

War Peeley einer der beiden Gegner der Gruppe, dann würde er sie wohl kaum warnen. Auf Peeleys Vorschlag hin aßen sie beide in der Stadt. Während des Essens kam es Stephens plötzlich unmöglich vor, daß Howland den Plan verraten haben sollte. Der Staatsanwalt hatte zuviel Dreck am Stecken. Mit dem Haftbefehl gegen Tannahill hatte er seine eigene Karriere gefährdet. Aber woher hatte dann Peeley seine Informationen?

Während er dasaß, kam ihm plötzlich ein Verdacht. Der Tote im Grab war Frank Howland. Seine Ermordung mußte eine Vorsichtsmaßnahme gegen seine Kumpanen gewesen sein. Das Robotergehirn war nicht in der Lage gewesen, ihm zu zeigen, wie Peeley seine Gedanken blockierte, aber jetzt war es offensichtlich.

Entscheidend war der Faktor, daß Peeley Howland deshalb angestellt hatte, weil er seine Statur und Größe besaß. Wenig später war Howland zum Staatsanwalt avanciert. In dieser Stellung war ihm die Möglichkeit gegeben, seine Kenntnis von der Gleichheit der beiden Unterschriften auf den Dokumenten zu verwerten, deretwegen er aus dem Dienst der Besitzung entlassen worden war.

Aus diesem Grund hatte Peeley schließlich Allison Stephens für den Posten gewonnen, einen Mann seiner Größe und Statur. Im kritischen Augenblick sollten beide ermordet werden. Und Peeley, dessen Hauptquartier in Los Angeles war, könnte die Masken wechseln und jeweils die Rolle des einen oder anderen spielen.

Die Vermutung kam Stephens so überzeugend vor, daß er sich plötzlich entschuldigte und eine Telefonzelle betrat und Howlands Büro anrief. Man sagte ihm: »Mr. Howland ist nicht da.«

Er rief auch bei Howland zu Hause an, aber auch dort war er nicht. Stephens zögerte, ob er fragen sollte, ob er mit Mrs. Howland spreche und ob ihr in den letzten Tagen an ihrem Mann etwas Ungewöhnliches aufgefallen sei. Er tat es nicht und kehrte zum Tisch zurück. Daß Howland nicht erreichbar war, war kein schlüssiger Beweis für seine Vermutung.

Ich könnte ihm Tannahills Brief zeigen, dachte er. Das könnte ihn überzeugen, daß es keinen Sinn hat, mich umzulegen, denn von meiner Person könnte er sich keinen Vorteil mehr verschaffen.

Er wollte den Brief gerade aus der Tasche ziehen, als ihn Peeley ansprach: »Ich finde, sobald wir gegessen haben, fahren wir in Ihre Wohnung, und Sie legen mir die örtliche Situation dar.«

Stephens stellte sich vor, wie er mit Peeley in seinem einsamen Vorstadtbungalow allein war, und das reichte ihm. Prompt zog er Tannahills Brief heraus.

Peeley las ihn und gab ihn ohne Kommentar zurück. Auf der Fahrt blieb er still und war sehr nachdenklich.

Nachdem Stephens Whisky und Soda gebracht hatte, wollte Peeley den Brief nochmals sehen. Er las ihn langsam und meinte schließlich: »Wieso haben Sie ihn verärgert?«

»Ich weiß es nicht. Ich hoffe, daß ich ihn heute abend umstimmen kann.«

»Dann wollen Sie Ihren Plan durchführen?«

»Ich kann ihn nicht mehr aufhalten«, log Stephens. »Da ich alles mit Howland besprochen habe, fühle ich mich gebunden.«

Die Tatsache, daß der Mensch vor ihm wahrscheinlich die Maske Howlands in der Tasche trug, änderte gar nichts. In den nächsten Stunden erzählte Stephens eine ganze Menge über die Besitzung. Peeley schien interessiert zuzuhören. So bekam er etwas von einem Außenseiter zu hören.

Viertel nach acht klingelte das Telefon. Der Klang riß Stephens in die Höhe. Er hob ab.

»Mr. Stephens«, sagte der Mann am anderen Ende, »wir haben die Fingerabdrücke identifiziert.«

»Ja?« Stephens bemühte sich, ruhig zu bleiben, obwohl sein Herz wie wild schlug.

Er hängte ein und war verblüfft. Es hatte sich nichts geändert; er würde den Plan so durchführen, wie er es sich ausgedacht hatte. Zuerst würde er Walter Peeley anklagen, und dann würde das kommen, was von den anderen als unerwarteter Höhepunkt angesehen würde. Und dann ...

20

Als Stephens seinen Wagen parkte, erblickte er Mistras Auto. Er folgte Peeley die Stufen hinauf und blickte zu dem hell erleuchteten Haus. Es wurde ihnen von Gico Aine geöffnet, die mit ihren Juwelen seltsam verändert aussah. Sie führte beide schweigend ins Wohnzimmer, wo bereits elf Leute versammelt waren. Er erkannte Richter Adams, Richter Porter, Carewell und Grant, Tannahill und Mistra. Die beiden anderen Frauen und die drei Männer waren Fremde für ihn.

Tannahill kam auf ihn zu. Er hatte ein ironisches Lächeln aufgesetzt. »Sind Sie Stephens?« Es klang, als sei er nicht sicher.

Stephens nickte höflich und wandte sich dann der Gruppe zu. Er hatte vor, schon jetzt zu beginnen. Er war früher als Howland gekommen (etwa vierzig Minuten), damit er seine Anklagen vorbringen konnte.

Er öffnete seine Brieftasche, nahm einige Papiere heraus

und sah sich um. Er überlegte, welche von den Frauen die Gedankenleserin sein mochte. Ihm war es egal, ob sie seine Gedanken entdeckte. Vielmehr fragte er sich, ob sie in der Lage sein würde, die Gesamtheit des Planes zu erfassen, daß er die Gruppe nur unter Druck setzen wollte und daß die hauptsächliche Gefahr keineswegs von ihm ausging.

Er fing sich und begann: »Meine erste Sorge war natürlich, Mr. Tannahill zu dienen.«

Aus den Augenwinkeln sah er, daß dieser Satz ein ironisches Lächeln auf Tannahills Gesicht zauberte. Stephens fuhr fort: »Auf Grund dessen habe ich Mr. Tannahill geraten, die Öffentlichkeit zu überzeugen, daß er nie schuldig sein konnte, ein Verbrechen begangen zu haben.«

Dann brachte er seine Klagen gegen Peeley vor. Jedes Wort, das er sprach, ließ ihn mehr erkennen, wie überzeugend diese Worte in einem Gerichtssaal geklungen haben mochten. Die geheimen Besuche Almirantes, die Verbindung mit der Gruppe und die Zahlung großer Summen von den Konten der Tannahill-Besitzung an verschiedene Leute, ohne Ermächtigung.

Schon nach der Voruntersuchung würde Peeley von der Bildfläche verschwinden, und seine Flucht wäre als Schuldbeweis anerkannt worden.

Während seiner Rede sah er mehrmals zu Peeley hin. Der Mann saß stirnrunzelnd in seinem Sessel, und zweimal ruckte er unruhig nach vorn.

Seine Erzählung hatte nichts mit Unsterblichkeit und Raumschiffen zu tun. Sie beschäftigte sich mit völlig normalen Dingen. Newton Tannahill war ermordet worden, weil er bemerkt hatte, daß sein Eigentum von Fremden angezapft worden war. Stephens beschrieb bewiesene Tatsachen wie das Verschwinden des Doktors und des Besitzers des Bestattungsinstitutes. Er sprach außerdem noch die beiden Morde an.

Stephens beendete seine Anklage mit folgenden Worten: »Es war nicht meine Absicht, die Motive zu erklären, die Mr. Peeley dazu brachten, solche Summen an Leute zu bezahlen. Aber ich bin der Meinung, man sollte die psychologische Bedeutung des Maya- oder Aztekenkultes — ich selbst konnte die beiden nie voneinander unterscheiden —, dem er angehört, nicht unterschätzen. Meine Damen und Herren, das war die Anklage gegen Walter Peeley.«

Zum erstenmal sah er Mistra in die Augen. Ihr Blick begegnete seinem mit Kälte, aber sie schien doch verwirrt zu sein. Stephens lächelte überlegen, ging zu seinem Sessel in der Nähe der Tür und setzte sich.

21

Im Raum war alles unverändert. Niemand außer ihm hatte sich bewegt, abgesehen von den kleinen Änderungen in der Sitzstellung. Die beiden Redakteure schrieben etwas auf ihre Blöcke. Tannahill saß auf der Couch. Er beugte sich vor, und seine Hände bedeckten das Gesicht. Es schien, als lache er. Richter Porter, dessen gefärbte Brille den Blick auf die Augen verwehrte, starrte Peeley ironisch an.

»Nun, Mr. Peeley, was haben Sie dazu zu sagen?«

Zuerst sagte Peeley gar nichts. Er saß mit versteinertem Gesicht im Sessel. Er schien unentschlossen. Er blickte zu Stephens und lenkte den Blick rasch wieder weg. Zuletzt sah er zur Tür. Er seufzte und sagte zu Stephens: »Das war es also, worauf Sie hinauswollten.«

Er verstummte wieder. Er schien zu wissen, daß er von jedem beobachtet wurde. Deshalb lachte er, nahm eine Zigarette aus der Tasche und steckte sie nervös in den Mund.

»Ich möchte gerne noch einmal Ihre Erklärung über mein Motiv für die Morde hören.«

Er lauschte und legte den Kopf leicht schief, so als könne er damit einen sanften Ton aus Stephens' harter Anklage heraushören. Als Stephens wieder bei dem Brief anlangte, den Tannahill hätte unterzeichnen sollen, lachte der Anwalt wieder grell auf. Er sah aus wie ein Mensch, der seine Gefahr nicht erkannte.

»Sie verdammter Narr! Sie sagen doch selbst, daß ich einen Brief von Tannahill besitze, der mich ermächtigt, mit allem fortzufahren — *fortzufahren* —, mit den Zahlungen an diese Leute. Aus dem Brief geht einwandfrei hervor, daß Tannahill den Grund der Zahlungen kennt, und das ist mehr, als ich weiß.«

»Haben Sie diesen Brief bei sich?« fragte Stephens sanftmütig.

Das hatte gesessen. Bis jetzt mußte Peeley der Meinung gewesen sein, Stephens wollte nur den Wert des Briefes herabwürdigen. Jetzt trat ein entsetzter Blick in sein Gesicht. Seine Augen weiteten sich. »Ach, Sie Halunke, Sie waren in meinem Büro in Los Angeles.«

»Ich bin sicher«, sagte Stephens ruhig, »daß Sie genau wissen, daß die Dramatisierung der Angelegenheit die Existenz des Briefes keineswegs beweist.«

Peeley setzte sich. Eigenartigerweise schien er die Kontrolle über sich selbst wiedergefunden zu haben, denn er blickte gelassen zu Stephens.

Sein Blick glitt zu den anderen. Richter Porter wischte sich über die Augen und runzelte die Stirn. »Sie nehmen das ziemlich schwer. Ich sehe, daß Sie die Möglichkeit ins Auge fassen, daß es besser wäre, wenn Sie diesen Angriff abwehren. Schließlich können wir den Besitzer des Hauses nicht uninformiert lassen. Außerdem würde es jene Angst beseitigen, die wir seit einigen Tagen um Sie hatten.« Er blickte zu den beiden Zeitungsleuten. »Was meinen Sie, meine Herren?«

Carewell, ein aufgeschlossener Mann, der mit Grant geflüstert hatte, stand auf. »Meine Morgenausgabe wird eine vollständige Entlastung Mr. Tannahills enthalten. Die Tannahill-Familie ist seit Generationen das Rückgrat Almirantes. Diese Zeitung, die ebenfalls eine lange und ehrenvolle Tradition in dieser Stadt besitzt, wird gegen keine so typisch amerikanische und kalifornische Familie vorgehen. In einer Welt der Unsicherheit, die beinahe von unmoralischen Emporkömmlingen und Kreaturen ohne Konzept zerstört wird, müssen wir uns Menschen zuwenden, die Keimlinge in ihren Boden pflanzen.«

Er hielt inne. »Das zu der Mordanklage.« Er blickte zu Mistra. »Dies ist alles sehr gewöhnlich. Ihr junger Mann zeigt zwar gute Ansätze, aber zuwenig Phantasie.«

Mistra stand auf und winkte Stephens. Er trat zu ihr und ließ sich in eine der Ecken führen. »Ist das die große Eröffnung?« sagte sie leise. »Ich dachte, Peeley sei es nicht gewesen.«

Wütend sagte Stephens: »Wo ist die verdammte Telepathin? Bring sie her, ich möchte mit ihr sprechen.«

Mistra sah ihn lange an. Ohne ein Wort zu sagen, verließ sie den Raum und kehrte mit einem Mädchen zurück. Sie sah wie ein Mädchen aus, aber Stephens bemerkte, daß hinter der Jugend Weisheit und Ruhe verborgen lagen.

»Das ist Triselle.«

Triselle gab Stephens die Hand. »Ich werde nichts über Ihren nächsten Höhepunkt verraten.«

»Sie wissen davon?«

»Er lag in dem Augenblick offen da, als ich hereinkam.«

»Was wissen Sie noch?«

»Ich habe Ihren Mann nicht gefunden. Ihr Informant muß falsch unterrichtet gewesen sein. Es gibt keinen.«

»Keine Argumente jetzt. Spüren Sie eine Gefahr?«

»Nein, außer ...«

»Ja?«

»Unbestimmt.«

»Von wem?«

»Ich – weiß nicht.« Sie biß sich auf die Lippen. »Es tut mir leid, daß ich Ihnen keinen Hinweis geben kann.«

Stephens sah Mistra hilflos an, die den Kopf schüttelte. »Ich kann mir nur ungefähr vorstellen, worüber ihr beide sprecht. Aber dieses Phänomen tritt immer auf, wenn sich Triselle mit jemandem unterhält.«

Stephens schwieg. Triselle schien eine bessere Gedankenleserin zu sein, als er erwartet hatte. Wer sie auch zum Narren hielt, er mußte in den letzten Jahren eine Fähigkeit entwickelt haben, um seine Gedanken abzuschirmen. Er sah die Frau wieder an, aber sie schüttelte den Kopf.

»Es ist ihnen allen gelungen. Sie brachten Stunden damit zu, zuerst die eine und dann eine andere Methode der Blockierung zu probieren. Gelegentlich hatte ich das Gefühl, daß sie Erfolg hatten, aber ich war mir nicht sicher.«

Stephens nickte. »Wer wirklich Erfolg hatte, hat natürlich den Gedanken geheimgehalten. Wer gab Ihnen das Gefühl, daß sie sich verschlossen ...?«

Die Frau seufzte. »Ich sehe, Sie haben mich nicht verstanden. Allen gelang es über kurz oder lang. Jetzt weiß ich auch, daß es sogar Ihnen gelang, einen wichtigen Punkt vor mir zu verbergen, als wir Sie damals in der Nacht besuchten.«

Am anderen Ende des Raumes stand Peeley auf. »Nun, Gentlemen, wie ich sehe, wird es nötig sein, daß ich mich auf die Suche nach dem Mörder mache.«

Stephens kehrte rasch zur Mitte des Raumes zurück. »Setzen Sie sich, Mr. Peeley«, sagte er höflich. »Ich habe noch einiges über Sie zu sagen.«

Er wartete nicht auf eine Antwort, sondern wandte sich der Gruppe zu und erklärte, weshalb Frank Howland und Allison Stephens ausgesucht worden waren. »Ich stelle die Behauptung auf, daß Mr. Peeley, anstatt zu verschwinden, ziemlich bald als Mr. Howland wieder hier auftauchen würde.«

Er hielt inne und blickte in die Runde. Er bemerkte, daß er wieder ein unruhiges Auditorium vor sich hatte, daß es aber die Wahrheit immer noch nicht erkannte.

Tannahill starrte zu Peeley. »Wieder bei den alten Tricks, was?«

Richter Porter meldete sich: »Walter, du bist wirklich unverbesserlich. Nebenbei: Ich hatte selbst einmal derartige Pläne, wußte aber nicht, wie ich sie durchführen sollte.«

Stephens schaltete sich ein: »Mr. Howland und ich haben einen Plan ausgearbeitet, nach dem jeder hier in diesem Raum wegen unerlaubten Waffenbesitzes verhaftet worden wäre, und jeder hätte seine Maske ablegen müssen. Auf diese Weise wären Sie wohl kaum mehr jene prominenten Bürger gewesen.«

Richter Porter schüttelte den Kopf. »Scheint kein besonders glücklicher Plan zu sein. Ich bin von dir überrascht, Walter.«

Stephens fühlte sich wie erschlagen. Diese Gruppe war in der langen Zeit ihres Lebens schon viel zu unmoralisch geworden, um sich über solche Dinge ernstlich aufzuregen. Es mußten schon alle versucht haben, die Kontrolle über das »Grand Haus« zu erlangen.

»Unglücklicherweise widerfuhr Mr. Peeley ein weiteres Mißgeschick mit seinem Plan. Er tötete John Ford und schrieb die Mitteilung an Howland. Dann wurde er von Jenkins gesehen, und er mußte augenblicklich schießen. Er verwendete einen Nadelstrahler, was er bestimmt nicht getan hätte, wenn er nicht in Eile gewesen wäre. Und dann machte er seinen entscheidenden Fehler.«

Stephens hatte den entscheidenden Punkt seines Angriffes erreicht und gewahrte die Unruhe Peeleys. Er bemerkte es aus den Augenwinkeln.

»Ich verschwinde jetzt von hier. Die Sache wird mir zu dramatisch.«

»Bevor Sie gehen«, warf Stephens ein, »*nehmen Sie Ihre Maske ab.*«

Er zog seine Nambu hervor und richtete sie auf Peeley. Diese Bewegung schien die anderen nicht zu erregen, denn keiner zog die Waffe. Aber seine Worte zeigten deutlichen Erfolg.

Mehrere Männer waren aufgesprungen. Tannahill sagte scharf: »Die Maske!«

»Jemand soll ihm dabei helfen. Es muß eine Methode geben, sie rasch abzunehmen.«

Triselle kam herüber. Sie hielt eine Flasche mit einer farblosen Flüssigkeit in der Hand. »Halten Sie Ihre Hände auf!«

Peeley zögerte, dann zuckte er die Schultern und ließ

sich die Flüssigkeit auf die Handflächen gießen. Seine Hände fuhren ins Gesicht und kamen wieder herunter.

Frank Howland stand vor ihnen.

»Nun gut, ich werde also vorsichtig sein, wenn ich etwas gegen Sie unternehme. Ich tötete Peeley in Notwehr, aber ich konnte mir keine Mordanklage leisten.«

Stephens runzelte die Stirn. Die Worte gaben kein klares Bild der Situation. »Howland, was wissen Sie über diese Leute?«

Howland sah überrascht auf. »Aber Sie haben mir doch erzählt – ein Kult ...«

Stephens sah sich die anderen an. Tannahill richtete seinen Blick zu Boden. Richter Porter betrachtete Howland mit einem abschätzenden Blick. Mistra und die Telepathin sprachen leise miteinander.

Er war immer noch nicht zufrieden. »Howland, woher hatten Sie die Maske von Peeleys Gesicht?«

Howland zögerte. »Sie kam mit der Post.« Auf seiner Stirn bildeten sich Schweißperlen. »Auf dem beiliegenden Zettel stand die Gebrauchsanleitung, und außerdem erinnerte man mich an meinen früheren Beruf als Stimmenimitator – und ich sollte tun, wie mir geheißen wurde, sonst erführe die Polizei, wo ich Peeley vergraben hatte.«

»Aber was sollten Sie sagen, wenn Sie doch gefangen worden wären?«

»Ich hätte sagen sollen, ich sei hinter Geld hergewesen. Aber hätte man mich unter Druck gesetzt, dann sollte ich die Wahrheit sagen.«

»Nach dieser Nacht wären Sie frei gewesen, stimmt das?«

»Ja.«

Stephens studierte den Mann. Er zweifelte nicht an dem, was Howland sagte. Aber es war schwer zu glauben, daß sich Howland in solch eine Situation hatte hineintreiben lassen. Hätte er vielleicht nur glauben sollen, daß Howland den Mord beging?

Wenn das der Fall war, dann mußte die endgültige Erklärung warten.

Er begleitete Howland zur Haustür. »Ich komme morgen zu Ihnen. Wir können noch miteinander sprechen.«

Howland nickte. Er hatte Sorgenfalten auf der Stirn. »Himmel, bin ich froh, aus dem Zimmer gekommen zu sein. Was ist mit diesen Leuten los?«

Diese Frage konnte ihm Stephens nicht beantworten. Er befaßte sich mit einer größeren Gefahr. »Wo haben Sie die Polizisten postiert?«

»Sie bilden sich doch nicht ein, daß ich so dumm war, die Polizei mit hineinzuziehen?«

»Was?«

Er bemühte sich, seinen Unwillen zu verbergen. Er überlegte, wie lange es dauern würde, bis die Polizei das Grundstück ordentlich abgeriegelt hatte, und er kam zu der Ansicht, daß es zu lange dauern würde.

Er beobachtete Howland, wie er die Stufen hinunterstieg, und eilte dann zum Rand der Terrasse. Er pfiff leise.

Eine Gestalt kam aus dem Schatten. Die Gestalt überreichte ihm einen Zettel und zog sich in die Dunkelheit zurück.

Stephens eilte zur Eingangstür zurück. Als er bei einem Fenster vorbeikam, las er die Mitteilung rasch:

Alles in Ordnung.

Stephens knüllte den Zettel zusammen, steckte ihn in seine Tasche und ging in das Wohnzimmer zurück.

Draußen überprüfte der kleine Mann, ob die Maske von Riggs' Gesicht richtig saß. Dann ging er langsam auf eine der großen Türen zu.

22

Es waren mehrere Leute zur Gruppe gestoßen. Stephens zählte zwölf Männer und sechs Frauen. Sie sahen ihn alle an.

Er ignorierte sie und ging rasch zur Telepathin. Sie schüttelte den Kopf. »Die Gefahr schien eine Zeitlang anzuwachsen, aber sie schwand wieder. Jetzt erkenne ich genauer, was Sie fürchten. Ich spüre aber nichts davon.«

Stephens wandte sich an Mistra: »Wie viele Leute sind jetzt im Haus?«

»Vierzig.«

»Wer fehlt? Sagtest du nicht, es seien einundvierzig in der Stadt?«

»Ich schloß Peeley mit ein.«

Stephens wandte sich ab und drehte sich dann doch noch einmal um. »Sie sind also jetzt alle hier?«

»Nein, Tezla ging vor wenigen Minuten in den Garten, um ihn abzusuchen«, sagte Triselle.

Sie hatten laut genug gesprochen, daß es jeder im Zimmer hatte verstehen können. Nun herrschte Stille. Stephens wurde von seiner inneren Spannung getragen. Hier befanden sich achtzehn Unsterbliche. Er studierte sie verwundert. Das Schicksal hatte keine Schwierigkeiten gehabt, eindrucksvolle Typen zu wählen. Ohne Ausnahme sahen die Frauen gut aus. Deshalb waren sie wahrscheinlich auch gewählt worden.

Wahrscheinlich durchforschte jetzt jeder sein Gedächtnis, wann und wo er mit dem grimmigen kleinen Indianer Kontakt gehabt hatte. Stephens wartete, bis es wieder etwas unruhig wurde. »Ich sah ein Bild. Es zeigte Peeley und einen Mann in Tezlas Größe, aber er sah ihm nicht ähnlich.«

Er unterbrach sich. »Ihr und eure verdammten Masken! Sie ermöglichen es, daß jeder jeder ist. Ich sah ihn zweimal. Sah ich ihn so, wie er wirklich aussieht, oder trug er eine Maske?«

»Eine Maske!« rief Tannahill.

Stephens fluchte fürchterlich. »Ist er ein Indianer?«

»Ja.«

Eine kurze Pause. »Das Bild, das Sie sahen, wann war es aufgenommen?«

Tannahill drehte sich auf dem Absatz um und kommandierte: »Durchsucht das Grundstück! Bewacht jede Tür!

Bringt ihn hierher, wenn ihr ihn findet. Wir bringen die Angelegenheit jetzt endlich zu Ende.«

»*Wartet!*«

Stephens' laute Stimme hallte durch das Zimmer und ließ die Leute im Schritt verharren. Tannahill drehte sich um und sah ihm ins Gesicht. Nun trat der Unterschied zwischen jenem, der sein Gedächtnis verloren hatte, und jenem, der es wiedergefunden hatte, deutlich hervor. Die Augen von »Tanequila dem Verwegenen« blitzten ihn an. Seine Lippen waren zusammengepreßt.

»Stephens, was bilden Sie sich ein, hier Befehle zu geben?«

»In dem Augenblick, in dem sich eine der Türen öffnet, wirft einer meiner Agenten Element 167 auf die Stufen oder sogar ins Innere des Hauses.

Es gibt keinen Grund zur Aufregung — wenn wir unseren Mann gefunden haben. Ich überlege gerade, wie wir ihn behandeln sollen ...«

»Wir machen mit ihm, was wir wollen«, sagte Tannahill arrogant. »Er wird nach unserer Verfassung verurteilt.«

»Sie werden tun, was ich erwartet habe. Nun, mein Freund, ich möchte Ihnen mitteilen, daß die Zeit Ihrer absoluten Herrschaft vorbei ist. In meiner Tasche habe ich mehr als fünfzig Kopien einer Ermächtigung — die Sie alle unterzeichnen werden —, die es erlaubt, daß dieses Haus zu einer Stiftung umgewandelt wird und die Gruppe nur noch als Direktorium fungiert. Auch ich werde darin vertreten sein.« Grimmig fuhr er fort: »Sie unterschreiben lieber, sonst würde mein Agent vielleicht doch noch zu dem probaten Mittel greifen.«

Mistra holte die Dokumente aus der Tasche und legte sie auf den Tisch vor Tannahill, der etwas einwenden wollte. Stephens schnitt ihm das Wort ab:

»Schnell! Fragen Sie Ihren Gedankenleser, ob ich die Wahrheit sage. Ich habe das Element 167. Und draußen wartet der Agent damit.«

»Triselle!« sagte Mistra. »Stimmt das?«

»Ja.«

Tannahill erregte sich. »Aber warum haben Sie uns nicht gewarnt? Was, zum Teufel, soll das ...?«

»Er meint es gut«, sagte die Frau ruhig. »Und ihr könnt nicht von mir erwarten, daß ich gegen ihn hätte einschreiten sollen, während er jenen unter uns suchte, der ...«

Stephens unterbrach sie: »Wir müssen Tezla in Ruhe lassen. Denkt doch daran, daß er all die Jahre die schwere Last herumschleppte, daß er, als einziger Überlebender der ersten Gruppe, der rechtmäßige Besitzer des Hauses sein müßte. Jetzt ist er bloßgestellt. Die Spannung wird weichen.«

Er schwieg. »Tannahill, vergessen Sie nicht, daß wir ihn trotzdem fangen müssen, um ihn zu überzeugen. Unterschreiben Sie endlich.«

Der Besitzer des »Grand Haus« zögerte noch einen Augenblick. Dann nahm er plötzlich seine Feder und unterzeichnete.

Stephens reichte die Kopien zuerst den Männern. Als zehn unterzeichnet waren, und er selbst eine in der Tasche trug, ging er zur Tür und rief nach Riggs. Als der kleine Detektiv eintrat, strömten die Leute hinaus.

»Nun, Sir«, sagte Riggs, »ich sehe, es gerät alles in Bewegung. Was nun?«

»Geben Sie mir die Kapsel zurück.«

Riggs gab sie ihm sofort, und Stephens ging zu Mistra und überreichte sie ihr. »Tezla hat natürlich das gleiche Ding aus eurem geheimen Labor. Analysiere ich seinen Plan, so war sein einziger Grund, mich an Bord des Schiffes zu locken ...«

»Schiff?« fragte Mistra.

Stephens ignorierte sie. Nun, da die Dokumente unterzeichnet waren, bestand er darauf, ihnen von dem Schiff zu erzählen, das vor zwanzig Jahrhunderten von den Sternen gekommen war. Aber das erst später. Er fuhr fort:

»... sein einziger Grund, mich an Bord des Schiffes zu locken, bestand darin, daß er wissen wollte, ob das Robotergehirn noch intakt war.«

»Robotergehirn? Allison, wovon sprichst du?«

»War das der Fall«, erzählte Stephens, »dann brauchte er nur das Haus zu zerstören, und das Robotergehirn hätte mit ihm zusammenarbeiten müssen ...«

Er bemerkte, daß sich Triselle zu ihnen gesellte. »Dieser kleine Mann, der gerade ins Zimmer kam – wer ist das?«

Stephens drehte sich halb um. »Machen Sie sich keine Gedanken über Riggs. Wenn einer in Ordnung ist, dann ...«

Er hielt inne. Ihm kam ein eigenartiger Gedanke. Er hatte plötzlich das Gefühl, daß Tannahill ihn einfach aus dem Telefonbuch herausgesucht hatte.

Aber Tannahill hatte sich dazu nicht geäußert. »Was fanden Sie in seinen Gedanken?«

»Verworrene Gedanken. Wenn er dahinter verbirgt, daß er das Haus zerstören will, dann ist ihm das gut gelungen.«

Stephens ging zu Tannahill hinüber. »Ich kann mich nicht gut daran erinnern. Ich glaube, wir saßen in der Bar zusammen, und er lud mich zu einem Drink ein ...«

»Haben Sie ihn zuvor angerufen?«

»Angerufen – nein, natürlich nicht.«

Stephens blickte zur Tür, die in die Vorhalle führte. Riggs war nirgends zu sehen. Er wird in das Museum gehen, dachte Stephens, das Element 167 ausschütten, und dann hinunter in den Tunnel zum Roboter gehen ...

Stephens lief zur Tür, bremste dann und ging ganz beiläufig in die erleuchtete Halle hinaus. Riggs war nicht da.

Stephens hastete zu den Stufen und lief sie hinunter. Er bewegte sich jetzt vorsichtig und vermied jeden Lärm.

Die Glastür war offen. Durch sie hindurch sah er Riggs, der eine der Glasvitrinen aufhob.

Stephens fischte die Kapsel aus der Tasche, die er aus dem Roboterschiff geholt hatte. Den Finger am Verschluß, schlich er sich über die Schwelle.

»Ach, Riggs!« sagte er.

Der Mann drehte sich mit einer schrecklichen Gelassenheit um. »Ich habe mir gerade die toltekischen Gegenstände angesehen. Sehr interessant.«

Es war kaum der richtige Augenblick, um Kunstgegenstände zu betrachten. »Riggs – Tezla –, du kannst dein Leben immer noch retten. Du kannst aber nicht mehr siegen. Gib auf!«

Lange herrschte Schweigen. Der kleine Mann drehte sich ganz um und blickte ihm in die Augen. »Stephens«, krächzte er, »Sie und ich könnten die Welt regieren.«

»Nicht ohne das ›Grand Haus‹. Schließe die Kapsel mit dem Element!«

»Wir brauchen das Haus nicht – verstehst du das nicht? Wir haben das Roboterschiff. Von ihm können wir alles erfahren, was wir brauchen. Sind die anderen einmal aus dem Weg, dann ...«

Ein unbestimmtes, bläuliches Glühen kam aus dem Schaukasten. Stephens rief mit schriller Stimme: »Verschließe es! Schnell!«

»Es würde mich jetzt meine Hand kosten, Stephens, hören Sie!«

»Entweder deine Hand oder dein Leben! Schnell! Ich habe das Element 221 bei mir. Es gibt nichts Ähnliches auf der Welt. Es wird sich chemisch mit 167 zu ...«

Seine Finger öffneten den Verschluß, bevor er es auf Riggs warf. Der Nadelstrahl aus der Waffe in dessen Hand verfehlte ihn, weil Stephens sich duckte, sich umdrehte und die Treppe hinaufrannte.

Der Raum hinter ihm bebte. Ein bläulicher Nebel zog die Treppe herauf.

Dann kam die Dunkelheit.

»... Sind Sie, Mistra Lanett, bereit, diesen Mann zu Ihrem rechtmäßig angetrauten Gatten zu nehmen?«

»Ja.« Ihre Stimme war fest und sicher.

Nachher im Wagen sagte sie zu Stephens: »Ich fühlte mich seltsam. Weißt du, daß es das *erste* Mal war, daß ich geheiratet habe?«

Stephens schwieg. Er dachte an das Robotschiff im Berg unter dem »Grand Haus«. Bald würde es seine so lange unterbrochene Reise fortsetzen. Eine Idee jagte durch sein

Gehirn, und es raubte ihm den Atem, als er daran dachte. *Warum sollten er und Mistra nicht mitfliegen?*

»Ich für meinen Teil«, sagte Mistra nahezu belanglos, »möchte ein Mädchen. Jungen sind ja ganz nett, aber ...«

Stephens seufzte. Diese Frauen mit ihren Heim-und-Kind-Gefühlen! Vor ihnen lag das Universum, und sie dachte an ein Kind. Er drehte sich um, und sein Traum vom Abenteuer verlor sich in ihrem sanften Blick. In ihren grünen Augen fand er mehr Welten, als er sich im ganzen Universum vorstellen konnte.

»Ein Mädchen und ein Junge«, sagte er, als seine Lippen die ihren fanden.

ENDE
DES ZWEITEN BUCHES

SCIENCE FICTION

JUBILÄUMS-BIBLIOTHEK
Meister der Zukunft A. E. van Vogt

Seine großen Romane und seine besten Erzählungen

Band 24 077
Jubiläums-Bibliothek
Der Meister der Zukunft A. E. van Vogt
Originalanthologie

Van Vogts Spezialität sind raffinierte Zeitreisegeschichte und kosmische Rätsel. Eine Auswahl seiner besten Romane und Erzählungen bringt dieser Sonderband, u. a. seine berühmten Romane PALAST DER UNSTERBLICHKEIT und DAS UNHEIMLICHE RAUMSCHIFF, sowie die Geschichte, deretwegen von Vogt seinen berühmten Plagiatsprozeß gegen die Produzenten des Films Alien gewann.

Sie erhalten diesen Band im Buchhandel, bei Ihrem Zeitschriftenhändler sowie im Bahnhofsbuchhandel.

Band 22 111
Larry Niven
Kinder der Ringwelt

Mit RINGWELT schuf Larry Niven eines der interessantesten und einfallsreichsten Science-Fiction-Werke der letzten zwanzig Jahre. Der mit HUGO und NEBULA AWARD ausgezeichnete Roman gilt mittlerweile als Klassiker seines Genres.
Vom 20. bis zum 31. Jahrhundert spannt sich Nivens faszinierender Entwurf einer Galaxis der Zukunft, von der die Ringwelt ein Teil ist. Doch nicht nur auf der Ringwelt, sondern auch auf anderen Planeten geraten die Menschen bei der Besiedlung des Alls in große Gefahren. So locken Roboter Siedler auf einen Stern des Grauens. Und Außerirdische ergreifen von der Psyche des Menschen Besitz und beginnen sie zu lenken.

Sie erhalten diesen Band im Buchhandel, bei Ihrem Zeitschriftenhändler sowie im Bahnhofsbuchhandel.

Band 23 081
Frederik Pohl

Der schwarze Stern der Freiheit
Deutsche Erstveröffentlichung

Pettyman Castor denkt nicht an Widerstand. Er ist ein Yankee, ein amerikanischer Reisbauer, geboren, um seinen Herren zu dienen. Nach dem letzten großen Krieg teilten die Völker der dritten Welt die Erde unter sich auf. Amerika gehört den Chinesen. Doch Pettyman Castor kümmert das nicht. Er träumt davon, wie sein Urgroßvater, der Astronaut, durch das Weltall zu fliegen. Das Weltall gehört niemandem, nicht den Indern, nicht den Chinesen...
Dann taucht eines Tages ein riesiges Raumschiff auf. Die Außerirdischen zerstören eine Insel im Pazifik und verlangen den Präsidenten der Vereinigten Staaten von Amerika zu sprechen.
Aber es gibt keinen Präsidenten. Es gibt nur Pettyman Castor.

Sie erhalten diesen Band im Buchhandel, bei Ihrem Zeitschriftenhändler sowie im Bahnhofsbuchhandel.